禿子小貳 ———— 著
透明 (Tomei) ———— 繪

人類幼崽廢土苟活攻略

Children survive the end of the world

2

目　錄

CONTENT

【第一章】

嗚嗚哇……
我的比努努啊……

「現在是你發揮特長的時候了。」封琛邊游邊氣喘吁吁地說。

顏布布停下划水的動作，「啊？」

「對著那邊的洞口喊。」

顏布布問：「喊什麼？」

「隨便你喊什麼，用盡全力喊，讓那些人能聽到你的聲音。」

顏布布睡得不是太沉，總是會突然驚醒，伸手去摸身旁的人。半天沒摸著後，迷迷瞪瞪地睜眼去看，才反應過來封琛現在還在醫療站。

他覺得口很乾，慢吞吞地下床去喝水，端起飯盒才發現裡面是空的。封琛在時，兩只飯盒裡總會鎮著涼開水，好在封琛那只飯盒裡還有剩下的水，他便端起來喝了個乾淨。

——尿床就尿床吧，反正哥哥不在，無所謂了。

顏布布重新回到床上躺下，扯過旁邊的絨毯將自己裹住，打了個長長的呵欠。

——很快就是明天了，起床後就去醫療站接哥哥……

轟！

巨大的聲音炸響，顏布布陡然睜開了眼，瞌睡也飛得無影無蹤。

他腦中第一反應就是又地震了，慌忙從床上翻下地，鑽到了床底。

轟轟轟！

巨聲接連不斷，顏布布抱著頭縮成一團，只覺得房屋和床也跟著在震顫。

「快停下！快停下！快停下！」那場經歷的地震還歷歷在目，所有埋在心裡的恐懼被重新勾起，他一邊發抖，一邊捂著耳朵閉著眼大叫。

一連又炸響七、八次後，那巨聲才停下，但刺耳的警鈴聲又跟著響起。顏布布鬆開捂住耳朵的手，戰戰兢兢地爬出床底，伸手開了門。

門外通道上已經站了好些人，正從鐵欄上探出頭往下看。顏布布沒有鐵欄高，從縫隙裡只能看到黑茫茫的半空，不知道他們在看什麼，卻能聽到他們的對話。

「不是地震，別慌，不是地震。」

「是什麼爆炸了？看下面還有火光。」

「是溧石發電機房爆炸了嗎？不會吧，都沒有停電呢。」

「那應該沒什麼問題。哎！對了，下面成天在挖溧石礦，會不會挖到沼氣之類的氣體，然後爆炸了？」

「嗯，你這種說法很有可能。」

尖銳警鈴聲並沒有因為爆炸結束而消失，反而持續不斷地叫囂不停，響徹整個地下空間。那些發現不是地震已經放輕鬆了不少的人，神情又開始變得緊張。

「為什麼警報還不解除啊？會不會發生了什麼事？」

「不清楚，再等等看。」

鈴聲終於停下，但隨即一道嚴厲的聲音從四面八方的擴音器裡傳出來，帶著陣陣迴響。

「安置點遇襲，所有人回到自己房間，在接到下一步命令之前，不准擅自出門。」

是林少將的聲音。

遇襲？遇什麼襲？

眾人正面面相覷時，從水房那邊傳來一道驚慌的呼喊：「不好了，空氣置換器在往外噴水，不好了！」

此時，B 蜂巢最底層水房，牆上的空氣置換器扇葉已經被取下，隨著洶湧外湧的水流，一群人從裡面陸續鑽了出來。礎石從背後取出一把槍，其他人也端著槍，跟在他身後走出了水房。

B 蜂巢外，十幾名士兵正趴在地上清理被炸毀的排水管，一人手中的對講機不斷響起。

「廣場西邊的排水管道被炸斷，石塊塌陷填埋了斷口，排水系統 C 西部分已經癱瘓。」

「C 蜂巢外的排水系統也被破壞，整條管道破碎，無法修補。」

「B 蜂巢的空氣置換器正在往外湧水！目前可知 1 到 10 層都在出水，其他樓層還沒去看，但有水流從樓上流下來。」

一名趴在地上的士兵剛剛起身，就看見了從水房裡走出來的一行人。在看到他們手上的槍枝後，立即去摸腰間的佩槍，同時又驚又怒地大喝一聲：「站住！你們是誰？」

密集的槍聲響起，一群士兵瞬間便全都倒了下去。

礎石開完槍，從胸前密封口袋裡取出一支雪茄叼上，等旁邊的打手給他點火。

他身後便是蜂巢大樓，每層樓的外牆都在往下淌水，每條通道前都掛著一道水簾。探照燈光束落在水簾上，折射出耀眼光芒，此時的蜂巢竟像是一座水晶砌成的大樓。

「封家那小子住在哪裡？」他吐了口煙圈，問身旁的人。

那個人穿著黑色運動服，正是剛才在排水管上埋炸彈的人，一邊換穿別人遞給他的潛水服，一邊回道：「這裡面人太多了，我之前找了好多天都沒找到他，昨天才打聽出來，他和另一個小孩兒住在 A 巢 C 區的 65 層。」

「走，找他去。」礎石將槍往肩上一扛，大步往 A 巢走去，其他人趕緊跟上。

雖然林少將讓人待在房間裡等候命令，但現在這種情況下，沒人再聽得進去，都在通道裡驚慌奔走，互相打聽情況。

「確定嗎？每層樓的空氣置換器都在往外噴水？」

「別慌，地下安置點的排水系統很強大，再多的水也能排走，只要把空氣置換器修好就行。」

「剛剛有下面樓層的人上來，說排水系統已經被炸了。」

「什麼？被炸了？」

顏布布一直站在門口，似懂非懂地聽著這些人的對話，直到一名中年男人突然吼道：「現在出也出不去，安置點的大門只要一打開，整個地下安置點都會被淹沒。排水系統損壞，所有的空氣置換器都在噴水，一共幾千個空氣置換器，有些還在山壁和穹頂上，想修都來不及。我剛才下去了一趟，廣場上已經在開始積水，蜂巢、軍部大樓還有醫療點大樓的底層，再過一陣子就要被淹了。」

中年男人話音剛落，其他人都炸開了鍋，有人說要找林少將，有人開始捂著臉哭，嚷嚷著所有人都會被淹死在這兒。理智一些的則趕緊回房，畢竟西聯軍還在，不會放任事情惡化到那一步，萬一要離開安置點，將能帶的東西都要帶上。

顏布布沒有全聽明白，但他知道了個大概，並聽清楚了其中一句：醫療點大樓就要被淹了。

——但哥哥還在裡面。

此時擴音器突然響起：「所有人聽著，立即向樓下疏散、立即向樓下疏散，等候下一步指令。」

人群頓時散開，紛紛回屋收拾東西，顏布布拔腿就往升降機跑，跑了一段距離後想到了什麼，又趕緊回頭，飛快地回到了 C68。

他嗖地鑽到床底，一陣膠帶被撕開的嗤啦聲後，又從床底鑽了出來，手裡拿著那個密碼盒。

他將密碼盒往背帶褲胸兜裡塞，但卻鼓鼓囊囊的，從上往下一眼就能看到，於是便取過自己的布袋，將密碼盒和比努努放在一起，再斜挎在身上。

封琛的背包他也沒有忘記，扯過床上的兩條絨毯，連同兩只飯盒都塞了進去。

顏布布出了門，看見門外已經亂成一團。通道裡到處都有人在驚慌奔走，水房處源源不斷地湧出水，經過通道的鐵欄流向樓外。

顏布布避開那些橫衝直撞的人，匆匆走向升降機。

「晶晶、晶晶。」顏布布回頭，看見吳優站在遠處，手裡抱著一大堆東西，滿頭是汗地對他揮著手，「晶晶，你別亂跑，跟著吳叔叔。」

顏布布也朝著他揮手，「不用了，吳叔叔，我接哥哥去。」

吳優被人流推著上不了前，也聽不清顏布布在說什麼，只能一邊大喊，一邊眼睜睜看著他往升降機走去。

顏布布走到通道盡頭，幾架升降機都在自下而上爬升，他心中焦急，連這幾分鐘也等不得，便去了旁邊的安全樓梯，一層層往下走。

他並不知道，就在他順著樓梯往下走了沒兩層，一架升降機便停在了 65 層，礎石一群人走了出來。

顏布布一口氣往下跑了十幾層，累得氣喘吁吁的。他探出頭往外望時，看見這層正好停了一架空的升降機，便小跑進去，按了去往底層的按鍵。

升降機開始下降，每經過一層樓，便會聽到轟隆隆的水流聲，還有亂糟糟的驚慌呼喊。

顏布布在到達 30 層時，升降機停下，有幾個人進來了，地下空間的擴音器裡再次傳出林少將的聲音。

「……馬上有序下樓去廣場東北角，那裡會打開去往地面的緊急通道，不要擁擠也不要推搡，每個人都能出去。」

升降機裡的人都長長地呼出了口氣。

「我就說了，軍隊肯定會有辦法，而且偌大的地下安置點，怎麼可能沒有緊急通道呢？」

「是的是的，這下我就安心了。」

升降機一直往下，到了底層。底層已經積起了一層洪水，當升降機停下時，水流從鐵欄中湧入，一下就淹到了顏布布的膝彎。

現在這種情況，沒人還有心思去管升降機裡的這個小孩兒，鐵欄一開，所有人都爭先恐後地出去，準備去廣場東北方向的緊急通道。

顏布布跟在他們後面，淌著水穿過大廳，來到了蜂巢外的廣場上。

整片廣場也被淹了，但好在此時水並不深，一些士兵大聲呼喝著跑來跑去，也有士兵將折疊壓縮的氣墊船氣閥打開，很快水面上便浮起一艘艘氣墊船。

顏布布緊了緊身上的背包，繞過那些忙亂的人，獨自走向西北角的醫療站。

去醫療站要斜穿過整個廣場，雖然這片廣場還算平整，但四處仍散落著一些礦石。現在到處都是水，看不清地面，顏布布幾次都被石塊絆倒，一頭撲進水裡。

「咳咳！」他狼狽地爬起身，一邊嗆咳，一邊抹去臉上的水，繼續往醫療站的方向走。

地下空間的擴音器裡始終傳來聲音，但現在並不是林少將在說話，而是換成了另外的人。

「……A 巢 C 區 65 層的人注意，那層有一小群持槍暴徒，所有人回到房間不要出來，軍隊馬上趕去。A 巢 C 區 65 層的人注意，那層有一小群持槍暴徒，所有人回到房間不要出來，軍隊馬上趕去……」

顏布布並沒注意他在說什麼，一心只擔心著醫療站裡的封琛。但 A 巢 C 區 65 層幾個字，還是進入了他的耳朵裡。

A 巢 C 區 65 層，不就是他住的那一層嗎？顏布布往後望了眼，但實在是辨不清自己住的那層在哪兒，只是隱約聽到了很高的樓上，似乎有槍聲傳下來。

他現在對那上面發生的事不感興趣，又轉回頭，朝著醫療站的方向前進。

水面不斷提升，剛才他出升降機時，水只淹到他的膝彎，現在才穿過小半個廣場，就淹到他大腿了。顏布布絲毫不敢停留，加大步伐往前走，帶動得腿邊的水流嘩嘩作響。

好在他在溧石礦場裡揀了一段時間的溧石，對廣場的地形比較熟悉，就算看不清路面，也能循著記憶找到最平整的路線，很快就穿越過大半個廣場。

距離醫療站越來越近，已經能清楚看到那裡的情景。只見大門口站著好些身著白袍的醫生和護士，正將排著隊的病人送上氣墊船。

顏布布想到封琛也許就在那些病人裡，頓時精神一振，大步大步地在水裡跨著步。

走到醫療站前方幾十公尺遠時，洪水已經淹到了他胸口，腳步在水中不好著力，邁出去的每一步都漂漂浮浮，隨時可能一頭栽下去。他不得不更加小心，才能穩住身形。

「我是比努努……有一點胖嘟嘟……比努努……」

四周全是水，顏布布心裡慌張，便小聲唱著歌給自己壯膽，唱了兩句後又改成絮絮念叨：「這邊的腳是什麼？是左腳嗎？不對，是右腳，到底哪邊才是右呢？就當是右腳吧……小心點喔，慢慢伸出去，踩穩了沒有？哈，踩穩了……」

當顏布布這樣走到醫療站院門前時，洪水已經淹到了下巴，他不得不仰著頭，才能讓嘴露在水面上，同時得扶著旁邊的圍牆，才能使自己不漂起來。

還是一名正將病人送上氣墊船的護士發現了他，指著他驚叫道：「啊！看那邊，水上漂了一個頭！」

顏布布聽到動靜，俯低下巴往這邊望，護士又是一聲驚叫：「活的，那是活的！」

「是一個小孩。」

一名醫生跳下了水，大步向顏布布走來，將他一把拎出水面，提到了醫療站臺階上的大廳門口。

水線已經淹過臺階，漫進了大廳，那人將顏布布放下後，問道：「小孩兒，你怎麼會在這兒？一個人多危險啊，你家長呢？」

顏布布全身浸濕，還揹了個背包，無論如何不像是從醫療站裡出去的，只有可能是從廣場對面的蜂巢過來的。

「我來找我哥哥。」顏布布渾身濕透，不可控制地發著抖。

「你哥哥？你哥哥叫什麼名字？」

「他叫秦深。」

現在整個醫療站亂成一鍋粥。有些病人拄著拐杖，扶著牆壁從樓上下來，有些互相攙著慢慢走。

而那些躺在病床上動彈不了的，只能靠醫生護士推到大廳，偌大的大廳和走廊停了幾十架病床，到處都塞得滿滿的。

電梯還在往下運送躺著病人的病床，但外面已經沒有停放的空地。有架病床就只能留在電梯裡，當樓上有人按電梯，便會不時地上上下下，關門開門。

醫生從來沒聽過秦深這個名字，只當是這裡的病人，不遠處有人在喊他，於是匆匆丟了句：「你就在這兒等著，見到你哥哥後就一起走。」說完便轉身跑開了。

顏布布在那些空隙裡鑽來鑽去，將所有病床上的人都看過一遍，沒有見著封琛，便站在樓梯旁，眼睛盯著從樓上下來的人。

「快點快點，水漲得很快，還有這麼多人沒有撤離，快點。」

大廳裡的水越漲越高，病床腿都淹了一半，有些狀況還算不錯的病人，也在幫忙將病床上的人抬上氣墊船。

所有人都在奔忙，在焦灼地高聲叫喊，顏布布不願意再等下去了，乾脆上了樓梯。

2 樓通道人來人往，病人們自己舉著輸液瓶往樓下走，顏布布和他們逆向而行，每路過一間病房，都探頭往裡張望。

現在兵慌馬亂也沒人管他，他將整個 2 樓找了遍，沒有發現封琛，又上了 3 樓。

A 巢 C 區 65 層，礎石正面色陰沉地大步走向安全樓梯，一眾手下躲在鐵櫃做成的掩體後和士兵交火，槍聲響個不停。

「撤了，下樓。」手下對著士兵方向扔出個炸彈，全都閃身進了安全樓梯。

「真是倒楣，不是說地下安置點沒有其他出去的路，可以將裡面的人都淹死嗎？結果還有緊急通道，以前都沒聽說過。而且封家那小子也沒找著，反倒還折損了幾個兄弟。」一名手下邊走邊小聲嘟囔。

他聲音雖然小，前方的礎石卻突然停下腳步，轉過頭盯著他。手下頓時噤聲，嚇得不敢吱聲。

礎石用手指了指蜂巢樓外，說：「他們都在那裡。」

隔著從樓上傾洩而下的一層水幕，可以看到遠處一塊山壁半腰燈光大亮，還有些攢動的人群。

「他們把緊急通道建在高處，你們知道盡頭是通向哪兒嗎？」礎石轉頭詢問。

眾手下齊齊搖頭。

「通往海雲塔。」礎石給出了答案，接著又問：「知道這條通道有多長嗎？」

海雲塔離安置點並不遠，也就隔著兩條長街，不到一里的距離，於是手下試探地問：「一里長？」

「不對。」礎石豎起機械臂，五根金屬手指分開，「是五里。」

啪一聲脆響，有子彈從頭上射下，擊中樓梯旁邊的扶手，西聯軍士兵已經衝進安全樓梯追了下來，眾人於是又匆匆往下走。

洪水還在往裡灌，整個地下要塞一團亂，士兵們忙著引導疏散人群，並沒有多少人手和他們對抗，所以他們一直都不慌不忙。

身後的槍聲響個不停，在下到50層時，礎石打了個手勢，讓其他人繼續下行，而他自己則和阿戴藏在了牆壁後面。

等那隊士兵追下來時，他身旁憑空浮現出了一隻狼，猶如一團影子般閃了出去。

衝在最前方的士兵突然發出聲慘叫，脖子上平白多出一個血洞，接著便倒在了地上。其他士兵還來不及反應，隨著一陣密集的槍聲，跟著也倒了下去。

礎石清理掉追兵，直接翻過樓梯扶欄落到下一層，追上了那群手下，那隻狼也亦步亦趨地跟在他身旁。

一眾人繼續往下，礎石也繼續剛才的話題：「溧石礦並不堅硬，但溧石礦脈都會被一層堅硬的黑鋼石帶包圍。東西聯軍為了持續不斷的電力供應，便將地下安置點建立在溧石礦脈上。電力確實是有了保障，可這緊急通道便不好打通了，於是他們修建了一條迴旋形的緊急通道，繞過那層黑鋼石到達海雲塔，總長度也就達到了五里。」

礎石說完這一通，所有手下都似懂非懂地頻頻點頭，礎石又問：「那你們知道我現在說這些的原因嗎？」

手下們又面面相覷。

礎石：「長達五里的通道，當他們所有人都進去後，地下安置點已經被淹沒。如果通道門一直關不上，讓安置點的洪水灌進去，你們覺得會怎麼樣？」

「通道門關不上，讓洪水灌進去？」

礎石眼睛泛紅，鼻翼翕張，臉上又露出那種亢奮的神情，「洪水淹沒進通道，那些人都在水裡會溺死，痛苦掙扎地死去……而我們穿著潛水服，平安回到地面。」

礎石的手下都是群亡命徒，可見到他這副瘋狂模樣，依舊有些畏懼地躲開視線。

一名手下小心地問：「可是礎執事，我們這次來地下城的目的是為了拿到密碼盒。封家那小子都還沒找到，我們的密碼盒怎麼辦？」

樓梯間時明時暗的燈光落在礎石臉上，讓他看上去格外陰沉，「既然有了緊急通道，那小子現在不管在哪兒，終究也會去那裡。只要在洪水淹沒通道前找到他，拿到密碼盒就行。將所有人淹死和拿到密碼盒完成任務，這兩者並不衝突。」

「是。」

「現在我們分頭混到人群裡，等進了通道後再行事。」

「是。」

話音剛落，樓道門被推開，衝進來一群想從安全樓梯下去的人。在看見礎石這群人手裡的槍後，他們先是一怔，接著就尖叫著轉身跑，但槍聲隨之響起，所有人全都中槍倒下。

礎石看著地上橫七豎八的屍體，冷聲命令：「我們和他們換外套，頭套讓他們戴上，槍也在這裡丟幾把。」

醫療站大樓一共只有 6 層，顏布布將每一層的房間都找過了，都沒有找到封琛，便又從頂層再次找下去。

下到 1 樓時，他看到大廳裡的水更高了，已經淹到那些病床的床沿。但那些床上的病人還剩了些沒有抬走，只能眼巴巴地仰頭看著門口，等著快點輪到自己。

顏布布小心地走下最後一級臺階，洪水淹到了胸前。他不知道封琛是不是已經離開了醫療站，便只能茫然地站在樓梯旁。

叮咚！旁邊的電梯門開了，顏布布聽到裡面有人喊：「啊——啊——誰來把我推出去，推出去……」

顏布布伸出頭，看見電梯裡只有那架一直停在裡面的病床，便慢慢蹚著水過去，問道：「是你在喊嗎？是你想出來嗎？」

病床上的人顫巍巍地伸出手，「幫忙……把我推……推出去，我上上下下……好多次了。」

電梯門口被一架空床擋得嚴嚴實實，沒有地方騰出空，顏布布看見對面的房間開著門，便將那架床推到屋裡，騰出一塊空地後，再將電梯裡那架床往外拖。

病床很沉重，在電梯門不時的關門開門中，顏布布費了九牛二虎之力，才將病床拖出一小半。

還要繼續往外拖時，病人虛弱地阻止道：「行了，就在這兒……醫生就能看到……你快上船去……」

顏布布鬆開手，喘著氣道：「我不上船，我還要找我哥哥。」

病人側頭看著他：「你哥哥……誰？」

「你認識我哥哥嗎？他叫秦深。」顏布布語氣急切：「他今天白天發燒，就被帶到這兒來看病。剛才我把樓裡都找遍了也沒見到他，叔叔你知道他去了哪兒嗎？」

「發燒？」病人神情遲疑起來，「我剛才聽到醫生在說……軍隊不讓帶走發燒的人……怕在緊急通道裡出事……變異。」

顏布布連忙搖頭，「我哥哥不會出事，林少將說他一、兩天就會好，還給我保證了的。這已經過去一天了，我可以去接他了。」

「林少將說的啊……」病人聽他這樣說，便伸手指向左邊，「發燒的人……都在那一棟樓……你去那兒找……」

「謝謝叔叔。」

病人看著顏布布蹚著齊腰深的水往左走，又問道：「……那等會兒怎麼出來啊……」

顏布布沒有回頭，語氣卻分外堅定，大聲道：「我哥哥會騎魚，他能帶我走的。」

病人：「……」

左邊是條長陽臺，盡頭處便是樓梯，顏布布順著樓梯往上爬，到了2樓。

這邊雖然和醫療大廳是同一棟樓，卻是分開的獨立區域，中間隔著一層厚厚的水泥牆。

厚牆的左右兩邊像是兩個不同的世界，醫療大廳喧囂吵鬧，這邊卻安靜無聲，走廊燈光昏暗，如同一座寂靜的墳墓。

陽臺左側是整排的病房，顏布布將這層樓走了一遍，發現那些房間都是空的，裡面沒有住著人。

他周身滴著水，鞋子發出吱嘎吱嘎的水聲，又到了第三層樓。這排依然是整層空房間，裡面的病床只剩鐵架，連床單都沒有，顯然都沒有住過人。

當顏布布去往 4 樓時，卻發現樓梯口有道鐵門，封死了上行的路。他伸手推門，門扇鎖得緊緊的，趴在門縫處往裡看，什麼都看不見。

「哥哥、哥哥！」顏布布對著鐵門裡大喊，聲音在死寂的樓層裡迴蕩，沒有得到任何回應。

他抓著鐵門使勁搖晃，鐵門發出哐哐重響，卻依舊緊閉。

這扇鐵門應該是最近才裝的，風格很粗糙，和這棟結實規整的大樓格格不入。

門扇就是一整塊生銹的暗黑色鐵板，和牆壁相連的部分有明顯的電焊痕跡，就連門鎖都是最古舊的那種鐵鎖，門閂一頭在門上，另一頭伸進了牆壁裡。

顏布布推搡了一會兒鐵門，又趴在陽臺上往外看，想看看能不能找到人幫忙。但這裡什麼人也沒有，只看見一片微微晃蕩的洪水，折射出樓上映下去的光。

洪水已經差不多淹沒底層，水線正朝著 2 樓爬升。

顏布布心急如焚，對著那鐵門踢打推搡，嘴裡高喊著哥哥，喊著喊著便絕望地哭了起來。

「哎！誰在那裡哭？那小孩，小孩！」樓外突然傳來一道男人的聲音，還有手電筒光對著上面搖晃。

顏布布立即停下推搡鐵門，哭聲戛然而止，有些不可置信地看向陽臺外。

接著便衝了過去，踮起腳尖趴在陽臺上喊：「求求你開下門、開下門、開下門！」

他的眼睛被手電筒光刺得瞇起，模糊地看著一個人站在一艘氣墊船上，便迭聲對著他不停高喊：「求求你開下門……」

「來，你趕緊從陽臺翻出來，我接住你，時間緊急，我還要去接其他人。」站在船上的人說。

顏布布趕緊搖頭，「不是，不是我，是我哥哥還在樓上，我要去接他，這裡有鐵門擋住了，我上不去。」

那人說：「樓上可不能去，那裡是發燒病人，還有變異者，我們都不允許上去的，你快下來……」

「我哥哥可以的，林少將說他一、兩天就會好，他和其他發燒的人不一樣，他不會變成咬人的怪物，他不會！」顏布布打斷他的話，兩隻腳焦急地在地上輪流踏步。

「林少將說的？」那人問。

「對，今天已經過了一天了。」

那人將手電筒移開了些，顏布布看清了他的臉，認出他是洪水淹過安置點時，在大門口見過的一名士兵。

顏布布猶如看見了救星，「叔叔，你認識我的對不對？你看看我，認出我了嗎？我就是不准你們關門的那個人呀，就是又哭又鬧又打人的那個人呀。我哥哥你也認識的，他騎著魚回來的呀。」

那士兵沉默了半瞬，說道：「我只有樓道鐵門的鑰匙，現在還要趕著去其他地方救人，我把鑰匙丟給你，你自己去。」

他只是一名負責來接病人的士兵，從來沒上過這棟樓，不知道那上面究竟是什麼情況。這串鐵門鑰匙也是他想來巡邏一圈，看看有沒有什麼遺下的病人，才從醫生那裡拿來的。

現在他還有其他任務，還有很多的人被洪水圍困著，便只能將鑰匙丟給顏布布，讓他自己去。

顏布布聽到他有鑰匙能開門，已經喜出望外，忙不迭點頭，「好好好，謝謝。」

水已經快淹到 2 樓，士兵站在氣墊船上，離 3 樓也很近。他將鑰匙丟給顏布布後，又從船上拿起兩件救生衣扔進陽臺裡。

「安置點裡可沒有魚給你哥哥騎，你倆出來以後就穿這個吧。」說完便對著不停呼叫的對講機道：「我剛檢查完醫療站，現在馬上過來……是，收到，我立即去救他們。」

士兵划著氣墊船離開，顏布布趕緊撿起地上的兩件救生衣抱在懷裡，拿著鑰匙去開鐵門。

他踮起腳開了鎖，推開鐵門上了 4 樓。

4 樓和樓下其他病房一樣，不同的是陽臺右側不再是敞著的，而是裝上了鐵欄。房間牆壁上沒有窗戶，看不到裡面的情況，大門是結實的金屬門，只有上方留著一個方形小洞。

顏布布走到第一間房門口，踮起腳尖也搆不著那個小洞，左右看了看，看見旁邊有張椅子，便放下救生衣，拖過椅子爬了上去。

從那個方形小氣窗，只能看見對面靠牆放著的一張病床，此時那床上沒有人，被褥床單也亂糟糟地掉在床邊地上。

「哥哥、哥哥。」顏布布朝著氣窗裡面喊。

房間內靜悄悄的，顏布布又喊了兩聲哥哥，依舊沒有得到回應。

他將臉緊貼在小氣窗上，轉動眼珠想看到更多地方，然後下一秒鐘，視野一暗，有什麼東西擋在了小窗口對面。

那是一雙人類的眼睛，卻又完全不似人類，整個眼球呈現出黑色，眼周一圈的皮膚慘白，卻又爬著蛛網似的青紫色細小血管。

那雙眼睛定定地看著顏布布，冰冷中不帶任何情緒，也看不出任何生機。顏布布那瞬間大腦一片空白，魂魄似乎都飛出了體外，也就呆呆地和他對視著。

直到幾秒後，他的神智才歸位，大腦重新開始運轉，發出一聲驚天動地的大叫後，撲通一聲摔到了地上。

砰！砰！砰！金屬房門發出被撞擊的重響，顏布布爬起身後就往樓梯下衝，腳步聲一陣忙亂地響起。

然而衝到拐角處，在看到 3 樓那扇打開的鐵門後，他腦中頓時清醒，又喘著粗氣慢慢停了下來。

——哥哥……哥哥還在這兒……現在不能走……不能走。

顏布布抹了把眼睛，「我才不會怕的，我一點都不會怕。我有比努努，我還會大師父教的魔法。我是來接哥哥的，我不能走……」

他將挎包裡的比努努取出來抱在懷裡，深深吸了兩口氣，又轉身顫巍巍地走向 4 樓。

吱嘎、吱嘎，他的鞋子發出被踩出水的氣泡聲，在此刻分外的刺耳。他心臟還沒從剛才的驚駭中恢復，依舊劇烈跳動著，太陽穴被血液衝擊得一股股地脹痛。而第一間房內的人也在持續撞擊大門，機械而有節奏地，一下又一下，力度大得像是絲毫感覺不到疼痛。

好在那金屬門無比堅固，被這樣撞擊著也紋絲不動，顏布布再次深吸了口氣，壯起膽子，緊貼著陽臺邊快步走了過去。

「不要出來啊，你是瘋叔叔瘋阿姨？還是瘋爺爺瘋奶奶？不要出來啊……你乖一點，好不好？」

顏布布身體僵硬，頭也不敢抬地走到第二間房時，發現椅子還倒在第一間房門口，只得硬著頭皮又回去拖椅子。

屋內的人撞得更加劇烈，顏布布就算知道這門撞不開，也嚇得臉色發白，雙腳發軟，椅子都差點拖不動。

將椅子擺在第二間房門口，顏布布克制住巨大的恐懼感，鼓足勇氣爬上去，戰戰兢兢地從小氣窗往裡望。

他呼吸急促，雙手用力得差點把比努努的耳朵揪掉，好在這次沒有遭遇剛才的驚嚇，直接就看到房間裡有個人，直直地站在左邊牆壁旁。

那人一看就不是很正常，整個人差點貼在牆上，而且也不是封琛。

顏布布這回沒有發出半分聲音，飛快地下了椅子，再抱起椅子走向第三間房。

又要面對那個小窗口，顏布布心裡非常恐懼。他將椅子放好後，有些踟躕地站在一旁，又踮起腳尖從陽臺往下望。

只見水面離他更近了，原本還在 1、2 樓的交界處，現在已經淹沒整個 2 樓，快要到達 3 樓。

顏布布不敢再拖延，甚至都不給自己做好思想準備的機會，直接就爬上了椅子，抬頭望向小窗口。

這間房的陳設和其他房間明顯不同，不光有病床，還有床頭櫃，床邊也擺放著一個輸液架，袋子裡還有未滴盡的藥水。

顏布布看向床上躺著的那個人，在辨清那張熟悉的俊美側臉時，那瞬間胸腔都快被滿滿的欣喜撐得爆裂。

所有的絕望和焦灼，在看見封琛的剎那都煙消雲散，眼眶一熱，眼淚也跟著湧了出來。

「哥哥！」他扯著嗓子朝小窗口裡大喊一聲，用力得額頭側都鼓起了青筋，接著便一邊大哭一邊迭聲喊：「哥哥！我來接你了，哥哥！你醒醒！我來接你了啊！」

顏布布高分貝的哭喊在整層樓迴蕩，哪怕是聾子都要被吵醒。但房間裡的封琛依舊躺著一動不動，倒是其他房間突然傳出動靜，好幾間房門都被撞得發出砰砰的巨響。

顏布布跳下椅子去拉門，但這門比樓道口的鐵門更加堅固，還是密碼鎖。他手指亂按了一陣，密碼鎖不斷報錯，於是又爬上椅子，在其他房間如雷般的撞門聲裡，湊到小窗口大喊。

「哥哥，你醒醒啊——」

砰砰砰！

「哥哥，你快醒醒啊，哇嗚嗚……」

砰砰砰！

顏布布去陽臺旁看了一眼，見洪水上漲的速度加快，這一會兒已經淹到了 4 樓陽臺旁，離漫過陽臺不到一尺距離。

他去搬椅子砸門，這椅子重量卻不輕，費勁全力才能舉起來。

「呀！」

砰一聲響，椅腿和金屬門相撞。

椅子掉落在地上，門扇卻紋絲不動。

「呀！」

砰！門扇還是沒有反應。

封琛一直在那片雪原裡，閉著眼靜坐在大繭旁。天上的雪紛紛揚揚，在快要落到他和大繭上時，又輕飄飄地拐了方向。

他身旁的繭殼上光華流動，世界異常安靜，只有雪花墜地的簌簌聲響。可就在這時，隱約有聲音強行穿入這個世界，鑽進封琛耳裡，將他縹緲虛無的思緒拽了出去。

「哥哥……嗚嗚嗚……哥哥……啊嗚嘣嘎啊達烏西亞……我的魔力怎麼沒有了，門你為什麼不開呀……我的魔力怎麼沒有了……」

顏布布一邊砸門一邊放聲嚎哭，他能聽到身後的洪水已經漫過陽臺，水流正發出嘩嘩聲響，也能看見自己腳邊的地面被水流覆蓋，逐漸淹沒鞋面。

「……顏布布……」

他好像聽到有人在叫他，頓時停下動作和聲音，卻依舊保持著大張嘴的表情，怔怔地盯著眼前的門。

「顏布布……」

熟悉的聲音猶如天籟一般，從房間內傳入顏布布耳裡。他渾身一震，立即高聲回應：「我在！哥哥，我在！」

其他房間的「人」還在撞擊著房門，顏布布將椅子放好，站上去，淚眼朦朧地透過小氣窗往裡看。

封琛已經站起身，正扶著牆往門口走，嘴唇張合，在朝他說什麼。

「哥哥，哇哇……」心酸、委屈、狂喜，各種情緒湧上心頭，顏布布放聲大哭，「你醒了，你快起來，外面漲大水……哇哇……我來接你，我們走，哇哇……」

「……」封琛繼續在說，顏布布沒有聽清。

「哥哥，你在說什麼啊……哇哇……你快出來啊……」

在黑獅即將成長突破的時候強行脫離，封琛的腦袋昏脹難受，像是有把小錘子在裡面敲，視野裡都是重影。他忍住不適，簡短地吐出兩個字：「閉，嘴！」

顏布布這次聽清了，立即收聲閉上了嘴。

「2，4，5，3，5。」封琛念出幾個數字，輕微地抬了下手，「門鎖密碼。」

顏布布低頭去看門上的密碼鎖，還沒動作，封琛又問：「你……認識數字吧？」

「我認識的。」顏布布吸了下鼻子，得意道：「我都會算十以內的加減法了。」

封琛抬起右手，有些艱難地對他豎起了拇指，「厲害。」

「一加一等於二，二加二等於四，三加三等於六，四加四等於八。」顏布布開始背誦。

封琛只得再次對他豎了下拇指。

顏布布找到密碼鎖，嘴裡念著開始聽到的那幾個數字，手指一下下重重按上對應的數字鍵。

最後一個數字按完，喀嚓一聲，門開了，通道裡尺餘深的水流湧向屋內，顏布布踩著的椅子被帶翻，他也撲通摔進了水裡。

「啊……咳咳咳！」

封琛扶著牆走到門口，將正在嗆咳的顏布布從水裡拎起來站好，目光掃向外面，看見茫茫一片洪水時，心裡大為驚駭。

他聽到顏布布在說漲水了，以為只是某個地方滲漏下地面上的洪水，可沒想到會是眼前這種境況。他知道地下安置點的排水系統做得很好，現在卻被淹成這樣，很明顯排水系統已經失去了作用。

現在他來不及去想更多，看見兩件救生衣正在通道裡漂浮，連忙撿起來，命令顏布布：「快，把背包取下來，穿上這個。」

幫顏布布穿好救生衣後，封琛自己也穿上，將兩人的繫帶都繫緊。

洪水迅速上漲，已經淹到了顏布布的腰，顏布布被上浮的水流帶得腳下發飄，有些站不穩，伸手扯住了封琛的胳膊。

「小心。」封琛揹上背包，叮囑了一聲。

「沒事，剛才水淹到我胸口，不對，淹到我脖子下面，我也慢慢走過來了。」顏布布有些自豪地在胸膛上比了個位置。

封琛看著他手比劃的位置，臉色微變，想說什麼又忍住了。

因為陽臺上有鐵欄，沒法翻出去，封琛將顏布布拎在水面上，慢慢往樓梯處走。

「密碼盒帶上了嗎？」

顏布布拍拍自己的布袋，「就裝在裡面。」

封琛雖然只輕輕嗯了聲，卻用拎住他後衣領的那隻手，戳了戳他的脖子。顏布布知道這是一種褒獎的動作，心裡有些暗暗開心。

水流的阻力讓封琛在水裡走得很慢，顏布布有些擔心地問：「哥哥，你還在生病嗎？」

封琛搖了搖頭，「沒事，沒有發燒了，只是一直在昏睡。」

強行脫離的頭暈目眩減輕了些，只是還有些悶脹，基本沒有什麼大礙。而且他感受了下，發現自己已經和黑獅建立起了某種精神聯繫，只需要稍稍凝神，便能察覺黑獅目前的狀態。

牠並沒有受到什麼影響，依舊在做最後的突破，即將可以用完全形態出現。

封琛和顏布布經過其他房間門口時，裡面的「人」聽到動靜，更加凶猛地撞擊大門，發出野獸一般的嚎叫。

有封琛在身旁，顏布布膽子也就大了起來，在某個窗口後的「人」

對著他嚎叫時，也大聲嚎了回去。

「嗷！」他皺起鼻子凶狠地叫了聲，還威脅性地揮了揮拳頭。

封琛也轉頭看過去，瞬即又調開視線。

這些「人」已經不能算作人，甚至連野獸都算不上，想來西聯軍撤離時故意將他們留下的。而自己雖然並不是變異者，但因為發燒被隔離觀察，便成了被遺忘的那一個。

其實更大的可能，是醫生護士撤離時擔心他會變異，乾脆也就故意將他「遺忘」。

幸好某個愛自言自語的護士，在按密碼鎖時總會念出數字，被昏昏沉沉的他記住了。

也幸好顏布布趕來了，不然他也沒法搆著門外的密碼鎖。

顏布布正朝小窗口的人對吼，察覺到封琛在看他，便條件反射地承認錯誤：「我不和他吼了，我好好走路。」

封琛卻說：「沒事，他出不來。」

到了樓梯處，洪水已經將整個樓梯間淹沒，只有從水裡才能出去。兩人都穿了救生衣，沒法潛水，封琛便騰出隻手，將自己和顏布布的救生衣都脫掉，從陽臺鐵欄縫隙裡塞了出去。

顏布布不明白封琛這樣做的用意，但他全心信任封琛，也不問，只乖乖地由他將剛穿上的救生衣又從身上剝掉。

封琛看著顏布布，嚴肅地問：「我們等下要從水裡鑽過去，你會閉氣嗎？」

「閉氣啊，我會。」

顏布布說完便鼓起了腮幫，像隻金魚般看著封琛。

「不是這樣，閉氣的意思就是不能呼吸。」封琛和顏布布對視兩秒後，「算了。」

顏布布剛想問怎麼算了，就被封琛一隻手摟在胸前，另一隻手覆上他的口鼻，掩得嚴嚴實實。

「不要掙扎，再難受也不要掙扎。」封琛叮囑了一句，往樓梯下走了兩步，帶著他沉入水中。

顏布布全身沒入水中的瞬間，身體一僵，但也沒有掙扎，由著封琛捂住他口鼻在水裡潛行，繞過樓梯拐角處，穿過那道鐵門，從 3 樓陽臺游了出去。

冒出水面後，封琛立即鬆手，「呼吸。」

顏布布大喘著氣，臉上卻不顯絲毫畏懼，隱隱還有著幾分興奮。

「這是我，我第一次在水裡，哈……哈……可以再來一次。」

封琛沒有理他，在水面上張望尋找。找著那兩件漂在水面的救生衣後，騰出手給顏布布穿上一件，自己穿上了另外一件。

廣場已經是一片滔滔洪水，遠處的蜂巢大樓燈火明亮，活似掛著一簾巨大的瀑布。

瀑布背後的通道空空蕩蕩，沒有了紛亂奔跑的人影，而蜂巢大樓外的一艘中型氣墊船上只坐著十來個人，正在掉頭離開，顯然所有人都已經撤離，只剩下這麼些人。

封琛順著船頭方向看向廣場左邊，看到那半山壁上燈光大亮，竟然出現了一個隧洞。

不用想，他也知道那是地下安置點的緊急通道。想必以前在洞口做了遮飾，和黑沉沉的山壁融為一色，竟從來沒被人發現過。

一排鐵梯從洞口垂落在水面上，有人正順著鐵梯往上爬。幾十艘空空的中型氣墊船就停在洞下方，十幾名士兵站在洞口，看著那艘從蜂巢方向駛來的氣墊船。

他們應該是在等那艘船上的最後一批人，然後關閉洞門。

封琛意識到這一點，立即托著顏布布往左邊游去。

廣場寬廣，洪水浩瀚，很難有人會發現他倆，所以必須趕在那艘氣墊船上的人進入洞口前到達那裡。

封琛目測這三個地點之間的距離，一顆心直往下沉。

從醫療點到緊急通道的距離，是蜂巢到那兒的兩倍多。何況從蜂巢出發的是船，而他這裡卻是游泳，且還帶著顏布布，不光是兩人重量，還只能用一隻手划水。

顏布布並不清楚這些，但他見封琛突然開始奮力划水，便也一下下蹬腿，配合著封琛前進。

封琛一直盯著那條船，突然喊了聲：「顏布布，爬到我背上去。」

顏布布一怔，卻也立即應道：「好。」

待顏布布爬到背上趴好，封琛便解放了雙手，展臂往前迅速游去，如同一條破浪向前的游魚。

顏布布也沒閒著，雖然他兩條腿不能再蹬水，但兩隻手空出來了，便伸到封琛身體兩側的水裡，像隻小狗一樣地刨著。

不過隔了個背包，他手臂不夠長，刨得不是很方便，於是撈了水面上漂著的兩塊小塑膠板。這下長度夠了，他刨得也更加賣力，濺起的水花好幾次都差點糊了封琛眼睛。

封琛已經用上了全力，可到底也比不上氣墊船的速度，眼睜睜看著那艘船駛到了緊急通道的洞口下方。船上的人也都站起身，在士兵們的幫助下，順著鐵梯往上爬。

而他們兩人離那洞口還有很長的一段距離。

「現在是你發揮特長的時候了。」封琛邊游邊氣喘吁吁地說。

顏布布停下動作，「啊？」

「對著那邊的洞口喊。」

顏布布問：「喊什麼？」

「隨便你喊什麼，用盡全力喊，讓那些人能聽到你的聲音。」

蜂巢方向水聲隆隆，如雷鳴般迴響在整個地下空間，要讓半山壁上的人聽到聲音，難度有些大。

但顏布布從來不會拒絕封琛的吩咐，清了清嗓子後，開始大喊：「**啊啊啊啊啊**，叔叔看看我，我是顏……我是樊仁晶啊，**啊啊啊啊啊**

啊！」顏布布扯著嗓門叫喊，將這句話翻來覆去地喊了幾遍後，又開始背加法口訣。

「二加二等於四啊——三加三等於六啊——四加四等於八啊——」

他的聲音被淹沒在巨大的水聲轟響裡，封琛見氣墊船上的最後一人也爬上了鐵梯，一邊奮力往前游，一邊吼道：「不夠，你平常哭起來聲音怎麼就能那麼洪亮？」

顏布布：「那，那要我哭嗎？可是現在我好像有些哭不出來。」

「乾嚎，就乾嚎。」

「嚶嚶……」

「你就想，想我搶走了你的比努努。」

「可是，可是你不用搶啊，你想要我就給你，嚶嚶……」

封琛喘了口氣：「那個胖子，他搶走了你的比努努，還狠狠踩碎，再沒辦法修補的那種碎法，腦袋手腳都斷了。」

靜默幾秒後，一道情緒充沛、極具穿透力的震聲嚎哭響起。因為距離太近，封琛那瞬間耳膜都在震顫，腦袋嗡嗡響。他絲毫不敢懈力地繼續往洞口游，也在顏布布的乾嚎聲中，開始用意念召喚黑獅，看能不能將牠喚出來。

雖然現在牠正處在突破的緊要關頭，但度過眼下困境才是最重要的，大不了延長成長時間，再養上幾個月。

但黑獅對他的召喚毫無反應，遲遲沒有出現。

緊急通道大門口還站著二十多名士兵，兩名士兵剛將鐵梯上的最後一個人拖上來，林少將就從通道裡面大步流星地走了出來。

「怎麼樣？所有人都撤光了嗎？」他問道。

士兵回道：「各個分區的負責人帶著人手，把每一層的每間房都查過，沒有再剩下人。醫療站的站長剛才彙報情況，說醫療站除了那些關在 4 樓的變異者，其他醫生護士包括病患，也都全部撤了。」

林少將微微點了下頭，說：「你們都走吧，我來關門。」

「是。」士兵們雖然不明白林少將為什麼要自己留下來關門，卻也不敢詢問，轉身向著通道裡面小跑過去。

林少將站在通道門口，注視著遠方被水簾遮擋的蜂巢，臉上的嚴厲之色盡褪，只剩下從不顯露在人前的悵惘。那隻兀鷲靜悄悄地出現，就站在他肩頭上，一併注視著遠方。

「林奮，你已經盡力了，這不能怪你。」身後響起一道清朗的成熟男聲，一隻修長的手搭上了林少將肩頭。

林奮依舊看著蜂巢，卻抬手握住了搭在肩上的那隻手，輕輕拍了拍。「我沒事。」他聲音略微有些暗啞。

身後的人走上前來，和他並肩站著眺望遠方，眉眼清俊柔和，正是于上校。

站在林奮肩上的那隻兀鷲，突然將頭湊過去，在于上校臉上蹭了下，盡顯親暱之態。

于上校伸出手指點了點牠的腦袋，牠就用彎曲的堅硬尖喙回啄，但力道卻放得很輕，像是怕啄傷了他似的。

下一刻，于上校身旁的空地上就出現了一隻白鶴，修長的脖頸，頭頂一抹豔紅。

兀鷲在看見白鶴時，那雙平常總是鋒利冷銳的眼也變得溫柔，恰似現在林奮側頭看著于上校的目光。

牠輕輕展翅落在白鶴身旁，兩隻大鳥便交頸相纏，親暱無間。

「等洪水消退以後，把排水系統修復了就沒事了，到時候又可以回到蜂巢，一切都會好起來的。」于上校輕聲道。

林奮卻搖了搖頭，「有人存心想摧毀安置點，他們裡應外合，一面炸掉了我們的排水系統，一面破壞了空氣置換器的地面機房，引入洪水，以後想回來基本是不可能的事了。」

「知道是誰嗎？」

「安俶加的人，剛才他們和我們的士兵激戰，後來被全部擊殺，在34層的樓梯間發現了他們的屍體。」

于上校咬著牙，「一群喪心病狂的瘋子。」

林奮神情卻帶著幾分深思，「那群人應該是礎石派來的。其實我有些想不明白，礎石雖然是個瘋子，但以前製造的幾起宗教屠殺，背後總有些其他原因。這次煞費苦心搞這麼一通，就是單純想摧毀安置點，將這裡的人弄死嗎？」

「那……」

「算了，現在不用管其他。」林奮咬咬牙，目光森冷，「以後總可以找他算帳。走吧，我來關大門。」

于上校沒有再說什麼，看著他走向一旁，在牆上的主機殼觸碰屏上輸入密碼，主機殼門彈開，露出了裡面的關門按鍵。

林奮抬手，手指就要碰上關門鍵時，于上校突然出聲：「等等。」

林奮動作一頓，轉頭問道：「怎麼了？」

于上校道：「我好像聽到了小孩子的哭聲。」

兩人側耳細聽，聽見隆隆水聲中，夾雜著一道小孩的哭叫聲，隱隱約約卻不容忽略。

「哇……二加二等於四啊……嗚嗚哇……我的比努努啊……」

林奮和于上校循著聲音看去，看見了水面上的兩個橘紅色小點。

「嗚嗚哇……我的比努努啊……」

于上校神情微動，「是秦深和那個小捲毛。」

「秦深？」林奮臉色沉了下來，「不是和醫療站說過好好看著他嗎？為什麼撤退這種大事都沒有帶上他？」

于上校也皺起了眉頭，「我是A級嚮導，之前漲洪水時，看見他是被量子獸送回來的，也能感知到他的精神力在劇烈波動，這是正在進化的徵兆，而不是要變成喪屍。應該是醫療站不能確定他會不會變異成功，以防萬一，所以乾脆就沒將人帶上。」

林奮走向鐵梯，「秦深正在進化，不管是哨兵還是嚮導，對我們軍隊來說都極其珍貴，絕對不能讓他出事，那將是我們巨大的損失。于苑你在這裡看著，我去接他們。」

于苑立即攔住他，「你要留下指揮，我去接，這裡不大遠……」

他的話突然頓住，臉上顯出驚疑不定的神情。

林奮：「怎麼了？」

于苑慢慢看向他，「剛才那瞬間，我感覺到通道深處有哨兵正在使用精神力，至少是 B 級以上的哨兵。」

「B 級哨兵？整個軍隊只有我是 A 級哨兵，其他三十多名哨兵都是 C 級和 D 級。而安置點進入變異期的那五百多民眾，沒有一個人能進化成哨兵或是嚮導。除了痊癒成普通人的，其餘的都成了喪屍。」

于苑道：「所以我才覺得奇怪啊，但我剛才的確是感知到了 B 級以上哨兵的精神力。」

「那你在這兒等著，我進去看看。」

于苑是嚮導，對於哨兵的精神力波動很敏銳，林奮相信他的判斷，大步往通道裡面走去。

祕密通道猶如一條火車隧洞，雖然每隔幾十公尺便有一盞應急燈，但光線卻依舊不怎麼明亮。從蜂巢撤出來的人走在洞裡，像條前後都看不到盡頭的長龍。

沒有誰有心情說話，每個人都神情惶惶，只偶爾響起一聲咳嗽，或是一陣孩子吵鬧。

一名頭戴鴨舌帽的高大男人正行走在人群之中。他穿著一件不是大合身的運動服，雙手抄在褲兜裡，隱隱可見右邊褲兜露出的一小截手腕，竟然是某種金屬。

和他並肩的是名用頭巾纏繞住大半張臉的女人，微垂著頭，連眼睛都被擋得看不見。

「就算被人發現了，只需要一把小刀就能解決的事，妳還動用精神力去殺人。明知道林奮和于苑都在這兒，于苑還是 A 級嚮導，妳只要動用精神力他就能感覺到，可妳竟然會犯這麼低級的錯誤。」

鴨舌帽男人聲音低啞，卻帶著森寒怒氣，赫然是喬裝改扮混在人群裡的礎石。

「對不起，執事，我忘記于苑也在這裡，犯下了大錯，還請執事責罰。」阿戴垂著臉低聲認錯。

「妳應該已經驚動林奮了，現在先趕緊把封家那小子找到，拿到密碼盒，其他事等到以後再說。」

「是。」

話音剛落，前方就有一陣小小的騷動，有一小群人正逆著人流往這邊跑來。

跑在最前方的人停在礎石身旁，氣喘吁吁地壓低聲音：「執事，我們從頭找到了尾，也沒有找到那小子。」

「確定嗎？」礎石頓住了腳步。

「確定。」手下肯定地點頭，「蠍子和阿偉他們跟著第一批人進了通道，從頭往回找，又在中間遇到了我們。這一路上就沒看到那兩個崽子，他們根本就沒有進來。」

礎石喃喃著：「竟然沒有進來……」

前方又回頭了幾名手下，彙報結果和其他人一樣，都沒有找著人。通道裡人流熙攘，只有他們這一群人站在原地不動，但現在也沒誰還有心思關注這群奇怪的人，目光瞥到他們身上，又漠然地移開。

「執事，現在怎麼辦？那兩個崽子會不會已經死了？」

「不會，水是慢慢漲上來的，也沒有船翻，只要不是傻子就不會死，應該是落在後面還沒有進來。」礎石低低咒罵了一聲，「剛才趁著人亂，我已經在那大門上動了手腳，等著拿到密碼盒，大水沖進來時我們就走。可這水快要漲上來了，那兩個該死的崽子還沒找到，密碼盒都沒拿到手。」

「那我們現在怎麼辦？」

礎石視線從這群手下臉上劃過，恨恨地說：「還能怎麼辦？走吧，回頭去門口等。」

一群人匆匆往門口走，很快就離開了行進中的大部隊，快要走到通道口時，最前方的礎石突然停下了腳步。

對面通道中央，站立著一道高大的身影，合體的軍裝扣得一絲不苟，凌厲的五官散發出森冷威壓。

一隻渾身漆黑的兀鷲站在他肩頭，羽毛微微膨開，是一個隨時準備進攻的姿態。

「礎，石。」林奮看著對面的這群人，慢慢吐出兩個字，聲音沒有半分起伏。

「原來是林上校，哈哈。」礎石笑了聲：「大名鼎鼎的西聯軍林上校還能記得我，真是我的榮幸。喔對了，瞧我這眼色，都沒瞧見您的肩章，現在已經不是林上校，而是林少將了。」

他聲音聽著輕鬆，就像遇到的是名多年未見的老友，但臉上卻沒有露出半分笑意，金屬臂不動聲色地按向腰間。身旁也浮現出一隻狼，齜著長牙，對著林奮方向狺狺而動。

與此同時，站在他身後的阿戴，小臂上凸現出了那條蛇，而幾名手下的身側也分別多了一隻臉盆大的蠍子和一隻黃鼬。

礎石抬起金屬臂，每根手指上都唰地彈出來一柄尖刺，「林少將，我曾經差點折在你手裡，這件事令我想起來就非常不舒服，今天正好遇到了，不如就來做個了結吧。」

林奮眼睛盯著礎石，嘴裡冷聲道：「正好，你差點折在我手裡，結果還是跑掉了，這件事令我想起來也非常不舒服。今天既然遇到了，就徹底做個了結吧。」

空氣迅速凝滯，緊張情勢一觸即發。

此時，通道前方幾百公尺處，幾名士兵跟著人群往前走，頻頻往後張望，其中一人嘟囔著：「林少將說他自己留下來關門，怎麼現在還沒進來。」

「可能還有人沒有撤走吧，于上校也在那兒，你不用擔心。」另一名士兵道。

身旁的人群裡，一名提著大包小包行李的男人突然踉蹌了幾步，士兵眼疾手快地扶住他，「沒事吧？」

「沒事沒事，就是東西帶得太多了。」男人乾笑了幾聲。

「小心點看路，洞裡光線不好，還有很多碎石。」

「知道，謝謝長官。」

男人哈腰感謝，等士兵們轉開身繼續低聲閒聊時，他悄悄抬手摸了下額頭。

他的臉一半隱沒在陰影裡，一半暴露在應急燈的慘白光照下，那臉色是一種不正常的青白色，額頭上也浮著一層細密的汗珠。

地下安置點的水線一直在持續爬升，露在水面的鐵梯只剩下一半，看樣子洪水就快漫過緊急通道，剩下不了多少時間。

封琛和顏布布還在拚命往前游，封琛加快速度衝刺，顏布布趴在他背上，嘴裡一邊哭嚎，一邊用塑膠板快速刨水。

封琛喘著氣，從濺起的水花裡看出去，正好看見躍下水的于上校對著他們游來，便說：「好了，不用叫了，他們已經發現我們了。」

「不哭了嗎？喔，好的。」顏布布啞著嗓子道。

于苑游到兩人身旁，將封琛背上的顏布布一把抓過來，放在自己背上趴著，簡潔地說了聲：「走。」

封琛身上一輕，連忙划動雙臂跟上。

三人爬上了緊急通道，于苑將顏布布放在地上，轉身便去按洞壁上主機殼裡的關門鍵。隨著關門鍵閃爍起亮光，一扇縮在左側洞壁裡的大門緩緩向右方移動。

「你們先進去，跟上裡面的人，他們快走到一半了。」三人都盯著那扇門，于苑嘴裡吩咐封琛和顏布布。

「好的。」封琛牽起顏布布卻沒有離開，站在原地道謝：「謝謝你救了我們。」

封琛知道外面已經沒有了其他人，而大門遲遲沒有關閉，就是因為看到了他和顏布布兩人。

如果于苑中途將門關上，那他和顏布布就完了。

于苑卻擺了擺手，「我本來就留在這裡關門，這是我的職責，不用道謝。」

封琛也就沒再說什麼，牽著顏布布轉身往裡走，剛走出兩步，就聽到于苑問：「你已經進化成功了吧？」

「什麼？」

于苑疑惑地看著封琛，卻也沒有再問。

封琛這時候腦子突然嗡地一聲，能清楚地感覺到，有什麼東西在自己腦內掃了一圈，又飛快退了出去。

雖然時間就短短一瞬，他也能感知到那東西對他沒有敵意，但還是讓他生起了一種被冒犯的怒氣，轉著頭打量四周。

「對不起，沒有經過你的同意，我用精神力探知了你的精神域周邊。」于苑嘴上說著抱歉，臉上卻沒有什麼歉意，「因為我要知道你進化的結果。」

「什麼？」封琛又追問。

「沒什麼。」于苑看著大門，嘴裡嘟囔著：「竟然能在進化的最後時刻離開精神域，哨兵精神力還挺強大……」

封琛雖然疑惑，但現在明顯不是詢問的時機，便牽著顏布布往裡走。沒走出兩步，卻聽到于苑咦了一聲。

兩人又收住腳往後看，只見那原本還在緩緩滑動的大門，竟然在關閉了三分之一的地方停住了。

于苑疾步走到洞壁旁，伸手去按關門鍵。那圓鍵閃爍著正在關閉的綠光，大門也顫動了下，某處地方傳來機械齒輪的轉動聲，但門扇卻依舊沒有移動。

于苑明顯著急了，不停地按鍵，又衝到大門旁，雙手握住門扇搖晃。「秦深，你去那邊按鍵。」他見封琛和顏布布還站在那裡看著自己，立即吩咐封琛道：「你幫忙按鍵，我來關門，估計是哪裡被碎石頭給卡住了。」

封琛立即跑到主機殼旁按那個圓鍵，于苑則拚命晃動大門，又趴在地上去看滑槽裡是不是有碎石。

顏布布也上去幫忙，一起趴在地上往裡看。

「小捲毛，你看那裡是不是有幾根東西？」于苑問。

顏布布順著他手指的方向看去，說：「好像是喔。」

封琛也過來趴在顏布布身旁往裡看。

只見很深的地方，從大門兩旁的石頭裡彈出了兩根金屬尖錐，刺透過門扇，再深深扎入對面的石壁裡，讓大門卡住不能移動，固定在了這個位置。

「這是人為在搞破壞，將爪刺釘在石壁上，大門滑動的時候拉扯到開關，爪刺彈出，把大門釘死。」于苑猛地站起身，臉色非常不好看。

封琛也跟著站起來，問道：「那現在能有什麼辦法嗎？」

「緊急通道的大門是用一種新型金屬材料做成的，看似不厚，其實非常堅硬。這爪刺竟然能穿透門扇，所用的也不是普通材料，要割斷的話，必須借助工具才行。」

于苑轉頭看向外面的滔滔洪水，還有那因為被淹沒了太多層，像是憑空矮了一截的蜂巢大樓。

「外面都被淹了，現在能去哪兒找工具？何況就算找到工具，也要好幾個小時才能將那爪刺割斷，這水最多半個小時就要漲上來，時間哪裡夠啊……」

顏布布雖然不能完全聽懂于苑的話，卻也明白那幾根尖錐將門給釘住了，大水一會兒就能淹進來。他不做聲地從地上爬起身，去旁邊撿起剛才丟掉的兩塊塑膠板，準備等會兒划水時繼續用。

于苑猛地轉身，「走走走，快跑，只要我們路上不耽擱，半個小時是可以從這通道出去的。」

封琛聽到這話後也不多言，俯身就把顏布布抱起來，跟著于苑一起往通道裡面跑去。

于苑邊跑邊打開了對講機吩咐道：「各小隊注意、各小隊注意，讓所有撤離的人跑步前進、所有撤離的人跑步前進，用最快的速度離開緊急通道。」

可就在這時，從洞內突然傳來幾聲槍聲，異常響亮地傳入耳裡，在這個密閉空間裡迴蕩。

于苑猛地一怔，抬頭看向前方，神情剎那變得緊張，接著就收好對講機，飛快地向前衝。

封琛心頭一驚，意識到裡面出事了！也甩開步伐追了上去。

跑了沒幾步後，他看見于苑身上突然騰出一團白影在他的頭頂上飛。那是一隻明顯不該出現在這兒的白鶴，也正振翅飛往槍聲來源處。

封琛瞬間意識到一件事——

原來于苑也是那種不普通的人，是阿戴口中的「同類」，也是自己的「同類」。

難怪他剛才會問一些奇奇怪怪的問題。可精神力和精神域是什麼？哨兵又是什麼？

總不會是放哨的兵？

封琛來不及去細想，因為就在前面能看到的地方，出現了一群正在混戰的人。

「哥哥你看，是那個壞蛋！」一直沉默不語的顏布布，眼尖地認出了其中一個正是礎石，用手指著他。

封琛也認出來了礎石和阿戴，還有和他們對戰的那個人，竟然是林少將。

礎石帶著七、八名手下正在和林少將一人對戰。

地上躺著幾具屍體，雙方激戰正酣，子彈在空中穿梭，擊在洞壁上時擦出閃亮的火光，卻又都能敏捷地避開。

封琛兩人離戰場還有一段距離，他趕緊抱著顏布布，躲進了一處不被應急燈照著的黑暗裡。

顏布布只要在封琛身旁就不是太害怕，只摟緊了他脖子不做聲，而封琛此時的注意力，卻被那幾隻多出來的動物給吸引住。

他看見了阿戴的蛇，也看見了之前從未見過的狼、鱉，好像……好像還有一隻上躥下跳的黃鼠狼。

雙方將槍膛內的子彈射空後，便貼身戰在了一起，洞內傳出拳頭和皮肉相撞的悶響。

礎石的金屬臂擊向林奮面門，握成拳的指關節上，幾根利刺閃著冷芒。林奮側身避開，那一拳便砸在了洞壁上，堅硬的石壁上頓時出現幾個窟窿，碎石嘩嘩往下掉。

林奮在避開的同時，也一腳踢中一名手下，那手下徑直往後飛出了七、八公尺，重重摔落在地上，吐出了一口鮮血。但隨即又翻身而起，向著戰圈凶狠撲來。

可林奮再凶悍，到底只有一個人，在躲開了礎石攻擊再踢飛一名手下後，背上也挨了另外一人的一掌，身形晃了晃才穩住。

趁著這個空檔，礎石的那隻狼悄無聲息地撲出，對著他脖子露出尖牙。一直窺伺在側的黃鼬也突然衝出，目標是他的小腹。

林奮的兀鷲剛啄傷了蠍子，叼著阿戴的蛇飛向上空，用尖爪刺入蛇腹往下劃拉，眼睛就看見狼和黃鼬的動作。牠只得扔掉蛇俯衝向狼，卻再也分不出身來對付那隻黃鼬。

隨著一聲清鳴，一隻白鶴迅捷飛至林奮身前，擋住了那隻黃鼬，同時也伸出尖喙，狠狠啄向黃鼬的眼。

黃鼬發出尖聲嘶叫，甩著頭往後退開。

一名打手手握匕首對著林奮刺去，林奮抓住他的手腕，隨著喀嚓一聲腕骨碎裂的脆響，匕首噹啷墜地。但另一名打手也同時從側面攻擊，林奮肋下中了狠狠一拳。

「林奮，今天你別想活著離開。」

礎石聲音冰冷，金屬臂緊握成拳，尖刺對著林奮的前胸刺去，而阿戴和其他打手手握匕首，也同時朝著他撲去。

眼見林奮無論如何都避不開所有人的攻擊，正對著這邊疾衝的于苑，邊跑邊大喝一聲：「住手！」

隨著他這聲出口，封琛感覺到從前方襲來一股力量，像是無形的枷鎖，層層鎖上他的肢體。

這枷鎖不光讓他這瞬間身體沒法移動，手腳也痠軟得失去了力氣，雙臂無力下垂，懷裡抱著的顏布布哎哎叫著往地上摔去。

【第二章】

只要人還在，
希望就在

顏布布只覺得身體突然一空，便直直往下墜落，瞬間的失重感讓他抓住了封琛肩頭。

「怕嗎？」封琛的聲音穿過風雨，像是從很遙遠的地方傳來。

顏布布度過最初的失重感，隨之而來的是極度興奮。

「好好玩啊，哈哈哈哈，我在飛……哈哈哈哈嗷……」

封琛身體被鎖住的情況只持續了半秒不到，他立即醒神，一把撈住還沒完全墜地的顏布布。

礎石那群正在打鬥的人也齊齊頓住了動作，像是被按下了暫停鍵的靜止畫面，場面無比詭異。

而林奮在這時已經出拳，狠狠擊中了一名打手的胸膛。

那打手像斷線的風箏往後飛去，重重撞上洞壁，噴出一口鮮血後滑下地，喘了好幾口粗氣後才爬起來。

礎石他們已經從凝滯狀態恢復，往後倒退了幾步。

「執事，于苑也來了。」那名帶著黃鼠狼的打手聲音有些驚懼。

「他沒有那麼多精神力消耗，阿戴去截住他，剩下的人對付林奮。」礎石大喝一聲：「在 10 分鐘內解決掉他們，上。」

封琛抱著顏布布站在遠處的黑暗裡，看見阿戴手握匕首衝向于上校，兩人瞬間便戰在了一起。礎石和剩下的七、八名打手圍攻林少將，而那隻白鶴和兀鷲，正在同其他的動物撲打撕咬。

林奮的兀鷲不斷從洞頂往下俯衝，用鋒利的尖喙和爪尖去攻擊那隻狼，每次落爪，狼身上就會騰起一股黑煙。

那隻狼異常凶悍，露出雪白尖銳的狼牙，也不斷往空中回撲，兀鷲的黑羽上也如狼般騰起黑煙。

一時間拳腳齊飛動物嘶鳴，場面異常混亂。

于苑的身體力量不如阿戴，近身戰時有些吃力，但阿戴總是會在快要擊中他時，動作微微一滯，反而讓于苑給擊中。

圍著林奮的人雖然多，但他們也總會突然齊齊頓上半秒，讓林奮幾次化險為夷，還占據了上風。

一名打手隨地撿起條鐵棍砸來，林奮卻擋也不擋，直接揮拳擊上。碰撞之下，鐵棍脫手掉在地上，竟然被這拳砸得生生彎曲了一個弧度。

封琛在遠處看得暗暗心驚，估摸著林少將的瞬間爆發力已經達到了 600SJ 以上，快速力量在 140KS 左右。這已經是一個普通人不可能達到的數值。

顏布布也很緊張，他雖然不喜歡林少將，但相比礎石來說，他還是想林少將能打贏。畢竟林少將雖然吃小孩——也許吃的就是死掉的小孩，但礎石可是曾經想殺他，想殺掉活的小孩。

相比吃死小孩，殺活小孩這件事明顯更加可怕。

幾分鐘前。

當聽到通道口槍聲大作時，通道裡面的人紛紛停下腳步往後看，驚疑不定地互相詢問。

「怎麼回事？那是槍聲吧，我沒聽錯吧？」

「是的，為什麼會有槍聲？門口是發生什麼了嗎？」

「A 巢在漲水的時候也有人在開槍，可能是那些人又追進來了。」

士兵們立即拔出槍嚴陣以待，一名低級軍官喝道：「四隊和五隊跟我去後面看看，其他人繼續往前跑，不要停下來。」

「是。」

二十多名接到指令的士兵立即轉身跑向洞口，但就在這時，前方人群裡突然傳出來一聲女人的慘叫。

這慘叫突兀且尖銳，竟然壓過了外面的槍聲，而其他人驚恐的大喊也隨之響起：「喪屍啊，有喪屍在咬人啊。」

人群嘩啦啦向四周散開，露出中間的一小塊空地。那裡有個男人正弓著背伏在地上，而他面前躺著個女人，兩腳在不斷抽搐，一團深色血液在身下緩緩暈開。

男人慢慢抬起頭，那雙眼眸已經成為一片漆黑，嘴角還掛著一綹撕扯下來的血肉。

原本井然有序往前行進的人群頓時亂了套，尖叫聲哭嚎聲響成一片。而那男人已經縱身撲向離他最近的人，像一頭野獸般瘋狂撕咬。被他咬傷躺在地上的那名女人也站了起來，喉嚨咯咯作響，半張臉已經沒了，剩下那半張臉迅速爬上一層青白色。

「開槍、開槍，直接射殺！」低級軍官對準男人開槍，高聲嘶喊，也顧不上要回去洞口的事。

男人正對著一名老太太張開嘴，一顆子彈就穿透了他的太陽穴，頓時直瞪瞪地倒在了地上。

但前方也開始不斷傳來慘叫。有人前一刻還在奔跑，下一刻便張開嘴露出猙獰的犬齒，對著身旁的人狠狠咬去。

有人血淋淋地從地上爬起來，踉蹌地伸出手，「救我……」

不過短短十幾秒後，他也像野獸般嘶吼著撲向了其他人。

緊急通道是一條密閉隧道，沒法疏散，唯一的生路只能往前跑。然而令人絕望的是，往往剛幸運地從一隻喪屍身邊跑過，還沒來得及鬆口氣，前方又響起了慘叫聲。

濃重的血腥味在密閉空間瀰漫開，四處都是慘叫和哀嚎，混雜著孩子的淒聲大哭。

這條本用於逃生的緊急通道，如今已是通向了修羅地獄。

「繼續射殺，把那些被咬傷過的也一起殺掉！」低級軍官被奔跑的人撞了下，他拿著槍趔趄半步後繼續嘶喊：「所有人從通道兩邊跑，不要走中間……」

低級軍官突然身體一顫，嘴裡的話戛然而止，他伸出左手摸向自己腰後，再將手緩緩伸到眼前——掌心上已經被糊上了血痕。

「劉隊，現在該怎麼辦？喪屍越來越多了。」一名緊挨著他的士兵惶惶然地問：「殺一個又冒出來一個，被咬的人都殺不完。」

低級軍官沒有回話，手臂緩緩垂落，右手的槍也掉在了地上。可就在下一刻，他突然轉身，怒瞪著雙眼咬向身後的士兵。

不過場面雖然混亂，也有一隊士兵臨危不亂，一邊擊殺著已經異變為喪屍的「人」，一邊指揮著其他人離開。

他們具有超出普通人的力量，且鎮定沉著，在這充滿血腥和恐懼的密閉空間內，為其他人生生殺出了一條血路。倉皇奔跑的人在他們的指揮下，不再像無頭蒼蠅般，瀕臨崩潰的情緒也穩定了些。只是沒人能看見，在這隊士兵的身旁，都跟隨著一隻量子獸。

林奮和于苑這邊還在和礎石對戰，雖然他們現在占領了上風，但礎石他們人多，所以也遲遲沒法將這場戰鬥結束。

想到洪水就要淹進來，而洞前方也傳來了連續不斷的槍聲，林奮看上去還好，出手依舊有條不紊，但于苑就顯得有些焦躁，幾次和阿戴的交手過程中也往洞內看，險些被阿戴的匕首給刺傷。

封琛抱著顏布布遠遠看著這裡，一邊擔心著洪水就要淹進來，一邊揣測前方到底發生了什麼事。

槍聲不斷，要麼是變異種從通道的另一頭進入，要麼就是有人在這時發生了異變，成為了喪屍。

封琛很不希望是第二種。變異種還算好處理，一隻隻擊殺了就是，哪怕有人傷亡，也不會造成太慘痛的場面。但如果是有人變成了喪屍，在這種封閉的隧洞裡，那後果簡直不敢想像……

顏布布倒沒想那麼多，只一臉緊張地盯著那群激戰的人。礎石那方挨上一記，他就會長長地舒一口氣，若是林奮這邊中了一招，他又長長地倒抽一口氣。

封琛突然感覺到視野邊緣有什麼閃了下，他轉眼看去，看見了阿戴的那條蛇。那蛇竟然沒有和白鶴繼續拚鬥，而是順著沒被光線照到的洞壁底部，悄悄地遊向了于苑背後。

顏布布開始小聲地念咒語。他在醫療點念著咒語開門時沒有反應，魔力好像已經失效了。不過他還是抱著萬一又恢復了的想法，小聲念了好幾遍。

感覺這魔力時而有效，時而無效，但總的來說效果還算不錯，因為礎石挨打的次數比林少將挨打的次數要多。

「你就藏在這兒不許動，我過去一下。」顏布布被封琛放下了地。

他站在黑暗裡沒有動，緊張地看著封琛弓著腰跑向左前方洞壁，手裡還握著自己給他買的那把匕首。

顏布布不知道封琛要做什麼，看著他越來越靠近那群打架的人，一顆心都提到了嗓子眼兒。

但緊接著他就知道封琛要幹麼了。因為封琛突然加快腳步衝到于上校身後，高舉起匕首，狠狠扎向他身後的石板地。

顏布布迷惑了一瞬，但立即又釋然。哥哥做什麼事都是對的，去扎石板地肯定也是對的，就像他以前在打架時突然去扎電線杆一樣，統統都是對的。

封琛在阿戴的蛇昂起蛇首衝向于苑後背時，一手抓住了牠的七寸，一手揚起匕首扎了下去。

匕首穿透蛇身處冒出一股黑煙，那條蛇嘶叫著掙扎起來。而封琛絲毫不給牠逃脫的機會，又是一刀扎了下去。

正和于苑交手的阿戴，突然慘叫一聲，抱著頭踉蹌後退，沒有被面具遮擋的半張臉迅速變得慘白，嘴唇也失去了血色。

于苑怎麼可能放過這樣的機會，立即調動精神觸手，強勢侵入她的精神域。

封琛抬頭看過來時，看見原本還在痛苦慘叫的阿戴，突然就沒有了聲音，只目光呆滯地看著正前方，手中的刀也噹啷墜地。

于苑侵入阿戴的精神域後，瞬間便在她精神域裡製造出了一個虛幻圖景，將她短暫地困在裡面，再揮動匕首向前刺去。

剛躲過林奮一招的礎石發現了不對勁，側頭看了過來，猛地大喊一聲：「阿戴！」

阿戴依舊沉浸在于苑製造出的虛幻圖景中，站在原地一動不動，臉上神情卻從茫然變為了驚懼和悲痛，對礎石的大喝置若罔聞。

眼見阿戴就要被于苑刺中，礎石只得撲了過去，抬起金屬臂擋住了這一下。但因為他的突然離開，一名手下被林奮一拳擊中面部，頓時鼻骨斷裂成碎塊，幾顆牙齒從嘴裡飛出，一張臉像是成了張平坦的大餅。

礎石抱著阿戴在地上翻了一圈，爬起身後大喝了聲：「走！」

打手們已經倒下了幾名，狼、蠍子和黃鼬，也被兩隻大鳥啄得通身都在冒黑煙。

礎石明白再這樣打下去，不但不能將對方解決，還容易將自己人給折了。反正緊急通道的大門沒法關閉，通道前面也像是發生了什麼事。這些人終歸是要死在裡面，沒必要在這兒白白消耗。

聽到礎石的命令，幾隻精神體突然齊齊撲向林奮，在林奮抽身還擊時，剩下還活著的打手都衝向洞門方向。

礎石並沒注意到于苑身後的封琛，但幾人往洞口衝時，他餘光卻瞟到旁邊站著一個小男孩兒。

那男孩兒緊貼著洞壁，一動不動地站著，雖然身處在不被光照的陰影裡，但距離這麼近，他還是看清了男孩兒的臉。

礎石心頭一跳，生起了種得來竟然不費工夫的狂喜，他立即轉頭往後看，果然看見了站在于苑身後的封琛。

「接著。」礎石將阿戴拋到最近的一名打手懷裡，轉身就要去抓顏布布。

顏布布在礎石看向他的那一刻就高度緊張著，如同繃緊的弓弦。在看到礎石丟出手上的人又對著他衝來時，立即撒腿就往封琛方向跑去。

封琛知道礎石是想抓住顏布布威脅自己交出密碼盒，也知道顏布布不可能跑得過他，而自己想衝過去接人也趕不上。

他心念一轉，取下背上只裝了絨毯和飯盒的背包，在礎石手指就要碰到顏布布背心時扔了出去。

「東西給你。」

礎石看見封琛拋出了背包，立即放棄面前的顏布布，抓住飛來的背包。眼見于苑要追上來，帶著人頭也不回地衝向了洞門口。

而那幾隻正在和林奮糾纏的精神體，也嗖一聲從空中消失。

「別管他們了，洞裡現在有情況。」林奮喝住于苑。

于苑剎住腳步，只對封琛說了聲：「快跑，水要淹進來了，不管前面發生了什麼都不要停下。」說完就朝著洞內飛奔而去。

「哥哥！」顏布布已經衝了過來，兩條腿飛快倒騰，邊跑邊伸出手。下一刻他的視線便顛倒，被封琛以一個熟悉的姿勢拎住了背心。

封琛抓著顏布布的背帶褲繫帶，向著洞深處發足狂奔。他知道再過上差不多10分鐘，這裡就會被洪水淹沒，他倆必須在這剩下的時間裡跑出通道。

前方不斷傳來槍聲，封琛跑出了平生最快的速度，如同一陣旋風般颳向前，很快就看見前方出現了兩個也在奔跑的身影。

「是于上校他們嗎？」這一段路都沒見著其他人，顏布布有些驚喜地用手指著前方，「看！那裡有人。」

「我看見了。」

那兩個人也在往前跑著，但速度沒有封琛快。隨著距離越來越近，他們的背影越來越清晰，封琛的心也急劇下沉。

那不是于上校和林少將。

從衣著打扮來看，左邊那人是個乾瘦老頭，但一條手臂已經從肩膀處沒了，斷肢處露出泛著青白的皮肉，還有一截猙獰的斷骨。老頭卻似絲毫感覺不到疼痛，腳步迅捷地往前跑著。

右邊是名老太太，頭顱呈現一種奇怪的歪斜狀，像是拗著脖子在奔跑。待到更接近些，就看見她脖子右邊已經斷裂，頭顱便不勝負荷地往左歪斜，靠在肩膀上。這分明已經不是活人，而是兩隻喪屍！

顏布布也看清了眼前的異狀，被嚇得差點叫出聲，還好忍住了。雖然被封琛拎在空中，也不由自主蜷緊了手腳。

封琛知道林少將和于上校剛從這裡跑過去，這兩隻喪屍應該是去追他倆的。

通道裡也開始出現了一些屍體。

有些身體已經殘缺得快辨不出人形，是還沒有來得及異變便被啃咬至死的人。有些明顯看得出已經異變成喪屍，個個都面目猙獰，但頭上都有一個彈孔，還在往外淌著黑血，顯然剛被林少將兩人擊殺掉。

現在跑在前方的喪屍，是被漏掉的兩隻。

這兩隻老年喪屍跑得並不快，反應也不是特別靈敏。按說封琛並沒有刻意壓低腳步聲，但它倆還是一味追著前方。看來就算變成了喪屍，凶悍強度也和生前的體質有關。

前方的屍體越來越多，幾乎找不到可以落腳的空地，可以想見開始發生在這裡的一切是多麼慘烈。

封琛踏著那些屍體往前狂奔，也不去細想腳下踩著的是什麼，只拚命往前跑。因為腳下不平，他必須努力控制著身體平衡，才不至於被突然絆倒。

只是顏布布被臉朝下地拎在空中，不得不和那些死屍近距離地面對面。他視野裡掠過一張張皮肉綻開的臉，一雙雙怒凸的眼，嚇得趕緊閉上眼睛，牙齒咬得咯咯作響。明明離那些死人還有一段距離，他也拚命將腦袋往上抬，生怕碰到了他們。

跑到兩名喪屍身後時，這裡通道兩側都堆疊著層層屍體。繼續往前的話，要麼從那些屍體身上爬過去，要麼直接從兩名喪屍中間穿過去。

洪水不等人，就這樣壓著速度跟在喪屍身後跑終究不行。封琛深吸了口氣，低聲說：「我要衝了，你注意別讓它們抓住你。」

「他們、他們還會抓人的嗎？」顏布布睜開眼，盯著下方怒瞪著他的一具屍體。

「不是地上躺著的，那些都死了，是前面那兩個。」

「好，知道了。」

顏布布話音剛落，封琛便甩開大步衝了上去。

他的腳步聲吸引住了那倆喪屍的注意，它們不再徑直向前，而是停下了奔跑，轉身往後。

那名斷脖子喪屍因為轉身這個動作，腦袋竟然顫巍巍地晃了兩下，要掉不掉地懸在肩上。

封琛忍住心頭的恐懼，將拎著的顏布布抱在胸前，一聲大吼：「注意點，我要衝了。」

「好——」

在顏布布的高聲回應中，封琛如同一枚出膛的炮彈衝了出去。

那倆喪屍剛剛張開大嘴作勢往上撲，他便砰一聲從中撞開，繼續席捲往前。等兩名喪屍趔趄著穩住腳步，繼續往前追趕時，已經被他甩開了一大截。

接下來的路段再沒有遇著喪屍，只有地上橫七豎八的屍體。空氣中瀰漫著濃重的血腥味，令人聞之欲嘔。

通道裡很安靜，兩人都沒有說話，顏布布只能聽到封琛的喘息，還有自己激烈的心跳。

這條通道是弧形的，再跑出去一段後，就聽到弧形的另一端傳來腳步聲，聽上去人很多，雜亂且沉重，都在向著前方奔跑。

封琛不認為眼下這種情況那會是一群活人，更像是被林少將和于上校帶著在奔跑的喪屍。

事情如同他所想的那樣，在距離逐漸拉近後，一大群奔跑的喪屍就出現在視野裡。

足足好幾百名喪屍，黑壓壓地排成了長隊，一眼看不到最前方的盡頭。它們機械地甩動手臂，沉默無聲地奔跑著，場面看上去極其詭異，令人毛骨悚然。

封琛腳步頓住，但緊接著又跟了上去，離那群喪屍保持著不遠不近的距離。他不清楚喪屍能不能靠嗅覺感知普通人的存在，但這通道裡瀰漫著嗆人的血腥味，完全蓋住了他和顏布布的味道。現在只要放輕腳步，別驚動它們就好。

顏布布雖然剛還和喪屍臉對臉，但他知道那是死的，現在看到這麼多缺胳膊少腿、渾身鮮血淋漓的活喪屍，嚇得都快不能呼吸。

他小口小口抽著氣，用顫抖的氣音問封琛：「我們要從他們中間衝過去嗎？」

封琛也壓低了聲音：「不衝過去了，這麼多喪屍衝不完的，但是你要記得，一定不要發出聲音，免得被他們發現了。」

「喔，不衝喔……」顏布布長長鬆了口氣，又保證道：「我絕對不會發出聲音。」

封琛將顏布布往上托，騰出手，在腕錶上調出了即時地圖。地圖顯示這條緊急通道的長度為五里，他們現在只跑了一半，如果推算沒有錯誤的話，這時地下安置點裡的水已經和洞口齊平，就要淹進來了。

封琛湊到顏布布耳邊低語：「等會兒水就要淹進來了，不管我做什麼，你無論如何都要把我抓緊。」

顏布布調整了自己的布袋位置，隔著布料摸了摸那個密碼盒，點頭道：「好，我會抓緊你。」

「就算水淹進來也別怕，水線是慢慢往上漲的，不會一下子就把我們捲走，等到前面那些喪屍被水淹了，我們就往前游，把它們甩掉。」

「好。」顏布布繼續點頭，但想到了什麼，將嘴也湊到封琛耳邊，語氣嚴肅地問：「要是它們也會游泳呢？」

封琛說：「我覺得不會。」

「為什麼？」顏布布問。

封琛想了想，說：「因為電影裡的喪屍都不會。」

「喔，那肯定不會了。」顏布布釋然。

喪屍群繼續往前跑著，最前方偶爾會響起槍聲，應該是林少將和于上校。封琛知道他們完全沒必要把動靜搞這麼大，這樣做的唯一解釋就是讓沿途喪屍把他們當做目標，免得自己和顏布布沒法衝出去。

封琛說不清現在是什麼感受。

他是封在平的兒子，一直被作為東聯軍未來的軍官在培養，從小就知道東西聯軍之間的罅隙糾葛。他一直是將西聯軍當做對手，甚至是敵人在看待，但林少將和于上校的這番舉動，讓他內心變得複雜起來。

顏布布卻不知道他的這些想法，只不停地轉頭，看一眼前面的喪屍群，又看一眼後面，既怕被喪屍群發現，又擔心水會突然沖進來。

地下要塞的水終於湧進了洞口，水線如同一條快速游動的巨蛇，將沿路的所有一切都無聲地吞噬入腹。就如封琛所說的那樣，洪水並不是瞬間便填滿整個通道，而是逐漸上升。顏布布不時看看後面，在瞧見地面的顏色飛快變深時，還沒意識到那是水進來了，但封琛聽到了腳下的踩水聲，明白洪水已經追上了他們。

前面的喪屍群還在奔跑，封琛又抬腕看了下一直顯示在腕錶上的即時地圖。他們目前處在通道的五分之三處，不知道在洪水漲滿這裡時，能不能安全地跑出去。

喪屍的體力和生前的身體素質也有關係，前面的喪屍隊伍越拉越長，有幾個年老體弱的便落在了後面，搖搖晃晃地跟著追趕。

「不行了，我要衝了。」封琛說。

顏布布緊緊摟住他的脖子，「衝吧。」

水已經淹過了腳背，封琛現在也顧不上那麼多，加緊速度衝過去，在喪屍剛剛轉身時，就抬起腳踹向最近的那一隻。

那隻喪屍被踹得平平向後飛出，撞在了洞壁上，另一個嘶吼著撲來時，被他接著一腳又踹飛了出去。

連接踹飛兩隻離得近的喪屍，稍微遠的就不管了，反正他們也追不上。封琛越過剩下的幾隻零星喪屍繼續往前跑，而腳下的水也越來越深，已經淹過了他的小腿。

顏布布一直趴在封琛肩頭，警惕地左右張望。他看見左邊洞壁的陰影裡，突然竄出來一隻喪屍，從側後方對著封琛衝來。

那隻喪屍瞬間已至眼前，顏布布那瞬間心都差點蹦出喉嚨眼，但他謹記著封琛不准發生聲音的叮囑，硬生生將那聲驚叫嚥了下去。

喪屍跑不過封琛，便伸手去抓他後腦，顏布布看著那隻手，竟然猛地撲出上半身，張開嘴想去咬。

還好封琛即使察覺了，瞬即一個側身回踢，那喪屍被踢出去七、八公尺遠，重重摔在地上，顏布布便咬了個空。

封琛這下被顏布布嚇得不輕，站在原地都忘記了往前跑，直到後面的喪屍又追了上來，這才重新提步。

「你幹麼去咬他？你以為你也是喪屍嗎？喪屍還沒來得及抓住你咬，你倒是先去咬他！」封琛驚魂未定地叱問，聲音都有些變調：「他身體裡肯定帶著病毒，你咬他一口和他咬你一口有什麼區別？你也會變成喪屍的。」

顏布布也被嚇住了，片刻後才吶吶地回道：「我、我太著急了，我怕他抓你。」

「以後你再敢去咬喪屍，我就⋯⋯我就⋯⋯」封琛一時竟然想不出來該如何威脅他。

「我再也不會咬喪屍了，我記得住的。」顏布布立即保證。

封琛側頭看了他一眼，見他滿臉鄭重中帶著後怕，顯然也知道了其中的厲害性，這才沒有再說什麼。

水漸漸深了起來，漫到了封琛的腰，讓他已經沒辦法奔跑。他覺得如果用走的話，還不如游著快，於是乾脆讓顏布布像開始那樣趴在他背上，從水裡往前游。

顏布布趴在他背上後，從布袋裡取出那兩個小槳似的塑膠片，一左一右握在手中，也開始划水。

「你別划了，要抓緊我。」封琛擔心突然遇到喪屍，顏布布從他背上掉下去，便命令道：「把那兩個船槳扔了，只需要把我抓牢。」

顏布布不大捨得扔，便留下一隻划水，右手抓緊了封琛的肩。

水流逐漸開始洶湧，幾公尺高的洞身已經被淹沒了一半。封琛看見前面的喪屍都被捲走，連撲騰都不帶一個的，就靜靜地隨著水流起伏，再沉了下去。

還好喪屍真的不會游泳，這讓封琛安下了心。

顏布布瞧著兩邊飛逝的洞壁，有些驚喜地俯在封邊耳邊嘀咕嘀咕。

「聽不清，你現在可以大聲說話了。」封琛道。

顏布布立即放開了聲音：「我們好快喔，比開始跑起來還要快。」

封琛在心裡估算了下，照目前的速度，再過 4 分鐘他們就能離開緊急通道。當然前提是不能遇到什麼突發狀況。

不過擔心什麼就來什麼，顏布布看見前方水面上有東西，立即扯著封琛衣服指給他看，「哥哥你看，喪屍在游泳啊！」

封琛聽到這話嚇了一跳，只見遠方一、兩百公尺的水面上，果然有一排黑壓壓的腦袋。

「他們、他們在游泳。」顏布布驚駭大叫。

封琛道：「別慌，好像不是在游泳。」

那排腦袋後面露出了幾個木椅腿，應該是撤退時那些人帶上的小家具，結果被卡在了洞底。被水流沖來的物品越來越多，就堆積在那裡，也擋住了十幾名被水流捲走的喪屍。

那些喪屍都從水面冒出個腦袋，安安靜靜地隨著水流起伏，沒有誰掙扎，也沒有誰企圖從那些縫隙裡鑽過去，一副不大聰明的樣子。

但它們再不聰明也是喪屍，也知道聞著人味兒就往上撲，總不能就這樣從它們身旁堂而皇之地游過去。

眼看著離那些喪屍越來越近，封琛突然問道：「還記得我教你怎麼閉氣的嗎？」

「記得。」顏布布立即像青蛙一樣鼓起了嘴。

封琛轉頭瞥了他一眼，也沒有繼續說什麼，只是在快接近那群喪屍時，突然將顏布布從背上抓了下來，一手捂著他的口鼻就潛下了水。

冰涼的水漫過頭頂時，顏布布被激得陡然瞪大了眼睛。但他清楚地知道這是封琛，所以依舊沒有任何反抗，任由封琛捂住他口鼻，帶著他從水裡游向前方。

洞壁上的應急燈在水裡也亮著，照亮了喪屍所在的那塊區域。只見那裡堆積了不少的家具。除了椅子，還有小方桌、漂蕩的窗簾布、卡在椅腿中的檯燈等等。

喪屍們就被擋在那排家具前面，只能看見它們一動不動地站在水裡，隨著水流微微起伏著。

家具堆得重重疊疊，其中最大的縫隙便是一個四腳朝天的方桌。雖然腳上架著其他東西，但桌腿間留下的空間，依舊可以讓他和顏布布鑽過去。而且那桌子前只擋了一隻喪屍，不像其他地方密密麻麻地擠成了一團。

封琛順著水流往那兒游，顏布布則一直轉著眼珠看四周。他們身後的那些屍體也被沖了過來，在水裡晃晃悠悠地浮沉。

一具女屍漂到他身旁，和他在水中並肩前進，他都不需要側頭，視網膜邊緣就能看見那張慘白的臉，還有水藻般漂揚的頭髮。

顏布布雖然泡在水裡，卻也能清晰地感覺到汗毛豎立，聽到自己血管裡的血液急速奔流，一下下撞擊著太陽穴。

他不斷在心中告訴自己：這是阿姨、這是阿姨，雖然死了，她也還是阿姨，好看的阿姨……

但女屍被水流帶著繼續往他這邊靠，臉都快貼到他身上，一下下輕撞著他肩膀。他終於還是沒忍住，拚命用雙腿去蹬，讓那女屍又晃晃悠悠地漂遠。

封琛已經游到了桌子前面，在接近擋著桌子的喪屍瞬間，從旁邊的家具小山裡抽出一條椅子腿，捅到那喪屍腰間，將它往左推出去了半公尺。那喪屍倏地動起來，向下伸手去抓，一把抓住了椅子腿。封琛趁機鬆手，帶著顏布布飛快地鑽過了桌腿。

顏布布已經有些難受了，覺得自己喘不過氣，便摸了摸捂住自己口鼻的那隻手。

封琛會意，立即往水面上浮，帶著他嘩啦一聲鑽出了水面。

顏布布大口大口地喘氣，用手去抹臉上的水，這才發現水馬上就要淹沒整條通道，他的頭頂離洞頂只有一個拳頭的距離。

現在他沒辦法再趴在封琛背上了，封琛便一手托住他腋下，一手划著水前進。

現在離游完整條通道已經不遠，希望就在眼前，但封琛這時候卻覺得腳腕一緊，水下有什麼東西將他拖住，一把拽下了水。

顏布布突然感覺到托著自己的那隻手消失，整個人瞬間往下沉。他撲騰了兩下，轉頭去看封琛，身後卻只有一片洪水。

「哥哥、哥哥！」他驚慌地大喊兩聲，水就灌入嘴巴裡，人也像秤砣一樣沉了下去。

顏布布被水流淹沒的瞬間，還在掙扎撲騰，一隻手抓住了嵌在洞壁上的應急燈。好在他被封琛帶著潛過兩次水，所以撲騰幾下後就反應過來，立即鼓起嘴，再學著封琛那樣，用另一隻手捂住自己口鼻。

他看見封琛就在後面不遠處的水裡，和一個人，不，和一隻喪屍在打架。那隻喪屍張著嘴，露出兩排鋒利的牙，活似一條鯊魚般想往封琛身上撲。

顏布布不敢鬆開抓住應急燈的手，怕自己被水流沖走。他看到洞壁上嵌著一排手腕粗的線纜，便改換成抓住線纜，兩條腿蹬水，一點一點地往封琛那邊靠近。

封琛發現在水裡扯著自己竟然是隻喪屍後，才明白喪屍竟然是可以游泳的。它們保留著生前的身體記憶，會游泳的人變成喪屍後，自然也就會游泳了。

這是隻身形高大的喪屍，手臂上肌肉僨起，扯著封琛腳腕就往嘴邊拖。封琛將腳往外拔，但那隻手如同鐵鉗一般，他用了全力竟然都拔不出來。封琛知道變成喪屍後的人力量會增大數倍，但他現在的瞬間爆發力已經達到了 400SJ 以上。這樣都掙脫不開，他不由懷疑這喪屍生前怕是個鉛球鐵餅類的運動員。

眼見那喪屍張著大嘴往他腳腕上啃，他只有用另一隻腳去踹它臉。兩腳下去，喪屍的眉骨和鼻梁都被踹斷裂塌陷，卻絲毫不能撼動想去啃食封琛腳腕的決心。

封琛心急如焚，他這裡被喪屍拖著，不知道顏布布會怎麼樣，一邊奮力掙扎一邊轉頭往後看，卻看見顏布布正扶著洞壁向他游來。

看到顏布布沒被水捲走，封琛頓時穩住了心神，更加用力地一腳踹向喪屍面門，同時拔出了匕首。

這一腳踹得喪屍的兩隻眼都從眼眶爆出，掛在眼眶外。突然失去視覺，讓它張嘴啃咬的動作也緩了下。

封琛趁機在水中曲腰，用匕首刺向它的太陽穴。刀尖沒入喪屍腦袋再拔出，那喪屍手下一鬆，終於停下了啃咬，慢慢倒在水中漂走。

封琛轉身一個蹬水，游到顏布布身旁，托起他便衝出了水面。

顏布布這次憋氣的時間稍微有些長，不過還算受得住，他一邊大口呼吸一邊問：「那、那個、那個，我來幫忙……」

「不用幫忙，已經把它弄死了。」封琛也在不停喘氣。

就這一會兒工夫，水已經淹到了洞頂。因為洞頂是弧形，兩邊已經完全浸沒在水中，只有中間部分還露在水面上，不過也只剩下一線。

兩人只能仰著頭，將臉露在水面上呼吸，可就算這樣的一點空間，也馬上就要被洪水填滿。

眼看再過 2、3 分鐘就能出去，通道前方卻傳來密集的槍聲，似乎不止是林少將和于上校，還有其他士兵也在開槍。想必他們兩人已經出了洞，但洞口的情況相當不容樂觀。

「好像、好像水要淹過我的臉了。」顏布布眼睛只能看著洞頂，能看清水泥面上的每一顆小凸起，有些艱難地說：「我耳朵已經在水裡了，哥哥，我們會不會被淹死在這裡……要不找條繩子把我們倆捆上吧，死了後就不會被沖散了……」

封琛一直將臉埋在水中看前方，只偶爾抬頭換氣，聞言便道：「肯定不會死。你的魔力呢？你不說你魔力很強嗎？現在可以念咒語。」

「……可是我今天去給你開門的時候，我的魔力都沒法打開那門，好像不大靈了。」顏布布說。

封琛喘著氣道：「很靈，要不是你的魔力，我出不了那門，早就被淹死了，現在也沒法和你在這裡游泳。」

顏布布有些驚喜地問：「真的嗎？」

「真的，肯定行。」

「啊嗚嘣嘎啊達烏西亞、啊嗚嘣嘎啊達烏西亞，啊嗚嘣噶……咕嚕嚕……」

顏布布在被水完全淹沒的瞬間，封琛便捂住了他的口鼻，從水裡往前快速游去。

兩人順著水流往下，很快就到了洞口處，可洞外竟然也是個密閉的圓形大空間，牆根一排雖然都是出水孔，但那金屬欄之間的距離，連隻老鼠也鑽不出去。

牆邊只有一條向上的扶梯，那些被水流捲下來的喪屍，密密麻麻地擠在扶梯處，拚命往上爬。

喪屍層疊累積，互相踩著肩頭。扶梯上方不斷響起槍聲，一個個喪屍被擊斃倒了下去，但另外的喪屍卻踩著它們屍體繼續往上，毫不畏懼上方的子彈。

封琛從水裡看著前方場景，第一次在心裡浮起絕望的感覺。

整條通道已經被水淹沒，他和顏布布必須出去，前面是那唯一的出口。但那喪屍群擁擠得猶如高峰期的車站，他倆不可能從中毫髮無傷地穿過，再爬上那個扶梯。

不可能。

就在這時，水裡突然響起一聲爆炸聲，水流那瞬間出現了倒灌，封琛耳朵被傳來的巨響震得嗡嗡響。

有人在往水裡扔炸彈！

前方聚集成團的喪屍被炸得四散開，露出中間的扶梯。封琛心頭一跳，知道這是難得的機會，趕緊用力一蹬水，帶著顏布布衝過去。

他用盡全力拚命划水，不去管身旁那些剛被水流帶走的喪屍，只希望能在喪屍們重新湧上來之前抓住扶梯。

扶梯一圈的洪水往外湧動，蕩起層層波浪，可就在封琛快要到達扶梯下面時，喪屍們已經重新聚集往這邊游來。

封琛探出手，眼看就要抓住水裡的一截扶梯，腳腕卻又被一隻衝得最快的喪屍拖住。

他迅捷回頭，一匕首紮入那喪屍面門，從它的眼眶刺入，扎進了腦中。可這隻喪屍剛解決，左邊又游來一隻，在水中便對著他張開大口，露出了兩排白森森的尖牙。

封琛只得放棄去抓扶梯，繼續揮刀刺出，一刀捅進喪屍的嘴，再刺穿它的上顎，狠狠一攪，拔出匕首。

雖然解決掉這兩個喪屍的動作乾淨俐落，絕不拖泥帶水，但時間已經又過去了幾十秒，那些原本被浪頭沖遠的喪屍，已經盡數衝了過來。

周圍一圈全是喪屍，離他們已經只有十幾公尺遠，封琛能清晰看見它們臉上的烏青色毛細血管，也能從大張的嘴裡，看見那已經變成墨黑色的懸雍垂和口腔內壁。

他看了眼左手臂彎裡的顏布布。

顏布布閉著眼，手腳軟軟垂著，頭上的那些捲髮在水裡輕輕漂蕩。他的皮膚在水裡白得近乎透明，像是一個已經沒了聲息的洋娃娃。

他被捂住口鼻的時間太長，已經暈厥過去。但他牢記封琛不能掙扎的命令，哪怕是窒息昏迷，從頭到尾也沒有掙扎過。

封琛沒辦法去抓扶梯，何況就算上了扶梯，也會被追上來的喪屍重新扯到水裡，再撕咬成碎塊。

沒有任何辦法了。

封琛看著顏布布，突然鬆開捂住他口鼻的手，將他緊緊抱在懷中，再蜷縮起身體弓著背，臉就埋在他的髮絲裡。

周圍是撲來的喪屍，攪動起漫天水花，兩人卻保持這樣的姿勢懸在水中，自成一個安靜的世界，像是在子宮羊水裡擁抱在一起的雙生胎。

短短瞬間，封琛好像什麼都沒想，又好似想了很多，心頭的恐懼卻就那麼散去，只抱著顏布布，靜靜等著疼痛的到來。

就在這時，他覺得腦中轟然一聲，像是有什麼東西突然炸開，雖然緊閉著眼，卻也看見一片炫目的白光。

周圍的水聲變得遙遠，像是被他的耳朵自動遮罩，但腦中卻聽到了另一種聲音。

那聲音雖然沒有經過他的耳蝸，卻自然地出現在他腦中，像是來自另一個維度的聲音，很自然地便轉化成圖像，清晰地呈現在他腦海裡。

他能看見黑獅在水裡舒展著矯健的身軀，每一塊起伏的肌肉都那麼強健有力。牠張開鋒利的尖爪，輕易將面前的幾隻喪屍撕碎。動作間，牠長長的鬃毛在水中漂蕩，如同茂盛的黑色海藻。

黑獅將湧上來的一圈喪屍撕得粉碎，在水中發出憤怒凶狠的咆哮。

一直閉著眼的封琛在這時突然睜開眼，銳利的目光恍如要穿透水面，一股無形的力量以他身體為中心，以磅礡之態向著周圍層層推去。

密集的喪屍都被推了出去，跟著水流擊打在牆上，濺起沖天巨浪。

浪頭落下時，封琛身邊已經空蕩蕩地沒有一隻喪屍，而遠處水面上漂起了一層喪屍屍體，一直延伸到緊急通道深處。

嚴格來說，喪屍本來就是屍體，只是現在它們已經徹底消亡，只隨著水流輕輕起伏。每一具喪屍身體上除了被啃咬過的痕跡，並沒有增添新的傷口，但它們的口腔和鼻腔，緩慢地滲出被攪碎的腦內組織。

封琛回過神，一手抓住扶梯，一手抱著顏布布就翻了上去。

他剛從扶梯上冒出頭，于苑和兩名士兵就扯住他往上提，林奮同時發出一聲喝令：「關上斷層緊閉門。」

封琛來不及去看這是哪兒，也來不及去管身邊都有誰，將臂彎裡身體軟軟的顏布布往地上一放，便跪在旁邊，開始給他做心臟按壓。

1、2、3、4……

轟隆隆的聲響中，一道斷層緊閉門從他們腳底地板下層伸出，並封住了扶梯口，這樣就將緊急通道裡的洪水隔在了下方。

「怎麼樣，沒事吧？」

「運氣好，不早不晚剛好這個時候進化，進化時爆發的瞬間力量最為強大，不然還真說不準後果會怎麼樣。」

「小捲毛溺水多久了？」

身邊一直有說話聲，像是無意義的白噪音，沒有一句能進入封琛腦裡。他此刻聽不見其他的任何聲音，只一下下給顏布布做著心肺復甦術。顏布布靜靜地躺在地板上，小身體隨著封琛的動作晃動，嘴唇和臉色一樣慘白，看不出來半分生機。

封琛一雙眼通紅，一瞬不瞬地看著顏布布的臉，水珠順著他的濕髮淌落，又一滴滴淌在地板上。

林奮蹲在地上，伸出手指去按顏布布頸側，就聽到頭頂傳來一聲淒厲的尖叫。

「啊！！！！！喪屍啊！！！」

于苑臉色驟變，「糟糕，上面也有喪屍了。」

有些人並不是在被喪屍咬傷後立即異變，而是會經過一段時間的潛伏期。估計中途有人被喪屍咬過，只是到了現在才進入變異狀態。

林奮側頭看了眼顏布布和封琛，「我們去上面一層堵著，別讓喪屍衝下來。」

「好。」

林奮和于苑帶著幾名士兵爬到了上一層，槍聲和喪屍的嘶吼聲不斷響起。

封琛一直對外面發生的一切充耳不聞，只嘴裡輕聲數著數。當一個周期的心臟按壓做完後，又托起顏布布的下巴，讓他呼吸道保持通暢，俯下身做人工呼吸。

做完人工呼吸，繼續心臟按壓，開始第二輪搶救流程。

黑獅出現在顏布布身旁，伸出舌頭輕柔地舔舐他的臉，在他鼻子旁嗅聞片刻後，又焦躁地在地上來回踱步。

封琛做完一個迴圈，將耳朵俯到顏布布胸口上聽了下，接著又繼續做。「顏布布，你一定要醒過來，一定要醒過來。」封琛手下不停，眼睛裡卻滾出大顆大顆的淚水，沙啞著聲音哽咽道：「求求你不要睡啊，你快醒過來。」

「顏布布你是不是不聽我話了？我讓你醒過來……啊嗚嘣嘎啊達烏西亞、啊嗚嘣嘎啊達烏西亞……」

「咳咳。」

封琛好像聽到了咳嗽聲，他停下手，屏住呼吸看著顏布布，生怕這只是自己的一個幻覺。一旁正在焦躁踱步的黑獅也竄了過來，和封琛保持著同一動作，一雙金黃色的眼瞳緊緊鎖定顏布布的臉。

「咳、咳咳。」顏布布又咳了兩聲，眉頭也皺了起來。

這聲音落在封琛耳裡恍若天籟，他伸手拍了拍顏布布的臉，急促地道：「醒了嗎？睜開眼看看。」

顏布布緩緩睜開眼，腦子還不大清醒，見著封琛後，沙啞著嗓音喚了聲：「哥哥……」

封琛看著他，雖然臉上還掛著淚水，卻又笑了起來。

顏布布不明所以，便也跟著嘿嘿笑了兩聲。

封琛卻已斂起笑，將顏布布一把摟在懷裡，摟得緊緊的。

顏布布被他這樣抱著，既有些迷糊，又有些受寵若驚。直到聽到頭頂上方傳來的槍聲，才想起他們現在沒在蜂巢房間裡，而是在緊急通道裡往外逃。

洪水、喪屍、屍體、槍聲……在顏布布腦海裡快速閃過。

他倏地從封琛懷裡抬起頭，越過他肩膀，正好看見一隻喪屍從牆壁樓梯上撲下來。

顏布布拚命去扯封琛衣服，手指著後方，急得說不出來完整的話，只大叫一聲：「啊嗚嘣嘎……」

一直站在兩人身旁的黑獅卻突然動了，牠躍到半空截住那隻喪屍，爪子彈出鋒利的爪尖，哧啦一聲從上而下斜斜劃下，喪屍的頭就被破成了兩半。

落在顏布布眼裡，就是他才剛念出咒語，那隻喪屍也剛撲在空中，結果腦袋就莫名其妙地掉了，像是一個被切開的西瓜，動一動，就自動裂開成了兩半。

封琛見顏布布猶如被定住，便問道：「怎麼了？哪裡不舒服？」

顏布布慢慢轉頭看向他，目光灼灼發亮，「我的魔力、我的魔力果然恢復了。」

「嗯，我就說你的魔力很強大，讓我們能順利地到了這兒。」封琛抱起顏布布站起身，說：「走吧，我們現在去找林少將他們。」

直到這時，封琛這才注意到四周，發現他們正置身在海雲塔內。

海雲塔建成已經二十多年，當初修建這座塔的原因很多，但因為自身是牢不可摧的鋼架結構，後面便被軍方徵用，並封鎖起來。

民眾並不知道軍方拿海雲塔在做什麼，封琛當時也沒關心，現在才知道，原來做成了緊急通道的出口。

其實不光是出口，還可以作為暫時的緊急避難所，因為塔內空間很大，每一層的環形通道後都是房間，實打實的可以容納幾千人。

但現在喪屍已經出現在塔裡，作為避難所應該是不行了。

林奮和于苑幾人正在擊殺那些撲來的喪屍，看見封琛抱著顏布布上來，便說了聲：「走。」

一群量子獸在前面開路，其他人跟在後面，繞著環形樓梯往上。

每一層都要繞過環形通道，才能繼續去往更上面一層。樓梯上已經倒著一些殘缺不堪的屍體，通道裡還有幾名喪屍正圍著屍體啃咬，聽到動靜後都抬起頭，露出糊滿鮮血的臉。

量子獸們在顏布布的咒語聲中撲了上去，那些喪屍還來不及起身，便被利爪和尖喙劃破了腦袋。

「別看。」封琛怕顏布布看到這種場面會害怕。

顏布布卻沒有半分害怕的樣子，看著那些「西瓜」一個個被剖開，還欣喜若狂地大叫：「我好厲害啊！我的魔力好強啊！」

一隻趴在樓梯下啃噬屍體的喪屍突然躍了出來，照著封琛後背咬去。封琛卻頭也不回地揮手刺出，拔刀，那喪屍就頹然倒下，太陽穴多了一個黑洞洞的刀口。

封琛此時的感覺很奇妙，他明明沒有看到身後的喪屍，但某種代表著危險的資訊會出現在他腦子裡，並呈現出清晰的畫面。

他不用眼睛也能知道，樓上左邊角落蹲了隻喪屍，右邊通道上有三隻，還有兩隻聽到腳步聲，正從樓梯上往下衝。

不過前方的黑獅在顏布布的咒語聲中已經衝了上去，將樓梯上那兩隻喪屍拍了個稀碎。

封琛發現黑獅會不時扭頭去瞧顏布布。顏布布盯著哪隻喪屍念咒語，牠就先去解決掉哪隻。顏布布高興得大叫，黑獅雖然沒有什麼表情，但那條粗壯的尾巴卻也快樂地甩個不停。

封琛：「……」

「海雲塔有 60 層，我們在 7 層。這座塔下半部分都是密閉式結構，只有到了 20 層以上，塔身上才會有可以出去的窗戶。上面的士兵正在將人往塔外送，我們要快點。」于苑邊說邊抬槍，三聲槍響，乾淨俐落地解決了三隻喪屍。

頭頂上傳來槍聲，不斷有喪屍從塔中央的空間掉落，重重摔在最下面的地板上，發出沉悶的聲響。

在顏布布的咒語聲中，量子獸開道，將前方成堆的喪屍解決，而封琛幾人就近擊殺身旁那些零星喪屍，一層層往塔上行進。

這些喪屍生前多半都是普通民眾，所以也只是沒有章法地往前撲，往往還沒有近身，便被幾人殺死。

只是那些西聯軍轉化成的喪屍比較難辦，力量奇大不說，還保有生前的身體記憶，竟然不光使用身法躲避，還會使用擒拿招式。

遇到這種西聯軍喪屍時，于苑和幾名士兵的臉色都不好，甚至會避著它們，像是不忍心下手。

一名西聯軍喪屍對著于苑撲來，他左右躲避，差點撞到另一隻喪屍身上，還是林奮回頭時看見了，果斷開槍，將那兩隻喪屍擊斃。

「我們的戰士已經死了，被這種怪物占據了身體，你殺了這些怪物才是為他們報仇，明白嗎？」林奮沉著臉，對著怔怔的于苑喝道。

于苑臉色慘白地點頭，「明白了。」

林奮緩和下神情，眼底閃過一絲柔軟，將于苑摟進懷裡拍了拍後背又放開，低聲說了句：「沒事的。」

如果換成半個小時前，封琛肯定拿衝上來的西聯軍喪屍沒有辦法，但現在他不管是瞬間爆發力還是快速力量都驟然提高了很多，哪怕是左手還抱著個顏布布，對付個把西聯軍喪屍也沒有大問題。

一些倖存者躲進了通道旁邊的房間裡，看見林少將一行人後，紛紛從房間裡出來，跟在後面一起走。

顏布布竟然在人群裡看到了小胖子陳文朝。

陳文朝也被他爸爸抱在懷裡，渾身濕淋淋的，跟著人群一起往前走。當他看到趴在封琛肩上的顏布布，先是一怔，接著便要避開視線，沒想到顏布布卻對著他咧開嘴，露出了一個大大的笑。

顏布布等這個機會已經等了很久了。

——看我的牙，已經長得快和其他牙齒一樣長了。

陳文朝被顏布布的這個笑容搞得有些摸不著頭腦，嘴角動了動，也咧開嘴，露出一個彆扭的假笑。

看著他那排明顯還沒長好的牙，顏布布這下笑得更開心了。

——還是個豁牙！

等到陳文朝真的對著他嘿嘿樂起來時，顏布布又沉下臉，轉回了頭，剩下小胖子一臉懵。

海雲塔 20 層以上就有了窗戶，此刻從 20 層到 25 層，每一層 16 扇窗戶外面，都掛著一條長長的繩。在士兵的指揮下，人們順著那條繩往下滑，滑到下面的氣墊船上。

一群哨兵嚮導守住第 20 層的樓梯口，不讓下面的喪屍衝上來，密集的槍聲響徹整座海雲塔。

當一波喪屍太多的時候，他們便會用精神力進行攻擊，將湧上來的喪屍一波殺死。但喪屍源源不絕，哪怕有嚮導配合，也不斷用精神觸鬚梳理哨兵們的精神域，他們精神力消耗也太大，個個臉色慘白如紙，已經撐不了多久。

窗戶前都是人排著隊，等到排到時，士兵將安全繩繫在他們腰間，扣上安全扣，再從窗口滑下去。

因為搶時間爭分奪秒，一條繩子上總是掛著數人在往下滑，何況其他樓層的窗戶都在同一位置，幾條繩子上的人便挨挨擠擠在一起。遠遠看去，此刻的海雲塔就像一棵爬滿了螞蟻的樹。

遇到某些恐高磨磨蹭蹭的，士兵便將安全繩往他們腰間一繫，直接將人丟出去。一時間，塔外的驚叫聲就沒有停歇下來過。

總有那麼一兩隻喪屍會從槍林彈雨中衝上去，嘶吼著撲向離得最近的士兵。一群量子獸守在樓梯口，只要有喪屍衝上來，鋒利的尖喙和利爪便刺入它們腦中。

封琛他們一群人殺到這層樓時，看到的就是滿地喪屍的景象。

顏布布已經全然相信了自己的魔力，看到這麼多喪屍也不驚慌，被封琛抱在懷裡也高昂著下巴，眼睛下瞥，帶著幾分睥睨的味道。

黑獅、白鶴和兀鷲衝了上去，同時從上方樓梯衝下來的，還有梅花鹿、浣熊、斑馬、貂……甚至還有一條半人長的鯉魚，甩著尾鰭從天而降，如同在水裡一般在空氣中游動。

封琛看見這群動物使角的使角，揮蹄的揮蹄，跟在黑獅身側廝殺撲咬，白鶴和兀鷲直接叼起一隻便從塔中央給扔下去。

喪屍一隻隻倒下，逐漸變少。

顏布布意氣風發地喊著咒語，配上自創的手勢動作，間歇時還會安撫封琛：「哥哥你別怕，有我在，我會保護你。」

封琛一邊用匕首刺殺身旁喪屍，一邊在留意著那條魚——因為他實在是想不明白，一條鯉魚能怎麼樣攻擊喪屍。

只見那條魚在空中突然一擰腰，尾巴重重甩向身後的喪屍，啪一聲悶響後，那喪屍的腦袋瞬間炸開，深黑色的腦組織滾落出來。

封琛：「喔……」

顏布布用手指戳著自己胸膛，激動得語無倫次：「看見了嗎？是我！是我！是我把這隻喪屍殺了的！」

一旁的林奮瞥了顏布布一眼，在他就要對著某隻喪屍念咒語，而黑獅也配合地準備撲過去時，抬手一槍先把那隻喪屍給擊斃了。

顏布布怔了下，又切換目標對準下一隻，一直留意著他的黑獅也即將撲出。

碰一聲槍響，林奮將那隻喪屍又直接擊斃。

連接兩個喪屍被搶走，顏布布倏地看過去，林奮也瞧著他，面無表情地吹走槍口上的白煙。

顏布布身體僵住，不敢再有什麼意見，默默地調開了視線。

林奮勾了下唇角，這才轉身去對付其他喪屍。

喪屍被清理得差不多了，樓上士兵將樓梯上堆滿的喪屍屍體往下推，露出一條路，催促道：「快，快點上來。」

幾人衝上樓梯，于苑拍拍封琛的肩，說：「從窗戶的繩子滑下去吧，下面有人接，小捲毛需要讓其他人揹著下去嗎？」

封琛說：「不用了，我自己揹著。」

「那行。」于苑見顏布布一直看著自己，一對大眼睛骨碌碌轉，忍不住伸手去揉他腦袋。

黑獅原本漫不經心地跟在封琛身旁，但于苑揉搓顏布布腦袋時，牠突然就看了過來，目光透出警惕，微微齜著牙，全身充滿了防備。

封琛卻像什麼也不知道似的，只目光平靜地注視著窗外。

于苑看看黑獅又看看他，露出個意味深長的神情，收回放在顏布布頭頂的手。

窗邊的士兵用一條細繩穿過顏布布腋下，將他牢牢捆在封琛背上，又在封琛腰上繫好安全繩，問道：「你可以嗎？」

「可以。」封琛點頭。

士兵讓開身，封琛抓住繩，從窗戶一躍而出，順著塔身往下滑降。

窗外還在下著大雨，氣溫不再高熱，而是帶著濕潤的微涼。顏布布只覺得身體突然一空，便直直往下墜落，瞬間的失重感讓他抓住了封琛肩頭。

「怕嗎？」封琛的聲音穿過風雨，像是從很遙遠的地方傳來。

顏布布度過最初的失重感，意識到是封琛揹著他時，心頭的驚慌便消失無蹤，隨之而來的是極度興奮。

「好好玩啊，哈哈哈哈，我在飛……哈哈哈哈噭……」他一句話還沒說完，就被風雨給灌了滿嘴，噭一聲後閉上嘴，還吞嚥了下。但立即又接著興奮大笑：「哈哈哈哈哈，哈哈哈哈哈噭……」

封琛也被他的快樂感染，每滑降一段距離，雙腳便在塔身上重重一蹬，像是一隻鵬鳥般飛在空中，口中發出嗚喔嗚喔的大叫。

黑獅就跟在他們旁邊，抓著塔身上一些凸起的裝飾物往下騰躍。牠身形雖然龐大，卻又那麼輕盈，長長的黑色鬃毛在風雨中飄揚。

其他順著繩子往下滑降的人，心裡本和這天地一樣只有一片淒風苦雨，但聽見兩人的笑聲後，那些悲傷哀痛以及對未來生活的惶惑，似乎也被沖淡了一些。

塔身下停著幾十艘可搭乘上百人的中大型氣墊船，每一艘上面都擠滿了人。

封琛剛滑降到水面，就有士兵來接住他，將他和顏布布放到船上。

大雨滂沱，世界成了一片汪洋，渾身濕透的人都木呆呆地站在船上，用一種陌生的眼光打量著四周。

很多人在地下安置點住了幾個月，這還是第一次來地面。他們原本心心念念著回到地面，卻沒想到曾經的家園已經變成了汪洋大澤。

顏布布被封琛牽著站在船頭，也好奇地左右打量。不過他倒沒有如同大人們那樣傷懷，似乎只要封琛在身旁，世界不管變成什麼樣，他都能很快地接受。

雨水太大，他看著看著就有些睜不開眼，不斷拿手背去蹭眼睛。

封琛便將身上的那件戶外夾克外套脫下來，披在顏布布頭上，又將他抱了起來。

林奮和于苑是最後一批滑下塔的，等他們到了船上後，表示著所有的倖存者都在這兒了。

這裡的氣墊船有四、五十艘，每艘上面擠了兩百多人，粗粗估計約莫有八、九千人逃出來了。可他們從地下安置點離開時，有一萬多人，僅僅半日，就有好幾千人喪命在了路途上。

雖然此刻能待在船上的都是幸運兒，但卻沒人對此感到欣喜。海雲城成了汪洋，地下安置點被淹沒，他們不知道接下來該何去何從，未來又會是什麼樣子。

等林奮站在船頭上時，所有船上人的目光都齊刷刷看了過去，等著他拿主意。

林奮在這段時間內應該已經考慮過去處，接過士兵手中的擴音器，沉穩的聲音穿過雨幕，傳到眾人耳裡。

「地下安置點雖然被毀了，但只要人還在，希望就在，總能想到解決目前困境的辦法。我們海雲城是個濱海城市，別的不能說多，船是夠多。這場洪水算是內澇，碼頭上的船隻不會被沖走，所以現在我們大家去碼頭，在船上暫時住一段時間，等雨水停了，洪水退了，那時候再做下一步打算。」

林奮講話完畢，所有氣墊船調轉方向，向著城西碼頭的方向駛去。

顏布布悄聲問封琛：「我們現在是去哪兒？」

封琛說：「去船上。」

顏布布看向遠方，指著那露在水面上的山峰，「為什麼不去那兒呢？那是海雲山，海雲山沒有被水淹。」

「因為那些山頭上，肯定四處都是躲避洪水的變異種，所以我們不能去。」身後一道低沉的聲音突然響起。

顏布布轉回頭，看見是林少將，便沒有做聲，只將臉埋在封琛肩頭上。封琛和林奮在一條船上，同時還有于苑和那群最後離開海雲塔的士兵。雖然只有林奮和一名軍官在小聲交談，整個氣氛既安靜又凝肅，但封琛眼裡看著的卻不是這麼回事。

船沿上趴著一排動物，貂在拚命甩身上的水，浣熊鑽進斑馬的腹部下躲雨，梅花鹿突然抬角，將身旁的狐狸頂下了船，撲通一聲摔進水裡。與此同時，封琛看到身後一名士兵扯著嘴角笑了笑，而他旁邊的士兵則對他揮揮拳頭，假裝像是要揍他的模樣。

于苑那隻白鶴一直在顏布布頭頂徘徊，總想伸嘴去啄他額頭上垂落的一綹捲髮。封琛抱著顏布布沒有動，但游在他們身旁的黑獅卻仰頭盯著白鶴，目光充滿威脅性，喉嚨深處發出呼嚕呼嚕的低吼。

林奮的兀鷲以一種保護的姿態盤旋在白鶴頭頂，一雙銳利的眼睛緊緊鎖定下方的黑獅。

于苑一直安靜地坐在船尾，臉上卻始終掛著一抹淺淡的笑。

西城碼頭離海雲塔頗有一段距離，加上氣墊船的速度不快，足足划了兩個小時後，所有船隻才陸續到達。

嚴格來說，這裡的水已經不是洪水，而是內海了，但現在已經沒有了海洋和陸地的分界，洪水也將這片海域染成了土黃色。

就像林奮說的那樣，這是內澇，風浪不算大，肯定會留下船隻。雖然碼頭也被淹沒，有些沒有固定好的船隻已經漂入海裡，但還是剩下了一些沒被沖走的船，遠遠漂在海面上，如同一座座小型港灣。

看到船還在，所有人的心也就定了，不再那麼惶惶然。

因為浪頭的原因，基本上所有船隻都集中在一塊兒，東北角停著四艘大型遊輪，還有十幾艘中小型船。

前段時間的高溫，給這些船隻多多少少都留下了痕跡，其中好幾艘明顯發生過大火，船身都被燒得焦黑，應該是船內諸如布料、鋼瓶、船用油漆之類的物品自燃造成的。

顏布布遠遠看見那四艘遊輪，很是興奮，隨著距離越來越近，仰著頭不住驚歎：「看喔，四個大大船喔。」

封琛說：「艘。」

「什麼？」

「四艘船，不是四個船。」封琛小聲糾正。

顏布布點著頭重複：「嗯，四艘大大船、四艘大大船。」

顏布布眼睛發光地繼續驚歎著，封琛心裡卻起了一層隱憂。

顏布布現在還只能做十以內的加減法……不對，也許是只有加法，畢竟沒有聽他背過減法口訣。

雖然現在包括他自己都沒有機會念書，但還是要教顏布布學會認識一些字，總不能做個徹頭徹尾的文盲。

「停一下。」林奮在朝著對講機裡喊話：「所有氣墊船不要離船太近，在一百公尺外的地方停住，先將四艘大型船仔細搜查一遍。」

所有氣墊船聽從指揮，停在了距離船群一百公尺外的地方。而負責檢查船隻的士兵們跳上了一艘空船，向著那四艘大型遊輪靠近。其中包括那群帶著各式各樣動物的哨兵、嚮導。

「隨時向我彙報你們的情況。」林奮道。

「是。」

封琛便看著船上的那些羚羊、梅花鹿、浣熊什麼的動物，又齊齊扎下水，跟在士兵們的氣墊船旁邊，向著輪船方向游去。其中速度最快的，當然就是那條鯉魚。

于苑這時走上前來，拍拍封琛的肩，低聲道：「等到上船以後，我會給你詳細講解。」

封琛知道他指的是變異的事，便點頭道：「謝謝。」

幾千人便站在雨中的船上，耐心等待著士兵們檢查船隻。

第一聲槍聲是從最左邊的那艘遊輪上響起的，林奮立即問：「第三隊，第三隊什麼情況？」

「蜘蛛，臉盆那麼大的蜘蛛變異種。」對講機裡傳來士兵的聲音。

「能解決嗎？」林奮問。

砰砰砰一陣槍聲後，士兵氣喘吁吁地回道：「已經解決了，只是我們有幾個人被蛛絲纏成了繭，還要剝一陣。」

對講機裡陸續傳來其他船上士兵的彙報聲：「報告，四隊在船上發現變異鼠群，請求使用噴火槍滅鼠……」

林奮：「允許使用噴火槍，但注意不要引起大火。」

「報告，二隊在船艙裡發現殺人藤，我們隊最擅長的就是對付殺人藤，只要找著主藤……」

「說重點。」林奮打斷。

「殺人藤已經被攪碎。」

【第三章】

你既然成為了哨兵，就要擔負起哨兵的責任

于苑似笑非笑地道：「對了，我還要提醒你件事情。」
見封琛疑惑地看著他，于苑指了指那隻黑獅，
「精神體的舉動，反映出的就是你的真實情緒。如果不想別人知道你的想法，那一定要控制好自己的精神體反應。」
于苑說完這通話，成功地看見那名總是不動如山的少年，
臉上終於出現了一絲裂痕，便趕在他惱怒之前，跨出去關上了房門。

海雲山沒有被淹沒，和四周都是洪水的遊輪相比，變異種更喜歡去山上。所以船裡就算有幾隻變異種，數量少不說，本身也不是太難對付的種類，很快就被清理乾淨了。

氣墊船上的人開始登船，四條大船上皆是人來人往。按照以前在蜂巢的分區，A 蜂巢的人去了最左邊的遠征號，B 蜂巢的人上中間那條豐運號，C 蜂巢的人自然便是挨著的啟航號，剩下的第四條吉利號則留給了西聯軍。

為了便於區分，這四條船也有了代稱，分別為 A 蜂巢、B 蜂巢、C 蜂巢和軍部。

封琛帶著顏布布登上了 A 蜂巢，剛踏上甲板，就看見了正在指揮人排隊的吳優。十幾名士兵則在挨著檢查，如果身上有傷口的就站一旁，皮膚完好無破損的才能進入船艙。

吳優也看見了封琛和顏布布，幾步跨了過來，有些激動地將顏布布從封琛懷裡接過去抱著。

「晶晶，你沒事吧？吳叔開始到處找你，還以為……」吳優剩下的話沒有說出口，只欣喜地去摸顏布布的頭。

緊跟在封琛身側的黑獅，這次倒沒有太過防備的表現，但也一直盯著吳優。

顏布布安撫地拍拍吳優肩膀，「吳叔，我沒事，那些喪屍都打不過我的。」

吳優並沒當真，卻笑道：「行行行，都打不過你。」

「秦深，你怎麼樣？」吳優轉頭看向封琛。

他只知道地下安置點漲水時，封琛還在醫療點，以為他是跟著那些醫生護士一起離開的，並不知道是顏布布去救了他。

封琛並不願意說太多，只點了點頭，「謝吳叔關心，我沒事。」

甲板上已經站滿了人，檢查通過的正等著分配艙房，吳優將顏布布放進封琛懷裡，低聲道：「吳叔要以權謀私，給你們留間好房子。」

「吳叔，我想有窗戶的房子。」顏布布趨前上半身，湊到他耳邊也小聲說。

他們在地下安置點的房子沒有窗戶，顏布布雖然嘴上沒說過，但還是懷念家裡房間的那扇大窗戶。

封家的傭人房條件也很好，他擁有自己獨立的房間。床頭正對著窗戶，每天睜眼的第一瞬間，便可以看見窗外的那棵大樹，陽光從枝葉縫隙裡灑下來，溫柔地落在臉上。

吳優捏了捏他的臉，「知道，一定有窗戶。」

等待檢查和分配艙房的過程很漫長，何況天上還下著雨，但所有人都知道必須得經過這個步驟，不能省略，所以也沒人提意見。

甲板和艙房都很安靜，只偶爾有相熟的人互相低聲問候，安慰地拍拍對方肩膀。

封琛和顏布布並沒有排多久，吳優便登記好兩人的名字，「第 4 層右手邊第 15 間房，去吧。」

顏布布被封琛抱著往船艙裡走，轉頭看見吳優對他悄悄做了個口型：大窗戶。

跨進船艙，眼前出現了個寬敞的大廳，雖然吊燈已經墜在地板上，右上角的鋼琴也被拆卸得七零八落，卻依舊看得出這裡曾經也是一派熱鬧景象。

船上還沒有通電，電梯不能使用，封琛便將顏布布放下地，牽著他走向一旁的樓梯。

黑獅甩甩尾巴，不緊不慢地跟在後面。

樓梯上人來人往，每層都有人在找尋自己的艙房，士兵也在用儀器挨個開啟那些緊閉的房門，再分發房卡。

封琛兩人到了第四層，找著了右手邊第 15 間房。

這間房門的門鎖已經被士兵開啟過，房卡插在門上，門扇上印著 415 的燙金門牌號。只輕輕一推，門便敞開，露出了裡面的艙房。

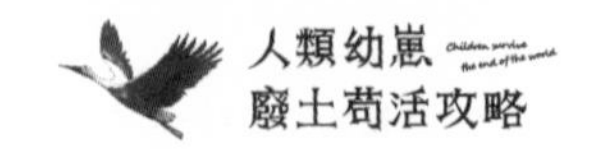

「哇！」顏布布發出一聲誇張的驚歎，嘴巴張得大大的合不攏。

封琛推著他進了屋，關上門，開始打量這個房間。

這是個標準小套房，房間裡布置得整潔漂亮，左右各擺放著一架單人床。因為地震後就沒住過人，又因為是在海上，房間處於密閉狀態，竟然乾淨得沒有一點灰塵。

就如同吳優所說，靠海一邊的牆上有面窗戶，顏布布看見窗戶後便跑過去，將臉湊在玻璃上往外看。

黑獅慢悠悠地跟過去，趴在他腳邊的地毯上，開始閉目養神。

封琛將小套房仔細檢查了一番，衣櫃、床頭櫃、床底全看過，連衛浴間裡的馬桶蓋都揭開看了下。

洗手間的噴頭打開後，裡面有水，看著還很乾淨。

不過這屋子裡卻也留下了經過高溫的痕跡，很多塑膠製品都呈現出一種曾經稀化過的狀態。只是氣溫恢復正常後，便凝結為一些奇奇怪怪的形狀。

封琛嗅了嗅空中的味道，去將窗戶打開，冰涼且帶著腥鹹的新鮮空氣，便攜帶著雨絲吹了進來。

床頭熄滅的燈閃了閃，洗手間裡的換氣扇也發出輕微嗡嗡聲，屋外的樓上樓下傳來齊聲歡呼。

這是通電了。

既然有了電，也就有了熱水。兩人全身都是濕淋淋的，便去衛浴間沖了個熱水澡。

香皂盒裡的香皂早就融化乾淨，只能用熱水將就著沖沖。顏布布有些興奮，一直絮絮地給封琛講自己是如何殺喪屍、如何威風，一個咒語就放倒了一片。

「嗨！看我，如果擺出這樣的手勢，魔力會更加強。」顏布布兩手交叉在胸前，有些神祕，又有些壓抑不住的欣喜。

封琛擰著他腦袋轉了個方向，「行了行了，現在要沖頭髮，別說話了，免得又要嚷嚷水進了嘴巴。」

洗完澡，兩人都穿上了浴袍，剛走出衛浴間，就聽到了敲門聲。

「要開門嗎？」顏布布問。

封琛瞧見地毯上的布袋，從裡面掏出來比努努和密碼盒。看了看屋內，將密碼盒塞在床頭縫裡，這才對顏布布說：「去開門吧。」

顏布布拖著長長的浴袍襬，像是穿著一條曳地裙，拖拖拉拉地艱難行走，前去開門。

封琛站在窗邊沒動，但原本懶洋洋趴在窗戶下的黑獅，卻倏地起身跟了上去。

門開了，出現在門口的是于苑，懷裡還抱著一大堆東西。

「小捲毛。」于苑笑咪咪地看著顏布布，「你哥哥在房間裡嗎？我來找他說點事情。」

顏布布一瞧見于苑，立即往他身後看，沒有看見那個讓他害怕的林少將，這才也仰頭回道：「我哥哥在的。」

于苑長得好看，人又具有親和力，顏布布很自然地喜歡他。但還是轉頭看了窗戶旁的封琛，見他點頭後才將門拉開，放人進了屋。

于苑徑直走到屋內，將一大堆東西放在小桌上，「這裡面有洗髮精、沐浴露、洗衣粉等等，都是現在用得著的東西。」

「謝謝。」封琛從窗旁走了過來，從櫃子下方拖出條椅子，示意于苑坐，自己則坐在他對面的床上。

顏布布又搖搖晃晃地拖著浴袍襬挪了過去，艱難地爬上床，坐在封琛身旁。

于苑看得好笑，說：「等會兒我再讓人送兩套衣服過來吧，雖然大了些，但總比這樣好。」

「謝謝于上校。」

封琛現在的確需要衣服，他和顏布布的東西都落在蜂巢，衛浴間那套衣服不洗出來晾乾的話，他們兩人就只能穿著浴袍。

于苑擺了擺手示意不用在意，接著收起臉上的笑意，看向了封琛。

封琛知道他要和自己說關於那股神祕力量和黑獅的事，心裡也開始緊張，不自覺吞嚥了下，搭在身側的手指微微蜷縮。

而原本站在門旁的黑獅也走過來，趴在顏布布腳邊。

黑獅看似懶洋洋的不在意，一對耳朵卻豎得筆直，從鬃毛裡探出兩個小尖尖，不停地顫動。

于苑開門見山道：「秦深，我知道你最近身上發生了一些奇怪的事，也知道你心裡有很多疑惑，我現在就把我所知道的資訊告訴你。」

「實際上在地震發生一年以前，就有一種不知名病毒席捲了我們星球，並侵入了部分人的體內。當潛伏期過去進入發作期時，人體便會出現一些類似感冒的症狀，其中最明顯的一點就是持續性發燒。如果你注意過社會新聞，就會發現很多城市都報導過惡性傷人事件，有人會對其他人進行撲咬，只是那些新聞很快就被壓下去了。但實際上，在不知不覺中，我們很多人已經在靜悄悄地進行變異，或者已經完成了變異這個過程。」

于苑雙手交叉放在膝蓋上，兩隻大拇指來回攪動，顯示出他在講述這些話的時候，內心也不是那麼平靜。

「變異有三種結果，一種是成為具有某種特殊能力的人；一種是自然痊癒，依舊是普通人；而第三種，則是成為喪屍。」

封琛一直認真地聽著，嘴唇緊抿。

顏布布也在聽，雖然聽得雲裡霧裡，卻也知道于苑在說喪屍的事，於是一動不動地坐著，生怕打擾了他們。

「其實喪屍和我們一樣，都是經過變異的人，姑且就當做他們變異失敗，而我們變異成功了吧。」于苑苦笑。

「變異為具有特殊能力的人，機率占總變異人數的千分之一，而痊癒為普通人的機率為總變異人數的40%。看似痊癒的機率還不算太低，但只要一個失敗者咬傷身邊的人，那後果就不敢想像。而且就算經歷過變異的痊癒者，在被失敗者咬傷後，依舊會成為喪屍。」

于苑想了想說：「哨兵、嚮導被失敗者咬傷後會不會成為喪屍，目前還不清楚。」

「我們這種具有特殊能力的人，又分化為兩類，一類稱為哨兵，一類稱為嚮導。你現在擁有了一種強大的力量，那種力量叫做精神力。精神力來自精神域，而精神域在你的意識海深處，你能感覺到的。」

「精神域……」封琛想起了那個經常在夢裡見到的雪原。

——莫非那個雪原就是精神域？

于苑看他神情便猜到了他在想什麼，點點頭道：「精神域包括內核和周邊，你應該已經見過自己的精神域內核，那就是供給你精神力的地方，也是將你精神體具象化的繭房。」

——精神體具象化？

封琛立即轉頭看向黑獅，于苑順著他目光看過去，視線也落在黑獅身上。

黑獅被兩人這樣盯著，有些緊張地站起身，腦袋上的鬃毛都慢慢炸開來。

于苑說：「牠就是被你具象化的精神體，也稱為量子獸。」

顏布布完全不知道他們在說什麼，也跟著他們一起往自己腳邊看，盯著那團暗紅色花紋的地毯，煞有介事地點頭，跟著說：「嗯，精神體，量子獸。」

「根據精神力的強弱，哨兵和嚮導被分為四個等級。D 級最低，往上是 C 級、B 級、A 級，能力也跟著等級往上提高。依照理論的話，哨兵和嚮導是有可能突破 A 級的，專家將那種定為黑暗哨兵和光明嚮導。但那只是理論，目前變異出的哨兵、嚮導在度過成長期後，最高等級是 A 級。」

「嗯，哨兵嚮導，A 級。」

顏布布又在旁邊插嘴，並鄭重地點頭。于苑瞧著他，突然有些手癢，但手指才動了下，那黑獅立即看過來，他便遺憾地打消了去揉顏布布腦袋的想法。

「你分化成的是哨兵，我探知的結果，你的初始等級是B級。」于苑道。

「初始等級？」

「哨兵、嚮導會經歷成長期，最終等級要看你的成長情況，這個問題以後再給你解釋。」

封琛問：「哨兵和嚮導有什麼區別嗎？」

「哨兵除了力量強於普通人，精神力也具有強悍的攻擊性。嚮導的身體力量和普通人沒有多大差別，但擁有極強的情感共鳴能力，戰鬥時，可以將這種能力當做武器，也可以加強哨兵的戰鬥力。」

顏布布又在附和：「嗯，擁有極強的……能力，並可以……」

「噓——」封琛打斷了他。

「哨兵嚮導無疑是幸運的，他們通過了變異，沒有淪為喪屍，反而獲得了非凡的力量。」于苑遲疑了下：「但是任何事情都有利有弊，既然獲得了上天的饋贈，那也要接受這份饋贈的附帶品。」

「哨兵的能力越強，精神力便會越不穩定，越容易進入神遊狀態。不過嚮導可以為哨兵梳理精神域，將哨兵帶出神遊狀態。而且哨兵和嚮導之間的精神力越是契合，效果就越好。」

「你是嚮導？」封琛突然問。

于苑笑了笑，眼角牽出幾絲好看的笑紋，坦然承認道：「對，我是嚮導，我自身精神力側重於控制，算是戰鬥輔助，也可以為哨兵梳理精神域。」

封琛見過他之前和礎石那群人戰鬥的情況，瞬間爆發力和快速力量並不明顯，但他似乎能控制人的意識，阿戴就曾被他控制住，甚至於差點送命。

所以于苑雖然笑說自己只是戰鬥輔助，但封琛知道他絕對不像自己說的那麼簡單。嚮導的能力其實是非常可怕的。

「其他資訊我以後會慢慢講給你聽，現在你只需要知道什麼是哨兵和嚮導。」

于苑注視著封琛，一貫平和的臉上竟然也帶上了幾分銳利。

「秦深，你很幸運，但你既然成為了哨兵，就要擔負起哨兵的責任。雖然你還沒有成年，也不是軍人，沒有義務去保護其他人，但我還是想問下，你願意去保護那些普通人嗎？協同我們西聯軍，做一些你能力內可以辦到的事情。」

于苑深深地注視著封琛，像是要從他眼睛看到他的內心，並一字一句地道：「秦深，我們現在需要你，西聯軍需要你。」

「好。」

于苑話音剛落，屋內就響起了封琛的回應聲。

沒有猶豫、沒有思考、沒有權衡，就那麼淡淡地回了個「好」。

「什、什麼？」沒想到突然就聽到這樣的回答，于苑怔在那裡，難得地看著有些呆愣。

他原本準備了很多勸說的話，準備從各方面入手，對封琛曉之以情動之以理。他知道這個少年年紀不大卻很有主見，本以為要下一番工夫才能說通，沒想到他直接就回了個「好」。

封琛又道：「我說好。」

「我哥哥說好。」顏布布以為于苑沒有聽清，脆生生地在旁邊重複封琛的回答。

于苑這才回過神：「嗯，那就好、那就好。」

屋內一時有些安靜。

于苑用拳頭抵住唇，輕輕咳嗽了一聲：「既然你已經答應了，那麼明天早上你就和軍隊一起，去以前的軍區物資庫取些物資回來。這麼多人要吃喝，而且船上用電也需要溧石，去取些回來把眼前這難關先度過再說。」

封琛沒有推卻，點了點頭，猶豫一下後問道：「現在氣溫已經降了下來，沒有那麼高熱，而且海雲城已經全被淹了，我們不能離開這兒嗎？比如去中心城。」

于苑嘆了口氣，「不要看見船上有電，就以為船是好的，士兵能把簡單的溧石發電機修好，不代表能修船。這船裡的每一個主要部件都已經損壞，要修好的話還要更換部件，慢慢來吧。」

說完他站起身，「我那裡還有很多事要處理，你倆也早點休息。如果有什麼疑問下次再問我。對了，袋子裡還有些吃的，先墊墊肚子吧，別餓著了。」

他準備往外走，瞥見顏布布坐在床邊，睜著一雙大眼睛，腳下垂著長長的浴袍襬，裹得像條小人魚似的，終於還是沒忍住，伸出手在他腦袋頂上揉了幾把。

黑獅倏地站起身，爪子在地上不耐煩地刨動。

于苑大步走到門口，拉開門，卻又突然停住腳，轉身看向面色平靜的封琛，似笑非笑地道：「對了，我還要提醒你件事情。」

見封琛疑惑地看著他，于苑指了指那隻黑獅，「精神體的舉動，反映出的就是你的真實情緒。如果不想別人知道你的想法，那一定要控制好自己的精神體反應。」

于苑說完這通話，成功地看見那名總是不動如山的少年臉上終於出現了一絲裂痕，便趕在他惱怒之前，跨出去關上了房門。

于苑留下的袋子裡除了一些必須的生活物品，還有一個鐵皮飯盒，裡面裝著半盒煮熟了的大豆，面上擱著幾個馬鈴薯。

封琛和顏布布剛將那盒食物分吃掉，便又有人敲門。

這次來的是名士兵，受于苑吩咐送來了兩套衣服。

現在氣溫在 27、28 度，所以送來的是兩件短袖迷彩 T 恤，還有兩條迷彩長褲，都是半新，應該是從有多餘衣物的士兵那兒找來的。

封琛將其中一套拎在手裡翻看，有些犯愁，不過還是叫了聲：「顏布布，拿去穿上。」

顏布布拖著浴袍下襬，一扭一扭地過來，接過了衣服。

封琛見他不是很開心的樣子，便問道：「不喜歡這衣服？」

「這衣服的顏色不好看，也沒有比努努。」顏布布低聲絮叨。

封琛擰住他臉蛋晃了晃，「你換下來的衣服要洗過才能穿，其他的衣服又落在安置點了，先湊合著穿吧。」

「那好吧。」顏布布穿上 T 恤，衣服就已經罩到了膝蓋，他在床邊坐下，費勁地扯動那條褲子要往自己腿上套，封琛終於看不下去了，喝住了他：「算了，別穿褲子了，反正那衣服都遮到了小腿。等會兒洗了衣服後，找個好晾衣服的地方，一晚上把你衣服晾乾，今晚你先這樣將就一下。」

封琛回了衛浴間，卻沒有馬上洗衣服，而是拿起一把從洗手間找來的剪刀，走到顏布布面前。

他撚起顏布布的幾根頭髮，再鬆手，那頭髮就垂到額前，擋住了他的眼睛。

「頭髮太長了，地震後就沒有剪過。你看你現在像隻綿羊似的，耳朵眼睛都看不見，要剪短一些。」

剪刀在封琛手裡咔嚓咔嚓地響，反出一道道銀白色的光。

「好喔。」顏布布有些驚喜，「哥哥你還會剪頭髮嗎？」

封琛輕描淡寫地道：「試試不就知道了？」

「嗯，試試。」顏布布點頭。

為了不讓碎髮屑落到屋子裡，兩人便去了洗手間。封琛給顏布布脖子上圍了毛巾，讓他坐在凳子上，再神情嚴肅地圍著他繞了兩圈。

顏布布緊張得端著脖子不動，只眼珠子跟著他轉。

「就剪短一點行嗎？」封琛問。

顏布布回道：「可以。」

封琛沉聲道：「行，那我開始了。」

咔嚓咔嚓聲中，一個個漆黑的小捲掉落在地上，顏布布安安靜靜地坐著，時不時噘嘴吹走鼻尖上掛著的一根碎髮。

封琛的手指在他腦袋上拂過，時不時低聲吩咐：「轉過去點……抬一下頭……低頭……」

時間過去了半個小時，顏布布有些昏昏欲睡了，就聽封琛如釋重負的聲音：「好了。」

「好了嗎？」顏布布瞬間清醒。

封琛扯掉他脖子上的毛巾，再翻開他衣領吹裡面的碎髮，說道：「好了。」

顏布布跳下凳子，想踮起腳去照洗臉臺後的鏡子，封琛喊住他：「轉過來我看看。」

顏布布乖乖轉過了身。

封琛在瞧清他的瞬間，臉上神情陡然凝住，片刻後才喃喃道：「這站著怎麼和坐著看上去不一樣呢？」

「可以了嗎？」顏布布摸了下自己頭髮，感覺短了不少。

「……可以了。」封琛遲疑了兩秒後才回答，目光飄忽地看向一旁的毛巾架。

顏布布喜滋滋地轉身扶住洗臉臺，踮腳去看鏡子。當看清裡面的人後，臉上笑意逐漸消失，變得有些怔忪和茫然。

「我的頭髮……」他像是不敢相信似地摸了下頭頂，再去瞧鏡子裡的人，反覆幾次後，才終於確定那就是他自己。

「哥哥，我的頭髮怎麼不一樣長啊？」他問封琛。

封琛輕咳兩聲，走過來站在他旁邊，「我給你剪頭髮的時候，每一綹頭髮都是捋直了，然後剪的兩公分……」

「啊……」顏布布呐呐地應了聲，沒說好，也沒說不好。

「對了。你的頭髮都是捲兒，全部都剪兩公分的話，有些小捲兒就縮回去了，顯短，但有些大一些的捲兒看著就會顯長。」

說完他指著地上那些捲捲的斷髮，「你看，有些捲兒大一些，有些要小點。」

顏布布看了一眼地板，又看回鏡子中的自己，「喔，這樣啊。」

「嗯。」封琛看著鏡子裡那個像是狗啃出來的腦袋，違心地道：「其實挺好看的。」

顏布布艱難地張了張嘴，還是沒能順利地附和應聲，兩人就沉默地注視著鏡子。

空氣凝滯了片刻，封琛突然噗哧一聲，打破了此刻的沉寂，在顏布布眼珠轉向鏡子裡的他後，立即又斂起表情。

顏布布一瞬不瞬地盯著鏡子裡的封琛，目光帶著狐疑和審視，又慢慢轉頭，看向他本人。

封琛神情嚴肅地平視著前方。

一秒、兩秒。

噗哧！

他終於再也繃不住，連續兩個噗哧後，將手撐在洗臉臺上，埋著頭，肩背劇烈地抖動。

顏布布看著他，也跟著乾乾地笑了兩聲：「哈哈、哈哈……」然後就再也笑不下去了。

聽著封琛越來越肆意的笑聲，顏布布臉上浮出惱意，眼眶迅速泛紅，胸脯急劇起伏。

「你不准笑！不准笑！」顏布布大吼道。

封琛側頭看了他一眼，捂著臉慢慢蹲在了地上，發出一連串壓制不住的笑聲。

顏布布脹紅了臉，「你不准笑！不准笑！」

「不笑……不笑……」封琛笑得聲音都在抖。

顏布布哇地一聲哭起來，衝上去對著封琛後背打了幾下，「不准笑……你不准笑！我要打你。」

「哈哈哈哈哈……哈哈哈哈……」

顏布布轉過身，邊嚎啕邊去撿地上的斷髮，往自己頭上擱，很快就在頭上頂了亂蓬蓬的幾團。

「我要把頭髮黏上……哇嗚嗚……」

顏布布哭得實在是太傷心，封琛終於不笑了，恢復了平常的冷靜，轉身去拉他胳膊，被他恨恨地甩開。

「是我不對，是我沒有剪好。」封琛開始好聲好氣地道歉：「你別哭了行不行？」

「不，不行……你給我黏上……把頭髮還給我。」顏布布哭得上氣不接下氣。

封琛抬手摸了摸下巴，說：「這樣吧，我們去找吳叔，我看見過他給人剪頭髮，讓他給你修補一下。」

吳優也住在這一層，打開門後看見兩人，剛打了個招呼，目光就落到顏布布的腦袋上。

他盯著那長長短短的頭髮，還沒出聲，就見顏布布眼中泛起了一層水光，嘴唇也在發著顫。

吳優和封琛交換了一個眼神，也不用過多的語言，只這個眼神就已經讀出了所有前因後果，便牽著顏布布往裡走。

「是不是要吳叔給你剪頭？」

「是的。」顏布布抽了下鼻子。

吳優用手撥弄著顏布布的頭髮，「別著急，別慌，吳叔可以給你把頭髮剪好。」

「那會和以前一樣嗎？」顏布布問。

吳優笑咪咪地道：「不和以前一樣，以前你頭髮太長了，像個小姑娘，我們換個新髮型。」

顏布布帶著哭腔糾正：「哥哥說像隻綿羊。」

「……我們修短點，修短了就是好看的小男孩兒。」

「嗯，好吧，謝謝吳叔。」

半個小時後，吳優的房門打開，走出來神清氣爽的顏布布。

他的頭髮已經被修好，稍微短了點，但看著很精神，被遮蓋多日的耳朵和額頭也總算是露了出來。

封琛就跟在他後面，原本偏長的頭髮也被剪掉，只留下一層短短的髮茬，隱約可以看到青色的頭皮。

他長相偏俊美，換成這個髮型後，視覺上就多出了一些凌厲和攻擊性，沖淡了身上的那點稚氣。

顏布布邊走邊頻頻仰頭看他，差點撞到通道裡的垃圾桶，封琛道：「好好走路，別東張西望的。」

「哈哈，哈哈哈哈哈。」顏布布快樂且誇張地笑起來，「哥哥你的頭好像一顆蛋。」

不待封琛回話，他又舔了下唇，「好久沒吃過蛋了。」說完就作勢對著封琛腦袋凌空抓了一把，嗷嗚塞到嘴裡，「好吃、好吃。」

回到房間，封琛去浴室洗衣服，顏布布就推開窗戶看外面。

現在已經是晚上 8 點，遠處一片漆黑，只有輪船上的燈光將周圍海域照亮，可以看見深色的水面上，被雨點打出了一個個小坑。

他在地下安置點待了幾個月，終於感受到雨絲的冰涼和吹拂過臉頰的風。哪怕就算努力睜大眼仍看不遠，也趴在窗戶上看得津津有味。

浴室傳來水聲嘩嘩，封琛正在洗衣服，顏布布將臉擱在手臂上，懶洋洋地喊：「哥哥，快來看外面呀。」

「沒空。」

黑獅沉默地在顏布布腳邊轉來轉去，沉著一張獅臉，看上去似乎不大開心。

顏布布轉頭看了眼浴室的方向，離開窗戶，走到浴室門口。

封琛正蹲在地上洗一件印著比努努的淡黃色T恤，顏布布便過去蹲在他身旁，伸手去抓裡面的泡泡玩。如同以前封琛每次洗衣服時那般，一個人洗衣服，一個人就待在旁邊。

「不看外面了？」封琛頭也不抬地問。

顏布布將一團泡泡在掌心裡倒來倒去，「不看了。」

「為什麼不看了？」

顏布布吹了口泡泡，「你沒在那裡，我就不想看了。」

封琛什麼話也沒說，低頭繼續洗衣服，那隻黑獅的心情卻明顯變得愉悅，在衛浴間門口趴了下來，半閉著眼睛，尾巴輕輕甩動著。

洗完衣服，封琛便端著盆去房間外找可以晾衣服的地方，走出通道後到了這一層的船頭。

這裡簡直就是為晾衣服所生，頂上有遮板，船舷的雨也颳不進來。船艙裡的通風口就對著這兒，熱風吹得呼呼的，像是個大型烘乾機。而且有人已經在這裡牽好了鐵絲，上面掛著十來件衣裳。

地板上鋪著幾床濕透的被褥，封琛看著那些死沉死沉的被褥，心裡著實有些佩服。在被水淹、被喪屍追，從海雲塔窗戶滑降的情況下，竟然有人還能一路將這些帶著。

不過他在看到船舷旁那幾個大泡菜罈子後，覺得帶著被褥好像也不是太困難的事。

晾好衣服後回房睡覺，雖然屋內有兩架床，但兩人並沒有分開，自然而然地躺在了一張床上。

封琛關掉燈，顏布布照例翻來翻去，嘴裡偶爾冒一兩句自言自語。

黑獅就趴在床邊的地毯上，拿爪子捂著耳朵。

顏布布每晚睡覺都是這樣，翻著，念著，等到不動了，那便是睡著了。所以封琛沒有管他，只閉著眼靜靜躺著。

「咕嚕咕嚕砰砰砰……」

顏布布的嘟囔聲越來越迷濛，終於消失。封琛這才睜開眼，將他露在被子外的胳膊塞回去，也翻了個身開始睡覺。

夜深了，整個世界都沉浸在黑夜裡，只有雨中的這四條船亮著瑩瑩燈光，像是漆黑夜空的幾顆星星。

五層某間房的舷窗外，一道黑影一閃而過，瞬間又不見了蹤跡。只有雨絲從窗上滑落，留下了數條水痕。

第二天一早，便有士兵來叫封琛。

封琛見身旁的顏布布睡得正香，便沒叫醒他，輕手輕腳地下床，洗漱完畢。

一人一獅心意相通，根本不需要交流，黑獅繼續在床邊趴著，封琛則自己出了門，穿上士兵遞過來的雨衣，登上 A 蜂巢下停著的氣墊船。

這條船上一共只有十幾名士兵，加上封琛，在于苑的帶領下去軍隊物資庫撈物資。

封琛看見了在天上飛著的白鶴，也看見了船頭上趴著的一隻海狸鼠和一隻狼獾。

他現在還不知道該怎麼區分哨兵嚮導，但知道這裡至少有兩名哨兵或者嚮導。

他正在打量那兩隻量子獸，就見牠倆突然都站起身開始打架，也不知道是誰先動手的，互相在拉扯撕咬。

封琛轉頭去看那些士兵，發現他們都面色如常地站著，根本看不出來誰是這兩隻量子獸的主人。

「怎麼樣？昨晚休息得好嗎？」于苑並沒問他的黑獅，只從雨衣口袋裡摸出兩個熱馬鈴薯遞給他。

「嗯，很好。」封琛接過馬鈴薯，遲疑地問：「我就這樣走了，樊仁晶等會兒醒了怎麼辦？」

以往在地下安置點，他去地面做工，顏布布會自己去飯堂打飯吃，可現在他們剛剛住進這艘船，不熟悉環境，也不知道有沒有飯堂。

雖然黑獅守在那裡，也是自己精神體化為的量子獸，但封琛覺得牠終究無法代替自己，還是有些擔心。

于苑說：「沒事，別擔心，我安排了人，等小捲毛起床後就會給他送早飯。」

封琛沒再說什麼，開始抓緊時間吃馬鈴薯，邊吃邊看那兩隻正扭打成一團的量子獸。

于苑順著他目光看去，又轉頭看向那群士兵，「王石、柯揚，這是秦深。等會兒你們三個下水。」

兩名士兵走過來，站在封琛面前。

「你好，我是王石，哨兵。」

封琛注意到，這名哨兵和自己說話時，那隻正按著海狸鼠撕扯的狼獾，抬頭往這邊看了眼。

——嗯，這是狼獾的主人。

另一名士兵目不斜視，跟著道：「你好，我叫柯揚，哨兵，等會兒我們一起下水。」

海狸鼠後腿奮力蹬開狼獾，對著封琛吱吱叫了一聲。

封琛也自我介紹：「你們好，我叫秦深，哨兵。」

兩名士兵執行完于苑布置的自我介紹任務，又往船尾走去，邊走邊互相小聲交談，言行間看著很是親熱——如果忽略掉旁邊那兩隻已經在互相扯耳朵的量子獸。

氣墊船離開碼頭，划向城西方向，于苑一邊嚼著馬鈴薯，一邊給封琛解釋：「當初沒有把所有物資運到地下安置點裡去，就是怕有個萬一，地面上也能保有一些存餘。物資點的倉庫是密封式防水結構，地震中並沒受損，裡面有溧石發電機進行降溫，物資都保存完好。只是吃的食物沒放太多，主要是放著地震後從那些廢墟上找到的民用物資。」

封琛聽明白了，那個物資點的食物庫存不多，但地震後從那些倒塌的商場裡獲得的物資，基本上都放在裡面。

「本來不需要你去的，但是林少將帶著人回地下安置點取溧石，剩下的士兵要守著船，所以人手就不大夠。」于苑解釋道。

封琛驚愕地問：「要去地下安置點取溧石？」

安置點如今已經被水完全淹沒，水深足有幾百公尺。就算穿上目前最先進的抗壓潛水服，人體也沒法承受那樣的水壓。

「四條船每天都需要溧石，外面就算能找到一些散石，也頂多能供應一週的用電。只有安置點才有大量溧石，所以必須去取。」于苑說完這通話後，對封琛露出個意味深長的表情，「至於水壓……你實在是低估了身為高階哨兵的能力。」

封琛很快就明白他這句話的意思，也明白為什麼在物資點取物資也要帶上他了。

西聯軍的物資點在海雲城西部，地面位置顯示是海雲城體育館，而物資點就是體育館地下室，是一個水深百多公尺的凹地。

待到封琛和其他兩名哨兵士兵換上抗壓潛水服後，于苑對帶著狼獾的哨兵道：「照顧著他一點，雖然精神力強，卻還是個孩子。」

狼獾哨兵應聲：「明白。」

「你會潛水嗎？」于苑問封琛。

封琛有些無語，人都被帶到這兒來了，也換上了潛水服，現在才想起來問自己會不會潛水。

「會。」

于苑點頭，微笑道：「我想也是，生在海雲城的孩子，就沒有不會潛水的。」

封琛戴好氧氣罩，將那把不離身的匕首握在手裡，三人下了水，沿著牆壁潛入水深處。到了二十多公尺時，水下就一片漆黑，便各自打開了頭頂上的燈。

燈光將面前一段水域照亮，可以看見牆壁上的瓷磚紋路，隨著繼續下潛，封琛抬手看了下腕錶，顯示已經是水深 120 公尺，就要到達物資點大門。

雖然穿了抗壓潛水服，人體在這時也應該感覺到水壓，但他卻沒有半分不舒服的感覺。看看身旁的兩名哨兵，也都一臉若無其事，每人手裡還拖著一個大大的密封箱。

而那隻狼獾和海狸，一邊跟著後面往下潛，一邊竟然還在打架。

好吧，他確實低估了哨兵身體的強悍。

繼續往下，水中出現了一些暗綠色的水藻，半尺寬，數公尺長，隨著水波悠悠晃動，像是一片幽暗的森林。

封琛正覺得這裡的水藻多得有些不尋常，耳機裡就傳來旁邊士兵的聲音：「注意了，我懷疑這些水藻是變異種。」

抗壓潛水服是密閉隔水式，可以在水裡交談，水面的于苑也可以通過他們頭頂的攝影機看清水底狀況。

「往右邊繞 20 公尺再下行，那裡的水藻少一些。」于苑的聲音在封琛耳機裡響起，微微有些失真。

「是。」士兵應聲。

「秦深。」于苑在叫封琛。

封琛跟在士兵身後往右邊繞，嘴裡回道：「在。」

于苑：「沒事，別慌，這些水藻變異種是最低級的變異種，對你造不成威脅。」

「嗯。」

海狸鼠和狼獾終於暫時休戰，在前面開路，用爪子和牙齒撕碎那些搖曳到面前來的水藻。而那些水藻在被撕咬後，似乎是感受到了疼痛，飛快地往後縮，像捲尺般縮成了一團。

從右邊下到底部再往前游出一段，狼獾哨兵停下，取出匕首朝著被水藻封閉嚴實的牆壁上一扎，那條水藻便迅速後縮，露出一塊光滑的亞克金屬大門。

海狸鼠哨兵和封琛也如法炮製，用匕首去扎那些封住大門的海藻，整扇門很快就全部露了出來。

狼獾哨兵在門鎖上輸入密碼，大門開啟，三人魚貫游了進去。

大門裡面還有一重密封門，待到關閉大門，湧進來的水被抽乾後，狼獾哨兵這才打開了密封門。

燈光齊刷刷亮起，將這巨大的倉庫空間照得雪亮，裡面堆放的貨品堆疊成了座座小山。

日用品和生活用品都用木箱裝著，分門別類隔開放著，倉庫中間的空地上，還停著兩輛嶄新的小卡車。

兩名哨兵將身後拖著的箱子打開，裡面裝著整整一箱壓縮密封袋。狼獾哨兵取出一袋，打開閥門，密封袋迅速鼓脹，成了個半人高的大方形袋。

他從牆邊拖來一張鐵推車，大袋就放在上面，推給封琛道：「去吧，見什麼有用就往裡面裝。」

封琛摘下面罩，推著那鐵推車往前走。

雖然倉庫裡空氣乾燥，但食品區也多是易保存的大豆，用真空袋裝好，一袋袋堆放著。

推車上的方形袋看著不怎麼大，卻著實能裝，他一連搬進去十袋大豆才填滿，封上了密封條。

接著再去取一個空袋子來繼續裝。

很快的，大門口就放了十個裝滿大豆的密封袋，像是十座小山包。狼獾士兵詢問還要不要繼續裝，于苑說：「別裝了，我們目前就這點存糧，總不能一下子就搬空倉庫，平常還得找其他食物才行。」

「是。」

「去裝一點藥品和生活類物品吧。」

「遵命。」

三人去往生活區，封琛聽到耳機裡于苑在對他單獨說：「秦深，去選一點你想要的東西。」

「好。」封琛沒有拒絕。

生活區的物資就是地震後從那些倒塌的商場超市裡搬運進來的，所以種類也是五花八門，從精緻的咖啡杯蛋糕盤到紙尿褲一次性垃圾袋，物品琳琅滿目應有盡有。

狼獾哨兵將貨架上的東西往袋裡掃，並拿起一個小紙盒在封琛眼前晃了晃，「也不能光是裝吃的，這些都是緊要的生活物品，船上目前緊缺這些物資，也要都裝上。」

封琛沒看清他手裡拿的什麼，便問道：「這是什麼？」

「女性必備用品，別管，反正往袋子裡裝就是。」狼獾哨兵道。

「喔。」

三人都開始往袋子裡掃生活物品，海狸鼠和狼獾也在忙來忙去，將封好的大袋子往倉庫門口推。

兩名哨兵彼此協作，偶爾還說笑兩句。但他們的量子獸總是不給主人面子，見縫插針地過招，互相撓一爪子，讓庫房內的氣氛既和諧又充滿濃濃的尷尬。

倉庫的西北角放著被褥和衣物。船上有被褥，所以並不需要，但衣物卻是封琛目前最需要的。

狼獾哨兵見封琛在打量那堆衣物，便對著那方向努了努嘴，「去選吧，隨便你選多少，反正放著也是放著。」

「好。」封琛在那小山堆似的衣服裡挑選，他自己穿的並不挑，就選那方便耐穿的戶外服，很快就選出來兩條長褲和兩件短袖 T 恤。

考慮到現在已經是八月份，秋天快來了，又拿了兩件長袖 T 恤和兩件衝鋒衣外套。

不過給顏布布挑選衣服的時候，他就費心思多了。

顏布布喜歡顏色鮮亮的，但又不能鮮亮得刺眼，比如淺黃、淡粉、天藍、淺綠……

封琛給他挑選 T 恤的時候，首先要排除掉黑、白、灰三色，本來黑和灰是最適合小男孩穿的，耐髒，在地上滾兩圈也看不出來，但顏布布既然不喜歡，他也就不考慮。

白色也不能要，倒不是顏布布不喜歡，而是他才不想天天洗好幾次衣服。

其次便是圖案，比努努當然是不容撼動的最佳選擇，不過若是沒有比努努的話，換成其他卡通圖案也是可以的。

但是要記得一點，長著個方腦袋的木偶，還有長條狀的橡皮泥人兩種不能要。

那是顏布布最不喜歡的卡通人物，也是他的雷區，絕對不能踩。

封琛拎著衣服看上面的圖案時，海狸鼠哨兵問道：「你在給你那弟弟選衣服嗎？」

「對。」

「他幾歲了？」

「6 歲。」

「還有多久滿 7 歲？」

封琛聽完這話後一怔。

他只知道顏布布是 6 歲，卻不知道他還要多久才滿 7 歲。也許他已經滿了 7 歲了，只是自己不知道。

顏布布的身分資訊他改過，當時也沒注意他真正的出生年月，現在被士兵這樣一問，他才想起這個被忽略的問題。

封琛又拿了內褲、襪子和新鞋，一起放進了袋子裡。

大門旁邊的密封袋有十幾袋，每一袋都巨大無比。封琛將頭罩戴好後，士兵便關好了倉庫裡層的密閉式門，打開了外層大門。

大門通道很快被水灌滿，三人齊心協力將那些物資推出去，再關上門，打開密封袋上的閥口。

哧哧充氣聲響起，密封袋夾層裡迅速灌入氣體。原本就大的袋子又膨脹了一大圈，帶著裡面的物資，晃悠悠地浮向了水面。

只是那些水藻總是從各個方向纏上來，將物資纏住後往下拖。三人不得不在水裡來回游動，用匕首將那些水藻割斷。

A 蜂巢大船上，顏布布從睡夢裡醒來。

他揉著眼睛坐起身，左右打量了一陣才想起，他現在已經沒在地下安置點的房間裡，而是在一條船上。

「哥哥……」雖然封琛昨晚就說了他今天會不在，但顏布布還是很難過，坐在床上哭了兩聲後才下床，赤著腳走到窗戶旁看外面。

一直趴在床邊的黑獅也跟了過去，看看他的光腳丫，獅眼裡掠過一絲不贊同。接著便回到床邊，叼起顏布布昨晚穿的那雙布拖鞋放在了他腳邊。

顏布布並沒有察覺，只伸出手指將窗戶上的濛濛水氣揩掉，黑獅便晃動尾巴，輕輕捲了下他的腳踝。

顏布布頭也不側，只抬起左腳蹭了下右腳踝。

黑獅的尾巴端有團蓬鬆的毛髮，像是一朵炸開的蒲公英，牠便用那朵蒲公英，再去蹭顏布布的腳踝。

顏布布這次終於低頭看了眼，便看見了腳邊的那雙拖鞋。

黑獅在他看到拖鞋的瞬間，獅眼裡稍微有些緊張，又有些期待。

然而顏布布只盯著那鞋看了兩秒，便將兩隻腳塞進去，然後繼續用手指在窗戶上塗畫。

黑獅：……

門口傳來了幾聲敲門聲，顏布布轉回頭大喊一聲哥哥，欣喜地跑過去開門。

門開後，外面站著的卻是一名陌生士兵，手裡還端著一個飯盒。

「樊仁晶是嗎？這是于上校讓我給你送來的早餐。」

沒有見到封琛，顏布布眼裡掠過失望。不過他還是接過飯盒，小聲地說了謝謝。

等士兵離開後，顏布布便坐在床邊吃飯。

飯盒裡照例是大豆和馬鈴薯，但他吃什麼都很香，一邊用勺子挖著馬鈴薯往嘴裡餵，一邊輕輕晃蕩著兩條垂在空中的腿。因為只穿了一件軍裝 T 恤，兩截嫩藕一樣的小腿便露在外面。

黑獅趁著他吃飯，轉身去了門口，爪子擰開門把手，悄悄出了房間。門外通道裡有幾個人，但誰也沒有看見一隻黑獅無聲無息地從他們旁邊經過。

到了船頭晾曬衣服的地方，黑獅將顏布布和封琛晾乾的衣物收了。

可是出來容易，回去就不是那麼輕鬆了。

黑獅叼著衣物，為了不讓人看見衣物憑空在空中飛行的驚悚場面，只得放棄原路返回，而是從船身外沿往回走。

雖然船外沿光溜溜的，但這完全難不倒牠，僅僅依靠每隔十公尺距離的一小塊凸起，牠便很快停在了 415 房間的窗戶上面。

黑獅兩隻後爪扣緊了船身上的一小塊凸起，以一個倒掛金鉤的姿勢垂下身體，叼著衣服的獅頭便掛在了窗戶外。

牠出門前，顏布布還坐在床上，背對著窗戶吃飯，現在牠可以悄悄從窗戶進去，再將收好的衣服神不知鬼不覺地放在床上。

誰知剛剛倒掛下去，獅頭就和趴在窗臺上的顏布布對了個正著。

黑獅嚇得一個激靈，睜大了一雙獅眼，叼著衣服盯著顏布布。

顏布布正在看窗外，想著封琛現在會是在哪兒，又會在幹什麼，視線就突然被擋住，有什麼東西懸在了窗外空中。

他看清那是幾件衣服後，愣了下，覺得有些疑惑，接著便發現那衣服看著有些眼熟。

——黑色的衝鋒衣，像是哥哥經常穿的，淺黃色的T恤，好像是我的。唔……還有背帶褲……印著小鴨子的小褲衩。

顏布布啊了一聲，踮起腳伸出頭往左右看，接著又看上面。

——咦！我們的衣服昨晚上晾在船頭了，為什麼會出現在這兒，還飄在空中？

顏布布內心大為震撼，微張著嘴，慢慢伸出手指，試探地戳了下最外面那一件。

發現沒有什麼異常後，再將幾件衣服都扯回來抱在懷中。

黑獅依舊倒掛著，看著他目光穿透自己，有些驚慌地左右張望，接著便縮回頭，砰地關上了窗。

顏布布抱著衣服坐在床上，百思不得其解。

他小聲問衣服：「你們是想回來，自己飛回來的嗎？還是我的魔力？但是我沒有念咒語啊……」

衣服不會回話，他思索半天找不出答案，也就不再去想，將身上的軍服T恤脫掉，換上才收進來的衣服。

顏布布穿好衣服後，抱起比努努小聲問：「你會飛嗎？你會不會其實也會飛，只是不想飛給我看？」

正絮絮念著，他眼睛瞥到對面的大門，看見那門把手在緩緩旋轉，像是有誰正在外面擰動。

「哥哥。」顏布布喚了聲。

門外沒有任何動靜，轉動的門把手也停下了。

顏布布沒有再出聲，只緊緊盯著大門。片刻後，門把手又開始轉動，門扇也被悄無聲息地推開，門外卻沒有一個人。

顏布布只覺得一股涼意順著背心往上爬，每根汗毛都豎了起來。他抱著比努努，把腳步放得很輕，走到門口，探出頭往外張望。

整條通道都靜悄悄的，沒有一個人。

顏布布在門口站了一會兒，轉身回屋。正要關門時，突然看見門廊那塊暗紅色的地毯上，清晰地留下了幾團濕淋淋的深色水痕。

那是一排腳印。

看上去還不是人。

黑獅剛剛鑽進屋，還沒來得及去浴室甩掉身上的雨水，就看見顏布布大叫著衝出了門，順著通道往前飛奔。

「啊！！！啊啊啊啊啊啊！！！！！」

黑獅抬起爪子撩開擋住眼的一綹鬃毛，一雙琥珀般的黃色眼睛裡，滿滿都是茫然。

顏布布一口氣跑到通道盡頭，又順著樓梯咚咚咚往下。直到跑到1樓人多的地方才停下，驚魂未定地喘著氣。

餐廳在1樓，士兵正在分發早餐，排隊隊伍從餐廳一直排到了通道上。這麼多人在這兒，顏布布也就不那麼害怕了，但還是擠到最左邊，去找站在那兒的士兵。

「西聯軍叔叔，我哥哥出去了。」顏布布仰著頭，緊張地對一名圓臉士兵說。

士兵低頭看了他一眼，「嗯，知道了。」

「他說我如果有什麼事，就可以找你們。」

士兵問：「那你有什麼事？」

顏布布看看周圍，說：「你低一點，我告訴你。」

士兵果真就俯下身，「你說吧。」

顏布布深吸了口氣，湊到士兵耳邊小聲道：「兩個事。」

士兵瞥了眼他豎在自己面前的兩根手指，糾正道：「兩件事。」

「兩件事。」

「第一件事就是，我沒有使用魔力，保證沒有，也沒有念咒語，但是我的衣服會飛了，它們從船頭飛到窗戶外面看著我，等著我將它們取進來……」

士兵眉頭抽了抽，問道：「那第二件事呢？」

「第二件事就是，我的屋內有看不見的怪物，好像是在我屋裡洗了個澡。我覺得牠還想吃我……有些人也吃小孩，但是這個怪物絕對不是人……」

兩人對話時，黑獅就站在旁邊，獅臉上一片漠然。

顏布布向士兵彙報完情況，士兵向他再三表示沒有事，而且自己也會去調查，他這才滿意地離開。

可他現在並不想回去，不想一個人待在那房間內，反正哥哥還沒回來，他就抱著比努努，順著 1 樓通道往前走，來到了甲板上。

外面正在下雨，沒法去寬闊的甲板上晃悠，他便站在艙房簷下，眺望著海雲城的方向，想著哥哥也許就快回來了。

他站的這個位置看似淋不到雨，實則有水霧不斷往裡飄。一直跟在他身後的黑獅又默默擋了上去，用龐大的身體將那層水霧擋住。

顏布布望了一會兒海雲城後，便收回視線，轉頭看向東邊海域方向。突然看見遙遠的海平線上出現了一條銀灰色細線，正向著這方向迅速靠近。

因為雨水太大，顏布布有些不確定地揉了揉眼睛，重新努力去看。

這次他看清了，那裡的確有條細線，長長的，顏色不同於海水的墨藍，而是一種灰青色，像是浪頭般往前湧動。

其間不斷有巨大的物體躍出水面，拖著長長的尾鰭，瞧著像是體型碩大的魚。

這麼大的魚！

顏布布雖然生活在環海城市，但從來沒見過這麼大的魚！

他倒退兩步後，飛一般地跑回餐廳，擠到那名圓臉士兵面前，伸手去扯他衣服，「西聯軍叔叔。」

那士兵低頭，看見是顏布布，便問道：「還有第三件事？」

「對。」顏布布手指著船頭方向，著急地說：「我看到那裡有魚，好多魚，好大好大的魚。」

圓臉士兵原不把小孩子說的話當回事，但聽到好多的魚後，心裡還是一動。

如今食物太緊缺，如果真的有魚的話，正好捕撈上來填飽這麼多人的肚子。所以雖然他不大相信顏布布的話，卻也將信將疑地走向船頭，準備去看個究竟。

「看，就是那裡。」顏布布指著遠方那條不斷向前推進的灰青色細線，「看見沒有，大魚在往水面跳。」

龐大的魚群向著船隻方向迅速靠近，牠們的形態也就更加清晰。

每一條足足有十幾公尺長，體量如鯨魚，但外形又似鯊魚。紡錘形的身體，寬扁的頭，長而尖突的半月形嘴。伏在水裡時只露出灰青色的脊背，但躍起後，便可以看到寬闊如翅膀的胸鰭和白色的腹面。

士兵凝目注視著那魚群，神情漸漸驚駭，「這是青噬鯊，這是青噬鯊啊。可為什麼有這麼多的青噬鯊？體積、體積也變大了好多。牠們為什麼衝著我們的船來了，牠們想幹什麼？」

大青鯊群足足有幾百隻，齊齊向著船隻方向迅速靠近，目的地顯然就是這四艘船。

圓臉士兵手忙腳亂地掏出對講機往上呈報，聲音都在發顫：「上尉，東邊海域出現了巨大的青噬鯊群，正在快速向我們靠近，目測有好幾百條，牠們、牠們正對著我們的船游來。從體型上來看的話，應該、應該是變異種。」

青噬鯊原本生活在深海，淺海很少見。牠們生性凶殘，領地意識強，經常成群結隊地出動，將周圍海域的中大型魚類剿殺驅趕，號稱海上電鋸手。

牠們一般不會離開自己的領地，而漁民也會避開那一塊。但倘若有船隻無意中闖入牠們的地盤，那牠們絕對不會放船隻就這樣離開。

青噬鯊一般體長只有 2 到 4 公尺，就算高高躍起來，也躍不上中型漁船，但牠們自有辦法，那便是集體出動，將那船隻圍住，再用巨大的側翼製造出大浪。

一群青噬鯊圍著漁船，用翅膀一般寬大的側翼齊齊划水，保持著同一頻率，並掌握著水流方向，左右兩側互相配合。

浪頭開始並不大，但隨著牠們不斷地進行這一動作，終於越來越洶湧、越來越高，最後可高至近十公尺。

漁船隨著浪頭顛簸起伏，左右歪斜，就算沒有傾翻，青噬鯊也會在浪頭接近船舷的時候躍上去，將那些漁民叼入海中分食。

海雲城是沿海城市，駐城士兵對海域裡的魚類都很熟悉。這名士兵眼見到幾百條青噬鯊對著這邊衝來，而且體型如此龐大，相當於普通青噬鯊的幾倍，嚇得臉色都變了，不停在對講機裡呼叫。

顏布布一直站在圓臉士兵身旁。

他並不認識青噬鯊，也不知道這種魚類的可怕，剛才去告訴士兵，也只是覺得這魚多得讓他震驚。

現在見著士兵這種反應，頓時也緊張起來，兩隻小腳不斷往後退，緊緊貼著艙房壁。

黑獅則站在他身側，微微瞇眼望著遠方，利爪緊扣著地面，皮毛下的肌肉都緊繃著。

船上響起了尖銳的哨聲，士兵們從船尾衝向船頭，原本排著隊打飯的人見到這陣勢，條件反射地以為是喪屍來了，也不管不顧地跟著往外衝，一起湧到了船頭上。

「怎麼回事？喪屍嗎？喪屍在哪兒？」

有人眼尖地發現了青噬鯊魚群，震驚地指著前方，「看啊，看那是什麼？」

當確定船上並沒有喪屍出現後，所有人鬆了口氣，但看到那群浩浩蕩蕩的青噬鯊後，又同時變了臉色。

「是青噬鯊！海上鋸手青噬鯊！」

「我是做海產生意的，活了這麼幾十年，還是第一次看到這麼大的青噬鯊。」

「也別太擔心，咱們這可是萬噸重的巨輪，就算那青噬鯊個頭大，難道還能掀翻這巨輪？」

「十幾條普通青噬鯊就能搞翻一條漁船，這麼大的青噬鯊，幾百條吧，誰知道能不能把這輪船掀翻呢？」

「青噬鯊不是一直在深海嗎？為什麼游到這兒來了？」

「嗐！還能為什麼？變異種啊……這些青噬鯊也成了變異種了。」

顏布布原本站在艙壁前，見到現在突然來了這麼多人，就想從通道回房間去。但源源不斷的人還在往甲板上湧，將通道擠得水泄不通，他便還是只能站在原處。

黑獅就緊挨在他身邊，當其他人往這裡湧來時，便伸出獅頭往前一頂，將人又給頂了回去。

反正現在亂糟糟一團，被黑獅撞得踉蹌的人，也不知道剛才撞自己的究竟是什麼。

士兵們集中在船頭，圓臉士兵焦急地詢問衝出來的一名上尉軍官：「蘇上尉，怎、怎麼辦？林少將呢？還有我們的那群哨兵、嚮導呢？」

軍隊裡出現了哨兵、嚮導，這是一個公開的祕密，林奮也並沒有隱瞞，士兵們都知道。

蘇上尉看著遠方的鯊群，臉色劇變，「林少將帶著他們去地下安置點取溧石了，正在回來的路上。」

「于上校呢？」圓臉士兵追問。

蘇上尉轉頭喝問身旁的另一名士兵：「聯繫到于上校沒有？」

那士兵放下通話器，大聲回道：「已經和于上校聯繫上了，他說馬上就趕回來。」

雖然他們都在往回趕，可現在鯊群就在前方，以那箭矢一般的速度，幾分鐘後就會衝到這裡。

其他三艘船上的人也都上了甲板，眼睜睜地看著鯊群越來越近。

他們都聽說過青噬鯊，知道這種鯊魚的厲害，一邊害怕著，一邊又抱著僥倖的想法，覺得青噬鯊再怎麼殘暴也是魚類，掀翻一兩艘漁船可以，但要掀翻這樣的萬噸巨輪，那還是不行的。

林少將和于上校都不在，蘇上尉便接過了指揮權，他瞧著甲板上的人越來越多，立即拿起擴音器大喝：「四艘船上的甲板不留人，全部回房間去！全部回房間去！」

所有人又開始往回轉，反而堵在了艙房通道處，出不去也進不來。有人繞著船艙兩邊往回走，也將兩邊船沿的通道堵了個嚴實。

【第四章】

發燒在以前算不得什麼，但現在卻代表可能是進入了變異

就算顏布布變成了喪屍，封琛也不能讓別人將他殺掉。
父母沒了，家沒了，他現在唯一能抓住的只有顏布布。
如果連顏布布也沒了，那這個世上他還剩下什麼……
封琛深呼吸了一口，抬臂將顏布布摟進懷中。
片刻後，安靜的屋內響起兩聲壓抑的，不甚明顯的哽咽。

一時間，咒罵聲、怒喝聲響徹一片。

顏布布依舊貼著艙壁，懷裡緊抱著比努努，看著那些奔來跑去的人群。他現在不知道該怎麼辦才好，便惶惶然地站在原地，只盼望哥哥能早點回來。只要被哥哥的手牽著，他就什麼都不怕了。

青噬鯊群翻騰而來，攪弄起漫天水花，瞬間已靠近船隊。哪怕是從高高的甲板上看下去，那浩蕩規模也讓人不寒而慄。

蘇上尉抹了把擋著眼睛的雨水，拿著對講機，高聲命令四條船上的士兵：「全體聽令！所有士兵，對著魚群自由射擊！」

密集槍聲瞬間響起，顏布布一個哆嗦，趕緊將比努努放進布袋，雙手捂住了耳朵。

他曾經很喜歡槍聲。

封先生有次送給他的生日禮物是一把可以嗶嗶叫的玩具槍，從此以後，封家別墅就時不時冒出一串嗶嗶聲，害得封太太一聽到這聲音就嗔怪封先生，送布布什麼不好，非要送一把可以出聲的槍，這下可好，全家都不得安寧了。

但他現在不喜歡槍聲了。

不管是被礎石追殺的過程裡，還是士兵們槍擊那些喪屍，清脆的槍聲總是代表著危險來臨，伴隨著逃亡的恐懼。

現在又聽到了槍聲，每響一下，他的心就跟著哆嗦一下，眼睛卻穿過那些人群縫隙，看向上下船的舷梯。他好想能看到封琛就出現在那兒，焦急的目光四處尋找著他，大聲喊著樊仁晶。

「哥哥……」顏布布捂著耳朵，身體隨著槍聲一顫一顫，嘴裡輕輕念叨著。

子彈伴著雨點落入海裡，瞬間消失無蹤，這小小的子彈，根本無法對青噬鯊變異種的龐大身軀造成致命傷害。

幾百條小山似的青噬鯊，很快便將四艘遊輪圍住，分別集中在幾條船的左右兩側。

「不好，青噬鯊想拍浪了！」一名對青噬鯊頗為熟悉的人驚恐地大叫出聲。

漁民將青噬鯊攪起浪頭掀翻漁船的行為叫做拍浪，而現在那些青噬鯊排列整齊地圍在船的兩側，明顯就是要開始拍浪。

「別怕，牠們能拍出多大的浪？沒事的。」有人被擠在通道裡動彈不得，卻依舊很樂觀。

「你知道個屁，你來看看外面，那些青噬鯊都是變異種，而且幾百條啊，再大的船也可以給你掀翻！」

青噬鯊雖然沒有發聲器官，但是牠們之間明顯有著自己的聯繫方式，這人話音剛落，那些原本圍著遊輪沒有動的青噬鯊，突然整齊地在水中開始搧動側翼。

平靜的海面頓時被攪起數個漩渦，由左向右地蕩起了層層波浪。

「用炮筒，用炮筒轟炸。」蘇上尉大聲喝令。

一顆顆炮彈出膛，帶著白色的尾煙飛向鯊群，可令人沒有想到的是，炮彈在快接近鯊群時，會被目標命中的那一條就迅捷地向外游出，在炮彈墜入海中爆炸後再游回來，繼續加入拍浪的隊伍。

青噬鯊不斷躲著炮彈，那些連續發出的炮彈全都落了空，一枚枚在海底爆炸後，反而激得海面的浪頭更大了。

「不要用炮筒，別用了，改成槍擊，自由射擊！」蘇上尉立即阻止，讓士兵們繼續用槍射擊。

子彈對這些青噬鯊變異種的傷害小到可以忽略不計，牠們極有節律地操縱著海水，讓海水起伏的弧度逐漸變大，開始洶湧，蕩起數公尺高的浪頭。

顏布布突然覺得腳下一晃，身體往旁傾斜。他連忙去抓身後的東西，可艙壁一片光禿禿的，什麼也抓不著。

眼見他就要踉蹌著摔倒，身體卻被什麼東西給撐住。

顏布布站穩後，往旁邊看了眼，並沒看到能擋住他的物體，但現在他沒有心思去考慮這個，因為他驚恐地發現，大船在開始左右搖晃。

巨輪被洶湧的海水帶動著晃動，船舷上垂掛著的一些鐵鍊碰撞出砰砰響動，甲板上正在往通道裡推擠的人立即停下了動作。

「是不是在晃了？船是不是在晃了？」

吱嘎……巨輪明顯向著右邊傾斜。

剛剛稍停的人群這下炸開了鍋，更加用力地往船裡擠，通道裡立即傳出連聲尖叫：「別擠了，後面的摔倒了，別往裡面擠……後面的快退啊，往樓上退，樓上的別下來了。」

海浪只要被掀起就不會停下，且會以成倍的速度形成更大的浪頭。

青噬鯊變異種們更加用力地搧動側翼，海水形成了一個個巨大的漩渦。水流快速湧動，海面像山巒似的起伏，恍若海底正爆發了一場地震，引起了洶湧奔騰的海嘯。

海浪已經高達十幾公尺，龐大的巨輪在如此大的浪頭前猶如一架鞦韆，身不由己地左右擺動，沒有任何辦法可以停下。

船上的人站立不穩，驚叫著去抓一切能抓住的東西，結果就是一長串人都摔倒，骨碌碌滾到了船沿，被鐵欄擋住。

「繼續開槍，對準青噬鯊的頭部開槍，變異種的皮太厚，子彈打牠們身體沒有用！」蘇上尉一手抓著鐵欄，一手持槍，嘴裡高聲喝道。

「啊啊啊！救命！」摔到船沿旁的人發出驚叫，他們那側船沿下降，海浪湧高，青噬鯊們也被水流帶上來，和他們距離急速接近。

一條青噬鯊突然躍起，從船沿旁露出牠寬闊的胸鰭和白色的腹面，在空中便張開了嘴，裡面是幾排鋸齒般鋒利交錯的尖牙。

蘇上尉站在升高的船沿那方，調轉槍口方向嘶吼：「開槍！」

四面八方的子彈匯聚向那條躍到空中的青噬鯊，牠卻合攏兩側寬大的側翼，將身體包在其中，像是一個巨大的扇貝。

子彈擊到牠身上時，發出類似撞上金屬的鏘鏘聲響，可牠身體上連一個彈痕都沒有。

就在這時，牠那顆扁長的頭突然從翅翼上端伸出來，迅捷地咬住了摔在船舷旁的一個人，再帶著那人嗖地縮回翅翼中。

那人連聲慘叫都沒來得及發出，便跟著青噬鯊墜向海裡。

幾秒後，海面上浮起一團鮮紅。

船沿邊剩下的人見到這狀況，趕緊往上爬，可現在被雨水沖刷過的甲板光滑如鏡，他們無論如何也爬不上去。

不過極度傾斜的大船已經隨著浪頭緩緩調正，逐漸離海面越來越高。他們正在慶幸，卻接連又有幾條青噬鯊躍出海面，在大船還沒有回正時，將船沿旁的人又叼走了四名。

大船傾斜的弧度越來越大，船身發出不勝負荷的吱嘎聲，那些原本站在甲板上還沒進入通道的人，只能去抓身邊任何一個東西穩住身體。

可甲板本就光滑，實在是沒有東西可以攀附，就連一個小小的鐵樁，上面都掛了五六個人。更多的人則發出驚叫，雙手絕望地抓撓地面，無助地滑向船沿。

甲板上除了士兵，還有兩、三百人。在某一邊船沿下沉時，那些人就齊齊滑向那方，最下面的有些直接從鐵欄縫隙墜落入海。而那方的青噬鯊不斷躍出水面，每躍起一次，便叼走一人。

「啊嗚嘣嘎啊達烏西亞！啊嗚嘣嘎啊達烏西亞！」顏布布大聲念著咒語。

每次船身傾斜，他也不受控制地往下沉方向滑，但每次都能莫名地懸在空中，像是被什麼無形的東西給擋住。

他堅信是自己咒語的力量，一刻不停地念著。可這次船歪斜的弧度越來越大，他突然感到背心傳來熟悉的感覺，背帶褲被拎了起來，兩隻腳也跟著懸在空中。

「哥哥！」顏布布心臟狂跳，發出驚喜的大叫。但他費勁地轉過頭去看時，身後卻什麼人都沒有。

——原來哥哥並不在這裡，這也是我的魔力……

顏布布很震驚，卻又很失落。第一次為自己魔力的強大而失落。

黑獅叼著顏布布，雖然大船左右搖晃，但牠四隻爪子猶如焊在了甲板上，站得穩穩當當。

牠完全可以帶著顏布布從船外面回到艙房，但船身晃得太厲害，隨時都有徹底傾翻的可能。如果大船一旦傾翻，船艙裡就太危險，所以牠便站在原地沒動，一雙眼睛看著海面，裡面透出凶戾的光。

青噬鯊們繼續拍浪，浪頭一重接一重，四艘大船時而沖上浪尖，時而墜入深谷，左右劇烈搖晃，已經快撐不住了。

一片尖叫和槍聲裡，黑獅叼著顏布布靠近船沿。

雖然船外是數公尺高的巨浪和青噬鯊，但牠現在沒有其他選擇。

牠準備在大船傾翻的前一刻跳下海，護著顏布布回到海雲城。

A 蜂巢大船處在船隊的最左側，也是最靠近鯊魚群來的方向，所以圍著這艘船的青噬鯊最多，船身搖晃得也就最厲害。

顏布布被晃得天旋地轉，視線裡一會兒是急劇下沉的甲板，一會兒是迅速升高的海面，隨著船身搖晃在不停變幻。

昏頭昏腦中，他聽到整艘船上的人都爆發出尖聲驚叫，而視野裡的那片海面也越來越近，近到他能看見那群青灰色鯊魚脊背，能感受到牠們側翼揮動時濺起的水珠落在臉上。

「船要翻了，落水後往岸邊游！！！！！！」

顏布布聽到了一片尖叫聲裡混著蘇上尉的嘶吼，也感覺到身旁有人在撲通往海裡墜落。

那群青灰色鯊魚像是狂歡一般，沒有再繼續拍浪，而是躍向空中，張開猙獰的大嘴，接住那些往下墜落的人。

顏布布也往著海面墜落，一條青噬鯊對著他高高躍起，在空中張開大嘴，露出鋸齒般的尖牙。

「啊嗚嘣嘎啊達烏西亞！」

隨著他的高聲咒語聲，他擦著那條青噬鯊上空橫飛出去。

青噬鯊的大嘴合攏，咬了個空，又墜入下方海裡。

黑獅叼著顏布布，爪子踏過那些青噬鯊的身體，不停地向前飛躍。

青噬鯊身為變異種，是能看見作為精神體的黑獅的。牠們不斷張口想去咬黑獅和顏布布，但黑獅總是會迅速出爪。爪尖穿透光滑柔韌的側翼，像是利刃劃開薄紙。隨著撲哧一聲，那子彈都擊不穿的側翼被拉個對穿，皮肉綻開，鮮血一下就湧了出來。

青噬鯊性情本就狂暴，這下更是被徹底激怒，好幾條鮮血淋漓的鯊魚狂性大作，也不顧身上疼痛，只一心追著黑獅和顏布布。

黑獅往著魚群外飛躍，顏布布看著下方那些不斷張開的鯊魚嘴，看到那尖牙上還掛著絲絲血肉，一張臉煞白，只不停地尖聲喊著咒語。

大船的角度已經傾斜到了極致，處在傾翻的邊緣，卻又隨著下沉的浪頭重新回正。但是再來一次的話，就沒有回正的可能了。

此時，兩艘快艇衝破重重水面，對著碼頭方向疾馳而來。一艘快艇上站著林奮和十幾名士兵，另一艘快艇上除了士兵，還有封琛和于苑。

封琛立在快艇的最前方，緊抿著唇一聲不吭。他的臉龐既有著少年人的俊美，也有著過渡像成年人的深邃輪廓。雨水順著臉側滑下，掛在稍顯鋒利的下巴上。

他目光落在前方那搖搖欲墜的幾艘大船上，眼底泛著紅，一雙垂在身側的手握緊又鬆開，鬆開又重新握緊。

快要接近船隊時，哨兵們紛紛喚出了自己的量子獸。走獸們跳入海中，跟著快艇破水向前，飛禽們展開翅羽，鳴叫著衝向半空。

海浪洶湧，還差一、兩百公尺距離時，快艇已經猶如風中落葉，隨著狂湧的海浪起伏。

到達軍部那艘船附近，林奮大喝一聲：「哨兵使用精神力攻擊，嚮導為我們輔助。我和一隊負責解決右邊的鯊群，其他人負責左邊，每人幾隻，不要大量使用精神力。」

「是！」一群哨兵釋放出精神力，數股無形的力量從快艇上砰然而

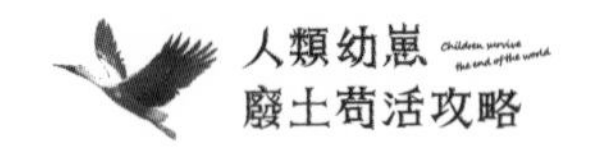

出，強悍地向前衝擊。

青噬鯊們感覺到了危機，立即便想轉身攻擊，但于苑和另外的士兵嚮導也放出精神力，猶如絲蔓般纏了上去。

正在往前衝的鯊群動作一滯，小眼睛裡的凶狠消失，有著片刻的遲緩和茫然。這個過程只維持了不到0.1秒，牠們立即恢復了清醒。但就在這眨眼即逝的瞬間，哨兵們的精神力已經深深刺入牠們頭顱，攪碎了腦組織。

量子獸們也衝了過去，利爪和尖牙齊飛，爪尖刺穿青噬鯊腦部，白紅色腦組織便從被刺出的孔洞往外湧出。

軍部那艘船周圍的青噬鯊被剿殺，浪頭開始削減，那些劫後餘生的人趴在船沿鐵欄上，一臉的驚魂未定。

快艇繼續向前，衝向了C蜂巢船。

「不要消耗過多精神力，青噬鯊的弱點是眼睛，用槍射擊或是用刀都可以。」

林奮的指令才剛剛發出，就有人影從他身邊竄了出去。

「秦深！」于苑立即大聲喊道。

封琛沒有回頭，他手握匕首，從快艇上一個縱躍撲向海裡，人還在空中時，便調動精神力刺向前方。

C蜂巢一條離得最近的青噬鯊原本正在拍浪，突然就停止了動作，僵硬地漂在海面上。

封琛從空中落下，正好踩在牠龐大的屍體上，再揮動匕首，扎穿旁邊一條青噬鯊的眼睛。

其他青噬鯊這才察覺到不對勁，紛紛張開嘴向他咬來，而他已經躍起撲向前，同時用精神力刺中更前方的那條青噬鯊，用牠的屍體作為自己的落腳點。一條接著一條的青噬鯊被封琛擊殺，屍體像是連在一起的浮島，為他形成了一條通往前方的路。

「他想先去A蜂巢，可那麼多的青噬鯊，他會使用精神力過量的。」于苑焦急地道。

林奮立即吩咐身旁的幾名哨兵：「你們去 A 蜂巢幫他。」

「是。」

黑獅叼著顏布布在那些青噬鯊身上騰躍，不斷伸出爪子抓撓，將那些青噬鯊抓得遍體鱗傷。

暴怒中的青噬鯊都仰著頭，張開嘴，對著他倆圍追堵截，反而沒顧得上去管 A 蜂巢船和那些掉在水裡的人。那些人也不敢回船上，便掙扎著往遠處游，先逃離這群青噬鯊再說。

顏布布一刻不敢放鬆地念著咒語，生怕哪一句沒接上，自己就從空中掉下去，掉到那些大張的鯊魚嘴裡。

黑獅想衝向海雲城，但總有一群青噬鯊游到前方等著牠。

這些鯊魚鮮血淋漓，好幾隻的側翼都被撕成了條。牠們瞪著一雙狠毒的小眼睛，一心只想將黑獅和顏布布咬死，撕成碎片吞食進腹。

幾條青噬鯊對著黑獅咬來，牠朝著岸邊奮力一躍。牠這一下足足躍出去十幾公尺，可還在半空，落點處已經有幾隻青噬鯊在提前等著牠。

黑獅在空中亮出鋒利的爪子，抓向正下方的那一隻。儘管旁邊兩隻已經對牠張開了口，可黑獅卻堅定凶悍，無所畏懼，準備用自己的身軀去擋住那兩隻。

顏布布也瞧見了那幾隻青噬鯊，他想念咒語讓自己保持飛行，可魔力好似有些接不上，只能眼睜睜地瞧著自己落向那些魚嘴。

「啊嗚嘣嘎——」一聲慘叫還沒結束，他便覺得身體一輕，又重新騰空。同時下方那幾條青噬鯊突然身體一歪，倒進海水中，砸起翻騰的浪花。

顏布布察覺到旁邊有人，轉過頭一瞧，不敢置信地瞪大了眼睛。

「哥哥！」他發出一聲撕心裂肺的喊叫。

「小點聲！別對著我耳朵！」封琛被那一聲哥哥震得耳朵嗡嗡響。

黑獅一張嘴算是得到了解放，牠努努嘴活動了下僵硬的咬肌，踩著一條青噬鯊的屍體，昂起鬃毛飄飛的頭顱，對著天空發出一聲渾厚雄壯的吼叫。

顏布布和其他普通人聽不到這聲音，但青噬鯊可以。牠們被黑獅的威壓所壓制，在瞬間流露出怯意，有幾條離得近的已經掉頭想跑。但本性裡的殘暴，又止住了牠們的逃離，並點燃了加倍的憤怒和狂躁。

封琛的精神力如同堅韌的遊絲，呈網狀將最近的幾隻變異種籠住，再化成硬刺，刺進牠們的顱腦。

其他地方的變異種氣勢洶洶地衝來，但幾名哨兵也趕到了，將牠們成片地擊斃。

沒有青噬鯊繼續拍浪，A 蜂巢大船不再劇烈搖晃，逐漸開始平緩。顏布布被封琛拎在手裡，看著他踩著那些青噬鯊屍體，衝向 A 蜂巢。

量子獸們在前面開道，利爪飛舞，尖牙撕咬。封琛同幾名哨兵一起，一邊用匕首去刺身旁鯊魚的眼睛，一邊不斷發出精神力，將身遭一圈的青噬鯊擊殺。

青噬鯊紛紛翻了肚皮，形成一種既奇怪又壯觀的場景：前方明明是一片青灰色鯊魚脊背，可在幾人所經之處，那青灰色就次第變成慘白，像是被推翻的雙色多米諾骨牌。

顏布布有些搞不清，這些鯊魚都死了，到底是他殺的，還是被哥哥和西聯軍叔叔殺的。

明明他們只用匕首扎了旁邊的鯊魚，為什麼其他鯊魚也跟著死了？

唔……那應該是自己魔力的緣故。

顏布布精神一振，念咒語也就更起勁了。

A 蜂巢終於平穩，士兵們從船上扔了幾條軟梯。還在水裡掙扎的人，戰戰兢兢繞過青噬鯊的屍體，抓住軟梯往船上爬。

已經游到遠方的人見情勢好轉，又趕緊回頭。

A 蜂巢周圍一圈海面上，漂浮的全是青噬鯊屍體。僅剩的幾隻見勢不妙，想繞過船頭去對面，被量子獸們追上去抓撓撕咬，很快也就沒有了聲息。

封琛現在只覺得腦袋悶悶脹痛，心中煩悶，隱隱有著想嘔吐的感覺，趕緊拎著顏布布，從軟梯爬上了船。

黑獅解決掉最後一隻青噬鯊，踩在鯊魚屍身上，將爪子在海水裡清洗乾淨，接著就消失在了空氣裡。

船上的士兵七手八腳地將軟梯上的人拉上去，封琛剛將顏布布放到甲板上，一些人就圍了上來，七嘴八舌地問：「沒事吧？」

「沒事。」

雖然這些人都是沒有經歷過變異的普通人，看不見黑獅，但他們能看見封琛殺掉那些青噬鯊的場面，也就知道了他是一名特種戰士。

在從緊急通道逃出地下安置點時，大家都看見了哨兵、嚮導的厲害，背地裡稱他們為特種戰士。現在見封琛竟然也是其中一名，大家看他的目光既豔羨又好奇，還有幾分小心翼翼。

吳優臉色蒼白地從通道裡鑽出來，看見顏布布後，踩著搖搖晃晃的步伐走了過來，著急道：「晶晶，我在通道裡沒看到你，剛才去哪兒了？找也找不著。」

顏布布興奮地指著船側說：「我去殺那些鯊魚了，這一邊都是我殺掉的。」

「吳叔。」封琛給吳優打了個招呼。

吳優上下打量著兩人，「開始我就擔心著你們兩個，安全就好、安全就好。」

林奮他們將 B 蜂巢和 C 蜂巢的青噬鯊也殺了個七七八八，剩下了的青噬鯊變異種見勢不妙，便想往深海裡逃。量子獸們圍追堵截，一時間展開了激烈混戰，最終將所有青噬鯊變異種都殺了個光。

甲板上站滿了人，都只默默站在雨中。誰也不知道明天會怎麼樣，又會遇到多少次這樣的災難，是不是每次都能僥倖逃脫。

海水綿延到天邊，呈現出墨藍色的深邃廣闊，天地浩瀚，但前路卻模糊一片……

不待林奮上船，封琛便帶著顏布布回房間，進門後就疲憊不堪地倒在了床上。

「把你身上的濕衣服換了。」封琛閉著眼吩咐。

顏布布脫掉濕衣服，換上了軍裝T恤，見封琛身上的衣服也是濕的，連忙去給他脫。封琛閉著眼，只抬臂抬腿配合一下。

「頭抬一下，衣服套在脖子上取不下來。」顏布布說。

封琛的頭被包在T恤裡，他躺著不動，悶聲悶氣地道：「不想動，你自己想辦法脫。」

「哥哥你好賴皮。」顏布布嘻嘻笑了起來，隔著一層T恤，伸出手指在封琛臉上戳了戳。

「剛才怕不怕？」封琛將他那隻手抓住，握在掌心。

顏布布想了下：「怕，你沒回來的時候我怕，哪怕能在天上飛也怕。但是你回來後，我就一點也不怕了。」

封琛鬆開手，摸到他腦袋揉了下，「快給我脫衣服，要憋死了。」

顏布布爬上床沿，將封琛的頭抱在懷裡，費勁地將T恤從他脖子上取下來。接著便是脫鞋、脫褲子，顏布布從床上爬上爬下，好容易才將封琛的鞋襪和長褲扒掉，只是在去扒他內褲時，封琛按住了內褲邊，「這個不用你。」

顏布布坐在床邊地毯上，氣喘吁吁地道：「我剛才、剛才殺了那麼多鯊魚，都沒有、都沒有脫你衣服費勁。」

「去給我找條乾毛巾。」封琛說。

顏布布去衛浴間拿乾毛巾時，封琛便換了乾淨內褲，然後繼續躺下。顏布布拿著乾毛巾出來，不用吩咐，便主動給封琛擦乾濕髮和身體，再幫他穿乾淨衣褲。

「哥哥，我伺候你伺候得好不好？」顏布布將封琛身上的T恤襬理順，嘴裡殷勤地問道。

封琛原本閉著眼，聽到這話後眼睛微微睜開，半眯著看向顏布布，「好意思開口？我可天天都在伺候你穿衣服。」

「那不問了、不問了。」顏布布連忙道。

封琛嘁了一聲，沒有再理他。

封琛雖然和顏布布有一句沒一句地說著話，其實精神相當不好。

顏布布瞧出他的疲憊，給他穿好衣褲後，便拉過被子蓋在他身上，自己也在身旁躺了下去。

「睡吧、睡吧。」顏布布一隻手搭在封琛身上輕輕拍著，嘴裡呢喃道：「睡吧……」

睏意襲來，封琛很快就沉入深眠。片刻後，那隻在他身上輕拍著的小手也停了下來，屋內響起了顏布布均勻有節奏的小呼嚕。

兩人這一覺睡得昏天黑地，直到響起敲門聲，才將封琛從睡夢中驚醒。顏布布手腳都纏在他身上，睡得正香，封琛想去開門，剛將他手拿開，顏布布也就跟著醒了。

砰砰砰。外面還在敲門。

封琛下了床，按著有些疼痛的太陽穴去開了門，門口站著抱了一只大袋子的于苑。

「快讓讓。」于苑抱著那足足擋住他上半身的大袋子進屋，「這是上午你在物資點選的東西，一直放在那氣墊船上，剛才士兵才去弄了回來。順便我再給你們裝了些生活物品，牙膏、牙刷、沐浴露、保溫杯、雨衣，應有盡有。」

于苑將袋子放在桌子上，轉頭看見顏布布，見他正板著臉蛋兒坐在床上，頭髮亂蓬蓬的，一臉不高興。

「小捲毛，這是在和誰生氣呢？」于苑走到床邊，俯下身看他。

顏布布垂著眼沒吭聲，封琛靠在牆上，說：「別管他，起床氣。」

「還有起床氣啊。」于苑失笑出聲，轉身去袋子裡取出來幾件衣服，一件一件擺在顏布布面前。

顏布布瞟過那幾件衣服，眼睛亮了起來，「比努努……比努努！」

「你哥哥給你選的。」于苑說。

顏布布將那幾件衣服抱在懷中，愛不釋手地摸著，又抬頭去看牆邊的封琛。

「去洗個澡再穿。」封琛說著，又去袋子裡拿出新背帶褲和內褲，一起放在床邊。

顏布布翻身下了床，喜滋滋地進了衛浴間。

待顏布布關上衛浴間的門，于苑問道：「今天使用了這麼多精神力，很難受吧？」

封琛也不隱瞞，走到另一架床邊坐下，點了點頭，承認道：「是不大舒服。」

「說了不要大量使用精神力，你這是使用過量了，還好也不算太多。你剛剛成為哨兵，沒有學習過如何精確控制自己的精神力，所以在這樣一場大型戰鬥後，會感覺到頭疼暈眩。你平常可以多加練習，練習如何構築和維持屏障，如何遊刃有餘地掌控精神力，不發散、不浪費，處在精神域可以負荷的狀態。」

封琛抬手按了按額頭，有些煩躁地吐了口氣。

于苑在他對面床上坐下，繼續科普：「我是嚮導，可以幫你梳理下精神域，緩解頭暈症狀。但是我只能給你做周邊梳理，如果要進一步清理精神域內核的話，那就需要你的專屬嚮導。」

「專屬嚮導？」封琛疑惑地問。

于苑勾了勾唇角，「哨兵和嚮導，就是槍枝和扳機，相輔相成，才能射出那顆致命的子彈。哨兵的精神域好比是一團亂麻，有了嚮導的梳理才不會打結，不會因為感知力超載而陷入精神力不穩定的狀態。但普通嚮導也只是淺表梳理，只有他的專屬嚮導，才能從一堆亂麻中找到那根線頭，從根源上解決問題。」

封琛不是特別明白他的話，但于苑也沒有過多解釋，只伸出隻手按住他額頭，「閉上眼睛，全身心放鬆，不要抵抗我。」

封琛依言閉上了眼睛，幾秒後，感覺到腦中一振，有股不屬於他的精神力闖了進來。

他下意識就要將那股精神力驅逐，就聽到于苑急促的聲音：「放鬆，那是我，不要抵抗，我不會傷害你，放鬆戒備相信我。」

封琛聽著于苑的話，也想自己放鬆下來，但無論如何都不能順從心意地打開精神域。

「我是一隻比努努……勇敢的比努努……」

從衛浴間裡穿出來顏布布的歌聲，有些荒腔走板。但那歌聲鑽入封琛耳裡時，卻帶著一種安穩人心的魔力，讓他緋緊的神經逐漸放鬆下來。于苑察覺到封琛的精神域終於打開了一絲縫隙，連忙調動自己的精神力探了進去。

「我是一隻比努努……穿新衣服的比努努……」

于苑和封琛面對面坐著，都進入了精神域的世界。

在顏布布跑調的歌聲中，封琛心緒前所未有的寧靜。他聽到了雨點敲打舷窗的劈啪聲，聽到了海浪的起伏聲，也聽到了樓上某間屋內，妻子正在數落丈夫的抱怨聲。

這種感覺很新奇，感知恍若有形般飛了出去，無限延長。

他好像正一間間地經過那些艙房，房內細碎的呢喃，有節奏的鼾聲……都絮絮嘈嘈地傳入耳中。

當于苑收回自己的精神力後，封琛這才從那種感知遊移的狀態中驚醒，慢慢睜開了眼睛。

「怎麼樣？還頭疼嗎？」于苑問道。

封琛的頭不疼了，胸口悶脹感也消失，便搖搖頭道：「不疼了。」

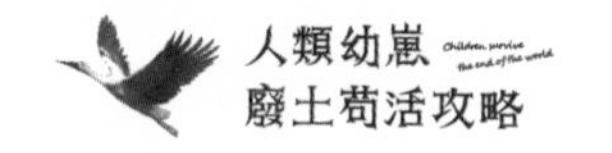

「你的感知力表現很突出，以後很多地方都會需要你。」于苑站起身道：「帶著小捲毛去吃午飯吧，據說今天中午飯堂有好吃的。」

「好。」

于苑離開後一會兒，顏布布的歌聲消失，衛浴間門被推開，探出來一顆濕漉漉的頭。捲髮堆在頭頂，眼睛水潤潤的，像是探出來了一隻獅子狗。「哥哥。」

封琛問：「洗完了？」

「洗完了，喔呼！」顏布布怪叫一聲，推開門衝了出來，光溜溜地爬上床，在床鋪上開始打滾，「新衣服！新衣服！新衣服！」

「你幹什麼？水擦了嗎？濕淋淋的就往床上滾！」封琛怒喝一聲，上前將顏布布一把抓了起來，「給我站好！」

「擦了，擦過了。」顏布布忙道。

「你那擦的是什麼？頭髮都還在滴水。」

封琛趕緊去衛浴間取了浴巾出來，罩在顏布布腦袋上，劈頭蓋臉地一頓揉搓。

顏布布終於穿上了新衣服，T 恤是讓他心儀的淡藍色，右胸口繡著一隻比努努，圓滾滾的像顆馬鈴薯，剛好露在背帶褲胸兜外面，讓他很滿意。只是封琛讓他試新運動鞋時，他不大滿意。

「我喜歡我的鞋子，太太說你穿著它跑了第一名。」顏布布捨不得自己那雙舊運動鞋。

「你不覺得舊鞋子有些頂腳趾嗎？」封琛按了下他的腳，那隻腳圓圓乎乎的，五個指甲像是五個粉紅色的貝殼，「你看你腳長大了，不能再穿以前那雙鞋子。」

「可是……」

「不准可是！」封琛打斷他：「我想看著你穿新鞋子跑第一名。」

「這樣啊……」顏布布抓了抓自己褲腿，終於鬆口：「好吧，那我就穿新鞋子。」

顏布布穿上了新鞋子，在鞋子裡動著幾根腳趾。不得不說，新鞋子比舊鞋子要舒服，雖然前面空了點，但舊鞋子最近會咬腳，讓他的腳趾有些疼。

封琛按著他腳趾前的那點空間，「專門選大了一點的，再長一歲也能穿。」

封琛給他繫著鞋帶，嘴裡問：「顏布布，你滿 7 歲了沒有？我怎麼覺得你 6 歲很久了。」

「我不知道啊。」顏布布歪頭思索著，「我覺得我可能滿了吧，也許應該有 10 歲了。」

封琛問：「你記得你的生日嗎？」

「不記得。」顏布布搖頭，「我只記得你的生日是 8 月 17 號。」

封琛給他繫鞋帶的手頓了下，又問：「那你記得過生日那天大家穿什麼衣服嗎？厚還是薄？」

「嗯……不厚不薄。」

「換隻腳。」封琛給他另一隻腳繫鞋帶，繼續問：「你能記得以前過生日那天，發生過什麼記憶很深的事嗎？最好是我也知道的事。」

「你也知道的事啊，我想想。」顏布布茫然地想了會兒，突然眼睛一亮，「我記起來了。」

「我就上一次過生日的時候，太太給我一袋小蛋糕，我覺得太好吃了，就想給你嚐嚐，但是你不要，我就塞到你包包裡。結果第二天你回來後就罵我了，還說不准讓我再跟著你，不准再叫你哥哥。」

封琛：「喔……」

「你記得那事嗎？蛋糕裡的乳酪把你課本糊了，媽媽還打了我一頓。」顏布布邊說邊做出阿梅拍他屁股的動作，「哎喲、哎喲。」

封琛記得這事，那是他的偵查學考試卷子，他查閱了兩天資料才做好，沒想到交給教官的時候，卷子上糊滿了乳酪。

教官是個很嚴厲的人，當即讓他負重跑了 10 公里，所以他氣咻咻地回家後，第一時間就去找顏布布算帳，聲色俱厲地將他訓斥了一頓。

沒過多一會兒，就聽到他在前院嚎啕，那是阿梅又在揍他。

「你記得嗎？記得嗎？」顏布布追問。

封琛只得硬著頭皮回道：「記得。如果你的生日是在我考試前一天，那麼時間就是 10 月 7 號。」

「10 月 7 號喔⋯⋯」

「對，10 月 7 號。」封琛站起身，冷酷地道：「所以別指望你已經 10 歲了，你現在連 7 歲都還沒有到。」

顏布布有點失望，卻也沒有再說什麼，封琛卻問道：「那今年過生日的話，你想要什麼生日禮物？」

雖然還有一個多月，但封琛覺得自己從來沒給他送過一次禮物，提前問問，心裡也有個數。

顏布布眼睛開始發亮，「生日禮物啊，我想要那種會唱歌的比努努，還有巧克力蛋糕，還有可以發出嗶嗶聲的大寶劍，還有⋯⋯」

「時間不早了，我們去餐廳吃午飯吧。」封琛面無表情地打斷了他的憧憬。

「好吧，去吃飯。」

封琛牽著顏布布出了屋子，關好房門，走向樓下餐廳。

沉默地走出一段，顏布布又道：「我還想要可以在天上飛的遙控小直升飛機，如果沒有可以唱歌的比努努，那麼能跳舞的也可以，我不介意沒有聲音⋯⋯」

「閉嘴！」

「唔，我閉嘴。」

再次安靜片刻。

「其實不唱歌不跳舞也沒關係的，有種比努努可以在地上走路，就像這樣，看我，喀喀喀喀喀⋯⋯」

因為海面上到處都漂著青噬鯊的屍體，所以飯堂今天的午飯，除了大豆和現撈的海帶，還有新鮮魚肉。

「軍部已經檢查過這些肉，我也試吃過了，這些青噬鯊雖然是變異種，但能吃，不會中毒，也不會有不良反應。你們看我，好好地站在這裡。」飯堂大師傅高聲解釋。

所有人差不多都忘記了肉是什麼滋味，聽說能吃，也沒有了顧慮，紛紛伸出飯盒打肉吃。

船隻經常會在海上航行很久，所以船上的冰庫都很大，被魚肉塞滿後，起碼能讓大家在幾個月時間內不用挨餓。

食物得到了保障，人心也就不再那麼惶惶，雖然剛經歷過一場生死劫難，大家神情都輕鬆了不少。

今天打飯就不用刷信用點，每個人的飯盒裡都是滿滿的肉。

顏布布捧著和他腦袋差不多大的飯盒，小心翼翼地往回走，還不斷對封琛快樂地驚歎：「肉肉啊，好多肉肉啊。」

回到房間，揭開飯盒蓋，魚肉的香味溢了出來。顏布布已經很久沒嚐過肉，迫不及待地揮舞著勺子開動，一勺一勺往嘴裡餵。

「慢點，燙。」封琛看著他狼吞虎嚥，問道：「這麼大一盒，你能吃完嗎？」

「能。」顏布布道。

「太多了，撥出來一點吧。」

顏布布摟住自己飯盒，「不多，我能吃完。」

封琛看到他這樣的吃法，實在是擔心他會撐壞，硬是拿過飯盒，將裡面的大豆撥走一半，剩下的才還給他。

等到這頓飯吃完，顏布布已經撐得小肚子滾圓，躺在床上一動不動。封琛從衛浴間洗了飯盒出來，看到他這副樣子，便道：「起床，不准在床上躺著，出去走走。」

「……我不想動，我覺得動一下，肉肉就要從喉嚨裡出來了。」

「那就更要動！」封琛伸手將他從床上拎起來，「這種船上一定會有健身房，我們去活動活動。」

顏布布站起身，因為是連體背帶褲，腰間還束了條鬆緊帶，就顯得他肚子特別鼓。

「吃這麼多。」封琛犯愁地皺起眉頭。

顏布布曾經找到的那兩瓶藥，在逃離被洪水淹沒的地下安置點時，他扔給了礎石，不然現在倒可以給他吃點健胃消食的藥。

出了房間，通道一側的牆壁上就貼著這艘船的分布圖，封琛看到健身房在第五層，便拉著顏布布去樓上。

第五層左邊是個露天平臺，幾條沙灘椅倒在船舷旁，太陽傘被雨水沖刷得像一捲破布。

健身房在右側最裡面，中間隔著一排房間。這些房間都是分給了那種成員比較多的家庭，一家四、五口人住在裡面。

通道裡鋪著質地上好的地毯，牆上掛著昂貴的油畫，但畫旁卻又釘著鐵釘，橫拉著幾條鐵絲，上面晾著洗好的床單衣服。

整個場景看著極度不和諧，卻又是如此的自然。

封琛牽著顏布布繞過那些床單，往健身房的方向走去。

腳步聲都被吸進了厚厚的地毯，兩邊套房的隔音效果也很好，整條通道裡極其安靜，只有他們衣料擦過床單時的窸窸聲。

在經過一間緊閉的房門時，封琛突然停下了腳步。

雖然房門關得很嚴實，但他敏銳地捕捉到空氣中有一股血腥氣，絲絲縷縷，卻不容忽略。

他迅速左右看，沒有看到任何異樣，發現血腥味就是從旁邊房間裡傳出來的。他打量著面前的暗紅色房門，黑獅憑空出現，無聲無息地站在他身旁，警惕地巡視著四周。

顏布布好奇地看看大門，又仰頭看向封琛，詢問道：「怎麼了嗎？……嗝兒。」

封琛說：「你退後點。」

顏布布便退後了點。

「站到那張床單後，我不讓你出來，你就待在那裡別動。」

「好。」顏布布雖然不明所以，卻也繼續後退，站到那張床單後，小聲地打著嗝兒。

封琛抬手在那扇門上敲了幾下，沒有人應聲，以他如今敏銳的聽力，也聽不出裡面有絲毫動靜。

他思索幾秒後，去擰動門把手，沒想到這房門沒有反鎖，輕輕一擰就開了。

開門的瞬間，濃重的血腥氣迎面撲來，熏人欲嘔，同時一幅慘烈的場景出現在他眼前。

滿屋都是血，被鮮血染紅的沙發上躺著兩具人類的完整骨架。地毯上也倒著三具，其中一具的頭顱滾到了桌子下，兩個空洞的眼眶正朝著大門。牆壁上沾著帶血的碎肉，甚至連天花板上都掛著一條，隨著門開後帶起的風，在空中左右搖晃著。

20 分鐘後。

封琛帶著顏布布坐在 2 層一間類似會議室的大廳裡，黑獅就趴在顏布布腳邊，懶洋洋地半閉著眼，像是在打瞌睡。

于苑遞給封琛一杯白開水，「喝點水壓壓驚。」

「不用，我沒事的，謝謝。」封琛接過了白開水，卻放在一旁。

他的確在開門的瞬間被那幕嚇了一跳，接著便迅速反應過來，拖著顏布布就走。顏布布並沒看到屋內情景，只好奇地不停回頭張望。

他將這事彙報給士兵，士兵上去看了眼，又面色慘白地跑下來。片刻後，林奮和于苑便帶著人匆匆趕來了。

林奮現在正在看現場，于苑則負責安撫受到了驚嚇的封琛和顏布布。于苑見封琛確實沒事，而顏布布滿臉茫然，便沒有再問，只伸手去摸顏布布肚子，「你肚子怎麼這麼鼓？」

黑獅閉著的眼睛睜開，警惕地盯著于苑的那隻手，伸在身前的一雙爪子，緩慢地抓撓著地毯。

于苑看向黑獅，封琛也順著他視線看去，突然想起于苑之前說過的那句話——

精神體的舉動，反映出的就是你的真實情緒。如果不想別人知道你的想法，那一定要控制好自己的精神體反應。

封琛轉回視線，面色依舊平靜，目光卻難掩尷尬。

他終究對西聯軍放不下戒心，卻又不知道怎麼去控制黑獅的反應，便只得將牠收回了精神域。

于苑很體貼地裝作沒有察覺，只去戳顏布布肚子，「問你，為什麼肚子這麼鼓？」

封琛輕咳了聲，說：「他吃太多了。」

「哈哈，也沒有吃太多，主要是肉肉太好吃了。」顏布布樂不可支地道。

于苑也笑了笑，「那起來走走，活動一下？」

「可是我真的不想動……」顏布布癱在沙發上。

于苑說：「今天中午很多人都吃得比較多，等會兒要是不舒服的話，就去醫療官那裡開點藥。」

「好。」封琛也看了眼顏布布肚子，「本來我們有健胃消食的藥，只是……」他說到這裡猛然收住了口。

他將那個背包扔給礎石時，于苑和林奮是看到那一幕的。就算當時沒有機會，後面他和于苑單獨交談過幾次，但于苑卻從來沒有問過這件事。如果問過還好，閉口不提反而不正常，他們會不會是已經知道了些什麼？

于苑還等著他剩下的話，問道：「只是怎麼？」

封琛看向于苑，對上他的視線，只見他目光坦然，並沒有懷疑和刺探，便也穩住心神，回道：「只是落在地下安置點的房間裡了。」

「嗯。」于苑點點頭，沒有再就這個問題說下去。

房門被推開，林奮大步走了進來。

顏布布原本還癱坐在寬大的沙發上，一見到他後連忙坐正，雙手規矩地放在膝蓋上。

林奮打量著顏布布，問道：「你的肚子……」

顏布布緊張得一聲不吭，于苑幫他回答：「吃得太多了。」

「這樣啊……」林奮走到顏布布對面坐下，一邊鬆著軍裝上的頂扣，一邊指了下牆角，「從那牆角走到這邊窗戶，再走回去，我不喊停不准停。」

顏布布絲毫不敢違抗林奮的話，都沒有看一眼封琛，馬上起身往牆角走去。

「怎麼樣？那房間裡到底發生了什麼？」于苑問林奮。

「應該是變異種做的。」林奮在他身旁坐下，說：「一家五口，兩個老人、一個孩子加上夫妻倆，全被啃得只剩下骨頭。」

「什麼變異種？」

林奮搖頭，「目前還不清楚，就是昨晚發生的事。」

于苑起身去給他倒熱水，嘴裡問：「上船之前已經讓士兵檢查過一次了，那變異種應該是藏在船上的某個地方，得要好好找才行。」

「是的，現在士兵在重新檢查，將這船上的每個角落都再仔細找一遍。」林奮接過于苑遞來的水，靠向沙發背，說：「秦深，我想讓你和我去一次地下安置點。」

封琛原本還在瞧在那邊不停來回走的顏布布，聞言轉頭看向了林奮，等他發言。

「在青噬鯊來攻擊船隊之前，我本來帶著幾名哨兵去了安置點，想在發電機房拿出庫存的溧石，但是沒有成功。那裡的水深有幾百公尺，雖然穿上了抗壓潛水服，但終究還是太深了。我們的哨兵都是C級和D級，只有我是A級，到了一定程度的水深時，他們就下不去了。你是B級哨兵，應該可以抗住水壓。」林奮微微趨前身體，「我們的船隻需要溧石，我需要你協助我，去地下安置點拿溧石。」

封琛有些擔心自己離開後只留下顏布布一人，便沉默著沒有立即表態。林奮也不催他，喝了一口水後，微微撩起眼皮，瞥向牆邊的顏布布。顏布布不知什麼時候已經停下了腳步，正豎起耳朵在聽這邊的對話，當撞到林奮沒有什麼情緒波動的眼神後，他渾身一凜，立即又開始來回走路。

「不要同手同腳。」林奮道。

顏布布笨拙緊張地調整姿勢，卻沒有成功，只變成了慢動作的同手同腳。

「快點。」

顏布布又加快步伐小跑起來。

于苑見封琛一直沒做聲，剛想開口說什麼，林奮便對他做了個制止的手勢。

「你是有什麼顧慮嗎？可以說說。」林奮問道。

封琛看了眼顏布布，這才道：「今天早上我去了物資點，結果這邊就被青噬鯊攻擊。現在船上的變異種沒有被抓住，我去地下安置點的話，晶晶一個人留在船上，我不放心。」

于苑說：「你放心，你去取溧石，小捲毛就跟著我。」見封琛看過來，他又補充道：「寸步不離。」

封琛這才道：「可以，我去安置點取溧石。」

「今天就不用去了，你剛和青噬鯊戰鬥過，現在需要休息。」林奮站起身，「你好好養足精神，明天我們再去。」

等到林奮和于苑離開房間後，顏布布立即小跑過來，剛鬆了一口氣，房門又被推開，林奮出現在門口。

顏布布嚇得渾身一抖，「我、我就說句話，馬上去走路。」

「不用了，如果下次再吃這麼多的話，就去我房間裡，我守著你慢慢走一下午。」林奮伸出手指點了點他。

顏布布連忙保證：「我再也不吃這麼多了。」

門再次關上，封琛對僵立著的顏布布說：「走吧，我們回去。」

顏布布轉頭看著他，不說話也不動，封琛無奈道：「行吧，等他走遠了我們再走。」

過了大概 5 分鐘，兩人出了這間會議室，回 4 樓他們自己的房間。

一路上都遇到成隊的士兵，在挨間房測量體溫。測量完畢還要進去搜查一圈，不光是床底壁櫃，連天花板都拆了，探著頭往裡瞧，整條船四處一片鬧哄哄。

兩人回到房間後，封琛不待士兵來檢查，自己先將屋子裡搜了一遍。他現在五感都超出普通人，沒有發現有什麼藏著的變異種，這才將床頭縫裡藏著的密碼盒取出來帶在身上。

士兵很快就檢查到這裡，量過體溫後，仔仔細細搜尋一遍，又叮囑他們晚上睡覺將門反鎖上，封琛都一一應下。

等士兵離開後，他取掉一塊鋁扣板天花板，將密碼盒放進去，再將天花板合上。

下午兩人就在屋裡沒有出去，封琛左右沒事，便去找士兵要了鉛筆和紙，開始教顏布布認字，進行掃盲學習。

「大，小，左，右。」

封琛一個字一個字地教，顏布布白嫩的手指就點在那些字上，跟著挨個念。

「大，小，左，右。」

「知道什麼是大嗎？」封琛問。

顏布布驚訝地道：「我又不是傻子，怎麼不知道什麼是大？」

「好，那小的意思你應該也知道。」

「當然知道了。」顏布布想了想，雙臂儘量張開，「今天那個鯊魚的嘴巴這麼大這麼大。」接著又將兩根手指攏在一起，「這是小，是我的嘴巴。」

說完又噘著嘴給封琛看。

封琛將他的嘴捏成扁狀，「那你仔細看這兩個字，要記著它們是怎麼寫的，明天我去找于上校要個本子，讓你學著寫字。」

「好。」

「這個字剛教你的，念什麼？」封琛又問。

顏布布說：「左。」

「對，左。」封琛拍了拍自己的左臂，「這就是左手。」

顏布布拍了下自己和他方向對應的右臂，認真地念：「左。」

「錯了，你那是右。」封琛碰了碰他的左臂，「這才是左。」

顏布布茫然地看著他，他便解釋：「我們倆是面對面的，我的右邊是你的左邊，你的左邊就是我的右邊。」

顏布布繼續茫然，一看就沒有搞懂，封琛再次解釋：「我在你對面時，我的左就是你的右。」然後他又坐了過去，和顏布布並排著，「看，我們現在是朝著同一個方向，我們的左右才是一致的。」

顏布布：「……」

封琛深深吸了口氣，輕聲念叨：「我不生氣，我有耐心，慢慢教的話，總會聽明白的。」

片刻後，屋內響起了陣陣怒喝。

「我真想扒開你腦子看看，那腦瓜子裡裝的都是什麼？全是裝的肉肉嗎？教了這麼久，連個左右都分不清楚。」

「看吧，現在連大小都忘了，剛才不是都還能認嗎？」

「青噬鯊的嘴巴大，大，大，看，就是這個大，你的嘴巴小，這個字就是小。」

「不要給我嘰嘴，和我一起念！」

顏布布學了一下午字，最後兩人都精疲力竭地倒在床上，誰也不想說話，誰也不願意多看對方一眼。

晚餐依然是魚肉，顏布布害怕去林奮房間裡被他守著走路，便不敢再像中午那樣吃了，撥了一半給封琛，自己只吃剩下的半盒。

封琛一邊吃一邊看顏布布。顏布布吃得非常香，小勺子不停往嘴裡餵，嘴巴包得滿滿的。

其實青噬鯊的肉並不好吃，肉質柴，而且因為缺少調料的緣故，腥味也重。看著顏布布吃得這麼香，封琛心頭有些發酸，又在自己飯盒裡選了塊魚肉放進他的飯盒。

吃完晚飯，封琛還是有些擔心顏布布吃多了，帶著他出去逛。走了沒多遠，遇到了吳優。

「吳叔。」

「吳叔。」

兩人都同吳優打招呼。

吳優揉了揉顏布布腦袋，問道：「你們哥倆這是去哪兒啊？」

封琛說：「隨便走走，消食。」

「別亂跑，這幾天最好就在屋子裡。」吳優瞥了眼顏布布，將封琛拉到一旁低語：「你知道樓上那一戶人被吃掉的事吧？」

封琛點頭，「知道。」

「開始說是變異種，但是下午的時候，西聯軍將整條船翻了個底朝天，連那些通風管道都爬進去看過了，根本就沒找到什麼變異種。」

「沒找到？」封琛皺起了眉。

「是啊，不管什麼變異種，吃了人總會留下痕跡吧？可是什麼都找不到。」吳優低聲說：「我懷疑這船上是有什麼不乾淨的東西。」

「不乾淨的東西？」封琛疑惑地問。

吳優對他擠了擠眼睛，「以前這艘船的航線是去希圖洲，那裡氣候炎熱，又窮，經常流行各種瘟疫。據說有次船上的人被傳染上了一種流行病，整船的船員都死光了……沒准他們的鬼魂就在船上。」

封琛這才明白吳優說的不乾淨的東西指的是什麼。他雖然不信這些，卻也沒有反駁，只笑笑道：「我知道了，吳叔，我會注意的。」

「嗯，別亂跑。」吳優又摸了下顏布布的頭，「你們去走走吧，早點回屋。」

「知道了，謝謝吳叔。」

「謝謝吳叔。」

知道沒有找著那變異種，封琛心裡也不大踏實，帶著顏布布在通道裡來來回回走了幾圈後，就回房洗澡睡覺。

夜裡，封琛被顏布布的囈語驚醒。

他側過頭去看，發現顏布布睡得不是那麼安穩，被子已經踢開，手腳都露在外面，呼吸聽上去有些急促。

他扯過被子給顏布布蓋上，沒有半分鐘就又被蹬掉，還不大舒服地反手打了他一下。

封琛擰亮床頭櫃上的檯燈，看見顏布布面色泛著不正常的潮紅，頭髮也被汗水濡濕，緊貼在臉頰上。

他去撥弄顏布布的頭髮，手指貼到他皮膚時，心頭一驚，那點睡意立即消失得乾乾淨淨。

顏布布的臉很燙，他在發燒。

封琛摘下手上的腕錶，戴在了顏布布手腕上，看著上面的數字從36.0開始閃爍，最後固定在39.1這個數字上。

他覺得身體內像是有顆炸彈被引爆，碎片四濺，嵌入他的五臟六腑，每次呼吸都扯出疼痛。耳朵被劇烈的爆炸聲震得嗡嗡作響，腦子裡也一片空茫。發燒這種事情在以前算不得什麼，但現在卻代表著可能是進入了變異。

——變異、變異、變異……

變異為具有特殊能力的人，機率占總變異人數的千分之一，痊癒為普通人的機率為總變異人數的百分之四十……

——變異、變異，他可能進入了變異……

黑獅也從精神域裡出來了，惶惶然地站在床側，一副焦躁得不知該如何是好的模樣。

——不要慌，不一定就是變異，興許是他今天吃太多，或者是這兩天老在水裡泡，結果不小心著了涼。

封琛兩手插進頭髮間，抱著頭一動不動地坐在床沿，片刻後又轉身看向顏布布，眼底泛起了紅絲。

因為發燒的緣故，顏布布的嘴唇有些起殼，胸脯急促起伏，煩躁地將剛蓋上的被子又一手掀開。

封琛定定看了他一會兒，突然就大步起身走向門口，黑獅沒有跟去，只蹲在床邊守著顏布布。

封琛出了房間，快速下到 3 樓，穿過長長的通道，停在一間寫著管理員三個字的門口，再抬手敲門。

「誰呀？」門內傳來吳優的聲音。

「吳叔，是我，秦深。」

片刻後，門被打開，吳優睡眼惺忪地看著他，「秦深，怎麼了？」

封琛按著自己太陽穴，神情看著有些痛苦，「吳叔，我不想打擾您的，但是我頭太疼了，可能是今天淋了雨又吹風，想問您有沒有藥。」

通道燈亮著，可以看見他臉色一片慘白，就連嘴唇也沒有血色，額頭上滲著細密的冷汗。

吳優見他這個樣子，連忙道：「你等等。」他快速進屋，取來體溫計測量封琛的體溫，嘴裡解釋說：「西聯軍把常用藥放在我這兒，但是領藥的人如果在發燒就不能給藥，要上報給士兵。」

封琛說：「我沒有發燒，老毛病了，從小就這樣，只要淋雨後就會頭疼，吃一顆西里芬就好。」

西里芬是一種普通的鎮痛藥，其實也有一定的退燒效用，吳優看了手上的體溫計，見數字一切正常，不由鬆了口氣：「行，你等著，我去給你拿藥。」

4 樓房間內，顏布布這時醒了過來，只覺得喉嚨像是燒著了一把火，又乾又渴。他想喝水，但身體軟軟地使不上勁，眼皮也像是被膠水黏在一起，便哼哼著哥哥，想讓封琛給他端水。

哼了幾聲沒得到回應，他伸手去旁邊摸，床的另一側卻是空的，枕頭上也沒躺著人。

「哥哥……」顏布布努力睜開了眼睛。

檯燈的光將屋內照亮，他視野裡卻模糊不清，只能看見物體的輪廓形狀。他側頭看向旁邊，看見床上的確沒有人，但床邊卻有團黑糊糊的東西。

那黑糊糊的東西一會兒變成兩個，一會兒又重疊成一個，佇立在床邊沒動，也不知道是什麼。顏布布連抬手揉眼睛的力氣都沒有，便只盯住那團黑影，試探地喊了聲哥哥。

那團黑色動了下，向他湊近了，湊在離他臉不遠的地方，似乎也正看著他。

顏布布視野裡全是模糊的重影，他覺得這是封琛穿了件黑衣服，便小聲而虛弱地道：「哥哥……喝水……」

那團黑色默不作聲地離開了，片刻後又回到了床邊。

黑獅叼著水杯把手站在床頭，看著躺在床上的顏布布，一對澄黃眼睛裡全是無措。

最後牠上半身懸在顏布布上方，慢慢歪頭，杯裡的水便形成細線，流進顏布布嘴裡。

封琛推門進來時，看到的就是這幅場景：他的量子獸正叼著水杯給顏布布餵水，顏布布躺在床上大口吞嚥著，來不及吞下的水就順著嘴流到了脖子裡。

黑獅察覺到封琛進門後，連忙叼著水杯小跑過去，示意他接著給顏布布餵水。

封琛接過水杯，放去床頭櫃上，再將顏布布抱起來，擦乾他脖子上的水痕。

顏布布努力睜開眼，雖然依舊瞧不清，但也知道眼前是封琛的臉，不是一團黑糊糊的了。

「哥哥……」

「嗯，來，把藥吃了。」封琛將那片藥餵進他嘴，又遞上了水杯。

顏布布聽話地嚥下了藥片，這才問道：「我為什麼……吃藥，我是……生病了嗎？」

「你今天吃了太多肉，所以撐著了。」封琛並沒有對他說實話。

「喔。」顏布布疲倦地閉上了眼睛，嘴裡喃喃著：「肉肉再好吃，也不能……不能多吃。」

黑獅餵水時，打濕了顏布布的衣服和床單，封琛乾脆把他濕衣服剝掉，去衛浴間打了半盆熱水，將他全身擦了一遍，換上了乾淨衣物。

房間裡有兩張床，濕了一張，就換另一張，封琛只將濕了的床單拆掉放進浴室，準備明天洗。

顏布布吃完藥，很快又睡了過去，封琛將黑獅收回精神域，沉默地坐在床邊，垂頭看著自己的手。

牆上映著他的倒影，脊背微微弓起，長睫蓋住眼眸，帶著幾分孤寂與蕭瑟。

每過一會兒，封琛就伸手去探顏布布額頭，好在吃了藥後退燒很快，大約 10 分鐘不到的樣子，他體溫就恢復了正常。封琛躺在他身旁，靜靜地凝視著房頂，片刻後，在心中做了一個決定。

他知道這艘船的某幾個房間是為發燒病人留著的，門口還有士兵 24 小時值崗。但他不準備讓別人知道顏布布發燒的事。

如果顏布布是感冒著涼引起的發燒，那燒退了就行。如果他反覆發燒，那就是進入了變異……

按照于苑的說法，變異成哨兵嚮導的機率是千分之一，痊癒成普通人的機率是 40%。

封琛在這個問題上很冷靜，並不盲目樂觀，也做好了最壞的打算。

如果顏布布會反覆發燒，那就將他悄悄帶走，隨便去個什麼沒人的地方，將他關起來。要麼等他痊癒成普通人或者進化成哨兵或嚮導再回來，要麼……就不回來了。

就算顏布布變成了喪屍，封琛也不能讓別人將他殺掉。

父母沒了、家沒了，他現在唯一能抓住的只有顏布布。

如果連顏布布也沒了，那這個世上他還剩下什麼……

封琛深呼吸了一口，抬臂將顏布布摟進懷中。

顏布布睡得很香，還輕輕打著小呼嚕，封琛用手指戳了下他柔軟的臉蛋，又將他嘴捏成了鴨子嘴。

看著顏布布的怪模樣，封琛臉上終於露出了一絲淺淡的笑。

他就這樣將顏布布的嘴捏成各種形狀，玩了好一會兒後才鬆開手，慢慢將臉埋進那捲曲柔軟的髮頂。

片刻後，安靜的屋內響起兩聲壓抑的、不甚明顯的哽咽。

【第五章】

哥哥，我是不是生病了？

「哇——妖怪……飛起來了……哇——」

「有話好好說，不准哭，不然誰聽得見你說什麼？」

顏布布收住哭聲，哽咽道：「水房裡、水房裡有妖怪，我們屋子裡也有。」

「妖怪？什麼妖怪？」封琛剛要接著追問，就看到跟著追出來的黑獅。

「看不見牠的樣子，但是我去水房裝水，那水自己流，屋子裡也有東西在飛，就和上次衣服自己飛一樣。」

黑獅訕訕地停下腳步，溜達到甲板一側，像是在看船外的大海，一雙眼睛卻偷偷瞟著這邊。

這一夜，封琛不時去摸顏布布額頭。

好在他退燒後一直沒有再反覆，皮膚只有正常的微溫，等早上士兵來查過體溫後，封琛一顆高高提起的心才算落下幾分。

如果一直不反覆的話，那應該就真的只是感冒了。

封琛坐在床沿，捏了捏顏布布的臉，顏布布迷蒙睜眼，輕輕喊了聲哥哥。

「醒了？」封琛問。

「還要睡。」顏布布重新閉上眼，口齒不清地嘟囔：「我昨晚……看不清你，你看上去……看上去……是黑乎乎的一大團。」

「什麼黑乎乎的一大團？」

顏布布沒有回答他，已經又睡著了。

封琛剛要起身，突然心裡一動，立即又追問：「顏布布，你看見的是什麼樣的？什麼黑色的一大團？」

他腦子裡浮出一個猜測，這個猜測讓他心跳加速，手心也開始冒汗，「顏布布，快醒醒，先別睡，回答我問題。」

封琛拍著顏布布的臉。

顏布布費力地睜開眼，目光發直地看著封琛。

封琛立即從精神域裡放出黑獅，黑獅一出現便靠了過來，和封琛頭挨頭貼在一起。「你現在看我呢？」封琛屏住呼吸問：「還能看見那黑色的一團嗎？」

顏布布遲緩地搖頭。

黑獅乾脆將大頭懟到他面前，獅眼裡全是期待，封琛也急切地追問：「現在呢？再看看，能不能看見？」

「看不見，我現在眼睛好了。」顏布布說。

封琛不死心地往旁邊挪，讓黑獅將自己的臉完全擋住，「再看看，你能看見我嗎？」

黑獅一動不動地盯著顏布布，緊張得眼珠子都不敢轉動。

顏布布雖然非常睏，也不知道封琛到底想幹什麼，但還是努力看向他的方向，說：「我能看見你。」

昨晚他瞧封琛是黑乎乎的一團，但現在他眼睛已經好了，可以把人看得很清楚。

封琛眼裡的光慢慢黯淡，嘆了口氣：「好了，睡吧，繼續睡吧，沒事了。」

顏布布眼一閉，立即又睡了過去。

剛生起希望又落空，封琛失落地坐在床邊，直到有人敲門才回過神。他去打開房門，看見門口站著于苑，這才想起要和林奮去地下安置點取溧石的事。

「我來當保姆了。」于苑衝封琛點了下頭，跨步進了屋。

封琛進衛浴間刷牙，不斷從鏡子裡看外面的情況。

他看到于苑站在床邊，俯身去捏顏布布鼻子。

幾秒後，顏布布暴躁地一巴掌將他手拍開。

「嘖嘖嘖，力氣還不小。」于苑看了眼自己手背後笑道。

洗漱完畢，封琛卻沒有出門，只站在大門玄關處，欲言又止地看著還在酣睡的顏布布。

他有些擔心顏布布會發燒，但答應了林奮去取溧石，于苑現在人已經在這兒，不去的話還真找不到什麼藉口。

不過顏布布已經退了燒，就算是變異，再次發燒也不會這麼快，應該出不了什麼紕漏。

于苑在床邊的椅子上坐下，好整以暇地道：「去吧，有我守著你還擔心什麼？」

「……好，那我走了。」封琛沒法再拖下去，轉身出了大門。

他去飯堂快速吃了早飯，到了甲板上，看見一艘快艇從軍部所在的那艘船駛過來，船頭處站著林奮。

快艇停在 A 蜂巢下方，封琛便順著舷梯下船，跳到快艇上，一行人向著海雲城內風馳電掣地駛去。

顏布布一覺睡醒，還沒睜眼就開始叫哥哥。

「小捲毛，你哥哥出去辦事了，現在他不在。」

顏布布睜眼看向床邊的于苑，有點驚訝地問：「于上校叔叔，你怎麼在這兒？」

「秦深今天不在，我來陪著你。」于苑站起身，說：「來，起床去洗漱，然後我帶你去吃早飯。」

顏布布臉色漸漸沉了下來，嘟著嘴，看著面前的那塊被子，不說話也不起床。

于苑問道：「怎麼了？還沒睡夠？這是在撒起床氣？」

「睡夠了，這也不是起床氣，就只是不高興。」顏布布說。

于苑在床邊坐下，笑著道：「別不高興了，你哥哥是去辦正事，很快就能回來。」

「很快是多久啊？」

「很快……就是很快。」

顏布布終於還是起了身，在于苑的幫助下穿好衣褲鞋襪，去了衛浴間刷牙洗臉。

「需要我幫你洗臉嗎？」于苑靠在衛浴間門口問道。

顏布布用毛巾搓著臉，搖頭道：「不用了，我自己會的。」

他洗完臉，將毛巾掛回架子，又轉頭去看于苑，「于上校叔叔，我想尿尿。」

「喔。」于苑站直了身體，「要我給你脫褲子？」

「不是，我想要關門。」顏布布說。

于苑便退後半步，伸手將門闔上，「遵命，小少爺。」

他本是一句玩笑話，不想顏布布卻在門內一本正經回道：「我不是小少爺。」

「不是小少爺？那你是什麼？」于苑在屋內慢慢踱步，伸手撥弄了下櫃子上放著的比努努。

顏布布不吭聲了，衛浴間只傳出來沖水的聲音。

于苑輕輕敲了下比努努腦袋，臉上露出個意味深長的神情。

等顏布布洗漱好，兩人便去飯堂吃早飯。今天的早飯依舊是魚肉和大豆，但于苑考慮到顏布布昨天吃了太多肉，怕他腸胃受不了，便帶著他進了廚房裡面，找來了兩個饅頭和一碗粥。

顏布布不挑食，不管吃什麼胃口都不錯，很快就將饅頭和粥解決得乾乾淨淨。

「還要吃點嗎？算了，別又吃多了。」于苑收回剛問出口的話。

顏布布拍拍自己肚子，「不吃了，我已經吃飽了。」

離開飯堂，于苑準備帶著顏布布去軍部大船，剛走到甲板上，突然就聽到樓上某間艙房傳來一聲尖叫。

接著便有人跌跌撞撞地衝下樓梯，扶著牆壁驚恐地喊道：「又、又、又……」

飯堂裡的人衝了出去，將他給扶住，「又怎麼了？」

那人總算回過氣，顫抖著聲音道：「我隔壁那兩口子，昨晚睡覺前還好好的，現在、現在又被吃，吃得只剩下骨頭。」

穿好抗壓潛水服的封琛，跟著林奮潛入水裡，游進了地下安置點的大門。

游過進門通道後，林奮示意他站到升降機裡面去，再按下了下行鍵。升降機哐啷一聲，齒輪轉動，向著下方降落。

封琛抓住鐵欄固定住身體，在水裡快速下沉。

面前的洞壁很快消失，視野變得開闊。

額頂燈穿透水域，能看到三座蜂巢的巍峨輪廓，像是三個高大的巨人，靜靜佇立在黑暗的深水裡。

封琛看著A蜂巢，那裡的某個房間雖然狹小，也沒有窗戶，卻曾經是他和顏布布的避風港，是他倆的棲身之所。

他就這樣看著，也不知道這份悵然是不是懷念，直到耳麥裡傳出林奮的聲音：「別看了，快到了。」

「好。」封琛回道。

升降機繼續往下，封琛逐漸感覺到了深水帶給他的壓力。身上被壓上了無形的重量，且不停地朝他胸腹擠壓，讓他呼吸都不是那麼順暢。

他和林奮的通話器保持著暢通，所以也能聽到耳麥裡傳來林奮的粗重呼吸聲。

「秦深，感覺怎麼樣？如果不舒服……就馬上說。」

封琛回道：「還好，能承受。」

當升降機下降到快接近水底時，封琛覺得呼吸越來越困難，身體承受的水壓更重，想抬下手臂都不行。

「現在……放出精神力，在身體周圍……形成保護罩。」耳麥傳來林奮的命令。

封琛接受到指令，立即調出精神力。細絲般的精神觸鬚，千絲萬縷黏在一起，迅速鋪陳開，繭殼似地包在他身體外面。

精神力保護罩形成的同時，那快要將人骨骼都擠在一起的壓力頓時消失了不少，呼吸也順暢了許多。

黑獅也鑽出了他的精神域，在水裡輕輕划動著四肢。

封琛看向林少將，看到他身體一圈放出濛濛柔光，也用精神力給自己布好了保護罩。而他的那隻兀鷲在水裡游，像是飛翔在天空般輕輕搧動著翅膀。

升降機到了底，和地面撞出了塵灰，兩人跟在兩隻精神體的後面，從鐵欄門游了出去。

溧石發電機房在廣場右方，封琛跟在林奮身後往前游，不時經過那些挖土機的鐵臂，還有散落在水底的小礦車。

「我們……不能……回來了嗎？」封琛邊游邊問。

林奮沉默片刻後，回道：「不能了。」

封琛也知道再也回不來了。

地下安置點的排水系統被炸毀，積水足足有幾百公尺深，就算不再下雨，也不知道要多久才能將這些水慢慢排淨。

也許需要等上 1 年、2 年，也許十幾年，也許這裡將永遠地變成一個地下大澤。

兩人在水底無聲地穿行，游過整個廣場，游到了溧石機房大門口。

「大門的自動開啟鎖已經失靈，只有手動開啟，我需要……你的協助，我去轉密碼盤，轉開後，只有 3 秒的反應時間，你去……推門。」

封琛應道：「好。」

「注意聽……我的指令……」

封琛停在大門口，林奮游去了旁邊，打開牆上的暗箱，轉動裡面像是船舵似的密碼盤。

某個地方傳來齒輪的滾動咬合聲，片刻後，大門輕微震動，露出了一道拳頭大的縫隙。

「推門。」通話器裡傳來林奮的命令。

封琛立即用足全力推門，在 3 秒時間內，將沉重的大門推開了一人寬的距離。

林奮游過來，兩人一起進了大門，因為頭上有機房頂撐著，身上的壓力頓時減輕。

封琛跟在林奮身後，游過一排機組後，到了溧石存藏庫。林奮打開庫門，露出三個像是汽油桶大小的密封金屬容器。

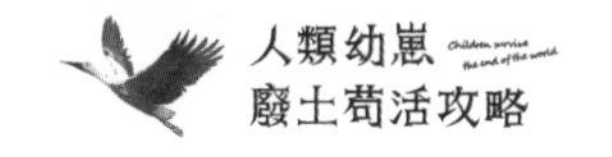

「這三桶都是溧石，我們只需要兩桶就完全夠用，剩下一桶就留在這裡，以後需要的時候再來取。」

林奮從抗壓潛水服裡取出兩個充氣袋，丟給封琛一個。兩人各自將溧石桶裝進袋裡，充好氣，拖在手裡出了大門。

壓力重新襲來，封琛乾脆將鼓鼓囊囊的充氣袋丟給黑獅，讓牠叼在水裡拖著，自己則跟在林奮身後往前游。

「不關大門嗎？」

封琛見那大門還開著，想起了還剩下的那桶溧石。

林奮說：「很難關上，不浪費體力，反正……反正不擔心有人。」

封琛覺得自己也是白擔心了，便沒再說什麼。

林奮前進的方向卻不是主升降機，而是廣場對面的軍部大樓，封琛也不問，只默默跟在他身後。

林奮中途好幾次轉頭去瞧叼著充氣袋的黑獅，又看看自己那在水裡自由遨遊的兀鷲，終於沒忍住，冷冷道：「精神體太大了雖然看上去很蠢，但也有大的好處。」

封琛追上前，和他並排一起，頂著水壓艱難開口：「精神體為什麼會……會不一樣？牠們為什麼……為什麼以各種動物的形態出現？」

他目前看到的哨兵嚮導的精神體都是動物，種類五花八門，天上飛的、水裡游的、地上跑的應有盡有。

他的精神體是一隻黑獅，但是他自己也不知道為何會是一隻獅子，而不是其他動物。

林奮沉默地往前游，片刻後說道：「多數人的精神體是動物，是因為精神體形成時參考的形態，主體必須是……活的，實實在在的。但主體形成後，可以容許添加一點自己的想像，比如……比如有些比原型大出好幾倍，或是多長出一條尾巴。」

「實實在在的主體？」

「不是圖片或是憑空想像出來的東西，要真實鮮活，腦海裡清楚牠的……每一個動態，精神域才會認可，會圍繞這個形象……生成精神體雛形。但是不確定……不確定究竟還有沒有其他形態的精神體，畢竟哨兵嚮導的出現也沒多久，很多東西……都還不清楚。但是，精神體呈現出的外形種類，是根據……根據你自己的喜好形成的。」

自己的喜好？

封琛並不覺得自己特別喜歡獅子，嚴格來說，他沒有特別喜歡的動物。他以前的生活乏善可陳，除了訓練還是訓練，吃穿娛樂都談不上什麼喜好。

「也可以說……是對你影響大，讓你印象深刻的……特別是精神域剛剛形成，精神體正凝成雛形時，就成了那樣了……」林奮頂著水壓，斷斷續續地解釋。

影響大，印象深刻……

封琛心裡一動，腦海裡突然迴響起一段歌聲：「我騎著我的大獅子，去往比努努王國，嗨喲嗨喲嗨喲，嗨獅子、嗨獅子……」

那是顏布布經常唱的一段歌，應該是比努努動畫片的插曲。封琛聽到他唱這個就頭疼，卻在某一段時間內，不管是洗澡、吃飯還是散步，總是下意識會哼這一句，腦海裡也會浮出獅子的模樣。

而且那句嗨獅子，若是不仔細去琢磨的話，他腦海裡總會覺得那是唱的黑獅子。

難道是這樣的嗎？因為那魔音一般迴圈的歌聲，自己總是會聯想到獅子，然後精神體就成了獅子？

封琛總結出這一點後，神情有些恍惚，以致到了軍部大樓還在往前衝，被林奮一把拉住，這才回過神。

這不是封琛第一次來軍部大樓，以往他去地面做工時，每天都要來軍部大樓簽到領取隔熱服。但那都是在底樓大廳，從來沒有去過樓上。

林奮帶著他進了大樓內部，沉重的水壓也跟著消失。他將裝著溧石的充氣袋交給兀鷲叼著，自己從樓梯間往上游去。

封琛便也讓黑獅留下，自己跟在了林奮身後。

到了 5 樓，林奮打開其中一扇密碼門，「這是我的辦公室，我來取個沒來得及帶走的東西。」

既然是辦公室，封琛便沒有進去，只在門口等著，看林奮游到了辦公桌那裡，拉開抽屜在翻找什麼。

顯然他沒有找著自己想找的東西，接著又游到牆邊，費力地打開了一個密碼櫃。

「啊……果然在這兒。」

封琛聽到林奮發出一聲感歎，忍不住看了過去。

從他這個角度，可以將密碼櫃裡看得一清二楚，林奮明顯也不避忌他，就那麼大敞著櫃門，從裡面取出一個暗紅色的精緻小盒。

他打開小盒蓋，露出裡面一個閃閃發光的戒指，再闔上，微笑著對封琛晃了晃，「于苑以前送給我的，可不能搞丟了。」

封琛的視線卻沒在那個戒指盒上，他的注意力被密碼櫃裡的另一個盒子吸引住了。

那是一個銀白色的小金屬盒，香菸盒大小，朝向他這方的側面是用來輸入密碼的顯示螢幕，外形和他的那個密碼盒一模一樣。

如果不是知道那個盒子就藏在遊輪房間的天花板上，他都以為這就是他的那個。

林奮收起戒指盒，放進潛水服衣兜裡，在關櫃門的時候，將那個密碼盒也一併取了出來。

「喜歡這個？」

封琛耳麥裡傳出林奮的聲音，他陡然回過神，故作不在意道：「談不上喜歡不喜歡。」

林奮沒再說什麼，卻也沒將密碼盒放進去，關好櫃門游了過來，將密碼盒遞到封琛手裡。

「喜歡就送給你。」

封琛心裡一跳，林奮接著道：「這裡面是空的。」

「不用，我對這個沒有什麼興趣，還是……」

「拿著吧。」林奮聲音淡淡地打斷他：「我看你一直在看它。」

封琛只能收下，嘴裡生硬地解釋：「晶晶想要一個好看的盒子。」

「嗯。」林奮不置可否地應了聲，嘴裡報出一串數字，解釋道：「這是密碼。」

林奮關好辦公室門，兩人從樓梯間往下游，到了大廳後，帶上精神體一起出去。

黑獅依舊叼著裝了溴石桶的充氣袋游在最前面，但林奮去兀鷲嘴裡取袋子時，牠卻不幹了，雙翅一搧，帶著充氣袋往前衝。

看著兀鷲拚命划水趕超黑獅，林奮對封琛說了句：「真是幼稚的勝負欲。」

「牠聽見你說精神體體型大了也不錯，所以……有些不高興。」封琛說。

林奮點點頭，「牠從來都比較爭強好勝，這點不像我。」頓了頓，他又補充了一句：「其實精神體太大了顯蠢。」說完這句後，他才繼續往前游。

封琛浮在原地，看著林奮的背影，忍不住喃喃道：「……真是幼稚的勝負欲。」

兩人出了安置點大門，爬上水面停著的快艇。

脫掉臃腫的抗壓潛水服，將兩桶溴石搬上艇，林奮遞上來一瓶水，「休息一會兒吧。」

封琛坐下喝水，那個空密碼盒被他握在左手心，露出了一小段。林奮便坐在他對面，眺望著遠處的水平線。

「秦深，你知道這場變異是怎麼來的嗎？」他突然問道。

封琛放下水瓶，遲疑了下，道：「我聽于上校說過，說是一場病毒侵入了部分人的身體，再引起變異。」

林奮搖搖頭，「他沒有對你說實話。」

「沒有對我說實話？」封琛有些驚訝。

林奮說：「實際上這種病毒不是侵入了部分人的身體，而是已經侵入了我們星球上每個人的身體。不管是剛出生的嬰兒還是即將去世的老人，沒有一個人能例外。

封琛心頭一緊，聲音也有些發乾，艱澀問道：「每個人身體裡都潛伏著這種病毒？」

「對，每個人。只是潛伏期有長有短，不過遲早都會進入發作期。」林奮收回視線，垂下眼眸沒有看他，只盯著自己手裡的水。

封琛想起了顏布布昨晚發燒的事，臉色唰地失去了血色，神情既震驚又慌張。

「確定？每個人？」

他死死盯住林奮，像是要看清他的每一個表情。

「確定。每個人。」林奮平靜地回視他。

封琛知道他沒有撒謊，呼吸變得急促，「那有什麼解決的辦法，可以讓潛伏在體內的病毒不發作嗎？」

林奮搖搖頭道：「地震之前，合眾國乃至全世界政府部門，都傾盡力量在進行祕密研究，希望能攻克這種病毒，阻止變異。但是依照目前的科技手段，對這種病毒皆是束手無策，沒有任何辦法能阻止變異。」

林奮話音落下，兩人都陷入了安靜，只能聽見封琛急促的呼吸。

片刻後，林奮再次開口：「不過東聯軍已經研究出了一些眉目，而且就是他們在海雲城的祕密研究所裡研究成功的。只是還沒來得及進行下一步，就發生了這場地震。」

「海雲城的東聯軍研究出了一些眉目？」封琛追問。

他平常總是沉穩而淡漠，不動聲色地和人保持著距離，透出他這個年紀不該具有的城府。但此時他已經全亂了方寸，滿眼皆是惶惶和急切，看上去終於成了一名 13 歲的少年。

林奮道：「看到你手裡的這個密碼盒了嗎？這是我在東聯軍祕密研究所裡找到的，可惜是個空盒子。而真正的盒子，被他們的封在平將軍帶走了。」

林奮說話時，眼睛一眨不眨地盯著封琛，像是要將他的每一個反應都納入眼底。

封琛聲音有些控制不住地顫抖，緊張發問：「那、那這盒子裡本該裝著什麼？」

「如果這個盒子是真的，那麼它裡面應該裝著東聯軍對這場變異的研究成果。」

林奮身體微微前趨，鋒利的眼神鎖定封琛，一字一句地道：「那個盒子很關鍵。有了它，科研人員就可以進行下一步研究，拯救那些進入變異期的人。讓他們哪怕不會成為哨兵、嚮導，也會痊癒成普通人，不會有變成喪屍的可能。」

封琛近距離和林奮對視，瞳孔微微放大，胸脯快速起伏。

「如果有那個密碼盒，馬上就能拯救那些進入變異期的人嗎？」

林奮沉默地看著封琛，片刻後斂去眼底的鋒利，往後坐直了身體，「我不想騙你，我們現在就算拿到真正的盒子也沒辦法，至少在這幾個月內沒有辦法。」

封琛追問：「為什麼？」

林奮回道：「有兩點。一是因為我們既沒有研究所也沒有研究人員，不具備可以進行研究的條件，拿到盒子也只能送到中心城，交給軍部，讓他們負責對裡面的東西進行研究。」

封琛掐了掐手心，「那第二點呢？」

「第二點是，我們現在根本沒法去到中心城，也聯繫不上。」林奮將手裡的空瓶子捏得啪啪作響，「我們海雲城被海水包圍，能出去的話只有行船。除了一些放在船廠的快艇還能使用，那些暴露在海上的船隻經歷過高溫，核心機組都已經不能運轉。快艇只能在城周圍轉轉，要遠航的話是不行的。能遠航的那四艘大船，目前只能讓我們有個暫時的棲身之地。」

「船隻可以修好嗎？」封琛啞聲問。

林奮說：「需要更換很多部件，我已經派人去搜查碼頭上的船廠，如果能打撈到還能使用的部件，更換以後就行。」

封琛怔怔出神，林奮拍了拍他的肩，站起身說：「事在人為，我會想辦法的。如果一切順利，那我們過段時間就能離開這裡。」

封琛仰頭看著他，林奮的身影背著光，面孔有些模糊不清，但目光異常明亮。

他半俯下身，用手指碰了碰封琛手裡的空密碼盒，低聲道：「希望在出發之前，我能拿到那個真正的密碼盒。」

說著走到船頭，啟動了快艇，向著歸時路行去。

封琛看著他的背影，不確定林奮究竟是在試探，還是已經知曉了他的身分，清楚密碼盒就在他手中。

但他現在並不在意身分有沒有暴露，腦海中只反覆回想著林奮剛才的那句話。

「實際上這種病毒不是侵入了部分人的身體，而是已經侵入了我們星球上每個人的身體。不管是剛出生的嬰兒還是即將去世的老人，沒有一個人能例外……」

顏布布身體裡潛伏著病毒，就像埋著一顆定時炸彈，不知道哪天就會引爆，將他倆炸得粉身碎骨。就算他昨晚的發燒只是生病，而不是變異，但那場變異遲早也會到來，炸彈的引線終究會被點燃。

這是場必定經歷的劫數，他沒法逃。

封琛回到 A 蜂巢時，于苑正帶著顏布布在 2 樓大廳坐著。顏布布看到封琛出現在大廳門口，大叫一聲哥哥，從坐著的高腳凳上往下跳。

于苑沒來得及接住，他在地上摔了個滾兒，好在大廳裡鋪著地毯，又麻溜地翻起身往封琛面前衝。

「慢點。」封琛接住像個火車頭一樣撞來的顏布布，將他抱起來，不易察覺地碰了下他額頭。

還好，沒有發燒。

「哥哥……」顏布布在封琛肩頭上親昵地蹭了蹭，又迭聲追問：「你事辦完了嗎？還要出去嗎？如果還要出去，能帶上我了嗎？」

「辦完了，不出去了。」封琛回道。

「好喔，不出去了。」

顏布布鬆了口氣，但想起什麼又打了個冷戰，湊到他耳邊小聲說：「今天又有幾個人被妖怪吃掉了。」

于苑這時也走近了，解釋道：「還是昨天那種事，士兵在船上沒有查到什麼線索。你們回房間收拾下，等會兒這條船上的所有人都要搬到另外三艘船上去，這艘船先空著，等處理好了再回來。」

「好。」封琛應聲，抱著顏布布轉身出了大廳上樓。

樓上的人都在收拾東西，大包小包地往房間外走，封琛看到幾名隔離的發燒病人躺在推床上，被士兵推向甲板，顯然也要一起撤走。

吳優在通道一頭指揮著，看見封琛後立即喊他：「秦深，快回去收拾下，我們以前老蜂巢 C 區的人，要搬去現在那條叫做 C 蜂巢的船。」

「好的。」封琛抱著顏布布往前走，經過吳優身側時，顏布布叫了聲吳叔。

吳優捏了下他的臉，低聲道：「去了 C 蜂巢，吳叔再給你找個有窗戶的房子。」

「好，謝謝吳叔。」顏布布笑得眉眼彎彎。

封琛回到房裡，立即關上門，從天花板上取下來那個密碼盒。

他看著這個密碼盒，用手指輕輕摩挲著光滑的金屬外殼，神情有些複雜。

他知道這密碼盒是東聯軍的物品，也清楚它的價值，並牢記父親曾經的叮囑，將它保存得好好的，不讓西聯軍發現。

可如果這盒子能換得顏布布的平安，能讓其他人也安全度過變異期，那它究竟是屬於東聯軍還是西聯軍，真的有那麼重要嗎？

封琛搖搖頭。不，那些都不重要了。

現在最重要的是林奮能修好船。只要能離開海雲城，他就會將密碼盒交出去。

「哥哥，別看了，快藏起來。」顏布布一直都知道這密碼盒是不能讓別人看見的，他生怕外面有人會闖進來，連忙低聲催促。

封琛將盒子放進他挎著的布袋，低聲回道：「好，收起來。」

將乾淨衣服都疊好，日用品收納進大袋子，其他也沒有什麼可以帶上的了。兩人出了房門，跟著其他人一起下樓，乘上船邊停著的氣墊船，去往 C 蜂巢。

一條船上住著兩、三千人，平均分到其他船上，的確擁擠了不少。至少原本只住一家人的大套房，就變成了兩家人合住。原本沒有塞滿的六人間，如今也塞得滿滿的。

而且每條船還要騰一些艙房，用來隔離那些發燒病患。

封琛兩人雖然沒有住上 A 蜂巢那種小套房，但吳優依舊給了他們照顧，和別人合住進了一套有兩間臥室的中型套房。和之前相比的話，唯一不方便的就是衛浴間在客廳，兩家人一起用。

「我們的新房子也有窗戶。」顏布布趴在窗戶上，喜滋滋地戳了戳玻璃，又有些擔心地對封琛說：「就是不知道這個窗戶能不能看到衣服自己在飛。」

封琛將衣服往櫃子裡放，瞥了眼旁邊趴著的黑獅。

黑獅立即心虛地垂下頭，用爪子捂著自己的眼。

封琛問：「你害怕看見衣服自己飛？那些動畫片裡盤子、碟子都能飛，你看著不害怕？」

「看動畫片的時候不害怕。」顏布布有些困擾地說：「但是真的看到衣服飛，還是覺得怪怪的。」

封琛嗤笑了一聲：「膽小鬼。」

「我才不是膽小鬼。」顏布布不高興了，斜著眼睛看他，「我自己也能飛的。」

封琛繼續疊衣服，疊了兩件後才突然想到什麼，臉色一沉，厲聲道：「我告訴你啊，你不要想著去船沿或是樓上什麼地方再飛一次試試。如果敢有那種想法，我就要揍你。」

「啊……」顏布布茫然地看著他，喃喃道：「我還沒想過要再去飛一次試試呢。」

他像是受到了什麼啟示般，一副醍醐灌頂的模樣，眼睛逐漸發亮，眼珠子也在轉來轉去。

封琛冷笑一聲，抿著唇去衣櫃裡取出一個木衣架，滿臉怒氣地開始挽袖子。

這熟悉的陣勢，顏布布以前在媽媽那裡見過數次，一下子慌了神，熟練求饒：「我不敢了，我錯了，我再也不敢了。」

「真不敢？」封琛將衣架敲在掌心，發出啪的一聲。

顏布布一個哆嗦，「真不敢。」

封琛警告地看了他片刻，這才收起衣架繼續疊衣服，最後拿過顏布布的布袋，將密碼盒藏到了天花板上。

雖然他現在已經不大在意密碼盒會不會被西聯軍發現了，但這東西太過重要，在沒交出之前肯定還是要找地方藏好的，免得被其他人發現拿走就麻煩了。

放好密碼盒，他又從衣兜裡掏出林奮給他的空盒子，丟給了顏布布，「給你。」

顏布布接住密碼盒，不解地問：「給我做什麼？還要裝在我的包包裡嗎？」

「這是另一個空的，給你玩。」封琛走上前，念了幾個數字，教給他打開盒子的方法。

顏布布果然很喜歡這個盒子，愛不釋手地打開又合上，念叨著要找點寶貝裝在裡面。

「現在先收起來，該吃午飯了。」

因為人多了，飯堂前的佇列就更長，顏布布兩人排在隊伍裡慢慢往前挪，聽著身旁人的小聲議論。

「啃得只剩下骨頭了，連眼珠子都吃掉了。」

「好在換了船，不然晚上都不敢睡覺。」

「你們說那到底是什麼啊，會不會真是船員的鬼魂？畢竟整艘船搜了好幾遍都沒有找著。」

「管他是什麼，反正不住在那條鬼船上就行。」

吃過午飯，又到了學習時間，顏布布的手指點著紙上的幾個字，一個一個認真讀，封琛在旁邊坐著，不時伸手摸一下他的額頭。

「上，下，大，小，左，右……」

封琛看著顏布布的側臉，聽著他的誦讀，一邊憂心忡忡怕他還要發燒，一邊又自我安慰，覺得就算是變異也不會那麼快。畢竟當初他第一次發燒到變異，也經歷了較長的一段時間，等到林奮將船修好，去了中心城就行。

封琛一直在發愣，回過神時發現屋內沒了聲音，顏布布已經停下了念字，正盯著他。

「怎麼沒念了？」封琛問。

顏布布遲疑了下：「哥哥，我是不是生病了？」

他昨晚發燒時一直在昏睡，只隱約記得自己不大舒服，不確定到底有沒有生過病。

「沒有。」封琛道。

「那你為什麼要這樣看著我？」顏布布面露狐疑，表現出前所未有的敏銳。

封琛問：「怎麼看著你？」

「就是……好像……那種不高興……」顏布布費力半天也想不出來合適的詞，最後說：「反正我看著你，心裡就很悶。」

他摸著自己心口，輕聲道：「你讓我覺得這兒悶悶的。」

封琛抬手蓋在他手背上，片刻後低聲道：「沒事的，你別亂想。」

「可是我剛才明明讀錯了幾個字，你都沒有吼我。」

「那是我在走神，根本沒有聽你念字。」

顏布布相信了，點頭道：「唔，好吧。」

他繼續念字，封琛也強打起精神認真聽。

看著他認真的樣子，封琛心裡又酸又軟，所以糾正錯字時耐性特別好，聲音也分外柔和。

但這種情緒只勉強撐過了 20 分鐘便消磨殆盡，怒氣不可遏制地開始上湧，那些悲傷和憐惜也被沖到了腦後。

「這個字我教過你幾次了？沒有二十次也有十八次，為什麼就是記不住？」

「風，這是風，不是雨，不要老是將這兩個字搞混淆。」

「這10分鐘內你要上幾次廁所？不准去。」

當敲門聲響起時，顏布布如蒙大赦，不待封琛出聲，就飛快地跳下床衝過去，「我去開門！我去開！」

封琛這個位置看不到門口，但聽到屋門打開後，顏布布瞬間失去了任何聲音，便猜到了來人是誰。

林奮一步步走進了屋，顏布布如同一隻僵化的鵪鶉般跟在他身後。

「秦深，你的感知力比較突出，我需要你去A蜂巢，用精神力探知一下那條船上究竟有什麼異常。」

封琛沒有拒絕，立即起身應道：「好。」

按照往常的話，顏布布一定要鬧著跟去，但現在只一聲不吭地站著，用可憐兮兮的目光看著封琛。

「你就在屋子裡寫字，我過會兒就回來。」封琛安慰地捏了捏他的肩，低聲交代。

林奮站在一旁，目光落在那張寫滿字的紙上，走前兩步拿起來看，越看眉頭就皺得越緊。

「10以內的加減法都還不會算？」

封琛沒有做聲，顏布布顫巍巍的聲音響起：「二加二等於四，三加三等於六，四加四等於八……」

「減法呢？」

顏布布伸手扯了扯封琛的衣角，封琛面無表情地平視前方，沒有理會他的求援。

「二減二等於多少？」林奮問。

顏布布木呆呆地看著他。

「文盲。」

林奮搖了搖頭，對封琛說：「這幾條船上，大大小小的孩子這麼多，起碼的基礎教育得跟上。我們準備在船上開辦學校，也就這兩天的事，到時候你們兩人都去吧。」

「學校？我也去？」封琛驚愕地問。

「怎麼？你覺得自己不是個孩子？」林奮似笑非笑地看著他。

封琛沒有回話，林奮將手上紙放回桌上，「軍部那條船應該最安全，所以學校就開在那條船上，你也去聽聽吧。」

沉默片刻後，封琛輕聲回了個好。

封琛給顏布布交代了幾句後，留下黑獅守著他，自己便又和林奮出了門。

A 蜂巢船已經空無一人，甲板上撐起了遮雨棚，士兵站在下面躲雨聊天，滿甲板亂跑亂跳著一群量子獸。

看見林奮，士兵們立即站直噤聲，就連那群動物也規規矩矩地立正。一隻猞猁和一隻袋鼠正在打架，猞猁立即從地上翻起身，袋鼠還在不依不饒地掄拳，被自己主人果斷收回了精神域。

林奮帶著封琛進了船艙，順著樓梯往下層走，「雖然哨兵擁有超強的五感，但側重點卻有所不同。有人勝在聽，當精神力放出去後，能聽到幾里外積雪壓斷枯枝的聲音。也有人側重於嗅覺，用精神力捕捉空中的氣味顆粒，哪怕是一滴血也能被他聞到。還有人的視覺或是辨知能力表現特別突出，這些都是因人而異。」

下層便是機房，因為船隻處於停航狀態，所以整個機房寂靜無聲。封琛跟在林奮身後走進機房，認真聽著他的講述。

「我覺得這船上有著某種我們看不見的生物。」林奮按下牆壁上的開關，機房內被照得雪亮，他目光緩緩掃過那些大型機組，輕聲開口：「我確定那東西就藏在這條船上，但我的精神力並不側重辨知，所以找不到牠。我需要你來感受一下牠究竟在哪兒。」

封琛沒有回答，但卻已經閉上眼，放出了精神力。絲絲縷縷的精神觸鬚往四處蔓延，那些被機器擋住的陰暗角落，封得嚴嚴實實的鋼管內空間，都通過精神觸鬚轉成畫面，讓他看得一清二楚。

林奮沒有打擾他，只靜靜地站在一旁等待著。

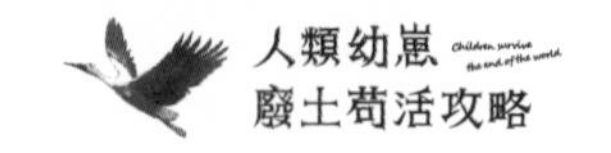

顏布布按照封琛的吩咐，坐在桌子前，拿著紙筆在小本子上寫字。

他一筆一劃寫得很認真，腳趾緊緊抓著地面，嘴也在跟著努動，似乎全身都隨著手在一起用勁。

黑獅安靜地趴在他腳邊，半闔著眼，尾巴輕輕擺動著。

顏布布寫著字，眼角視網膜邊緣突然出現了一團黑色，他的筆頓住，倏地轉頭看去，卻發現那裡什麼都沒有。

他放下筆揉了揉眼睛，還是只看見銀灰色的空地毯。

黑獅就趴在那塊空地毯上，一動不動地看著顏布布，兩隻耳朵緊張地豎得高高的。

顏布布的視線穿過牠身體，又四處張望，的確什麼也沒看見，便提起筆繼續寫字，嘴裡跟著嘟嘟囔囔地念：「上，下，左……」

寫了還沒兩個字，他的筆再次停下。

那黑色東西又出現在他視野裡。雖然看不大清楚，就像電視信號時有時無，圖像也跟著不穩定地跳動，讓那黑色和地毯之間的邊界有些模糊不清。但他清楚地知道，那兒的確有一個黑色的巨大物體。

顏布布心頭撲通狂跳，這次他沒有側過頭，而是保持著寫字的姿勢，兩隻眼珠子卻偷偷轉向那方向。

只見那裡依舊是一片地毯，什麼也沒有。

顏布布疑惑地想了會兒，起身在床底和櫃子裡翻找，依舊一無所獲。最後他只能回到桌邊寫字，只是寫兩個字便要猛地轉頭，警覺地打量四周。

寫字，轉頭，寫字，轉頭……

黑獅從頭到尾都在旁邊盯著他，兩隻獅眼瞪得溜圓。

顏布布終於寫完封琛留下的作業，去端桌上的不銹鋼水壺，想給自己倒杯水喝，但水壺裡卻是空的。這個房間不像他們之前的房間裡有電熱水壺，他便抱著水壺去客廳。

和他們一起住在這套房的是一對年輕夫婦，正坐在客廳沙發上收拾自帶的行李。妻子看見顏布布抱著水壺，善解人意地問：「小朋友，是想找開水嗎？」

「是的。」顏布布點頭。

「這房間裡的電熱水壺已經壞了，去船那頭的開水房裝水吧。」

「嗯，謝謝阿姨。」

顏布布抱著水壺出了門，黑獅亦步亦趨地跟在他身旁。

開水房在通道盡頭右拐，室內光線有些昏暗，房間裡沒有一個人，只聽見飲水機嗡嗡的運作聲。

顏布布打開水壺蓋，將水壺放在開水龍頭下，伸手去擰開關。但這飲水機有些高，他踮起腳也搆不著，便去搬旁邊的椅子來墊腳。

他這裡轉身離開，黑獅便伸出爪子，打開了龍頭開關。

顏布布剛端起椅子，就聽到身後傳來嘩嘩水聲，他以為是另外的人來裝水，沒想到回頭後，發現水房裡並沒有其他人，而那飲水機自動往水壺裡灌著開水。

顏布布驚訝地張著嘴，有些不明白這是怎麼回事。嘩嘩水聲裡，水壺都快被注滿開水，他都還是愣愣地看著水壺沒有動。

黑獅的爪子在空中伸伸縮縮，終於還是在顏布布的注視下，硬著頭皮將開關擰上。

如果說顏布布本還猜測這是自動飲水機，但現在他親眼見到那開關把手往左邊轉動了 90 度。因為水龍頭有些不好關嚴，還有一小股水流在淌，他又眼睜睜地看著把手往右轉回了一點點，再往左使勁一推，這下徹底關上了。

黑獅關好水，便看向顏布布。

水房內異常安靜，一人一獅都靜默著。

哐噹！顏布布突然扔掉手上的椅子，像隻受驚的兔子般衝向屋外，迅捷消失在了門口。

黑獅追了出去，只看見一道狂奔中的背影，兩條小短腿飛速倒騰，很快就衝出去了十幾公尺遠。

撲通，顏布布摔了一跤，看得黑獅身體跟著抖了下。但他在地上滾了半圈後，立即爬起身繼續跑。

黑獅原想跟上去，但看看那個被遺落的水壺，還是回到水房去叼上，推開窗戶躍了出去，從船身外回去房間。

船身外有一條不到 5 公分寬的長沿，牠四隻爪子踏著長沿，穩穩地向前走。

走到一半距離時，牠突然停下，疑惑地注視著前方。剛有什麼亮光閃了下，就短短一瞬，卻有些刺眼。

黑獅俯下碩大的頭，在低空嗅聞，像是發現了什麼威脅似的，突然往後退了半步，獅眼裡放出凶狠厲光，喉嚨裡也溢出低吼。

牠叼著開水壺四周查看，左邊是光滑的船身，右邊是滔滔海水，什麼也沒有。

黑獅的眼中透出疑惑，乾脆小跑幾步來到他們的房間外，從窗戶鑽了進去，放下水壺後再出來，重新去找那個閃光的東西。

這次牠邊嗅聞邊找，終於固定在了一個位置。牠盯著那一小塊什麼也沒有的長沿，突然迅捷地伸出了爪子。

黑獅抬起爪子仔細瞧。

牠的趾尖夾著一塊像是貝殼般大小的薄片，薄得能看到對面的光亮，本身沒有色彩，卻能根據角度變化折射出不同顏色的碎光。

黑獅謹慎地端詳著這薄片，用牙齒咬了下，感覺這薄片很堅硬，便叼在嘴裡調頭回房間。

顏布布一口氣衝到通道口，直到遇見幾個站著聊天的人才停下腳步，心有餘悸地喘著氣。

「小孩兒，你在跑什麼呢？」有人問道。

顏布布劇烈的心跳還沒平穩，只用手指著開水房，「開、開水房裡有妖怪。」

因為A蜂巢船才剛發生了吃人事件，時機敏感，那幾人立即追問：「什麼妖怪？」

「看、看不見，但是可以、可以給我裝開水的妖怪。」顏布布說。

那幾人放鬆地笑起來，「放心，等會我們就去抓住那個可以給你裝開水的妖怪，回去吧，沒事的，別在外面亂跑。」

顏布布還是回了屋，他決定不出去了，就在屋子裡等封琛回來。結果剛在桌子旁坐下，就猶如被施了定身術般定在了那裡。

只見桌子上擺著一個水壺。咖啡色的隔熱膠套把手，不銹鋼瓶身鋥亮，清晰地映出他瞪得大大的眼睛。

顏布布轉動眼珠看了下自己空著的手，又看向那個水壺，有些不確定是不是他拎回來的。但他飛快回憶了下在通道裡奔跑的場景，終於確定他什麼東西都沒有拎。

「那個、那個，你跟著我回來了嗎？」他顫抖著聲音問。

屋子裡沒有任何回應。

「你是不吃小孩的好妖怪，對不對？我知道的，你一定是好妖怪，還幫我裝水，對吧？我的肉也不好吃的，不好吃，臭臭的，我可能有很多天沒洗澡了。」

顏布布一邊說，一邊從桌邊站起身，慢慢往門口倒退。安靜的屋子裡只有他急促的呼吸和心跳。

這時，他看見正前方的窗戶突然自己打開了，一個亮閃閃的東西從外面飛了進來。

黑獅剛從窗戶躍進來，就看到了像個木偶般立在門口的顏布布。牠猛地剎住腳站在原地，和顏布布對視著。

牠知道顏布布看不見自己，那麼他現在一直盯著看的，應該是牠嘴裡叼著的薄片。

黑獅心裡一動，雖然牠還沒搞清這薄片是什麼，上面的氣味也讓牠生起警惕，但只要顏布布喜歡，那就送給他。

顏布布一直憋著口氣，大氣不敢出地看著那一小團亮光停止在空中。可是片刻後，它又動了，對著他上下晃悠地飄了過來。

就在薄片飄到眼前時，他白著臉，一巴掌將那薄片拍在地上，再伸出腳狠狠踩了兩下。接著才哇地一聲哭起來，拉開房門，一邊嚎啕一邊衝了出去。

封琛用精神力掃了遍底艙，精神觸鬚遍布每個角落，沒有落下任何一個死角。

林奮一直沉默地站在旁邊，直到他收起精神力睜開眼後才問道：「有什麼發現嗎？」

封琛搖搖頭，「我沒有感覺到有什麼異常。」

「沒有？」

「對。」

林奮臉色凝重起來，喃喃道：「那牠究竟會藏在哪兒呢？」

「我們再去一層看看吧，我將這艘船逐層檢查一遍。」封琛說。

燈光下，他的臉色不大好，透出一絲虛弱的蒼白，額頭也覆蓋著一層汗水，那是精神力大量使用過的狀態。

林奮拍拍他的肩，「今天就只檢查這一層，于苑會給你梳理精神域，等你休息好，明天再檢查另外的地方。辛苦了。」

「還好。」

「你的精神體呢？留在煩人精身旁了嗎？」林奮問。

封琛點頭，「是的。」

「明天檢查的時候帶上吧，會讓你輕鬆一些。」

封琛有些遲疑沒吭聲，林奮又道：「那三艘船目前沒出過事，應該是安全的。」

兩人順著樓梯往上走，封琛見時機正好，似是隨意地問道：「林少將，修船的事在進行嗎？」

「一直在進行，士兵在碼頭船廠 24 小時輪班打撈配件。」林奮腳步頓了下，「秦深，我也想船能儘快修好，讓所有人都離開這裡，我心裡的焦急並不比你少。」

封琛擔憂顏布布，所以才會忍不住問。聽他這樣回答，心裡總算是安穩了一些。

兩人上了一層甲板，看見了于苑。

于苑只瞧了封琛一眼，便給林奮說：「我給他梳理下精神域。」

林奮點頭，「就在這裡找間艙房吧，比其他地方要安靜。」

「好。」

于苑給封琛梳理精神域時，林奮就守在一旁。梳理結束，封琛臉色好看了許多，精神也重新恢復。

林奮給兩人遞來水，于苑喝了一口後斟酌著道：「秦深，因為我不是你的專屬嚮導，所以只能梳理精神域外層。雖然不清楚你的精神域具體情況，但我覺得你要是有了專屬嚮導的話，精神力會上升到一個很高的階段。」

林奮挑了挑眉，「比我還高？」

于苑沒理會他的打岔，接著道：「哨兵變異後會經歷初階段，叫做成長期。你目前就處在成長期，初始精神力是 B 級。但你如果有了自己的專屬嚮導，兩人一起度過結合熱以後，你的能力會再一次突飛猛進，達到一個新階段，這個階段叫做平穩期。」

「我雖然沒有進入你的精神域內核，但能感覺到你的精神力挺強悍。成長期精神力越強悍，表示你的精神域越寬廣，將來一旦有了專屬嚮導，度過結合熱以後，那成長的速度一定會很驚人。」

「專屬嚮導……」封琛喃喃著念了遍，又問：「專屬嚮導要去哪兒找？結合熱又是什麼意思？」

于苑怔了怔，似乎被這個問題給問住了，難得地沒有出聲解釋，神情也變得有些不大自在。

他輕咳了聲，低著頭喝水，耳根處悄悄染上了一抹紅。

林奮卻在此時面無表情地開口：「你才多大？那不是你現在該關心的問題。你現在就好好度過成長期，到時候自然就明白了。」

封琛仍然滿心疑惑，但見兩人都已一副不願意回答的樣子，也就沒有繼續追問。

林奮站起身，「走吧，回去了，這條船我會讓士兵守著，明天再來檢查其他層。」

三人乘上小船，將封琛送到C蜂巢後，林奮和于苑則回了軍部所在的那艘船。

封琛剛一登上甲板，就聽到了顏布布的哭叫聲，極具穿透力地從艙內傳出，並一路向著甲板靠近。

「哇——」顏布布衝出艙房通道，看到封琛後猶如看到了救星，立即張開雙手朝他撲去，「哥哥啊——」

封琛見他看上去沒出什麼事，便將人接住後問道：「哭什麼？」

「哇——妖怪……飛起來了……哇——」

「有話好好說，不准哭，不然誰聽得見你說什麼？」封琛邊叱喝邊去摸他額頭。

嗯，沒有發燒。

顏布布收住哭聲，哽咽道：「水房裡、水房裡有妖怪，我們屋子裡也有。」

「妖怪？什麼妖怪？」

封琛剛要接著追問，就看到跟著追出來的黑獅。

「看不見牠的樣子，但是我去水房裝水，那水自己流，屋子裡也有東西在飛，就和上次衣服自己飛一樣。」

黑獅訕訕地停下腳步，溜達到甲板一側，像是在看船外的大海，一雙眼睛卻偷偷瞟著這邊。

封琛將顏布布放下地，「沒事，沒有什麼妖怪。」

「有的，我親眼看見的。」

「你連喪屍都經歷過的，還怕什麼妖怪？」

顏布布說：「可是喪屍我也害怕啊。」

「那喪屍可怕，還是看不見的妖怪可怕？」

顏布布想了想：「這不沒看到喪屍嘛……」

封琛牽著他往屋裡走，見黑獅遠遠跟了上來，說：「沒什麼可怕的，何況你見到的也許不是妖怪。」

「不是妖怪？」

封琛說：「也許是我專門留在你身邊，用來保護你的魔力呢？」

顏布布驚訝地站住了腳，「是你留下來保護我的魔力？」

封琛還沒回答，顏布布的眼睛卻亮了起來，喜形於色地道：「肯定是你的魔力！難怪會幫我裝水……那上次會飛的衣服是不是也是你留下來的魔力？」

「應該是吧。」封琛走到他們的房門處，掏出房卡打開了門。

顏布布慢慢回味，時驚時笑，「其實我知道那是你的魔力，怎麼會是妖怪呢？我故意做出害怕的樣子，哈哈哈……」

封琛也不拆穿他，只拿著東西去客廳旁的浴室洗澡。洗完澡回到屋裡時，看見顏布布趴在地上找什麼，眼睛都快貼到地毯上了。

「你在找什麼？」封琛用毛巾擦著頭髮。

顏布布頭也不抬地回道：「剛才有個亮閃閃的東西在飛，我當時以為是妖怪，就把它拍掉了，現在想找到它看看。」

封琛在他身旁蹲了下去，「不是說知道那不是妖怪，而是我的魔力，故意做出害怕的樣子嗎？」

顏布布轉過頭，張口結舌地看著他。

封琛勾了下唇，也幫著找，突然看到地毯上有亮光一閃，接著就什麼也沒有了。

他疑惑地咦了一聲，俯下身湊近了看，和顏布布的腦袋就靠在一起。黑獅也將牠的大腦袋往裡擠，擋住了封琛視線，封琛乾脆將牠收進了精神域。

「你是不是也看見了有星星，但是亮一下就不見了？」顏布布問。

「嗯。」

顏布布懊惱地道：「就怪我剛才一著急，隨手打掉了星星，它掉在地上就不出來了。」

封琛在顏布布的絮叨中，伸出手指在那塊地毯上摸索，摸到了一塊硬片，他拿到眼前仔細瞧，顏布布也湊上來，被他用另隻手擋住。

「別貼近了。」

顏布布說：「這就是那個星星嗎？我也看看。」

封琛皺著眉道：「別貼太近，讓我先檢查一下。」

這塊薄片呈半圓形，質地很是堅硬，細看的話，表面其實不大光滑，有著細細的紋路。

隨著光線移動，薄片也會跟著變幻色彩。封琛拿著它靠近地毯，原本的透明色澤就變成和地毯同樣的銀灰。他拿著它靠近木桌，薄片又從銀灰變成了和木桌同樣的深棕。

顏布布看得一愣一愣的，不住口地驚歎：「好好看啊，快給我玩玩，給我玩一下。」

封琛見這薄片沒有什麼危險，便遞給了他。顏布布接過後去牆上貼貼、凳子上貼貼，看它改變成各種顏色。

「這是星星嗎？」顏布布問。

「不是。」

「那是什麼？」

封琛琢磨了一會兒，「我也不清楚，可能是船上的某種裝飾品。」

「喔。」

顏布布獲得了新玩具，卻也沒有忘記比努努，抱著比努努一起玩。直到晚上睡覺時，才將薄片放進封琛給他的那個空密碼盒，裝回自己的布袋裡。

第二天，封琛又去 A 蜂巢搜查。考慮到 C 蜂巢船上很安全，加上林奮說帶著精神體一起搜查會輕鬆很多，於是沒有留下黑獅，只叮囑顏布布就留在屋裡不要亂跑。

顏布布還在睡，也沒聽清封琛究竟說了什麼，只迷迷糊糊地點頭，「我記得風和雨字了，嗯嗯，記得了……」

封琛無可奈何，摸了摸他額頭，體溫正常，再叮囑他一句記得吃早飯，便離開了艙房。

顏布布一覺睡醒，發現封琛沒在屋內，雖然已經知道他是去 A 蜂巢船上辦事，卻也坐在床上生了會兒悶氣。等到那陣氣消了，才慢吞吞起身洗漱。再挎上布袋，拿起飯盒去飯堂。

早飯時間快過了，飯堂裡沒有什麼人，他很快就排到窗口前，踮起腳將自己的飯盒推進去。

「阿姨，我全要肉肉。」

打飯的阿姨說：「早上不能全吃肉，給你加一塊豆餅。」

「唔，好吧。」

阿姨見他長得可愛，還是沒忍住多給他打了一勺子魚肉。

「不會吃撐吧？」

顏布布捧著飯盒搖頭，「不會，我可能吃了。」

他吃完早飯，洗乾淨飯盒，再回屋提上水壺去裝開水。

開水房依舊是那個光線不大好的模樣，但裡面有幾個人，旁邊地漏處還有人蹲著在洗頭，所以他一點也不緊張了，排在裝水的隊伍裡。

「你家裡人怎麼讓你來裝水？燙著了怎麼辦？」前面的大人裝完開水後，伸手去拎顏布布的水壺，「我給你打。」

「謝謝。」顏布布道謝完，又解釋道：「我哥哥很忙的，他沒讓我裝水，是我自己來的。」

接過裝得滿滿的水壺，顏布布再次道謝，小心地往回走。

水壺有些沉，他到了門口時便放在地上，準備歇一會兒後，調整成抱在懷裡的姿勢走。

大人們打好水都離開了，此時水房裡只剩下兩人，一人在裝水，一人蹲在地漏旁洗頭。

顏布布正要去抱地上的水壺，突然覺得視線範圍內有什麼東西晃動了下。

他定睛去瞧，卻什麼也沒見著，空蕩蕩的開水房裡依舊只有那兩個人。他疑惑地眨了眨眼，目光掃過飲水機旁的牆壁時，突然頓住了。

只見那光滑的棕色牆壁上，凸顯出了一個淺淺的輪廓，逐漸形成了一個長形物體。

那物體足有一公尺多長，和牆壁顏色一模一樣，若不是牠在移動，便已經和牆壁融為一體，根本無法分辨。

顏布布非常震驚，伸出手指著那兒對另外兩人說：「你們看那是什麼，看……」

他一句話還沒說完，那物體卻突然彈開牆壁騰空而起，拖著一條長長的透明尾巴，撲向那名正在裝水的人。

哐嘡一聲，熱水瓶傾翻，熱水灑落一地，那名站在飲水機旁邊的人也被濺了滿身。可被咬住的人還來不及慘叫，整個人就直直往上衝，像顆炮彈般砰地撞開一塊天花板隔層，上半身直接撞了進去。

這一切發生得太快，也就幾秒不到的時間。顏布布和洗頭的人都還沒看清發生了什麼，那人的兩條腿也迅速消失在天花板裡。

開水房內又恢復了安靜，只有飲水機發出嗡嗡的燒水聲，若不是那遍地水漬和打碎的熱水瓶碎片，就像什麼事情也沒發生過。

洗頭的人頂著滿頭滿臉的水走過去，抬頭盯著天花板的破洞瞧。

「你看清了嗎？剛才發生什麼了？」他問站在門口的顏布布。

顏布布語無倫次地道：「我看到了，看到牆上飛起來東西，把他、把他抓上去了。」

「牆上飛起來東西，飛的是什麼？」

顏布布搖頭，「那我沒看清。」

話音剛落，天花板破洞口處又閃過一道影子。

那影子完全透明，像是空氣形成具有形狀的物體。下一秒，那名還站在洞口下往上看的人也騰空而起，和剛才那人一樣，直直衝進天花板缺口。

「救命……唔……」

好在這人抓住了天花板下的一根鐵杆，身形也比剛才那人壯了不少，竟然就卡在天花板破洞處，兩條腿在空中胡亂踢蹬。

「唔——」

「啊！」顏布布大叫一聲，連忙衝進去，跳起來抓住那人的一條腿往下拖。

「喊……喊人……」

那人的嘴像是被什麼堵住，聲音很含混，但顏布布還是聽清了，轉頭又往門口跑，嘴裡迭聲尖叫著：「啊——人飛了，快來啊！這裡有人飛了！」

雖然聽不懂他這個「人飛了」是什麼意思，但誰都聽得出他尖叫聲裡的驚慌。正好有隊士兵巡邏到這一層，立即就衝了進來。

士兵們見到這狀況，兩人上前去拖那個人，另外有人用槍托去敲他旁邊的天花板。

轟隆一聲，那人連著兩名士兵摔在地上，天花板也垮塌下一大片，遍地都是薄木板碎片，卻沒有看見其他東西。

那人整個上半身都被黏液糊住，五官眉眼都瞧不清，士兵先將他鼻和嘴裡的黏液摳出來，再將人拖到旁邊的水龍頭下沖洗。

「哇——」大聲嘔吐和水聲中，那人大口大口喘著氣。

士兵問道：「是怎麼回事？」

「不、不知道，肩膀突然被抓住，人就……就迷糊了。」

「那是什麼抓的你，看清了沒？」

「沒，沒看清，連影子都、都沒看見。」

【第六章】

顏布布，我今天才明白，你真的就是個學渣啊

顏布布問：「哥哥，量子獸是什麼？上次你們也在說。」
封琛拉著他避過迎面奔跑的人，隨意地回道：「一種獸類。」
顏布布有點委屈地問：「那你喜歡量子獸嗎？」
「嗯。」
顏布布沉默地走出一段，點點頭，「好吧，那我是你的量子獸。」

封琛收到消息時，正在A蜂巢檢查第二層，當他跟著林奮和于苑回到C蜂巢的會議室時，看到士兵正在詢問顏布布。

「那個妖怪看不見，但是肯定不是我哥哥的魔力，我哥哥的魔力只會幫我裝水，不會撲人的。牠撲過去，看我，看我的樣子，牠就是這樣，那個人就飛上了天，把屋頂撞破了。」

顏布布兩手都曲著手指舉在頭邊，做出猛獸撲食的動作。

這種對話顯然已經進行過一陣子了，坐在他面前的士兵略微疲憊地問：「既然你看不見牠，為什麼又知道牠會是這個樣子呢？」

顏布布說：「肯定是這樣的，不用看見也知道，其實還是能看見一點點的。」

「……那到底能看見嗎？」

「看不見。」

士兵：「……」

封琛見那士兵一副焦頭爛額的模樣，便跨進屋道：「煩人精。」

顏布布聽到他的聲音，陡然回頭，再驚喜地撲了過來，「哥哥。」

封琛將顏布布抱起來，于苑對那士兵說：「我們來問吧。」

士兵如蒙大赦，立即起身站在一旁。

「你沒事吧？」顏布布露在外面的皮膚沒有傷痕，封琛便伸手在他胳膊腿上捏了捏。

剛才他聽士兵說C蜂巢也出了被襲擊事件，目擊者是一名小男孩時，當場就被嚇得都變了臉色，直到確認那小男孩沒事，又才急急趕了回來。結果他猜得沒錯，目擊者就正是顏布布。

「我沒事喔。」顏布布摸了下他的臉。

「嚇到了嗎？」

顏布布想了下：「還好，沒有以前那麼嚇到。」

封琛知道他說的是以前遇到喪屍的事，便道：「那你給我說說，剛才發生了什麼事。」

「好。」

顏布布被放下地，他在剛才和士兵的對話裡已經說興奮了，便又熟練地模仿那隻他在水房牆壁上看到的透明怪物，「嗷嗚！嗷嗚！看見了嗎？牠非常凶，但是我不怕的，嗷嗚嗷嗚……」

「牠會這樣叫嗎？」

顏布布的聲音頓住，兩隻曲成爪子狀的手就舉在頭邊，慢慢轉回頭，看見了雙手環胸，正居高臨下注視著他的林奮。

「問你，牠是這樣叫的嗎？」林奮又問。

顏布布不做聲，只呆呆地看著他。

「回答我。」

顏布布哆嗦了下，小聲回道：「沒有，牠好像沒有叫。」

林奮哼笑一聲，「好好講，不要添油加醋。」

顏布布這下不敢再隨意發揮，開始老老實實地回憶：「我不知道他為什麼飛起來了，但是我看見牆壁上有個透明的妖怪……」

封琛打斷他：「是什麼樣的透明妖怪？」

「長長的，好像還有一條尾巴。」

「就是說，牠雖然沒有顏色，但是你能看見牠的形狀，是不是？」

「嗯。」顏布布使勁點頭。

一直靜靜聽著的于苑，突然從懷裡取出一個小本子和鉛筆，勾勒寥寥數筆後，拿到顏布布面前，「小捲毛，看看是不是這樣的？」

顏布布看著他本子，瞪大眼，肯定地道：「就是這樣的，牠就是長的這個樣子。」

林奮走過來，從于苑手裡接過本子，看清上面畫著的圖案後，輕輕吐出三個字：「堪澤蜥。」

「堪澤蜥是希圖洲才有的一種熱帶動物，善於隨環境的變化改變自己的身體顏色。牠能變色的這種生理變化，並不是依靠皮膚裡的色素細胞變色，而是靠調節皮膚表面的納米晶體，通過改變光的折射而變

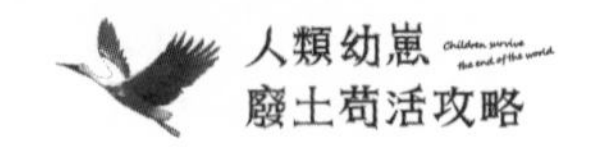

色，所以顏色種類可以細緻到幾百種。」

于苑對著屋內的人解釋：「如果小捲毛看到的就是堪澤蜥，那麼這段時間在船上搜不到牠的原因也就找到了。牠具有強大的隱身功能，只是普通搜尋，根本就找不到牠。」

「可是堪澤蜥不是在希圖洲才有嗎？為什麼會在咱們海雲城？」有名士兵問道。

于苑想了下，「我最近看過這幾條船的航行記錄，其中有兩艘船的航線會經過希圖洲，估計有船員將堪澤蜥當做寵物養在船上，後來人雖然沒了，那堪澤蜥卻在船上生活了下來。」

「那這條船上的堪澤蜥是變異種嗎？」士兵繼續問。

于苑道：「堪澤蜥的食物只是普通昆蟲，如果 A 蜂巢發生的事情是牠幹的，那牠在吃人了，必定已經成為了變異種。」

封琛突然想到了什麼，問顏布布：「昨天給你的那個薄片呢？」

顏布布說：「在包包裡。」

「拿來給我。」

顏布布開始翻自己的布袋，從裡面掏出那個屬於他的密碼盒，再打開，舉到封琛面前。

盒子看著是空的，封琛在裡面摸了下才摸到那塊薄片，拿起來遞給于苑，「于上校，您看看這個。」

于苑接過薄片，對著光線看了會兒，問封琛：「這就是堪澤蜥的甲片，你是在哪兒發現的？」

「在我屋子裡飛的時候，我看見的。」顏布布在旁邊插嘴。

封琛看見站在旁邊的黑獅在對他搖頭，便和牠取得精神聯繫，回道：「是我的量子獸在這條船上發現的。」

「這條船，C 蜂巢……」于苑喃喃著：「那牠現在也跟著從 A 蜂巢到了 C 蜂巢，必須將牠抓住，不然躲到哪艘船上都不會安全。」

話音剛落，門被敲了兩下，一名士兵推門走了進來。

「報告林少將，剛才在開水房遇襲的有兩人，一人已經被救下，除了精神有些恍惚外，沒有其他問題。但是另一個人被拖進了天花板，我們順著天花板找到了一個空儲藏間，發現那人的屍體就丟在裡面。屍體雖然沒有來得及吃光，但也有被啃噬過的跡象，和A蜂巢被吃掉的那些人看上去死因一致。」

林奮走了過來，從于苑手裡拿走那塊堪澤蜥甲片，臉色越來越沉，「原來那狗東西沒留在A蜂巢，也跟著搬家搬到C蜂巢了。」

「那現在怎麼辦？」于苑問。

林奮一字一句地道：「找，繼續找，就在C蜂巢找。」

林奮將甲片還給顏布布，封琛帶著他回屋。

看來船上的人已經知道這事了，通道裡淨是慌忙穿行的人。很多房門開了關，關了開，大家都一臉惶惶然，不知道現在究竟是留在屋內安全，還是待在外面安全。

有人乾脆撐著不知哪兒找來的斷骨雨傘，「去甲板，都去甲板，如果我們人多了，我不信那吃人的東西還敢衝進來？」

「對，有道理，都去甲板上，不單獨留在屋內。」

「那東西拖著人在天花板上竄，哪個房間都能去，待在屋內沒有甲板上安全。」

「咱們都去甲板，我就不信牠敢來。」

兩人走在亂哄哄的通道裡，顏布布突然扯了扯封琛衣角。

「怎麼了？」封琛問。

顏布布問：「哥哥，量子獸是什麼？上次你們也在說。」

封琛拉著他避過迎面奔跑的人，隨意地回道：「一種獸類。」

顏布布頓了下：「那我是你的量子獸嗎？」

「什麼意思？」

顏布布說：「剛才于上校叔叔問你是誰發現了那個亮片片，你說是你的量子獸。」

「嗯。」封琛心不在焉地應聲。

顏布布有點委屈地問：「那你喜歡量子獸嗎？」

「嗯。」

顏布布沉默地走出一段，點點頭，「好吧，那我是你的量子獸。」

回到房間大門口，顏布布問：「我們現在回去做什麼呢？」

「回去寫字。」

「啊……又寫字啊。」顏布布唉聲嘆氣。

封琛冷笑一聲，「你不想學，我還不想教呢，但是有什麼辦法？」

打開套房大門，隔壁的臥室門開著，那對小夫妻正在收拾東西，聽到門響後便對封琛說：「快去準備下吧，我們應該要去甲板上了。」

話音剛落，就聽到尖銳的哨聲響起，有士兵在通道裡喊話：「所有人離開房間去甲板，不要剩下一個人，西聯軍馬上要搜查整艘船……」

「啊呀，我們要去甲板上了，寫不成字了，怎麼辦啊？哎呀……」顏布布快樂地說出遺憾的話。

封琛知道這是要全船搜查那條堪澤蜥，便從櫃子裡取出兩件于苑上次送來的雨衣，自己穿上一件，再給顏布布穿。

雨衣並不是兒童型，顏布布被從頭到腳罩住，還拖了一段在地上。封琛只得找來剪刀，按照他的身高和臂長，將雨衣剪短了一大截。

他從天花板裡取出那個密碼盒，斟酌片刻後還是放在顏布布的布袋裡，再在保溫杯裡灌上熱水，套在顏布布肩上。

「我好像帶的東西太多了點。」顏布布費勁地扭了扭身體。

他穿著雨衣本就笨拙，又挎著保溫杯和布袋，感覺有些行動不便。

「重嗎？」封琛問。

「不重，就是不好跑。」顏布布說。

封琛點點頭道：「去了甲板就老老實實待著，別跑來跑去，不好跑正好。」

甲板上已經站滿了人，有條件穿著雨衣的人並不多，基本上都是頂著各式各樣的臉盆，還有些人連盆都沒，只有就那麼站在雨中。

封琛將顏布布帶到右後方的一小塊空地上，那是他們以前A蜂巢C區劃分的位置。他見到人群裡的吳優，便牽著顏布布走了過去，說：「吳叔，麻煩您幫我看著晶晶一會兒好嗎？我有事要離開一下。」

他覺得自己可以幫著一起找變異種。

「好好好，你有事就去忙，晶晶我看著。」吳優連忙牽過顏布布。

等整座艙房騰空，士兵們開始一層層查找，封琛找著了正在帶隊的于苑，表明了來意。

「今天你已經找過A蜂巢了，耗費了大量精神力，本想讓你休息一下，所以就沒有讓你來。」

于苑指著那些士兵頭上戴著的黑色眼鏡，「只要知道是堪澤蜥就好辦，他們戴著這種RS射線鏡，應該可以看見堪澤蜥。你先去休息吧，要是射線鏡也找不著，到時候再來叫你。」

「行。」封琛應聲，轉身便要離開，于苑卻又叫住了他，微笑道：「謝謝。」

封琛怔了下才回道：「不用。」

他從小就接受軍事化訓練，也被作為未來軍官在進行培養，遇到這種事很自然地就要上前。他從來沒想過自己現在並不是軍人，這些也並不是他分內的事。

于苑看著他的目光有些複雜。雖然封琛明顯有著受訓的痕跡，可不管他表現得如何穩重，如何能力超群，年齡都只有13歲。若是在地震發生之前，這還是個需要家長呵護的孩子。

于苑拍了下他的肩，「去吧，士兵們都戴著射線眼鏡，很快就能檢查完。」

封琛回到甲板上，從吳優那裡領回顏布布，牽著他站在人群靠後的位置。

天已經黑了，艙房處的燈光透出來，照亮了這一方雨幕，也照亮了甲板上沉默站著的人。

雨點打在那些扣在頭頂的塑膠盆上，啪啪作響，所有人都伸長脖子望著艙房方向，氣氛焦灼而沉悶。

「我聽說不是什麼鬼，而是變異種，一隻能變色的大蜥蜴。」

「知道，那是遠航船員帶回來的大蜥蜴……你仔細想想，船員都死了，大蜥蜴又是船員帶回來的，難道就不能是船員附身的鬼？」

「瞎扯什麼呢？那叫堪澤蜥，已經成了變異種，還附身的鬼……」

顏布布四周都是別人的大腿，便扯了扯封琛。

封琛低頭看他，「幹麼？」

顏布布小聲說：「抱。」

「不抱。」封琛拒絕了。

顏布布又扯他，央求道：「抱嘛。」

「前面又沒什麼好看的，抱那麼高，雨全部淋在你身上。」

「我穿了雨衣的，抱嘛……」

封琛只得將他抱了起來。

顏布布伸手摸了摸封琛的臉，察覺到他臉上有水漬，便一點點將那些水漬擦掉。又取下身上挎著的保溫杯，在杯蓋裡倒了一杯熱水，遞到他嘴邊。

封琛淺淺喝了一口，顏布布說：「再喝點。」

「不喝了。」

顏布布便將蓋裡剩下的水喝掉，蓋好杯蓋，重新挎好。

半個小時後，一名士兵從通道裡跑出來，穿過人群到了C區，目光四下張望。看見封琛後，便擠到他面前，低聲說：「秦深，林少將說需要你幫忙。」

封琛二話不說，抱著顏布布往旁邊走，將他又交給了吳優。

「去吧去吧，你忙你的。」吳優抱著顏布布說：「晶晶交給我就好了，我看著他。」

封琛跟著那名士兵匆匆往船裡走，聽著他低聲道：「……有些死角看不到，林少將說只能靠你……」

顏布布雖然很不想封琛走，但知道他是有正事，只能眼巴巴地看著他背影消失在通道口。

「怎麼？愁眉苦臉的？你哥哥一會兒就回來了。」吳優顛了顛他，又湊到他耳邊小聲說：「吳叔也剛知道你哥哥有大本事，成了特種戰士，這是好事。以後有哥哥在身旁，你就不用擔心了。」

「嗯。」顏布布點頭，又說：「吳叔你也別擔心，我其實也有魔力的，可以保護你。」

「哈哈，好，晶晶厲害，晶晶最厲害。」吳優看顏布布雖然穿了雨衣，臉上也沾著雨水，便將他放下地，「你在這兒站一會兒，我過去拿個盆子再給你頂上。」

「咳咳咳……」

吳優走後，旁邊一名乾瘦的中年人發出撕心裂肺的咳嗽聲。

他老婆替他捶背，嘴裡抱怨：「這還要多久才好啊，好好的人別都給雨淋感冒了。」

「像我們這樣頂個盆子嘛，現在天氣不涼，何況要是找不到那個變異種，誰還敢回去睡覺啊。」

「咳咳咳，沒事，沒事的，就是雨水進了嘴，嗆到了氣管。」那中年人一邊咳嗽一邊解釋。

但他的咳嗽並沒有減輕，反而更加劇烈，像是將五臟六腑都要咳出來似的，人也像隻蝦米一般彎下了腰。

「他臉色不大好喔，剛才我碰著他一下，好像在發燒一樣，燙呼呼的。」挨著中年人的一名年輕人往旁邊挪，嘴裡輕聲嘀咕著。

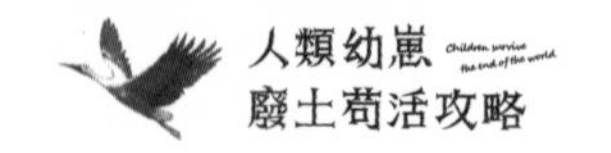

聽到這話，其他人都連忙往旁邊閃，離那名中年人越遠越好。在緊急通道裡的遭遇還沒過去幾天，大家聽到發燒兩個字就心驚膽戰。

中年人的老婆不樂意了：「西聯軍天天都在測量體溫，每天兩次，下午 6 點那次測體溫都是好好的，憑什麼張口就來，說他在發燒？」

「哎，妳不信摸摸他嘛，我又沒有胡說……」

「你還沒胡說？現在是什麼時候？你說我老公在發燒，就等於是將他往絕路上推。」

兩個人開始爭吵起來，誰也沒有注意到那彎著腰的中年人也不咳嗽了，只在喉嚨裡發出咕嚕嚕的痰液聲。

顏布布站的位置離他並不遠，人又矮，可以看到他的側臉。從艙房透出來的燈光下，只見他遍布雨水的側臉上，迅速爬升起一層青紫色的細小血管。顏布布對這種臉色已經有刻入骨髓的本能恐懼，頓時像被驚雷劈中，整個人處於短暫的失聲狀態，想高聲喊叫，卻連一個字也發不出來。

與此同時，那中年人已經突然起身，向他身旁還在和人爭吵的老婆撲去，一口咬在了她頸子上。

「喪屍啊！！！」

人群頓時潮水般向兩邊散開，顏布布被攜裹著往前踉蹌幾步後，撲通一聲摔在了地上。

那次在地下安置點的廣場出現喪屍後，封琛就給他說過，如果在所有人都開始奔跑的情況下，一定要找個地方藏好。他看見旁邊有一大團成堆的鐵鍊，便趕緊爬起身，衝到鐵鍊後蹲下。

鐵鍊後不遠處就是那名喪屍，它一邊發出野獸般的低吼，一邊在啃噬老婆，不斷傳出牙齒撕裂皮肉，摩擦在骨頭上的聲響。

顏布布不停發著抖，牙齒格格打戰，用手捂住耳朵。

他雖然在海雲塔裡殺過那麼多喪屍，但那是被封琛抱著的情況下。被哥哥抱著的顏布布無所畏懼，可以高聲念咒語，但現在只有他一個，他覺得喉嚨都黏在一起，半個字都發不出來。

人群如同無頭蒼蠅般在甲板上奔跑，顏布布背靠鐵鍊蹲著，在聽到中年喪屍的老婆也發出野獸般的嚎叫時，他覺得自己不能再躲著了。

顏布布終於鼓足勇氣，正要從鐵鍊後站起來，就只覺身旁掠過一道黑影，同時後背也被高高拎起。

「哥哥！」顏布布又驚又喜地大叫。

砰砰砰！連串的子彈聲中，顏布布被封琛拎著衝向船右側，他看見一群士兵對著喪屍開槍，那兩名喪屍全身中彈，卻嘶嚎著往最近的人身上撲，直到腦袋也出現彈孔，流出烏黑色的血，才瞪著眼倒下。

封琛將他轉了個面，他視野內的景象也跟著飛速旋轉，當視線在掃過艙房一角時，他突然看見艙房頂上有一大團亮光在閃動。

他看得很清楚，那團亮光的形狀正是他在開水房裡見過的透明妖怪，那隻叫做堪澤蜥的變異種。

因為身上淋了雨，又有燈光的折射，堪澤蜥的表層格外清晰。牠正附在艙壁上，伸出細蛇一樣的舌頭，凸起在頭部兩側的眼睛，閃著凶狠冰冷的光。

顏布布看見牠動了。牠對著下方慌亂奔跑的人躍出，動作迅如閃電，同時便有一個人凌空飛起。

那人雙腳只在空中撲騰了兩下，就被堪澤蜥叼著往船身後跑，消失在了某一間艙房的窗戶裡。

而這時顏布布也被封琛調轉了方向。他拚命轉頭去看，那片艙頂上的堪澤蜥已經離開，而下方的人還在尖叫奔跑，根本沒察覺到就在前一秒，他們之中有人被堪澤蜥給叼走了。

「那個，就是那個，我看見那個咬人了。」顏布布努力抬起頭，對著封琛大聲說。

封琛只帶著顏布布往人少的船邊躲，他現在的注意力全放在警惕身旁的人，怕他們剛才被咬傷過，會變成喪屍，根本就沒在意顏布布在說什麼。

「所有人都停下，停下！不准回艙房，不准回去！」那名蘇上尉大聲命令，但船上的人還在奔跑，通道被士兵堵住，他們便像群無頭蒼蠅般互相推擠。

封琛帶著顏布布繼續往旁邊躲，儘量避開那些人群。而黑獅也出現在他身旁，不斷將那些擠過來的人給推開。

林奮從通道出來，對著天空鳴槍，連聲槍響後，人群終於停下來，蹲下身抱住了頭。

林奮沉著臉吩咐身旁的士兵：「馬上做全身檢查，身上有傷口的全部帶去 A 蜂巢實行隔離。」

「是。」

封琛這才將顏布布放下地，問道：「你有沒有受傷？」

顏布布搖頭，「我沒有。」

封琛鬆了口氣，這才想起來問：「那你剛才一直在對我喊什麼？」

顏布布跺著腳，「我在跟你說，我剛才看見那個妖怪了，就是那個堪澤蜥變異種，我見著牠咬住一個人跑掉了。」

「你看見牠去哪兒了？」

「看見了。」顏布布指著某一間艙房，用力說道：「牠從那個窗戶鑽進去了。」

「你看清楚了嗎？」

「嗯，看清楚了，牠全身都在閃光，就和于上校叔叔今天畫的畫一模一樣。」

此時場面看似被完全控制住，甲板上的人都抱頭蹲著，但危險依舊存在。士兵們挨著檢查，凡是發現身體上有傷痕的都帶去船下，乘坐氣墊船去 A 蜂巢。

于苑正忙著帶人處理喪屍的事，林奮站在艙房前，肩上停著兀鷲，一人一鷹，兩雙同樣犀利的眼睛掃視過人群。

封琛抱著顏布布匆匆過去，說：「林少將，替我看著他，我去去就回來。」

林奮轉回視線看向封琛，冰冷的臉上難得地露出一絲裂痕，驚訝道：「什麼？」

「他好像發現了堪澤蜥。」封琛清楚這裡剛出了喪屍，林奮和于苑都顧不上堪澤蜥的事，只匆匆說了句，將顏布布推到他面前，轉頭往船艙裡跑去。

堪澤蜥還在這條船上，如果不抓住牠，對顏布布或是對這條船上的人，都是一個巨大的危險。

雨聲太大，其他地方還不斷傳來士兵的怒喝聲，林奮沒有聽清楚：「什麼？」

但封琛已經跑進了船艙，只給他留下了一個背影。

封琛離開後，顏布布仰頭看著林奮，屏住呼吸一動不動。林奮也垂眸注視著他，兩人就那麼默默對視著。

封琛一直跑到顏布布所說的那個房間門口後才停下。

船艙通道裡空無一人，他舔了舔還沾著雨水的上唇，伸手搭上門把手，緩緩擰動。

房門無聲無息地開啟，黑獅從他身前鑽了進去。

這是一間小型套房，和封琛他們的房間構造一樣，應該是兩家人合住在一起的。屋內雖然沒有人，卻亮著燈，照亮了那扇洞開的窗戶，隨著吹動的風輕輕闔合，飄進來一些雨絲。

黑獅在不大的客廳裡巡視，抽動著鼻頭在空中嗅聞，走到其中一間臥房門口時，牠停住了腳步，臉上露出警惕的神情。

封琛的手摸向後腰，取出那把顏布布送給他的匕首，放輕腳步走向那間臥室。

臥房門大開著，床上被褥凌亂，桌上也隨意地擱著水杯。封琛走進屋，反手關上門，再來到床前，放出一絲精神力在屋內搜尋。

他的精神力在屋內快速轉了一圈，從床下角落到衣櫃裡都沒有放過，包括頭頂的天花板內，卻絲毫沒有感覺到堪澤蜥的蹤跡。

難道牠沒有藏在這裡？或者牠已經離開了？

封琛想去隔壁臥室找，但黑獅卻焦躁地在屋子裡嗅聞，打著圈圈四處看，還用爪子去刨牆上的壁紙，似乎篤定堪澤蜥就藏在這屋子裡。

封琛察覺到不對勁，便放出更多的精神力，將屋內再次找尋了一遍。依舊一無所獲。

刺啦！黑獅已經抓下牆上的一大塊牆紙，湊近了仔細嗅聞，又仰著頭去聞上方的天花板。

封琛看著黑獅，突然意識到一個問題。如果堪澤蜥本身就具有隱藏自身的特性，那牠成為變異種後，這項特性會不會被加以強化，就連精神力也找不到牠？

黑獅可以通過嗅覺辨認，而他和黑獅之間的精神聯繫也讓他知道，在黑獅看來，這間屋子裡全是堪澤蜥的氣味，牠此刻一定就在這裡。

封琛沒有再打算出去，他握緊匕首，視線在屋內快速掃了一圈，落在旁邊一個水壺上。

他拎起水壺，揭開蓋子，聞了聞裡面的水。

水壺裡的水很滿，他看似要放回原位，卻突然揚手，將水撒向四面八方。

堪澤蜥善於隱藏，而顏布布剛才卻能清晰地看見牠，證明堪澤蜥身上沾了水後，會在光線折射裡顯出牠的外形。

封琛將水潑向四面八方包括天花板，突然看見左邊牆上有光點在閃動。而那些閃爍的光點之間，連成了一個長形物體的大致輪廓。

堪澤蜥！

黑獅已經朝著左牆撲去，在空中便彈出鋒利的爪子，森冷長牙在燈光下折射出鋒利的冷芒。

堪澤蜥明顯不想和黑獅對抗，轉身就向著敞開的窗戶逃去。

好不容易才能找著這隻堪澤蜥，封琛怎麼能放牠離開，隨即也跟著衝出，但目標卻不是堪澤蜥，而是窗戶。

只要將窗戶關上，那麼牠就沒有了逃路。

堪澤蜥的速度很快，但封琛比牠更快地到達窗前，左手關窗，右手扎向身旁牆壁上的那團亮點。

堪澤蜥非常靈活地調轉方向，躲過了這一刀，封琛也順利地將窗戶關嚴。同時黑獅衝到，利爪起落間，只聽撲一聲劃響，那些光點之間多了一道深深的傷痕，湧出了藍綠色的血。

堪澤蜥見沒法逃脫，乾脆轉身對著封琛撲來，在空中便張開大嘴。

牠的嘴裡沒有可以調節皮膚色澤的納米晶體，晃眼看去，空中就只有一張嘴，雪亮的兩排尖牙上拉著長長的黏液，看上去既詭異又可怖。

封琛側身躲開牠這一下，順勢將匕首刺進牠背部。堪澤蜥咬了個空又被扎了一刀，發出聲嘶嘶慘叫後，沒有再繼續朝著封琛進攻，而是絲毫不停留地撲向牆壁，再往上衝，砰一聲撞開了天花板。

黑獅也跟著躍起，咬住了牠垂在空中的長尾巴，不想堪澤蜥卻猛地一掙，將自己尾巴掙斷，瞬間便衝進了天花板內。

封琛立即放出精神力。他的精神力衝進天花板，追上正在發足狂奔的堪澤蜥，像是尖刺扎入牠身體。堪澤蜥還想繼續往前奔，封琛調動一部分精神力禁錮住牠，另一部分則化為一把鋒利的刀，對著牠兩隻前爪齊齊切下。

藍色液體四濺，堪澤蜥終於停下了奔跑，被封琛的精神力往後拖，從天花板破洞中墜落。

甲板上，體外有傷痕的人，不管是不是今晚受傷的，都已經被士兵帶去了 A 蜂巢，剩下的人則排隊在一旁測量體溫。

林奮四處查看，顏布布就默默跟在他身後。林奮走到忙碌的醫療官身旁，問道：「天天都在測量體溫，為什麼還有人在變異？」

醫療官推了下眼鏡，無奈道：「還是發作期時間長短的問題。有些人從潛伏期進入變異，中間的發作期時間挺長，會反覆發燒好幾個月。有些人的發作期卻很短，就好像今天這個人，明明測體溫的時候還沒事，轉頭就立即進入變異。」

林奮眉頭間皺起深深的溝壑，「那有什麼辦法可以預防嗎？」

醫療官搖頭，「沒有任何辦法。」

沉默片刻後，林奮問道：「你呢？你還沒有進入發作期吧？」

醫療官搖頭，又苦笑。

林奮望著遠處，低聲道：「唯一的辦法就是儘快修好船，帶著你們去往中心城。」

「可是中心城目前應該對這個變異也沒有什麼對策吧。」醫療官有些心灰意冷。

林奮看了他一眼，不置可否地道：「只要我們去了，中心城就有對策了。」

醫療官只當他在安慰自己，也隨口應了聲，便離開去做其他事情了。林奮轉過視線往下看，看見顏布布正仰頭盯著他，便問道：「你一直看著我幹什麼？是要我抱嗎？」

顏布布連忙低下頭轉過身，拿後背對著他。

「你哥哥去哪兒了？就算是拉肚子也該出來了吧。」林奮又說：「如果他是想找個藉口把你扔掉，我是不會要的。」

顏布布原本一聲不吭地背朝他站著，這時也忍不住回頭，「他才不會扔掉我。」

「那你說，他跑去哪兒了？」

「他去抓堪澤蜥了。」

「什麼？抓堪澤蜥？」

這時，一名士兵匆匆跑來，「林少將，秦深抓著那隻堪澤蜥了。」

「抓著了？」

「是的，就剛才的事。」

顏布布眼睛一亮，臉上都綻放出光，激動地道：「聽吧，我哥哥才不會扔掉我，他去抓堪澤蜥了。」

半個小時後，甲板上通過檢查的人開始回艙房。他們既要講那對喪屍夫妻的事，又要講那隻堪澤蜥已經被殺掉的事，情緒時憂時喜，整個通道裡全是議論聲。

封琛關上房門，放鬆地給自己倒了杯水，邊喝邊問在床上蹦跳的顏布布：「這麼高興？」

「高興、高興。」顏布布說：「他們都在誇你，我聽見了。」

雖然普通民眾並不知道堪澤蜥是被封琛殺死的，但是顏布布聽見士兵們都在誇讚封琛。

「別人誇幾句有什麼好高興的？」封琛雖然這樣說，臉上也露出了微笑，神情透出幾分愉悅。

但轉念他又想起了父親封在平。他曾經那麼努力，不管什麼都想做得最好，不光是為了自己，也是想為了得到父親的誇讚。他今晚殺掉堪澤蜥，最想聽到的那句誇讚，卻永遠也聽不到了。

封琛臉上的笑容逝去，轉頭看向窗外，神情透露出幾分落寞。

「高興、高興、高興……」顏布布原本還在床上興奮地蹦跳，看到封琛後，聲音逐漸變小，最後停了下來。封琛正在怔怔出神，顏布布就過來摟住他的腰，將臉貼在他胸腹上。

「怎麼了？」封琛摸了下他的頭。

顏布布沒有說話。

封琛手指托起他下巴，就看到一張悶悶不樂的臉，眼皮都耷拉著，睫毛垂在下眼瞼上。

「不是剛還在嚷嚷高興嗎？怎麼就這副樣子了？」封琛問。

顏布布小聲道：「但是你不高興啊。只要你不高興，我就高興不起來了。」

「你哪隻眼睛看見我不高興了？」

顏布布伸手指指自己左眼，又指指右眼，「兩隻眼睛都看見了。」

「還好吧，也沒有不高興。」封琛將他的眼睛捂住又放開，說：「走吧，洗澡去，洗完了睡覺。」

接下來這段日子風平浪靜，既沒有人突然就變成喪屍，也沒有變異種搞襲擊，讓所有人總算能安穩了一段時間。

只是那雨從來沒有停過，天就像是已經漏了一般。

經歷過重重劫難的人，總是會更加隨遇而安，沒有什麼人抱怨，只儘快地適應著這種船上的生活。

通道裡隨時掛著洗好的床單和衣物，還有一排排醃製的小魚乾，讓整艘船的空氣都充斥著無所不在的魚乾味。

住在這海上，吃的倒是不缺，每天總會有士兵帶著有經驗的漁民去捕魚，每條船的冰庫都塞得滿滿的。

一天三頓魚肉，花樣從來不翻新，顏布布總算降低了對魚肉的熱情，不再每頓都拚命往肚子裡塞。

林奮所說的學校終於開辦起來，就設在軍部船上，分成了三個班，大班、中班和小班。

但這並不是幼稚園那種大中小，而是 5-7 歲的小班，8-11 歲的中班，12 歲以上是大班。大班不限制年齡，要是成人想學的話也可以去大班。

這三個班的班名都是濃濃軍隊風，簡單易懂，隱隱粗暴。

軍隊辦學，要求學生在早上 6 點半就必須到校，所以第一天上學時，封琛6點就將顏布布扒拉出了被窩。

顏布布連起床氣都沒有，因為他壓根兒就沒醒，封琛給他穿衣服，他便坐著睡，給他穿鞋，他就趴在封琛肩上睡。

「顏布布，昨天就給你說了今天上學，你還答應了不睡懶覺！」

顏布布毫無反應，直到封琛將他扛進衛浴間，冷毛巾拍在臉上，這才一個激靈清醒。

「啊……上學啊，我不去上學好不好？我們繼續睡覺。」

「不好。」

洗漱完畢，穿好雨衣，兩人出門到了甲板上。

蜂巢船下面已經停著一艘氣墊船，幾名士兵站在船上等著，那些上學的孩子就下舷梯去到氣墊船上。

年紀小的孩子基本上都是爸爸媽媽或者爺爺奶奶送上氣墊船，好多孩子剛上船，看見家長不跟著，急急忙忙又要往船下跑，被士兵一手一個抓住。

「爸爸，我不要上學。」

「媽媽，妳也上船啊。」

「放開我，你放開我，我要回去……」

船上哭嚎聲一片。顏布布走下舷梯，聽到這些哭聲，也很緊張地頻頻去看封琛，將他手抓得很緊。

他現在的情緒不用醞釀都已經很飽滿，眼眶發紅，淚花在眼底打轉，只要封琛將他送上船後離開，他就會同樣大聲嚎啕。

不想封琛將他送上氣墊船後並沒有下船，而是就站在他身旁，一起等著開船。

「他們哭他們的，你傷心做什麼？」封琛瞧著顏布布的模樣，警惕地道：「你要是被傳染了跟著哭，我就把你扔下海。」

顏布布抽噎了下，「你馬上要下船嗎？是不是馬上要下船？你如果下船我就要哭，扔下海也要哭。」

封琛怔了下，說：「不下船，我也要去軍部的那艘船。」

「啊！你也要去？」

「嗯。」

顏布布的淚花兒瞬間散去，但也沒有徹底放鬆警惕，依舊將封琛手指緊攥著。直到終於開船，他才鬆了口氣，笑嘻嘻地去看那些還在嚎哭的小孩。

他發現了小胖子陳文朝，穿著雨衣，被一名士兵抓在手裡。

陳文朝的哭聲原本已經小了些，顏布布便對著他晃蕩和封琛相牽的手，還用眼神示意他看。

——看我，我哥哥和我一起去。

「哇！爸爸……」小胖子發出撕心裂肺的哭叫。

士兵開始划船，路上遇到另外一艘滿載的氣墊船，皆是哭聲震天。兩艘氣墊船在一片淒風苦雨的氛圍中，齊齊駛向軍部所在的 D 蜂巢。

小孩子們哭著下船、哭著爬旋梯、哭著登上甲板。原本甲板上還有十多名士兵，頓時作鳥獸散，跑得一個不剩。

好在上了甲板後，也沒誰哭了，都好奇地互相張望。

顏布布始終面帶微笑，當他看到周圍也有和封琛差不多大年紀的人，終於意識到一個問題，眼睛亮晶晶地問：「哥哥，你也是和我一樣來上學的嗎？」

封琛沉默片刻後，才有些彆扭地嗯了一聲。

「哇！好棒啊！」顏布布高興得蹦了兩下，又在原地手舞足蹈，「哥哥和我一起上學、和我一起上學。」

旁邊有從頭到尾沒哭過的小孩子插嘴：「我也是，我哥哥也和我一起上學。」

蘇上尉從通道走出來，許多小孩子都認識他，開始七嘴八舌地打招呼：「蘇上尉、蘇上尉。」

平常總是很和氣的蘇上尉卻似乎沒聽見，看也不看那些小孩子，只沉聲道：「不要再叫我蘇上尉，從此以後，我就是你們的蘇校長。」

「哈哈哈哈哈哈。」小孩子都爆出笑聲，「蘇校長，哈哈哈，蘇上尉說他是蘇校長。」

「肅靜！不許吵鬧！」蘇上尉一聲爆喝，接著又氣沉丹田：「全部都有！所有人先圍著甲板跑上十圈。」

甲板上頓時沒了聲音，大小孩子都閉上了嘴，互相面面相覷。

蘇上尉旁邊的士兵立即趨身過去，在他耳邊低語了幾句，他怔了怔後又改口道：「小班的回營……教室，中班的留下跑五……兩圈，大班的圍繞甲板周邊跑五圈。」

封琛鬆開顏布布的手，示意他去通道：「小班的回教室，你去那裡，會有老師帶你走的。」

顏布布不願意，狡黠地道：「我是中班的，我不回教室，我要和你一起跑圈圈。」

封琛也懶得搭理，直接拎起他後背，拎到艙房通道裡放下。兩名應該是負責小班的士兵滿頭大汗地迎了上來，將顏布布的手臂握著，「歡迎新同學，來來來，去和你的同學集合，馬上回教室。」

封琛瞥了眼，發現他們用的是一種軍隊常用的擒拿手法。

「請問一下，教他們的是專職老師，還是……」封琛遲疑著問其中一名士兵。

那士兵回道：「是專職老師上課，都是船上的自願者，我們只是從旁協助。」

封琛這才放心了，對一直可憐兮兮看著他的顏布布點了下頭，便小跑回了甲板。

顏布布追出兩步，又被士兵制住，只得乖乖地回到通道裡，和其他年紀差不多的小孩站在一起。

教室就是遊輪 2 層的會議室，三間會議室，剛好三個班各自一間。這原本是林奮他們的辦公點，現在軍部就將指揮部搬去了 4 層，將整個

2 層做成了學校。

顏布布他們的小班老師是名 40 歲左右的中年婦女，看上去很和藹，叫做余老師。

除了班主任余老師外，還有幾名老師，分別教授不同的科目。另外還給小班配備了幾名士兵，隨時守在教室門口，確保這群小孩子的人身安全。

顏布布背好雙手坐在座位上，聽老師自我介紹、同學自我介紹。

輪到他自我介紹時，便按照之前同學們的介紹格式，一板一眼地回答：「我叫樊仁晶，今年可能 10 歲，但是我哥哥說我還沒滿 7 歲，那就算 6 歲吧。」

「那到底是幾歲啊？」旁邊的小朋友問。

「6 歲。」顏布布垂頭喪氣地回道。

「噓——」

余老師笑咪咪地打斷小朋友的噓聲：「樊仁晶同學，你繼續講。」

顏布布認真地講述：「我和哥哥住在 C 蜂巢，我最喜歡的玩具是哥哥給我做的比努努……」

「我也喜歡比努努，圓圓的好可愛。」有個小女孩大聲叫道。

「我不喜歡比努努，我喜歡薩薩卡，薩薩卡也是圓圓的。」

「薩薩卡臉太黑了。」

「你們記得小鴨聖比奧嗎？沒人喜歡聖比奧嗎？」

小朋友們都在七嘴八舌，顏布布的自我介紹聲被淹沒其中。但他依舊按照格式講述自己最喜歡吃的是肉肉，最喜歡的人是哥哥，再自己鼓掌收尾，回座位坐好。

自我介紹的環節還在進行，通道裡卻響起紛亂的腳步聲，一群跑得上氣不接下氣的中班和大班學生回來了。

他們路過小班門口時，所有的小朋友都轉頭去看。有些看見了自己的哥哥或是姊姊，便跳起來衝出去，被門口的士兵按住。

「哥哥！我在這兒吶。」

「姊姊、姊姊……」

顏布布也對著大門翹首期盼，直到那些氣喘吁吁的人都從門口路過，才看見了走在最末尾的封琛。

封琛已經脫掉了雨衣，搭在右手臂彎，左手抄在褲兜裡，腳步不緊不慢，俊美的半張側臉上沒有半分疲累。

「哥哥！」

顏布布猛然一聲大叫，也唰地推開椅子，慌慌忙忙地跑出去。然後就和其他小朋友一樣，還沒出大門，就被士兵一個擒拿手扣住。

「哥哥。」顏布布大叫一聲。

封琛已經走到了大班門口，聽到聲音後頓住腳步，轉頭看向他，臉上露出一個微笑。

「嘿嘿。」顏布布被士兵扣著，也對著他笑，然後就看見他倏地沉下臉，「回你教室去。」

顏布布眼巴巴地看著封琛進了大班教室，這才悻悻地回了自己教室，坐回位子上。

士兵抬著飯進了三間教室，吃過早飯後，大中小三個班都開始上課。封琛所在的大班，學生年紀都和他差不多，大家都經歷過數次劫難或是親人朋友的離世，性格多多少少也都沉澱下來，不互相交談，只安靜地吃飯，安靜地在座位上等待老師進教室上課，安靜地聽隔壁小班的小同學唱歌。

「小狗汪汪汪，小鴨嘎嘎嘎，小羊咩咩咩，小雨嘩啦啦……」

封琛從桌肚裡找到一枝乾掉的圓珠筆，一邊在手指間飛速轉動，一邊在那歌聲裡辨認著顏布布的聲音。

顏布布唱歌歷來跑調，聲音又大，封琛很快就聽出了他的聲音，也聽出了小朋友們被他帶著開始一起跑調。

「停停停，重新來一遍，跟著老師唱……」

當于苑進入教室時，一眼就看見了封琛，也看見了他臉上那個愉悅的笑容。

「好了，不管你們在開心什麼，現在都收斂心神，準備上課。」于苑走到講桌前，將軍裝頂上的鈕扣解開，再去挽衣袖，「我叫于苑，相信你們都認識我，知道我是西聯軍的于上校。」

于苑挽好衣袖，目光從這些半大孩子的臉上劃過，「我現在站在這裡，就不光是于上校，還是你們的老師。你們的第一堂課由我來上，這堂課的內容，就叫做如何生存。」

于苑講的全是很實際的內容，比如在遇到突然事件時如何有效避難，如何搶救瀕死的人，如何給自己包紮傷口等等。

雖然封琛知道這些知識，但也聽得很認真。因為于苑講的這些內容，同書上資料或是集訓地教官講的有很大出入。

他去掉了一些書面內容和一些不必要的程式，看似不合流程和規矩，但卻更實用。

課上了一半，隔壁小班的小朋友開始排隊上廁所。他們路過大班教室門口時，都探頭探腦地往裡看，還不時驚喜地叫一聲哥哥或是姊姊。

封琛原本一直注視著前方，此時也轉頭看向了門口。

小朋友的嘰嘰喳喳聲太大，于苑便停下講課，也沒去關門，只雙手撐著講桌，笑咪咪地側頭看著他們。

顏布布在隊伍中部，和一個小朋友手牽手走到大門口時，很自然地先看見于苑，便對他招了招手。

于苑微笑點頭，垂在桌後的左手，也小幅度地對著顏布布揮了揮。

顏布布目光繼續在教室裡逡巡，但看到坐在窗邊的封琛時，立即就要大聲招呼，余老師卻在這時開口：「同學們不要出聲，影響哥哥姊姊們上課。」

封琛雙肘撐著下巴，眼睛半眯地瞧著這裡，視線像是穿過了顏布布，落在他身後。

顏布布懷疑他沒發現自己，卻又不能打招呼，只能不斷蹦跳，揮舞雙手。

「同學們也不要跳喔，好好走路。」余老師又開口了。

顏布布只得隨著隊伍往前走，在他離開門口時，封琛才收回視線。

一上午時間很快過去了，士兵將午飯送進了三間教室。

這段時間比較自由，打好飯後，一些小班同學就端著飯盒去中班或者大班找自己的哥哥姊姊。

顏布布也端著飯盒去了大班，繞過桌椅到了封琛身旁，小聲喊道：「哥哥……」

封琛剛接過他飯盒放在旁邊桌上，他就靠了上去，黏糊糊地道：「我看見你三次，有兩次你都沒有看我。」

「你有什麼好看的？」封琛將他拎上有些高的椅子，問道：「今天上午都學了些什麼？等會兒回去我要檢查。」

「學了唱歌和畫畫。」顏布布說：「我可以唱給你聽，也可以給你畫畫。」

「沒有其他了？」封琛用勺子戳著飯盒裡的魚肉，嘴裡問。

顏布布不做聲。

「問你話呢。」

顏布布蔫蔫地道：「還學了幾個字和算術題。」

「回去後寫給我看。」

「……好。」

兩人斜前方坐著名 13、14 歲的女孩兒，正在給她妹妹餵飯。那妹妹是顏布布的同學，正張著嘴，姊姊便將一勺飯餵進去，又拿著手絹擦拭她嘴角。

顏布布目不轉睛地看著，封琛問道：「在想什麼？飯都要涼了。」

顏布布湊近他小聲道：「你看她們倆。」

封琛看了過去，「她們怎麼了？」

顏布布說：「她姊姊在給她餵飯。」

「唔。」

封琛繼續吃飯，卻看見旁邊那只飯盒被顏布布慢慢推到了眼前。

「不想吃了？還剩這麼多？」封琛皺起了眉頭。

顏布布一向胃口好，從來沒有還剩一大半食物就不吃的情況。

「是不是身體哪裡不舒服？」封琛放下勺子，伸手就要去探顏布布的額頭。

顏布布連忙搖頭，「我沒有不舒服。」

封琛盯著他看，顏布布就無辜地和他對視著。

「那為什麼不吃了？魚肉吃膩了？」封琛問。

顏布布又搖頭，「肉肉好吃的。」

封琛目光疑惑：「那到底……」

封琛突然收住後面的話，像是明白了什麼，皺起的眉頭也舒展開，半眯眼看著顏布布。

「那個姊姊在給她妹妹餵飯。」顏布布又壓低聲音說。

「樊仁晶，給我好好吃飯，不要想那些有的沒的。」封琛也壓低了聲音：「那小妹妹年紀比你小，人家勺子使不好，對付不了大豆。你一勺子可以舀起來五顆大豆，我都做不到，你還想要人餵？我都怕我餵飯的速度趕不上你吃飯的速度。」

顏布布噘起嘴，封琛在他頭上拍了下，「快吃！」

兩人繼續吃飯，封琛眼前突然出現一個勺子，顫巍巍地懸在空中，裡面層疊堆砌著五顆大豆。

「你勺子使不好，我餵你吃。」顏布布將勺子遞到封琛嘴邊，「啊——張口。」

「我……」封琛才一張口，顏布布就眼疾手快地將五顆大豆餵進他嘴裡。

「怎麼樣？我餵你吃好不好？」顏布布殷切地問。

封琛嘴裡包著大豆，只能搖頭，擋住顏布布繼續餵來的勺子。

顏布布有些遺憾地說：「好吧，那你自己吃吧。」

下午大班是文化課，老師是船上的自願者，封琛認真聽著課，卻分出一縷精神力，時刻留意著隔壁小班的動靜。

小班在學習減法，老師在抽同學上去算題。

「王紅衛同學做對了五道題，贏得了一朵小紅花，大家來為他鼓掌……」

「陳菲菲同學也做對了五道題，贏得了一朵小紅花。」

「樊仁晶同學沒有做對，要繼續加油喔。」

封琛：「……」

小班一堂課只有 20 多分鐘，只要那邊一下課，大班和中班的老師就趕緊去關門。因為不出 2 分鐘，就有小班同學在門口探頭探腦，輕聲喊著哥哥或是姊姊。可就算關門了也沒有用，門縫處總會貼上幾張嘴：「哥哥……姊姊……」

老師過去將門一拉，頓時就噔噔噔跑走好幾個，但只要關上門，他們便又來了，藏在門後偷看，發出窸窸窣窣的小聲交談。

其中就有顏布布。

只是那堂數學課結束後，封琛就沒聽到他的聲音了。哪怕緊跟著是堂音樂課，也沒聽到他帶著同學們一起跑調的洪亮歌聲。

放學時，小班同學先出教室，在士兵和老師的帶領下去甲板排隊。等著中班和大班的學生出來後，一起乘坐氣墊船返回蜂巢船。

封琛走出通道時，一眼就看見了雨棚下的顏布布，垂頭喪氣地站在中間，盯著自己的兩隻鞋。

「煩人精。」封琛喊了聲。

顏布布沒有像以前般驚喜大叫，只慢慢走了過來。

封琛給他穿好雨衣，牽起他的手，說：「走吧，回去了。」

吃晚飯時，顏布布食欲不大好，只吃了兩塊魚肉就說飽了，然後抱著比努努，倒在床上玩它的耳朵。

封琛洗完飯盒回來，坐在他對面，「在想什麼？」

顏布布翻了個身，躺著看他，「哥哥，你會做小紅花嗎？」

「會。」

「那可不可以給我做一朵，要五個花瓣那種。」

封琛拒絕：「不可以。」

顏布布滿臉失落地喔了一聲，繼續摸比努努耳朵。封琛卻道：「但是我有一個辦法，可以讓你得到小紅花。」

半個小時後，如同每次的學習時間，封琛暴躁的聲音在屋內響起。

「顏布布，我今天才明白，你真的就是個學渣啊。」

「把你的手指伸出來，十個手指頭，減掉三個，還剩下幾個？啊？還剩下幾個？那十減三等於多少？」

封琛一頓惡補，終於讓顏布布搞懂了十以內的減法。

顏布布剛才被訓斥得蔫頭耷腦，現在又雀躍起來，反覆詢問封琛他明天能不能得到小紅花。

「能能能，只要不睡一覺就把剛才教的忘記了就行。」封琛坐在床上，不耐煩道：「別再問我了，再問一次我就把你的嘴縫上。」

顏布布噘起嘴湊前去，含混不清地道：「那你縫，快縫。」

封琛捏著他下巴推開，「我現在還不想看見你。」

顏布布笑嘻嘻地倒在他身旁，翻來翻去地背減法口訣，屋外便響起了敲門聲。

封琛起身打開門，一名士兵站在外面。

「這是于上校讓我給你們送來的。」

封琛打開袋子，裡面除了空白本子和鉛筆、橡皮擦，還有幾本書以及一盒蠟筆。

顏布布趴在床上看見了那盒蠟筆，高興得跳起身，頂著滾得亂蓬蓬的頭髮跑到封琛旁邊，「哥哥。」

「幹麼？」

顏布布伸出手指戳了戳那盒蠟筆，封琛便拿起來遞給了他，還有一個空白本子。

「哈！我要畫畫！」

顏布布開始畫畫，封琛從袋子裡拿出那幾本書，發現除了兩本兒童畫冊，還有幾本軍事書籍。

這是軍隊的內部書籍，沒有軍事基礎的人根本看不懂。

封琛摸著幾本書籍的封面，明白于苑和林奮都知道了他的身分，只是沒有點破而已。

他此刻心情很複雜。

明明林奮也非常想要密碼盒，也能輕易逼他將密碼盒交出來——只要威脅將他和顏布布趕下船就可以辦到。但他們連他的身分都沒有戳穿，就任由他住在這裡，還手握著重要的密碼盒。

封琛怔立了好一會兒，才拿起一本書坐在顏布布旁邊，輕輕打開了扉頁。

雨點打落在窗戶上，書頁偶爾翻動，海浪輕湧上船身，一切聲音都顯得靜謐而安寧。

如果不是顏布布畫上一會兒，就要跳起來對著空氣興奮出拳，口裡發出呵呵聲響，可以說此時也算得上歲月靜好。

「我要畫一幅很好看的畫。」顏布布發言。

封琛頭也不抬地看書，「嗯。」

「要畫那種可以掛在小班牆上的畫。」

「嗯。」

顏布布發表完豪言壯語後繼續畫畫，封琛側眼看了本子一眼，看見上面只有幾個圈圈。

洗完澡，關了燈，兩人躺在床上，封琛照舊閉眼平躺著，顏布布照舊嘰嘰咕咕地說著話。

「哥哥，捏我耳朵。」顏布布開始提要求。

封琛假裝沒聽見，顏布布便將他手拿起來，放在自己耳朵上。

「快捏。」

封琛敷衍地捏了兩下，說：「好了，捏過了。」

顏布布不大滿意，又翻過身背朝他，「那給我撓撓背。」

封琛又假裝沒聽見。

「快撓撓背嘛，撓撓背嘛……」顏布布扭過頭不停絮叨。

封琛嘖了一聲：「哪來那麼多事？」

雖然語氣裡滿是不耐煩，卻也伸出手開始給顏布布撓背。

撓了沒一會兒，顏布布又要給封琛撓，封琛將他手按進被子裡，「睡覺！」

「你不讓我給你撓嗎？那捏耳朵也可以，你試試吧，很舒服的，我給你捏。」顏布布說。

封琛拒絕，閉上眼道：「我只想睡覺。」

「好吧，那睡吧。」顏布布有些遺憾。

屋內安靜下來，顏布布很快就打起了小呼嚕。

封琛調整了個滿意的睡姿，也閉上眼睛開始睡覺。

顏布布是被尿憋醒的。

他在夢中到處找廁所，可怎麼也找不到。好不容易找到了一間廁所，歡喜地正要尿尿時，突然就醒了過來。

以前遇到這種情況，他總是順勢就在夢裡的廁所尿了，但今晚竟然醒了過來，將那快要撒出的尿生生憋住了。

顏布布坐起身，從封琛身上爬過去下床。封琛驚醒了，倏地坐起身，抬手就去摸顏布布額頭。

直到發現他沒有發燒，才問了一句：「做什麼去？」

「尿尿。」顏布布揉著眼睛回道。

封琛也就沒有再說什麼，倒下去繼續睡。顏布布趿拉著大拖鞋，踢踢踏踏地出了臥房，去兩家人共用的衛浴間。

客廳沒有開燈，影影綽綽只能看到家具的輪廓，像是一些靜靜站立在牆角的怪物。

顏布布不知道客廳的電燈開關在哪裡，突然就有些害怕，遲疑地停住腳步。他將手揣進褲兜，摸到一個薄薄的硬片後，就緊緊捏在手心。

他現在想回頭去叫封琛，但尿意陣陣襲來，實在是有些憋不住，只能快步穿過客廳，進了衛浴間，啪地按亮了開關。

燈光明亮，不光照亮了整間浴室，也讓客廳的那些黑影變得清晰，原來只是一些立在牆邊的家具而已。

那些浮想中的妖怪頓時都被驅走，世界重新變得安全起來。顏布布長長鬆了口氣，抬頭望向面前的鏡子時，又突然僵硬在了原地。

只見正對著鏡子的客廳牆壁上多了個巨大的黑影，還拖著一條長長的尾巴，慢慢晃蕩著。那黑影在轉動方向，尾巴慢慢朝上，一顆尖細的頭朝下，像是在專注地看著什麼。

雖然那投影時大時小，但顏布布看清了，那分明就是一隻堪澤蜥。

顏布布嚇得腦中一片空茫，兩條腿都開始發軟。儘管他很想大聲尖叫，喊就在隔壁的哥哥，但他也知道現在不能出聲、不能動，免得被外面那隻堪澤蜥給發現。

他看見鏡子裡的黑影在慢慢下降，似乎在嗅聞下方，令他不由想起那個開水房被拖到天花板裡的人，眼珠子不自覺往上看去。

然後，他就對上了兩顆浮在空中的深灰色玻璃球。

——為什麼空中會有玻璃球？

這個想法僅在顏布布腦中過了一瞬，立即就被他拋開。

因為那兩隻玻璃球旁邊逐漸凸顯出透明輪廓，顯出堪澤蜥的頭部、軀幹，和那緊緊摳在天花板上的強壯後肢。

顏布布一瞬不瞬地和近在咫尺的堪澤蜥對視著，心臟似乎都停止了跳動，靈魂也已經飛出了軀殼。

堪澤蜥長長的舌頭不時吞吐著，越來越近地湊近顏布布的臉，似乎在觀察他、嗅聞他。

顏布布聽到了自己劇烈的心跳，像是要破開胸腔蹦出來。他實在是不敢和堪澤蜥近距離相對，便轉開視線看著鏡子。

鏡子裡顯出客廳牆上的堪澤蜥倒影，也在對著下方吐舌頭。他這才知道，堪澤蜥其實一直都在他頭頂，雖然看不見，但燈光透不過牠身體，便將它影子投在了客廳牆壁上。

堪澤蜥觀察了顏布布約莫 1 分鐘，接著就緩緩上升，整個身體附在了天花板上。

顏布布依舊只盯著鏡子，看見牠的影子動了幾下，一塊天花板被揭開，影子瞬間鑽了進去。

幾秒後，喀噠一聲，那塊被揭開的天花板又重新合上。

凝固的時間重新開始流動，顏布布僵硬且緩慢地抬起頭。

在確定那隻堪澤蜥真的已經離開後，他爆出一聲驚天動地的哭叫，褲腳邊也迅速暈開了一團水漬。

他的尿終於沒有憋住。

【第七章】

我希望雨停了，
你能帶著我看天上的星星

「這是雨停了，我們兩個坐在艙頂上看星星。」

封琛說：「這雨一直沒停過，我怎麼想得到我們會坐在艙頂上看星星？所以你不能怪我沒認出來。」

「那好吧，確實不能怪你。」顏布布接過本子，「其實我現在最想要的生日禮物就是這個。」

「一幅畫？」

「不是。」顏布布搖頭，「我希望雨停了，你能帶著我看天上的星星，我都要忘記星星長什麼樣子了。」

半夜 3 點，C 蜂巢卻無人入睡，整艘船燈火通明，士兵在逐間房挨著搜查。

這次他們沒有戴可視眼鏡，也沒有讓哨兵調動精神力去搜尋，而是每人手裡都提著一桶水，進了屋子後，先在牆壁四周灑上一圈再說。

也有士兵拿著擴音器在通道裡來回重複：「堪澤蜥澆上水後就可以看見，你們不時在屋子裡灑灑水……」

二樓會議室裡，林奮和于苑坐在沙發上，對面坐著封琛，還有靠在他懷裡抽抽搭搭的顏布布。

于苑敲了敲面前的茶几，「小捲毛，別哭了，你上次在水房遇見堪澤蜥的時候，不是還很勇敢嗎？還能去扯人家的腳。」

封琛看了眼顏布布，說：「他今晚真被嚇著了吧。」

顏布布的抽搭聲小了下去。

「他不是被堪澤蜥嚇著了，是我們都看見他尿褲子，臊了。」林奮在旁邊淡淡陳述。

「嗚——」原本已經收聲的顏布布，再次痛苦地哭了起來。

于苑有些無語地看向林奮，林奮輕咳一聲後不說話了。

「這麼說，船上不止一隻堪澤蜥，這可就有點麻煩了。」于苑皺著眉道：「堪澤蜥孵化出殼後，在一週內就能長大，我們遇到的這兩隻也許就是剛出殼不久的。如果船上有堪澤蜥蛋的話，陸續還會有其他堪澤蜥孵化出殼。」

「堪澤蜥蛋可以用精神力找出來嗎？」封琛問。

于苑搖搖頭，「這些是變異種，如果能找到的話，你之前就已經搜到了。」

某條船上也許還藏著數量不清的堪澤蜥蛋，這個可怕的猜測讓所有人都陷入了沉默。

「找，繼續找，把幾條船翻個底朝天也要找出來。」林奮看向于苑，「只是為什麼牠不咬煩人精呢？」

顏布布原本還埋在封琛懷裡，聽到這句後立即抬起頭，哽咽著對林奮道：「因為牠不會吃小孩兒的肉。」

封琛卻似想到了什麼，伸手在顏布布褲兜裡掏，掏出來一個透明的甲片。「會不會是因為這張甲片的緣故？晶晶將它裝在褲兜裡的，堪澤蜥聞到了氣味，以為他是同類？」

于苑接過那塊甲片看了看，說：「很有可能。堪澤蜥算是高度弱視，牠就算和小捲毛對視，其實也看不清他的模樣，只是在用嗅覺辨認。牠能聞到這塊甲片的氣味，卻又有些疑惑，所以就在那衛浴間裡停留了一會兒才離開。」

話音剛落，房門便被叩響。

「進來。」

兩名士兵走了進來，分別對著于苑和林奮行了個禮，「林少將、于上校，我們剛才將C蜂巢搜尋了一遍，沒有發現堪澤蜥的蹤跡，也沒有人失蹤。」

另一名士兵卻接著道：「剛才接到B蜂巢彙報，住在B蜂巢3層的一家三口遇害了。和其他那些遇害者一樣，屍體遭遇過啃噬，只剩下了骨架。」

「B蜂巢也有了堪澤蜥？」于苑豁然起身。

士兵有些緊張地點頭，「是的，現在B蜂巢船上也是一團亂了。」

林奮卻在此時出聲：「不一定，也許就是煩人精今晚看見的那一隻過去的。畢竟我們幾條船相隔太近，牠完全可以來去自由。」

「走，看看去。」

「好。」林奮大步往門口走，邊走邊問封琛：「你要去嗎？」

封琛覺得自己的精神力探不出來堪澤蜥，還不如用水四處澆一圈有用，但抱著萬一能幫上忙的想法，便點了點頭，「好的，我去。」

他低聲問懷裡的顏布布：「現在才半夜，我把你送去吳叔那兒，讓他陪著你睡覺好不好？」

「不好。」顏布布飛快地回答，還抓住他胳膊扭了扭身體，表示出要和他一起去。

「好，那我送你去吳叔那兒。」封琛站起身。

顏布布急了：「你才問我好不好，我回答的是不好。」

「那又怎麼樣呢？我只是順口問問。」封琛冷酷地看著他，「走，現在就去。」

顏布布本還想再爭取一下，卻見林奮正站在門口看著他，只能將那些央求都嚥了下去，委委屈屈地跟在封琛身後去找吳優。

今晚的三條大船都無人入眠，C 蜂巢發現堪澤蜥的蹤跡，B 蜂巢有人被堪澤蜥獵殺捕食。那麼堪澤蜥到底有多少隻？牠們又藏在哪裡？所有人都不敢關上房門，怕房間裡來了堪澤蜥，呼救聲傳不出去。鄰居間也都打了招呼，只要聽到隔壁有不同尋常的動靜，一定要去幫忙。

封琛跟著林奮去了 B 蜂巢，站在艙房通道裡。船內很安靜，雖然士兵們來來往往，卻井然有序，只不時響起一陣陣灑水的聲音。

封琛微閉上眼，調動自己的精神力，鑽進那些通風管道，一直蔓延向前。10 分鐘後，他收回了精神力，對林奮說道：「我沒有發現有什麼異常。」

而那些士兵也紛紛回報。

「3 層檢查了一遍，每間房都灑水了，沒有任何發現。」

「底層的機房已經仔細灑水搜尋了一遍，包括那些機器角落，都沒有發現。」

「2 層房間都檢查過了，沒有發現異常。」

林奮聽完士兵的回報，轉頭對封琛說：「不知道是不在了還是抓不著，時間不早了，你先休息吧，我讓士兵送你回去。」

「好。」

封琛回到 C 蜂巢，看見通道裡有幾隊士兵在巡邏，顯然是怕堪澤蜥再出來傷人。不過這種可能性其實不大，因為堪澤蜥剛進過食，估計又要好多天才會再次出來。

他去了吳優那兒後，看見顏布布已經睡著了，黑獅靜靜地趴在床邊守著他。

吳優輕聲問他：「要不就放在我這兒睡？」

「算了，還是把他抱回去吧。」封琛也壓低了聲音：「他有時候會尿床。」

「尿床？」吳優笑起來，往外揮著手，「那快抱回去、抱回去，別放我這兒。」

封琛抱著顏布布回房間時，顏布布睜開眼，朝封琛露出一個迷蒙的笑，「哥哥。」

「嗯。」

顏布布又傻笑了聲，臉蛋兒在他胸膛上蹭了蹭，安心地睡了過去。

封琛將他放上床後，又去摸他額頭，接著便靜靜看著他的睡顏沉思，很久後才關燈睡覺。

因為兩條大船鬧騰了一夜，第二天都沒有學生上學，老師在空蕩蕩的教室裡等了片刻後，乾脆也回去補覺。

直到第三天，學生們才去往軍部那艘船，開始正常上課。

今天老師要抽幾個小朋友去黑板上做題，顏布布的手舉得老高，都快站起來了，老師便點了他：「樊仁晶同學，你也上來。」

顏布布站在黑板前，看著那幾道算術題，心裡樂開了花。這幾道題他會做，全是封琛惡補過的。

封琛正在專注地聽老師講課，那絲分出去的精神力，就聽到了來自小班老師的表揚聲：「樊仁晶同學的五道算術題全對啦，獲得了一朵小紅花，小朋友們為他鼓掌……」

嘩嘩掌聲中，封琛不用看也想得到顏布布此時的模樣，臉上不由也露出了一抹笑。

小班下課後，顏布布胸前已經別了朵小紅花。他驕傲幸福地挺著胸脯，來到大班門口。

大班還沒下課，但開著門，老師正背朝學生在黑板上寫字。

顏布布也不出聲，只站在他能看見封琛，封琛也能看見他，但又不會被老師發現的門側，將佩戴著小紅花的胸脯挺得高高的。

封琛瞥了他一眼，又移開視線盯著黑板，右手卻在桌邊悄悄豎起了大拇指。顏布布滿意地轉身離開。

下課還有一會兒，他在這層逛了圈，逛到甲板附近看了會兒雨，這才心滿意足地回教室。轉身時，卻差點撞上了一個站在身後的人。

顏布布在看見那身軍官服後，心裡就生起不好的預感。他視線慢慢往上，順著那挺直的深藍色布料和黃銅紐扣一直往上，便對上了林奮居高臨下俯視他的淡漠眼眸。

顏布布呆若木雞。

「想蹺課？」林奮問。

顏布布機械地搖頭。

林奮說：「你連二減二等於多少都不會做，就別想著蹺課了。」

顏布布一個激靈，頓時有了反駁的勇氣：「我會做的，二減二等於零，那些算術題我全部會做了，我剛才就得到小紅花了。」

說完後便挺起了胸脯，將那朵小紅花展示在林奮面前。

林奮視線落在小紅花上，道：「是嗎？我覺得你在吹牛。」

「沒有吹牛，我會做算術題了，不光加法，還有減法。」顏布布嚴肅地為自己辯解。

「好，那我考考你。」林奮退後半步，雙手環胸，「454 減 278 等於多少？」

顏布布再次呆若木雞。

林奮說：「不是說會做算術題了嗎？為什麼算不出來？」

顏布布吶吶地道：「你這個數字太多了，嗯，太多了。」

「那你要多少個數字？」林奮問。

顏布布說：「一個數字減去一個數字。」

「一個數字的算術題你全部都能做？」林奮問。

顏布布自豪點頭，「嗯，全部都能。」

林奮一隻手摸著下巴，半信半疑地道：「我不是很相信……」

顏布布有些著急了，指著小紅花，「你看啊，我真的會做。」

林奮皺眉思索了下，「這樣吧，那我們打個賭。我給你出一道題，你要是能做的話，我就相信你說的話。可你要是不能做，我就要收走你的小紅花。」

顏布布警惕地按住自己的小紅花，突然就不敢那麼果斷地答應了。

「就像你說的，一個數字減去一個數字，不會有很多的數字。」林奮說。

顏布布還是有些猶豫。

林奮嗤笑了一聲：「原來不會做啊……」

「我會！我哥哥教了我的。」顏布布受不了激，立即應聲：「那你出題，我來做。」

「好，我來出題。」林奮輕咳一聲，臉上沒有任何表情，嘴裡淡淡吐出了一道算術題：「三減去四等於多少？」

顏布布終於成功地化作了一尊雕塑，只能轉動眼珠子，看著一隻大手伸到他胸前，緩緩摘下了那朵小紅花。

「這是我的了。」林奮無情地說道。

顏布布視線緊跟著那朵小紅花，看著林奮將它別在他自己胸前，兩片嘴唇抖啊抖，眼底水光湧現，正醞釀著一場超級風暴。

「我不喜歡哭鬧的小孩，雖然他們的味道很好。」

顏布布在聽清林奮這句話後，又將那聲哭嚎生生憋了回去。

兩人沉默地對望，一人滿臉冷漠，一人悲痛欲絕，便聽到通道裡傳來于苑的聲音：「你們在這裡做什麼？」

林奮背朝著他的身體一僵，顏布布卻猶如見到救星般撲了過去，抓著于苑的衣角，悲憤地哽咽：「他、他，壞人……」

于苑瞥了林奮背影一眼，柔聲道：「慢慢說，他幹了什麼壞事？」

顏布布深吸了口氣：「他，他拿走了我的小紅花。」說到小紅花三個字時，他聲音已經抖得不成樣，模樣看著也像是快要崩潰。

「沒事的啊，沒事。」于苑安撫了顏布布兩句，又看向林奮，冷聲斥道：「還給他！」

林奮還是面朝甲板站著，但右手卻摘下胸前的小紅花，遞向側邊。

于苑上前兩步接過小紅花，給顏布布重新別在胸前，將每片花瓣兒都理順，這才安慰道：「好了，小紅花物歸原主，現在別傷心了，快回去上課吧。」

「謝謝。」顏布布抱了下于苑，看也沒看林奮一眼，急急轉身往教室方向跑去。速度之快，活似生怕誰會在後面追他似的。

「慢點，別摔了。」于苑眼看著顏布布消失在通道拐角，再轉過身，慢慢踱到林奮身旁。

「我在想，那堪澤蜥究竟是藏在哪裡呢？不把牠找到，這幾條船上的人就不會安全。」林奮皺眉眺望著遠方海面，一臉凝重的思索狀。

于苑斜睨著他，輕哼一聲：「是要快點找到，等你將牠抓住後，我一定會給你發一朵小紅花。」

林奮面不改色：「小紅花就不用了……」

「怎麼不用了？我看你挺喜歡小紅花的嘛，坑蒙拐騙都要從小孩兒手裡騙走。」

「那就是沒事了逗逗他。」

于苑明知故問：「不要小紅花，那你想要什麼？」

他的聲音很輕，像是帶著一把小小的鉤子，從林奮耳裡一直鑽到了心裡。林奮瞥了他一眼，湊過去在他耳邊小聲說了句。

于苑沒有回話，只微笑著看向遠方。

林奮俯下身，在他唇上飛快地啄了下，再攬住他的肩，將人摟在懷裡。兩人靜靜依偎著，聽著雨點打落在甲板上的聲音，享受著這刻難得的放鬆和甜蜜。

顏布布剛回到教室，就該上課了，他不敢再戴著小紅花，便打開布袋，放進那個空密碼盒裡。

這節課是音樂課，老師教了他們一首新歌。

顏布布聲情並茂地唱歌，唱著唱著，他發現自己每唱一句，老師便會轉頭看他。他覺得這是褒獎，於是唱得更起勁了，每一句都迸發出力量，洪亮歌聲傳遍四方。

封琛這邊在上軍事課。因為是軍方辦學，何況又是如今這種艱難的形勢，便也開設了搏擊和槍械知識方面的課程。

他學文化課挺專心，但對於搏擊和槍械這種課程就不感興趣了。畢竟他曾經被東聯軍悉心培養，這點初級入門的內容，對他來說太小兒科，於是便打開書本自學。

講授軍事課的老師是一名軍官，正在小班同學高亢的歌聲裡傳授搏擊知識。

「當你保持這樣的防禦姿勢，不管對方從哪個方向攻擊你，你都可以進行防禦。」

「山坡上盛開著花朵，雲兒下流淌著小河，啦啦啦，啦啦啦，啦啦啦啦啦啦啦……」

軍官一邊展示分解動作，一邊高聲嘶吼要領，脖子邊都繃出了青筋：「如果對方攻擊你下盤，你就收回腳，同時向對方臉部出拳。」

「啦啦啦，啦啦啦，啦啦啦啦啦啦啦啦……」

這啦啦啦簡直要了命，關鍵還不在調上，都跟著一道荒腔走板的聲音集體跑調。軍官只得將門窗都關嚴，這才減輕了被魔音折磨的痛苦。

封琛眼睛看著書，手指揉著太陽穴，無奈地輕輕嘆了口氣。

小班下課後，幾名新認識的同學邀請顏布布一起玩。顏布布見封琛教室的門緊閉著，便接受邀約，和同學到了樓梯口的寬敞地方玩。

「我們來玩過家家吧，我是阿卡亞，你是拉比。」一名和顏布布差不多大的小姑娘，點名要顏布布做某部卡通片裡的男主角。

顏布布搖頭，「我不想當拉比。」

小姑娘說：「那你當小約翰吧。」

小約翰是阿卡亞和拉比的兒子。

「我也不想當小約翰。」顏布布繼續拒絕。

小姑娘不大高興了：「那你想當什麼？」

顏布布想了想：「我不想過家家，我想去逛一下。」

顏布布說完就要逛去大班門口，想看那裡的教室門開了沒有。

一名圓臉小男孩叫住了他：「嘿，我也不想過家家，我們去樓下看看？最底層。」

「最底層？」小朋友們面面相覷，神情都既緊張又有些興奮，顏布布也停下了腳。

圓臉小男孩神祕地道：「老師不准我們下去，但是我聽說那下面有水手的寶箱，裡面應該裝著最好玩的東西⋯⋯」

水手的寶箱，最好玩的東西⋯⋯

這些詞語對小孩子具有莫大的吸引力，也不知道誰先邁出的第一步，幾個小朋友全都順著樓梯往下走，顏布布也跟在了裡面。

底層只有昏暗的燈光，將那些巨大的機器照得影影幢幢。

幾個小孩站在樓梯口，朝著裡面張望，一名瘦瘦的小男孩最先萌生退意，怯怯地道：「老師不讓我們下來，我們還是回去吧。」

「不是說有水手的寶箱嗎？我們找到寶箱就回去。」小女孩勸道。

圓臉小男孩率先往裡走，「對啊，有寶箱，我們去找寶箱。」

所有小孩都跟了上去，邊走邊四處打量，看那些令他們敬畏的巨型機器，在昏暗燈光下反出冷金屬的光。

「這些是做什麼的？」小女孩輕聲問。

顏布布回道：「我哥哥經常會去船廠撈部件，他說船底層就是可以讓船起航的機房，這裡就是機房。」

「喔！」小朋友都齊齊點頭。

幽暗的機房沒有其他人，也沒有聲音，小孩們走出一段後，都站在了原地。

「好吧，我們開始找寶箱。」圓臉小男孩有些害怕，卻強作鎮定，「找到了寶箱拿過來一起開。」

大家便分散開尋找，他們身量小，在那些機器空隙裡鑽來鑽去，找得很是仔細。

找了幾分鐘後毫無收穫，船底艙又涼颼颼的，有人便嚷嚷著要回去。顏布布本來對寶箱就不感興趣，只是跟著下來玩，便也從一臺機器下鑽了出去。

「走吧，回去上課了。」小孩們七嘴八舌地往樓梯走，走出幾步後，聽見落在最後的一名小孩在叫他們：「你們過來看啊，我發現了一個大雞蛋。」

「大雞蛋？」

顏布布站住回頭，看見那小孩正趴在一座圓筒形的機器前，手就伸進了機器底部一個彎折的管道裡。

大家呼啦一聲圍了過去，「大雞蛋？這管子裡有大雞蛋？」

那小孩慢慢取出手，手裡果然有一個大蛋。這只蛋比成人拳頭大，他拿得不是很穩，便兩隻手捧著放到地上。

「哇，真的是大雞蛋啊。」

顏布布也湊上去，大家就圍成一圈，蹲在地上看那個大雞蛋。

這蛋呈橢圓形，一頭稍尖，淺黃色的外殼上已經出現了裂紋，像是分布的蛛網。

「這個蛋蛋可以吃嗎？」一名小孩問道。

另一名嚥了下口水，「我不知道。」

顏布布盯著蛋，在腦海裡想像著它的味道，就聽小女孩突然指著它大叫：「它在動！你們看，大雞蛋在動。」

只見那顆橫躺在地上的大雞蛋，正輕微地左右晃動，蛋殼裡發出輕微的撞擊聲，裡面像是有什麼東西想掙脫出來。

「小雞，裡面有小雞。」

「我以前見過奶奶孵蛋，小雞要出來時就這麼啄殼。」

「哇，我要看小雞。」

小孩們都很興奮，圍著大蛋七嘴八舌地議論，顏布布還從來沒見過小雞出殼，也好奇地盯著。

蛋殼搖晃的幅度越來越大，終於喀嚓一聲裂開，頂上露出個洞。

「要出來了，別做聲！」

沒有人再出聲，都屏息凝神地盯著那個洞，片刻後，只見洞裡爬出來的卻不是小雞，而是一隻拖著細長尾巴的小蜥蜴。

那蜥蜴身長半尺，布滿黏液的身體上是一層銀白色的細小鱗片，可當牠從蛋殼裡爬到地面上後，整隻蜥蜴表皮便變成了和地面顏色一致的灰黑色。甚至連質感都一樣，也像是一小塊鋼板。若不是有層黏液勾勒出牠的外形，根本就已經和地板融成一體，任由是誰也看不出來。

小孩們都愣愣地看著，不明白小雞怎麼變成了這樣。但顏布布在看到牠的第一眼，就想起了那隻曾經和他眼對眼的堪澤蜥。無機質的冰冷雙眼，狹長細小的頭，長長的尾巴……這分明就是一隻堪澤蜥！

其他小孩並沒見過堪澤蜥，有人好奇地伸手要去戳牠，顏布布陡然回過神，將那小孩的手擋掉，大叫道：「別碰牠！」

顏布布倏地站起身，往後倒退兩步，對著還圍在小堪澤蜥身旁的小孩迭聲大叫：「別碰牠！別碰！牠、牠就是那吃人的、吃人的……那叫什麼……堪澤蜥，那堪澤蜥的寶寶。」

幾名小孩中有些連堪澤蜥都沒聽說過，只有那名圓臉小男孩倏地起身，噔噔噔倒退了幾步。

「牠是堪澤蜥寶寶，牠長大了就在船上吃人，你們快讓開！」

顏布布大吼了一通，幾名小孩總算是反應過來，都齊齊往後退，驚恐地盯著地面上的小堪澤蜥。

那隻小堪澤蜥往旁邊爬了幾步，像是想要鑽到那機器下面去。

機房裡到處都是機器，顏布布知道若是讓牠跑了，以後就很難再抓住，連忙去抱身旁的一個大工具箱。

這工具箱裡裝著扳手、鉗子一類的東西，相當沉重，顏布布一個人搬不起來，便喊道：「快來幫我，我們把這個寶寶砸死。」

「什麼？砸、砸死寶寶……」

小孩們都嚇得不敢動，顏布布眼看那隻小堪澤蜥就要逃走，一邊用力搬工具箱，一邊脹紅著臉繼續喊：「快點啊，不然牠明天就要去你們家吃人了！」

聽說要去家裡吃人，那個圓臉小男孩和小女孩最先反應過來，也顧不上砸死的是不是個寶寶，三人便一起去抬那工具箱。

「嗨呀！」沉重的工具箱被抬起，三人往小堪澤蜥那邊走去，並趕在牠鑽入機器下面時，從牠頭上直直砸下。

撲一聲悶響，小堪澤蜥被壓在了工具箱下，三個小孩氣喘吁吁地看著那兒，看見有藍黑色的液體從箱底慢慢淌了出來。

「別怕，我經常砸老鼠，這個就和砸老鼠是一樣的。」顏布布安慰另外兩個。

小女孩喘著氣：「我、我不怕，牠是壞蛋。」

其他小孩這時也慢慢圍了上來，都戰戰兢兢地看著那工具箱。

「這就是前幾天吃人的那種怪物嗎？」

「牠們是怎麼吃人的？」

顏布布耐心地一個個解釋：「對，就是那種吃人的怪物寶寶，我見過，牠們長得一模一樣。有兩隻已經長大了，但是已經死掉了一隻……」他嘴裡說著，視線掠過左邊地面，一個凝滯又倏地看了回去。

那塊地板被燈光投下一個黑影，足足一公尺多長，狹小細窄的頭，拖著長長的尾……

「那這裡是堪澤蜥的家吧？大堪澤蜥回來後，發現弟弟或者妹妹已經死掉了怎麼辦？」

「我們要不要將牠弄出來？」

「算了，還是去找老師吧，告訴老師去。」

小朋友們還圍著工具箱在商量對策，誰也沒有看見那個突然多出來的黑影。

只有顏布布死死盯著地面的黑影，呼吸急促，全身每一個毛孔都緊縮。他心裡喊著快跑，但腳卻似生了根似地一動不敢動。

緊接著，他就看到那黑影突然放大，短小粗壯的前肢從腹下伸出，呈現出一種躍起的狀態，對著他們幾人直直撲來。

「好了，今天的搏擊課就上到這兒，大家下課吧。」大班老師打開門走了出去，小班那邊的喧鬧聲瞬間灌入教室。

「哈哈哈，你的大拇指沒有我的大拇指胖。」

「余老師，那個人剛才推了我一下。」

「哇哇啊啊啦啦啦啦——」

每次教室門打開後不過半分鐘，顏布布就會過來大班。老師在教室裡，他就站在門口看，老師若是不在，他就會進教室找封琛。

但現在已經下課幾分鐘了，顏布布還沒出現，倒是一名小女孩進來找她姊姊，坐在她姊姊腿上玩翻繩子。

封琛本以為顏布布是在和同學們玩，但卻沒聽到他的聲音。他平常話最多，這種一聲不吭的情況著實少見。

封琛總算能安靜看書，心裡鬆了口氣。但看了不過幾行字，還是將書合上，出了教室去小班。

他在小班門口看了下，沒有見著顏布布，又去不遠處的廁所找了圈，依舊沒見著人。

「小同學，你見著樊仁晶了嗎？」他問幾名站在通道裡的小孩。

小孩們開始嘰嘰喳喳。

「樊仁晶是誰？」

「就是唱歌聲音最大的那個人。」

「頭髮捲捲的那個人嗎？」

「對，就是他。」

「他坐在我前面的，今天還給我看了他的蠟筆。」

封琛不得不打斷他們的交流，再次問：「那你們誰看見他了嗎？」

一群小孩齊齊搖頭，但站在樓梯口的一名小孩聽見了，指著樓梯下面對封琛道：「我剛才看見他們幾個下去了。」

「他們下去了？」

「對喔，他們說要去找寶箱。」

顏布布見那黑影對著他們撲來，大叫一聲：「快跑！」就對著樓梯口衝了過去。

幾名小孩兒原本就是驚弓之鳥，聽到這聲快跑，像兔子一般四散彈開，有兩個還沒頭沒腦地直接往裡面衝。

顏布布跑得飛快，離那樓梯也越來越近，可後背卻突然傳來一股涼意，有什麼東西正攜裹著冷風對他撲來。

「啊！」顏布布頭皮發麻，雖然腳步沒有減緩半分，卻無法遏制地發出驚恐大叫。就在他感覺到那東西已經快追上他時，卻看見封琛突然出現在了樓梯口。

「哥哥——」在這種時候看見封琛，顏布布歡喜得快要哭出來，對著前方伸出了雙手。

封琛一眼就看到了地上的堪澤蜥黑影。那黑影正緊追著顏布布，離他不到兩公尺的距離。

因為瞧不見堪澤蜥的具體位置，封琛便釋放出大量精神力，像是一張羅網，鋪天蓋地地對著顏布布身後罩去。

精神力終於在天花板上感受到了阻擋，立即往裡收攏，像是一只口袋般將堪澤蜥緊緊裹住。

「嘶——」堪澤蜥發出尖銳的嘶嘶聲，並在天花板上顯出身形，瘋狂地扭動掙扎著。封琛將精神力化為尖刺，扎入牠的顱腦，在瞬間便攪碎了牠的腦組織。

「哥哥！」顏布布還在慘叫，就聽到身後傳來撲通悶響，鐵皮地板都在震顫，有什麼東西重重砸在了地板上。

封琛直接從樓梯扶手上翻下，接住狂奔而來的顏布布。

「哥哥！」顏布布一頭扎進封琛懷裡，雙手緊緊摟住他脖子，雙腳纏上他的腰，語無倫次地道：「那個、那個、那個……」

「沒事了，牠已經死了。」

「啊啊啊啊啊——」其他分散的小孩也尖叫著往樓梯口跑來。

這裡只有封琛一個人年紀看著比較大，他們便本能地來尋求庇護，抱住封琛大腿開始放聲大哭。

10 分鐘後。

小班那群孩子已經被老師帶回去安撫，顏布布被封琛抱在懷裡，看幾名士兵拆卸那個藏著堪澤蜥蛋的發動機。

封琛看見旁邊地上原本就擺放著零件和工具，知道這是西聯軍之前在這裡修船，心頭那總是揮之不去的焦慮也散了些。

一旁的林奮似是察覺到他的想法，便道：「主要部件還差幾樣，等到找齊後也就快了。」

「嗯。」封琛應了聲。

顏布布剛才被嚇得不輕，現在已經恢復過來，在給于苑講述發現這個堪澤蜥蛋的過程。

「我們來找寶藏，但是找著了這個蛋，小朋友們說是大雞蛋，還是能孵出小雞的雞蛋。結果蛋殼啪啪響，裂開了，就爬出來個堪澤蜥寶寶。」顏布布指著工具箱下面，「我們就一起把那個寶寶砸死了。」

于苑摸摸他的頭，「你們做得很好，如果將這隻小堪澤蜥放走，不知道還會傷多少人才能抓得住。不過船上很多地方都很危險，以後不要到處亂鑽了。」

林奮也說：「值得獎勵，等會發給你一朵小紅花。」

顏布布假裝沒聽見，轉身將臉埋進封琛肩頭。他在心裡數了10下，再偏著頭悄悄望過去，見林奮現在沒有看他了，才重新直起身。

他現在冷靜下來，重新回味剛才的事件，有些懊惱地對封琛道：「其實我可以念咒語，用魔力殺死牠們的呀。」

封琛壓低了聲音回道：「魔力這種東西還是少用，萬一失靈了呢？實在沒辦法的時候再用。」

「嗯，是的，上次我去醫療點接你，魔力就突然沒了，門都差點開不了。」顏布布心有餘悸地拍拍胸口。

幾名士兵終於將發動機上面的頂蓋拆掉，露出中空的部分，發現那裡面密密麻麻擠滿了堪澤蜥蛋。

他們將所有的堪澤蜥蛋取出來後，在地面上擺放了一大片，少說也有幾十個，看得人頭皮發麻，身上起了層雞皮疙瘩。

于苑吩咐士兵：「將所有蛋都處理掉，不要扔到海裡，也不要敲碎，免得有已經孵化成功的堪澤蜥逃掉。先放到開水裡煮上半個小時，再壓碎。」

「是。」

林奮在一旁補充：「今天把機房裡所有的機器都拆開看一下，萬一其他地方還有蛋，也一併處理了。」

「遵命。」

等到士兵們分頭忙碌，于苑說：「堪澤蜥一直在A、B、C三條船上覓食，卻從來不碰D船上的人，正是因為牠們的巢穴和蛋都在這兒，怕被人發現。這些蛋也能避過精神力的查探，要不是小捲毛他們誤打誤撞發現了這裡，等到牠們都孵化出殼，真不敢想像那會是什麼樣的場面。」

「其實也沒什麼，我經常幫媽媽和陳婆婆砸老鼠的，她們被老鼠嚇到後，我就用東西砸，砰！老鼠就被我砸死了。」顏布布越說越激動，學著搬箱子的動作，「看，其實就這樣一下，我們三個將箱子往下一砸，那寶寶就死了。」

于苑說：「雖然莽撞了點，但你們很勇敢，我會將這事報告給蘇校長，在全校大會上對你們進行表揚。」

顏布布激動得不知道該怎麼回，只轉頭去扯封琛衣袖，一張臉脹得通紅。

封琛瞭解地拍了拍他後背，低聲道：「淡定點。」

下午放學，兩人坐在房間內吃晚飯，顏布布包著滿嘴魚肉問封琛：「那現在所有堪澤蜥和堪澤蜥寶寶都已經抓光了嗎？」

封琛說：「嗯，抓光了，你以後半夜上廁所再也不用害怕了。」

顏布布遲疑了下，沒有出聲，默默嚼著魚肉。

封琛立即警惕地道：「不准找藉口尿在床上。」

「沒有沒有。」顏布布趕緊搖頭。

封琛看著他吃飯，問道：「你吃了這麼多天的魚肉還沒吃膩嗎？」

這個魚肉有些柴，味道也寡淡無味，他真不知道顏布布頓頓吃這個，怎麼還能吃得那麼香。

「肉肉好吃。」顏布布又往嘴裡餵了一勺。

封琛曲起手指彈了下他腦門，「豬。」

顏布布嘻嘻笑了下，「除了肉肉，其他的我也愛吃的。」

「吃吧吃吧，別吃太撐了就行。」

封琛嘴上嫌棄，實則心裡很欣慰。能吃就好，就怕他挑食，這也不吃那也不吃，那才是讓人操心的。

第二天就是全校進行的表彰大會。

D 蜂巢甲板上扯起了大篷布，三個班的學生都站在篷布下，對面是一張長桌，桌後站著蘇上尉、林奮、于苑，還有學校的老師。

一陣軍鼓聲和軍號響起，幾名士兵演奏完一段進行曲後，蘇上尉接過了旁邊人遞來的擴音器，又快速瞄了眼掌心密密麻麻的小字。

「親愛的同學們，老師們。大海無情，卻沖不走我們心裡的熱情，雨水滂沱，卻澆不熄我們燃燒的希望之火。昨天我們學校發生了一件事，相信你們也聽說了，小班的幾名同學，憑藉他們的英勇機智和臨危不懼，協同一名大班同學，將威脅我們生命的堪澤蜥捕殺……」

蘇上尉的開幕詞滔滔不絕，直到站在旁邊的林奮冷冷看了他一眼，才打住越來越發散的話題，大喝一聲：「表彰儀式現在開始！請以下幾名同學上臺。秦深、樊仁晶、余科、王穗子……」

軍樂重新奏響，顏布布迫不及待地出列，和幾名小班同學一起往桌邊走，邊走邊轉頭去瞧封琛。看見封琛站在他們班的人群裡沒動，以為他沒聽見，連忙對著他揮手。

封琛目不斜視，顏布布便著急地喊：「哥哥、哥哥……」

那幾名小班同學也跟著喊：「哥哥，上去了，哥哥……」

封琛實在是沒法裝著聽不見，只得硬著頭皮上臺，站在長桌的一端。顏布布又小跑過去，和他一塊兒站著。

「現在有請被表彰同學代表講話。」蘇上尉道。

封琛見士兵握著麥克風對他遞來，不動聲色地往後退了半步，麥克風在空中停頓半秒後，便遞到了喜笑顏開的顏布布嘴邊。

顏布布有些激動，又有些緊張，兩手捧著麥克風站了幾秒後，突然嘿嘿笑了兩聲。

「說句話。」士兵笑著低聲道。

擴音器裡又傳出顏布布的聲音，還帶著迴響：「說什麼……什麼……麼……」

「隨便說句就行，關於堪澤蜥的事。」

顏布布愣怔著想了片刻，又轉頭去瞧封琛。

封琛垂頭盯著甲板，從顏布布這個角度，只能看到他上翹的嘴角。

「那個……我們一起砸死了寶寶……那個……砸死了牠……哈哈哈哈……」

甲板上的人忍不住都跟著笑起來。

蘇上尉忙道：「被表彰同學代表講話完畢，下面進行下一環節，分發獎品。」

分發獎品時，幾個小朋友都得到了成套的文具。顏布布戴著小紅花，從蘇上尉手裡接過裝著文具的袋子時，笑得都合不攏嘴，立即拉開塑膠袋的鏈子給封琛看，「有新蠟筆，還有五枝鉛筆……」

封琛也獲得了一個狹長的盒子。盒子拿在手裡沉甸甸的，他沒有立即打開，直到表彰大會結束回到了教室後才拆開。

墨藍色的絨面布上躺著一把匕首。流暢的切割線，拉出極其完美的矛形刀尖，深黑色的刀身用軍用材質做成，光芒內斂，鋒利堅硬。

此刀手柄偏長，但重心在刀頸處，兩側重量平衡。那刀鞘並不是簇新的，深棕色皮革面有了歲月的痕跡，線縫也磨損得有些起毛。看得出經常被人掛在腰間，深受主人的喜愛。封琛拿起匕首，看見裡面還有張紙條，上面龍飛鳳舞地寫著一行字。

我年少時用的舊刀，名無虞，時光不減其鋒芒，今贈你——林奮

封琛盯著那紙條看了會兒，才將匕首放進去，慢慢闔上蓋子。

下午放學後，顏布布剛回到兩人的房間，就將那獎品袋子拿出來，將裡面的文具一樣樣擺在小桌上。

「哥哥你看啊，好多啊，一枝鉛筆、兩枝鉛筆、三枝鉛筆……橡皮擦，花朵一樣的橡皮擦……」

顏布布喜滋滋地打量那堆文具，目光落在旁邊的盒子上，認出這是封琛的獎品，便好奇地拿起來打開。「哇，匕首啊。」顏布布取出匕首，大聲驚歎：「這個匕首好好看。」

封琛靠坐在床頭看書，眼睛盯著書頁，嘴裡說道：「不能把刀取出來，就那樣看。」

顏布布捧著匕首左右打量，又坐到封琛身旁，「我給你買的那把呢？我看看。」

封琛從腰後取下裝著匕首的刀鞘，丟在了床上。

顏布布將兩把匕首放在一起對比，嘴裡開始嫌棄地嘟囔：「你看我給你買的小刀，殼子都是亮晶晶的，還有寶石。這個獎品小刀看著好舊啊，殼子都要破了。而且我送你那把小刀，賣刀的叔叔說用它殺過龍，還幫薩薩卡打過黑暗巫，那是最好最好的小刀。」

他說完這段後，卻沒有得到封琛的附和，立即警覺地看向他，「你不能用這把刀，要用我送你的刀喔。」

封琛翻了一頁書，「我有些捨不得用你送給我的那把，怕把上面的寶石蹭掉了，也怕把刀刃碰斷了。」

顏布布忙道：「沒事的，掉了我以後再給你買。」

「不，再買的就不是這一把了。」封琛放下書，鄭重道：「既然是你送我的生日禮物，那麼我就一定要好好愛惜。」

「啊，是這樣啊……」顏布布既受寵若驚又很感動，忙道：「那、那以後就小心點用。」

「不行。」封琛搖頭，「這麼珍貴的匕首，我要好好收起來，平常就用這把獎品小刀吧，殺個變異種什麼的，斷了就斷了，不心疼。」

顏布布想了想，覺得這話有道理，便伸手道：「我收著吧，裝在我的布袋裡。」

「那你收好了。」封琛說：「那殼子上的寶石一個也不要弄掉。」

顏布布鄭重點頭，「放心，我不會的。」

封琛也就順利地接過那把叫做無虞的匕首，別在了腰後。

日子平靜地流逝，顏布布沒有再發過燒，幾艘蜂巢也風平浪靜，沒有再遇到什麼可怕的變異種。

但這期間，一直關在隔離室的那些發燒病人裡，竟然有一名進化成了哨兵。發燒的人沒有變成喪屍，還成了特種戰士，這事很快就傳遍了幾條蜂巢船，所有人都在議論紛紛。

封琛也聽說了這件事，還在軍部見過那名哨兵。

那是名 18、19 歲的女孩兒，身材嬌小，面容秀氣，坐在于苑的辦公室裡，由醫療官給她檢查身體。當時她身邊還帶著一隻威猛的棕熊量子獸，站起來比她都要高。

因為女孩兒已經成年，所以順理成章地加入了西聯軍。在她跟著士兵去領軍裝時，封琛怔怔看著她的背影，沒察覺到自己眼裡全是羨慕。

——要是顏布布也能這樣，那該有多好……

于苑從他身旁經過時，拍了拍他的肩，低聲安慰道：「一切都會好起來的。」

這段時間，修船的工作緊鑼密鼓地進行著，從來沒人要求封琛去潛水找機器部件，但他只要有空就會去一趟船廠，遇到水太深的地方，就和幾名哨兵一起潛下去找。

士兵們見他年紀小，船廠的水也不是特別深，D 級和 C 級的哨兵都能辦到，便沒安排他下水。但他總是第一個去換潛水服，表現得太急切，所以也就隨著他了。

今天是週日，學校也會放假，封琛吃過午飯後，給顏布布留了寫一篇字和做十道算術題的作業，就要出發去船廠。

剛要出門時，顏布布卻拖住他，從背後取出一個本子，神神祕祕地說：「哥哥，我的畫已經畫好了。」

封琛知道這幅畫他已經畫了很久，也畫掉了半個本子，算是傾注了滿滿心血，便接了過來誇讚道：「不錯，特別是這房子畫得好。」

顏布布原本還一臉的喜滋滋，聞言慢慢斂起了笑容，表情嚴肅：「這不是房子。」

「喔……這是馬路，上面有車。」

「不是馬路，是海，上面的也不是車，是我們的船。」

封琛看了他一眼，視線重新回到畫上，「這片海挺大的啊，海裡還有很多的魚，各種各樣的魚。」

顏布布的嘴噘了起來，「那不是海，那是天空，天空和星星。」

封琛咳了兩聲，神情認真且專注，「不錯，船上還有人，這兩個我不會看錯了，應該是我們倆，圓圓的腦袋。」

顏布布順著他手指看過去，看著那兩個小圓團，震驚道：「這怎麼會是人呢？那是兩個擺在船邊的鹹菜罈子。你不認識鹹菜罈子嗎？」

「誰說我不認識了？故意說說不行？」封琛的手指往旁邊移動，指著艙房頂上的一大一小兩個圓團，「這也是兩個鹹菜罈子。」

顏布布這下更不高興了，垂下眼嘟囔著：「這不是鹹菜罈子，這是我們倆……」

封琛哽了下，注意去看那兩個圓團，雖然怎麼看都不像是兩個人，卻也點頭，「嗯，我認出來了，就是我們倆。」

「這是雨停了，我們兩個坐在艙頂上看星星。」顏布布聲音裡帶著一絲委屈。

封琛說：「這雨一直沒停過，我怎麼想得到我們會坐在艙頂上看星星？所以你不能怪我沒認出來。」

「那好吧，確實不能怪你。」顏布布接過本子，說：「其實我現在最想要的生日禮物就是這個。」

「一幅畫？」

「不是。」顏布布搖頭，「我希望雨停了，你能帶著我看天上的星星，我都要忘記星星長什麼樣子了。」

封琛沉默片刻，伸手捏捏他的臉，「會的，雨一定會停，我們也可以看見星星。」

顏布布側臉在他掌心裡蹭蹭，「滿天都是星星，我們要一起看。」

封琛轉身去櫃子裡取雨衣，說：「我要去趟船廠，等會兒就回來，你記得寫字和做題。」

「你今天要去多久啊。」顏布布問。

封琛說：「半個小時。」

「你上次也說半個小時，其實過了 42 分鐘。」顏布布記得很牢。

封琛問：「你怎麼知道時間的？」

「我去飯堂裡問叔叔的。」

封琛說：「反正不超過一個小時就會回來，你不要一直去打擾人家問時間。」

「喔。」

雖然封琛每次去船廠都不到一個多小時，但顏布布還是很不捨，將他送到門口還想跟出去，被封琛制止了，於是便一直站在通道裡，直到他背影消失才回屋。

顏布布記得封琛的吩咐，回房間後便拿出寫字本開始寫字。

「花，蟲……哎呀。」他懊惱地看著本子上寫錯的字，轉頭去拿橡皮擦，卻發現橡皮擦沒在手邊，而是在床頭櫃上。他不想動，便對著橡皮擦伸出手，嘴裡輕聲念著：「啊嗚嘣嘎啊達烏西亞……」

然後就看著那塊橡皮擦對著他飛了過來。

顏布布最近覺得自己的魔力越來越強，使用也越來越熟練。

他想拿什麼東西，根本不用起身，只需要伸出手再念一句咒語，那東西就會自動飛過來。

比如想喝水，他就對著水杯伸手念咒語，水瓶會自己打開瓶塞往裡倒水，倒得快滿時，水杯就會對著他飄來，穩穩落在桌子上。

他想拿衛生紙，也不會整捲衛生紙飛來，而是會憑空扯下一段，再飄到他面前。

甚至他畫畫的時候都不用念咒語，眼睛看向哪根蠟筆，那根蠟筆便從紙盒裡飛起，落在他手心。

現在又是如此，他對著橡皮擦伸出手後，橡皮擦便穩穩地朝他飛來。顏布布看著那塊橡皮擦，準備如平常般從空中接住，可他眼睛在這時突然發花，看見屋中央好似有一團黑色的巨大物體。

出現這樣的情況，顏布布並不意外，他這段時間經常眼花，也經常可以看到一大團黑色，一般只要揉揉眼睛就好。

可他現在揉過眼睛再看出去時，驚訝地發現不但沒好，視線中那個黑色的巨大物體竟然越來越清晰。

黑色的大腦袋、黑色的身體，還有四個爪子和尾巴……

顏布布：！！！

那些遇到堪澤蜥的經歷他還沒有忘記，頓時只覺得頭皮發緊，血液驟停，整個人又傻在了那裡。

那黑東西在朝著這邊走來，顏布布僵硬地保持著伸手的姿勢，只有眼珠子在轉動。他視線從牠長長的鬃毛順著向下，落到那雙令他膽寒的澄黃獸目上，再繼續往下，看到了那緊摳著地毯的爪子。每一個爪尖都堅硬地彎曲，猶如鋒利的刀刃。

——這是老虎嗎？

不對，老虎他見過，不是這樣烏漆墨黑的，也沒有這麼長的頭髮。

這是……這是……顏布布突然想起在電視裡看過的動物節目。

——這就是一隻獅子。

顏布布已經不知道自己還有沒有在呼吸，只看著那黑獅朝著自己走來，然後張開了嘴。

——吃！人！了！

顏布布的七魂六魄終於回轉，他一個抽氣就要尖叫逃跑，但還沒發出聲，就只覺得手心裡突然多了個東西。

而那隻黑獅也沒有撲上來咬他，又合上嘴，懶洋洋地走到他身旁趴下。顏布布戰戰兢兢地看向自己手心，發現是個橡皮擦。

他盯著那橡皮擦看了片刻，才又轉著眼珠去看黑獅，嘴裡顫顫地小聲喚道：「獅、獅、獅子……」

話音剛出，只見那原本還懶洋洋趴在地毯上的黑獅，突然抬起頭，朝他看了過來。

顏布布被牠這一轉頭嚇得一個哆嗦，不由瞪大了眼睛。

但黑獅的眼睛比他瞪得更大，那對澄黃的眸子裡沒有半分凶悍，也同樣都是滿滿的驚嚇。

顏布布和黑獅對視著，發現牠並不打算咬自己，也就漸漸鎮定下來，腦內飛速閃過各種念頭。

他想起自己有一次寫字時，似乎也見過一團黑影，應該就是這隻獅子。還有一天晚上想喝水，不知道給自己倒水的黑影是不是牠……

一人一獅都沒有任何動作，還是顏布布最先平復心情，小心翼翼地問道：「獅子，你怎麼會在我屋子裡的？」

黑獅保持沉默。

「你會說話嗎？」顏布布問。

黑獅搖了下牠碩大的腦袋。

「你能聽懂我說的嗎？」

黑獅遲疑了下，還是點了點頭。

顏布布想了想，又問：「那你會吃我嗎？」

問完這個問題後，他便緊張地屏住了呼吸。黑獅又搖頭，這次弧度很大，腦袋上的鬃毛都跟著甩得像是要飛起來。

顏布布鬆了口氣：「好，不吃我就好。放心，我也不會吃你的。」

說完這句話後，顏布布便一瞬不瞬地看著黑獅，目光逐漸變得有些詭異，眼睛也開始發亮。

亮到黑獅都有些不敢和他對視，悄悄轉開了視線。

顏布布坐著往黑獅那裡挪了挪，又問：「你是不是從動物園裡跑出來的？我見過動物園裡跑出來的老虎，但是牠比你凶很多，應該不會是你朋友。」

黑獅眼睛沒有離開面前的那一小塊地毯，只搖了搖頭。

「那你是從哪兒來的？海裡游來的嗎？像比努努那樣？有一集裡的比努努，就是游過了海找他爸爸，很厲害⋯⋯」

顏布布的手已經摸上了黑獅的頭，一下下捋著牠的毛髮，「你叫什麼名字啊，你有名字嗎？」

黑獅乾脆整個身體都趴下去，將臉埋在自己前爪裡。

顏布布對黑獅的恐懼已經完全沒了，心裡滿滿都是歡喜。他愛不釋手地捋著黑獅毛，不停地絮絮叨叨：「哎呀，你可真好看啊，真好看。你有家嗎？應該沒有家吧，要不就和我們住在一起吧？這是我和哥哥的家，他現在去船廠了，等他回來後，我就求他讓你留下來好不好？」

顏布布見黑獅沒有反應，又繞到牠頭前，蹲在前面繼續勸：「我每天可以把肉肉分給你吃，你沒有名字的話，我給你取個好聽的名字，你要是想要個爸爸，我也可以做你的爸爸。」

黑獅身體猛然一顫，慢慢抬起兩隻爪子，將自己豎著的耳朵撥下來，捂上。

船廠。

這是海雲城最大的一間船廠，製造整艘船和各種部件。存放在倉庫裡的部件沒有被高溫損壞，只是都泡在水底，需要打撈。

幾艘氣墊船停在水上，五、六名身穿雨衣的士兵小聲交談著。

「這雨不知道還要下多久，好像還是上輩子才見過太陽。」

「即使不下雨的天氣你不也沒見過太陽嗎？後勤部的人成天都關在地下安置點裡。」

「嘿，你是天天出外勤沒錯，那你當時敢抬頭看太陽嗎？還不晃瞎你的狗眼。」

幾人正說笑著，就聽旁邊響起破水聲，從船旁冒出一個穿著抗壓潛水服的腦袋。

「哎哎哎，別說了，快將人拉上來。」士兵們七手八腳地將水裡的人拉上了船。

封琛坐在船上喘氣，再脫掉笨重的潛水服。裡面的深灰色T恤也被汗水濕透，和直接泡在水裡沒什麼兩樣。

水裡陸續冒出來其他潛水者，也都被士兵拉上了船，同時上船的還有幾隻濕漉漉的量子獸。

量子獸們甩著身上的水，幾名士兵都是普通人，雖然看不見牠們，卻也對亂飛的水珠熟視無睹，只抬手擦擦被濺濕的臉。

幾個碩大的充氣袋浮上了水面，裡面都裝著船舶部件，士兵將它們固定在氣墊船後，準備拉回蜂巢。

「推力軸承和聯軸器找到了，今天就可以給主機換上。」一名哨兵脫掉潛水服，迫不及待地彙報喜訊。

「那我們的船不是就要修好了？」

那哨兵道：「對，明天再把剩下的幾個部件打撈上來，最多一週，我們就可以離開這兒了。」

「喔喔——」

船上的人都興奮得叫起來，封琛抹了把頭上的汗水，也跟著露出了微笑。

幾艘氣墊船開始調頭，就在這時，水下突然傳來悶悶的一聲響，像是從遙遠的地心深處傳來，聲音沉且重。

「你們聽見了嗎？我聽到水底有響聲。」

「聽見了，是不是水裡有什麼東西……變異種？」

封琛也聽到了那聲音，但猜不出來是什麼，便和其他幾人一起繼續傾聽。

等了片刻，那聲音沒有再響起，領隊士兵說了聲：「走吧，別管了，免得真的跳出來什麼大型變異種，那可真夠咱們喝一壺的。」

「對，沒看過災難電影嗎？求知欲不要那麼強烈，能跑就要跑。」

一名士兵去開船，視線掠過旁邊的地形勘察器，突然就頓住了動作，眼睛慢慢瞪大。

「這數據是怎麼回事？勘察器壞了，還是海裡發生了地震？」

其他幾人聽到他的驚呼，也湊過去看，臉上全都顯出了震驚。

「沒感覺到地震啊，就剛才聽到了聲音，那是地震時的聲音嗎？」

「這個地形勘察器也不是用來測量地震的，不清楚啊，只知道資料突然在飆升，很遠的地方應該出現了某種地形變化。」

領隊士兵突然指著其中一個資料，神情凝重，「看這個。」

幾人包括封琛都湊了上去。

「這位置是阿基拉大峽谷，就是這裡的資料在急速變化。」

「阿基拉大峽谷……那裡地震了嗎？」

封琛看清那資料後，臉色陡然變化，「這不是地震，是阿基拉火山剛剛爆發，強度達到了 VEI-8。」

一名士兵不懂這些，看看領隊士兵又看看封琛，遲疑道：「阿基拉大峽谷離我們那麼遠，和木西海一南一北，就算火山爆發，對我們影響也不大吧？」

「你知道個屁！這種強度的火山爆發，會引發整個木西海爆發強力海嘯！」領隊士兵一聲大喝：「快回去，趕快回去！」

顏布布正拿著兩塊豆餅，想要餵給黑獅吃。

黑獅緊緊閉著嘴，滿臉都寫著拒絕。

這是他剛才去飯堂裡找來的，現在不是開飯時間，飯堂裡沒有魚肉，只有豆餅。

「現在這種情況，有吃的就算不錯了。」顏布布皺眉看著黑獅，學著平時飯堂裡那些人的對話：「誰不想吃山珍海味？可現在不管你是誰，不管你以前什麼身分，也只能和咱們一樣吃大豆。」

轟——沉悶的重響從遙遠的地方傳來。顏布布扭過頭去瞧窗戶，趴著的黑獅卻突然起身，走到窗戶前往外看。

「這是什麼聲音啊……」顏布布茫然地喃喃。

蜂巢船上的人都聽到了這動靜，紛紛走出船艙來到甲板上，眺望著遠方交頭接耳。

「是哪兒在響？有人在炸魚？」

「不像，炸魚的聲音比這個響亮……」

嗚——尖銳的警報聲突然炸響，迴蕩在幾艘蜂巢的上空。所有人都意識到出事了，卻又不明所以，只惶惶然地站在原地。

警報聲結束，林少將的聲音在每艘船的擴音器裡響起：「特大海嘯預估將在 20 分鐘後到達海雲城，所有人立即撤離，乘坐氣墊船去往海雲山。再說一遍，特大海嘯預估將在 20 分鐘後到達海雲城，所有人立即撤離，乘坐氣墊船去往海雲山。」

林少將語速很快，說完後便掐斷了擴音，士兵的哨聲和嘶吼聲隨著響起：「3 分鐘時間上船，3 分鐘後開船！只有 3 分鐘時間上船，3 分鐘後就開船！」

一艘艘氣墊船在海面上膨開，像是瞬間綻開的橙色花朵，士兵們在那些船上跳躍，將所有船都繫連在一起。

蜂巢船上的人已經反應過來，紛紛奔向船沿，一些人在大聲呼喚自己家人，讓他們趕緊從艙房出來。

顏布布聽到了林奮的播音，也聽到了士兵的哨聲，他就算不熟悉海嘯，但也熟悉這種場景，知道又是一場危險突然來臨。

他對於撤退這事的流程已經很熟悉，立即便去抓自己布袋，將比努努和空密碼盒都往裡塞。

黑獅也沒有閒著，一下就竄到了屋內，直立起身體撥開上方的天花板，伸爪將密碼盒取了出來。

顏布布也來不及驚訝黑獅竟然如此善解人意，接過密碼盒就裝進了布袋裡。

僅僅用了半分鐘，一人一獅就將東西收拾好。顏布布挎上布袋，跟在黑獅身後衝出了屋。

通道裡都是人在往外奔跑，不斷呼喚家人或是互相大聲詢問。

「被子帶上了嗎？」

「現在還管什麼被子？」

「那是我從安置點裡帶出來的被子。」

「安置點有時間讓你收拾，現在沒時間了！」

一名老太太還想回去抱自己的鹹菜罈子，被她兒子直接拖走了。

顏布布跟在人群後往外面跑，在通道裡遇到了吳優。

吳優正和一名士兵在疏散人群，見到顏布布就催道：「晶晶，快從舷梯下去，快點。」

「好。」顏布布也不停留，撒腿就往甲板上跑。

如今四處一片慌亂，顏布布邊跑邊對黑獅道：「我要去接哥哥，他去了船廠，我要先去接他。」

黑獅腳步頓了下，但立即又追了上去。

顏布布到了下船的舷梯處，這裡已經擁擠了很多人，全都堵在那兒下不去。船下的士兵站在氣墊船上，仰頭對著上面的人高喊：「跳，直接往水裡跳！」

蜂巢船的甲板離水線有十幾公尺高，就算是船身最低的部位也有10公尺，有些人光是看看就腿軟，更別說往下面跳了。

也有不懼怕這點高度的，直接翻過船沿就往下跳，撲通一聲掉進海裡，再在士兵的幫助下爬上氣墊船。

「舷梯留給老人、小孩和孕婦，其他人給我跳船！還有2分鐘！要命的話就跳，不要命的就自己留在船上！」舉著擴音器的士兵聲嘶力竭地命令。

誰會不想要命？那些膽小的也只能戰戰兢兢翻過舷梯，閉上眼，大叫一聲往下跳。幾艘蜂巢船像是下餃子一般，不斷往海裡墜著人。大部分人跳進海後就往船上爬，也有少數那麼幾個入水的姿勢不對，直挺挺地橫砸到海面上，直接就砸昏了過去，被人七手八腳地撈上船。

這種中型氣墊船可以載人一、兩百名，十幾艘就能將整船的人載走。另外還有三艘船沒有載人，只拉著士兵們在這短短幾分鐘時間內搬走的重要物資。除了武器彈藥，還有諸如抗壓潛水服、溧石發電機之類的必需品。

「還有1分鐘！還有1分鐘！」

擴音器裡傳出的聲音壓過了那些驚叫和呼喊，沒有人還會再猶豫。年輕的父母等不及上舷梯了，母親將孩子抱在懷裡，父親再將兩人都摟住，以一個半曲身的姿勢，三人一起入水。兒子將生病的母親揹在背上，也翻過船舷往水裡跳。

【第八章】

這哪裡像個嚮導了……快把鼻涕擦擦

封琛問：「你最近有沒有看到過什麼奇怪的動物？」
「奇怪的動物……」顏布布的眼睛往黑獅身上瞟。
「不是牠，另外的動物。」封琛說。
顏布布的目光又往黑獅身上瞟。
「你不是牠的爸爸，牠是我的量子獸。你再想想，最近有沒有在某個陌生地方看見奇怪的動物，那就是你的量子獸。」
「獅子是你的量子獸？明明我才是你的量子獸。」顏布布不大高興。

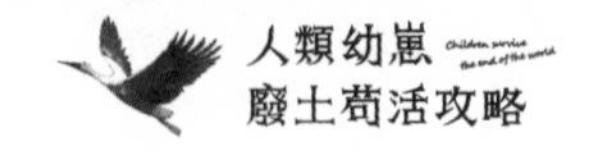

顏布布好不容易排到舷梯旁，但他人實在太小了，還沒踏上舷梯，就被湧動的人群擠到後面，還差點摔倒。

他趕著去接封琛，結果又排在了隊伍末尾，急得額頭上都冒出了汗。突然看見船邊那些人在往下跳，便也過去，從鐵欄之間探出頭往下看。一陣凜冽的海風吹來，吹得他滿頭捲毛亂飛，險些將他就這麼給直接颳了下去。

「獅子，我要從這裡跳下去了，你跟著我跳嗎？其實我還可以飛的，沒准在空中就能飛起來。」顏布布還在問話，身體卻已敏捷地往鐵欄外鑽，一隻腳跨過鐵欄吊在外面。

身後的黑獅嚇得趕緊衝上去，咬住他背帶褲的帶子往後拖。

「你別拉我，沒事的，你看他們都在跳，我要去接哥哥，我還會飛的……」顏布布被黑獅拽到甲板上，使勁扯自己褲子，想從牠的嘴裡拯救出來。

黑獅卻沒鬆嘴，還抬起一隻前爪指向左前方，示意他看。

顏布布順著牠爪子看出去，看見遠方海面上，一艘小小的氣墊船，正朝著蜂巢大船飛快划來。

雖然隔了這麼遠，他還是從身形和衣物上，認出那個划船的人正是封琛。

「哥哥！」顏布布激動得對著那方向拚命揮手，又要往船欄處鑽。

黑獅緊咬著他的褲子不鬆口，繼續將他往甲板裡面拖。

「獅子你別拖我啊，我哥哥在下面，我們要快點下去，你看大家都在跳水。」顏布布急得臉通紅，不停大叫。

但黑獅不為所動，一直咬住他，不讓他跳船。

下方領隊士兵一直看著腕錶，在分針往前移動一小格後，爆出一聲大喝：「時間到，開船！」

偌大的甲板上只剩下幾十個人，都是不敢跳船的人。他們簇擁在舷梯處想往下擠，聽到這聲開船後，知道就算擠下去也來不及了，乾脆心一橫，直接翻過鐵欄，大叫著跳了下去。

幾十艘氣墊船紛紛掉頭，向著海雲城方向駛去，顏布布見到舷梯處已經沒人了，正想從那裡下去，就覺得身體突然騰空，眼前的景物變幻，從甲板化為起伏的海浪。

封琛的這艘氣墊船上只有他一人，他坐在船中兩手划槳，剛剛衝到大船下方，黑獅便叼著顏布布從天而降。

顏布布耳邊是呼嘯的海風，他半眯著眼側頭看，看見黑獅正躍在空中，一隻爪子正牢牢抓著他背心。

「哇——」顏布布被黑獅放上船時，還有一絲暈眩，他腳都沒站穩，便搖晃著撲向封琛，「哥哥。」

「坐好。」封琛沉聲道：「別掉到水裡去了。」

「好。」顏布布在他身後坐下，嘴裡開始介紹黑獅：「你別怕，這是我的獅子，我是牠爸爸，牠不會咬人，也會飛，剛才就是牠帶著我飛下來的。」

封琛正在將船調頭，猛地停下動作，急聲問道：「你說什麼？」

顏布布被他的語氣嚇了一跳，有些茫然地回道：「我、我說，你別怕，這是我的獅子。」

「不是這個。」

「我說，我是牠爸爸。」

「不是，你能看到牠？你能看到黑獅？」

封琛聲音暗啞，問完這句話後就屏住了呼吸，緊緊盯著顏布布的嘴。像是一名站在被告席的人，正在等待法官的宣判。

顏布布也被搞得很緊張，他伸出手摸了摸黑獅腦袋，小聲問：「你不喜歡牠嗎？」

封琛看向黑獅，建立起精神聯繫的黑獅立即向他傳遞了肯定的答案。顏布布忐忑地問完，便看見封琛眼底迅速泛起一層水光，神情也變得很激動。

他還是第一次看見封琛這麼激動，心裡有些懵：「哥哥……」

封琛站起身，將顏布布一把摟在懷裡，雙臂箍得很緊，臉就埋在他頭頂。

顏布布不知所措地站著，但還是安慰地拍了拍封琛後背。

這個擁抱只持續了幾秒，封琛立即鬆開他，轉身拿起船槳，「走，我們要馬上離開這兒。」

「好，走走走。」

前面的氣墊船隊已經離開了將近一百公尺，林少將的聲音通過擴音器，從某一艘船上傳來。

「……所有船隻去往海雲山，繞到山後……」

雨似乎更大了，和著浪頭一起撲打在封琛臉上。

他快速划著船，前方是正在逃離海嘯的數艘氣墊船，耳裡是林少將嚴厲緊迫的聲音，氣氛明明如此緊張，他臉上卻始終掛著笑容。那是種從內心洋溢出來的快樂，他無法掩飾，也不想去掩飾，笑得肩頭都在跟著抖動。

顏布布正抱著黑獅頭說悄悄話，聽到封琛的笑聲後，他不停轉頭去看，滿臉都是迷惑。

「別怕，我哥哥平常不是這樣子的，他是看見你太開心了。」他小聲對黑獅說。

海雲山在海雲城的西側，離碼頭的直線距離不是太遠，但要想在十幾分鐘內將氣墊船划到山背後，也不是件容易的事。

顏布布抱著一隻槳片站在封琛身後划水，小船的速度倒也挺快，並沒有被前方的船隊落下。

「浪頭在十幾海哩外，馬上就要逼近海雲城，速度快一點！」

所有船隻進入海雲城後，林奮的呼喝順著風聲傳來，封琛心頭一凜，將那些喜悅先放到一旁，只專心划船。

遠處雨幕裡，顯出了海雲山的輪廓。

這是海雲城內唯一能擋住海嘯的地方。山腳部分已經被水淹沒，山頂掩映在縹緲煙雨裡，只露出了中間一小部分綠色。高溫時期，那山上原本光禿禿一片，現在竟然又生出了草木。

林奮說過，在遭遇洪水淹城時，所有的變異種基本都逃去了海雲山，所以他們只能選擇去船上。

封琛現在再看海雲山，心裡不由生起了警惕。

「嗨呀、嗨呀、嗨呀。」

顏布布在使勁划船，嘴裡也不停：「哥哥你別慌，馬上就要到了，你看到了嗎？我已經看到那山了，嗨呀、嗨呀。」

距離海雲山越來越近，可身後也傳來了隆隆聲響，像是悶雷滾過天際。顏布布轉頭看，看見海天交接之處出現了一道高高聳立的屏障，兩端看不到盡頭，一直綿延至天邊。

仔細瞧的話，那竟然是一面巨大的水牆。

顏布布驚駭得不行，大叫一聲：「哥哥你看，看我們後面，那是什麼？那是水嗎？」

封琛邊划船邊往後看了一眼，瞳孔驟然緊縮，轉回頭更加用力地划船，兩片船槳都快飛了起來。

「那是什麼啊？」顏布布還在追問。

封琛頭也不回地答道：「海嘯。」

「那就是海嘯……」顏布布怔怔望著後方，看著那幕水牆越來越高、越來越近，打了個哆嗦後趕緊回頭，也拚命划水。

前方船上的人也看見了海嘯，所有氣墊船都划出了快艇的速度，船槳不夠，船邊的人就趴下去用手划。

海浪滾滾而來，天地間響徹著巨大的轟鳴聲，浪頭雖然還未至，卻也帶著海雲城內的洪水翻湧，船隻便跟著水面顛簸起伏。

「那海嘯要到啦！」顏布布頻頻往後看，嘴裡驚恐大叫。

他們已經划到了海雲山右側，必須要繞到後方去才能躲過海嘯。封琛看了眼身後，看見那巨浪呼嘯，以摧枯拉朽之勢吞沒了碼頭。他們那四艘蜂巢船已經傾翻在波濤裡，猶如無助的樹葉般被推動往前。

船隊最前方的氣墊船已經右拐進了山背後，其他船緊跟在後面。

封琛他們這艘船在最後，被迅速漲高的洪水打得幾欲傾翻，卻又險險穩住。

封琛繞著海雲山山側拚命往前划，耳膜被身後追來的浪濤聲震得嗡嗡響。他感覺到視野裡光線變暗，那是巨浪擋住了天上的一抹微光。

滔天巨浪已經撲到身後，顏布布的尖叫被震天轟鳴淹沒。氣墊船完全失控，快速沖過這片山壁後，被洪水捲著繼續往前。

封琛毫不遲疑地扔掉船槳，一把將顏布布抱住，從船上撲到了右側海雲山後的洪水裡，再抓住了山壁上一根結實的樹藤。

轟！與此同時，幾十公尺高的衝天海浪從山壁旁湧過，部分浪頭甚至高過了海雲山，像是瀑布般傾瀉而下。

封琛被淹沒在深深的海水裡，儘管沒有直接遭遇海浪衝擊，但水流依舊有著巨大的拉扯力。

他一手抓著樹藤，一手抱著顏布布，整個身體被水流拉成了直線。顏布布已經從他懷裡滑脫，卻也緊緊抓著他一隻手不放，奮力往前蹬著腳。但海水席捲的力量太過猛烈，顏布布的手一點點滑脫，終於被海水捲走，打著旋兒飄了出去。

黑獅在這瞬間衝出，像一把黑色的利劍破水而行，迅速衝到顏布布身前頂著他，再奮力往回游，將人一點點頂了回來。

浪頭來勢洶洶，但去得也快，那股拉扯的巨力也就持續了不到 1 分鐘，便逐漸平緩。

封琛感覺到這點後，立即拉住顏布布游往水面。

破水的瞬間，封琛大口大口喘著氣，看向旁邊的顏布布。顏布布一邊嗆咳，一邊抹著臉上的雨水，間歇時還要閉著眼嚎哭兩聲。

船隊還在前面，與他倆之間隔了一段陡峭的山壁，如果要去找他們，還要往前游一段。

封琛看了眼腕錶，看清上面的即時地貌圖後，發現海嘯不止一波，第二波海浪大約會在 20 分鐘後接踵而至。

他不準備先去找人了，得往高處走，免得又像剛才那樣被淹在水裡，指不准就會被浪頭捲走。

這片山壁光滑陡峭，只有十幾公尺高的地方有一個小平臺，封琛仰頭打量著山壁，扯了下上面攀附的樹藤，覺得很結實，便對顏布布說：「爬到我背上來。」

顏布布哭歸哭，卻絲毫不影響他接受封琛指令的速度，飛快地爬到封琛背上，再摟緊了他的脖子。

封琛扯著一根樹藤就往上爬，顏布布扭頭找著黑獅，「獅子呢？我的獅子呢？」

黑獅就爬在他下方山壁上，聽見顏布布在找牠，便用大腦袋碰了碰他的腳。

封琛身手靈活地往上攀爬，很快就上了那塊平臺。這平臺面積也就一平方左右，但離水面很高，距離山邊也頗有一段距離，不會再被浪潮捲到。

他將顏布布放在平臺上，自己再翻了上去，剛落腳，黑獅也悄悄地擠了進來。

黑獅體型太大，哪怕牠盡力蜷縮，減輕自己的存在感，這方小平臺也頓時變得擁擠起來。封琛想將牠收回精神域，卻感覺到牠明顯的抵觸，還伸出爪子繞過他的肩膀去撥弄顏布布，想獲得保護。

顏布布看向黑獅，以為牠害怕海嘯，便抓住那隻爪子湊到臉上貼了貼，「別怕，爸爸在。」

封琛：「……」

吱吱！頭頂突然傳來猴子的叫聲。

兩人一獅抬起頭，發現山壁高處的樹藤上竟然攀附著十幾隻猴子，正衝著他們齜牙咧嘴地大叫。

猴子的領地意識特別強，封琛覺得牠們是將這片山壁歸於領地範圍，所以想將他們趕走。

第二波海嘯就快來了，他和顏布布不可能在這時候離開，便沒有搭理那群猴子，同時命令顏布布：「別看牠們。」

這群猴子身形健碩，目露凶光，一看就是變異種。和動物直視，會被牠們視作挑釁，這種時候最好是不理睬，只坐著不動，表示出沒有搶占牠們領地的想法，看能不能消除牠們的攻擊性。

這群猴子變異種非常凶悍，平時如果遇到人，一定會湧上來攻擊。但現在牠們忌憚黑獅，便只攀在高高的樹藤上，不斷發出凶狠尖叫。

顏布布和封琛一起看著下方的海水，只悄聲問道：「這些猴子會打我們嗎？」

封琛說：「我不知道。」

「那次我們在時裝城遇到毛栗的事你還記得吧？」顏布布問。

封琛記得那事，他倆在一家店裡試衣服時，一隻猴子便跳出來攻擊顏布布，被他一刀劃破了肚子。

「我記得，但那隻猴子不是毛栗。」封琛道。

「嗯，不是毛栗。」顏布布有點不安地往他旁邊挪了挪，湊到耳邊低語道：「但是我現在看到牠了。」

封琛詫異地轉過頭，「你能認出來？」

「能，就在我們頭上。牠胸口有一團白色的毛，而且肚子上還有長好了的傷。」顏布布嚴肅地道：「就是你用小刀劃破的那道傷。」

封琛實在是沒忍住回了下頭，一下就看見了顏布布所說的那隻猴子。那猴子就掛在他們頭頂的樹藤上，胸口一團白毛，肚子上有道已經癒合的刀傷，正陰狠地盯著兩人，目光像是淬了毒。

猴子和封琛對上視線卻不躲不閃，突然從嘴裡發出一聲尖嘯，其他猴子便紛紛攀附著樹藤往山上蕩去，很快消失在草木叢裡。

封琛不知道牠們要做什麼，卻也提高了警惕。下一波海嘯大約在 5 分鐘後來到，他只希望能將這幾分鐘度過去。

天邊又響起了轟隆聲，一道數十公尺高的水牆，對著海雲城鋪天蓋地而來。

而那群猴子也重新回到他們頭頂，每一隻懷裡都捧著好幾個石頭。

封琛：啊！

牠們是想趁著浪頭湧過海雲山時，用石頭將他和顏布布砸下水。

數秒時間內，海浪已經飛快地沖過碼頭，到達海雲城。在洶湧的浪頭從山壁旁湧過、四濺的海水也澆灑在顏布布兩人身上時，那隻白毛猴突然發出一聲尖嘶，石頭便下雨般地對著兩人砸下來。

整座山似乎都被浪頭衝擊得在搖晃，腳下的石臺也在震顫，巨大的轟鳴讓人聽不到其他聲音。

顏布布一頭扎進封琛懷裡，緊緊摟住他的腰。黑獅則護在兩人身體上方，擋住了那些砸落下來的石塊。

猴子們尖聲叫著，露出長長的獠牙，其中一隻猴子不知從哪裡搬了塊大石，雙手舉起，就要從上方砸下。

黑獅怒吼一聲，要爬上山壁對付猴子，封琛阻止了牠，讓牠護著顏布布就行。

封琛調動精神力，分出數束刺向那些猴子，被刺中的猴子從樹藤上跌落，墜入滾滾浪濤裡。

他一下搞掉四、五隻猴子，卻沒有能成功地嚇住猴群，反而激起牠們加倍的仇恨和凶悍。

那隻白毛猴仰天發出嘶嚎，山壁上便攀來更多的猴子，足足有幾百隻，每一隻懷裡都抱著大大小小的石頭。

海浪從身邊湧過，濺起滔天浪潮，兩人只能待在這個平臺上，根本沒辦法躲避。

封琛只得一次次放出精神力，每放一次，便有數隻猴子栽進水中，但其他的猴子也會趁機往下扔石頭。

黑獅雙目緊緊盯著半空，將那些飛蝗般的石頭一爪拍掉。

這一波海嘯已經結束，但猴子們的攻擊沒有停下。顏布布一直被封琛按在懷裡，耳朵裡只有此起彼伏的猴子尖叫。

也不知過了多久，大量的猴子被封琛擊落到水裡，包括那隻白毛猴。剩下的猴子終於知道這是塊啃不下來的硬骨頭，既然白毛猴已經死了，牠們也就不再戀戰，恨恨地呼喝著離開了這裡。

封琛這才鬆開顏布布。

顏布布慢慢抬起頭，心有餘悸地往後看，「猴子走了嗎？」

「走了。」

「那等會兒還要來海嘯嗎？」

封琛抬起手看了下腕錶，低聲回了句：「沒有了……」

顏布布聽出他語氣的異樣，抬頭去看他，發現他神情疲憊，嘴唇沒了血色，幾縷濕透的黑髮垂落在額頭上，襯得臉色更是蒼白。

顏布布伸手摸摸他的臉，發現那皮膚像是冰塊般濕冷，連忙追問：「哥哥你怎麼了？你好像生病了。」

封琛並不覺得冷，卻像是畏寒般發著抖，他只覺得腦袋裡面像是有把悶錘在一下下敲擊，撞出嗡嗡的聲響，以致讓他有些聽不清顏布布在說什麼。

他看見顏布布放大的臉就在面前，滿滿都是驚恐，嘴唇不斷張合。他想說一句我沒事，卻連說話的力氣都沒有，天旋地轉地就往下倒。

黑獅在這時也突然消失，但顏布布卻沒注意到，只驚慌地抱住封琛上半身，嘴裡不斷大聲喊著哥哥。

封琛覺得自己像是飄在空中，雙腳無著無落踩不到實處，又覺得像是墜入了深淵，一直下沉、下沉……而那深淵最底下一片混沌，翻滾著茫茫黑霧。

他的意識也開始模糊，一些光怪陸離的畫面開始閃現。時而像是走在一片色澤斑斕的海洋裡，四周是旋轉不休的光點。時而被一片蜘蛛網包裹，他在裡面掙扎，但卻掙不脫那層層疊疊的束縛……

腦袋裡始終有那重錘的聲音，一下一下沉重敲擊，砰、砰、砰。震耳欲聾。

這是一種混亂且痛苦的感受，整個感知系統似乎被人胡亂揉捏，搓揉成亂糟糟的一團。

他腦海中看到的世界荒誕而不真實。風變成了流動的液體，腳下的大地旋轉不休，天空像是煮開的水般鼓起一個又一個的泡，讓他既疼痛又恐懼，恐懼得呼吸都幾欲停止，不停地發著抖。

封琛緊閉著眼，牙齒咬得咯咯作響，像是在遭遇什麼極大的痛楚般，不停淌著冷汗。

「哥哥，你怎麼了啊，哥哥……」

顏布布被他嚇著了，拚命撐著他身體不讓他倒下，無措地一遍遍去摸他臉，大聲哭喊著。

但封琛的情況似乎越來越糟糕，他身體開始痙攣，一下下抽搐，牙關緊咬著，每次呼吸的間隔時間越來越長，像是要把自己活活憋死。

「哥哥……」顏布布嚇得面無人色，用自己的臉去貼封琛的臉，一下下撫摸著他的背心。

「哥哥你怎麼了，你告訴我，你到底是怎麼了，沒有發燒啊……」

顏布布將封琛的腦袋摟在懷中，俯下身和他額頭相抵。

因為太過驚恐，他看上去不比封琛好上多少，嘴唇失去了血色，身體也在不停發抖。

他迫切想知道封琛到底是怎麼回事，突然就覺得腦中一空。明明身體停留在原地沒動，卻又在飛速往前，好似穿透了某道屏障，到達了一處從未到過的地方。

這是一片虛無，上下左右皆是空。他看了眼下方，沒有看到自己的腳和身體，就好像他存在於這個地方的只有一雙眼睛。

這地方安靜得出奇，是一種極致的靜，連一絲一毫的空氣流動都感受不到。

但他奇異地並不覺得害怕，反倒覺得很安全，有種莫名的安心感。

顏布布慢慢往前行，他不知道為什麼自己沒有腳也能走路，但他只浮出了往前走的念頭，便發現身旁有些瑩瑩閃光的細絲在往後流動。

他正在前進。

他伸手去抓那些細絲，雖然依舊看不到自己的手，但卻有溫潤絲滑的觸感從掌心流動，彷彿真的抓住了什麼。

像是本能，像是天地初開便刻進血脈的記憶，他覺得必須將這些細絲都抓住。雖然不清楚這種感覺的由來，卻無比堅定而清晰。

這個念頭剛剛浮現，他便覺得自己在無限延伸，往四處擴散。

他彷彿化作了千萬個，每一個都去觸碰那些細絲，將它們小心翼翼地握在手中。

那些細絲原本有些已經斷裂，有些已經黯淡無光，在他手裡緩緩滑過後，斷口處重新連接，閃出瑩瑩的光澤。

顏布布睜開眼時，看見的依舊是山壁上那個平臺，封琛正閉著眼躺在他懷中。

極致的安靜被雨聲和水浪聲打破，世界重新恢復了喧囂。

他愣怔了幾秒，伸手將封琛臉上的雨水抹掉。封琛的皮膚不再冷得可怕，也沒有劇烈發抖，呼吸平穩，像是睡著了一般。

「哥哥。」顏布布小心地喚了聲。

封琛雖然沒醒，但整個人狀態明顯好了起來。顏布布放心了些，俯下上半身為他擋住風雨。

也不知道過了多久，他視野裡多出一團黑影，才發現黑獅悄無聲息地出現在身旁。

「你去哪兒了？」顏布布看向黑獅，輕聲說：「我哥哥剛才生病了，現在還在睡覺。」

黑獅俯下身，輕柔地舔了下顏布布的臉頰，雖然沒有說話，但動作間流露出小心翼翼的歉意。

「不知道他還要睡多久。」顏布布伸手摸了下封琛額頭，點頭道：「嗯，沒有發燒。」

在他心裡，發燒就是最可怕的病，只要不是發燒，一切就還好。

不知道是不是被他的動作驚擾，封琛長長的睫毛顫了顫，一顆水珠從睫毛端滾落，露出那雙燦如星辰的眼睛。

「哥哥，你醒了嗎？」顏布布又驚又喜。

封琛一瞬不瞬地看著顏布布，沙啞著嗓音回了句：「嗯，醒了。」

顏布布眼底迅速閃起了水光，「你剛才生病了，還好沒有發燒，只是睡了一覺，但是也好嚇人。」

「不准哭，我已經好了，你不准再哭。」

「不哭，我不哭。」顏布布抽搭了兩聲後，果然就沒哭了。

封琛撐著地坐起身，用手按著額頭，怔怔地看著下方海水，又轉頭看向顏布布，神情很微妙。

顏布布被他這眼神看得有些無措，連忙擦眼睛，嘟囔說：「我真的沒哭了。」

封琛卻依舊上下打量著他，勾了勾手指，「靠近點。」

顏布布不明所以，還是將臉湊近了些。

封琛捏著他下巴左右看，顏布布的臉跟著他的手左右轉，眼珠子卻始終固定在他臉上，滿滿都是茫然。

「這哪裡像個嚮導了……」封琛喃喃了一句，又鬆開手，嫌棄地道：「鼻涕擦擦。」

「喔。」顏布布就要抬袖子，被封琛手疾眼快地抓住，又在衝鋒衣內袋裡摸索，摸出一段濕得就要融掉的紙巾，將顏布布的臉擦乾淨。

封琛將紙巾扔進洪水，又捋了下顏布布濕漉漉的捲髮，似感歎般輕聲道：「顏布布，你終於成嚮導了。」

「啊，喔……」顏布布在封琛和于苑嘴裡聽過幾次嚮導這個詞，雖然不知道是什麼，卻也煞有介事地肯定：「對，我成嚮導了。」

封琛問：「你剛才是不是去了我精神域？」

「精神域？我不知道喔，但是我好像去了個奇怪的地方。對，我好像是去了，但是又好像沒去，我不知道那是哪兒……」顏布布不知道該如何表達，只能結結巴巴地道：「可是我明明就在這兒的……」

封琛點了下頭，「我明白。」沉默半瞬後又接著道：「你剛才用精神力梳理了我的精神域。」

「什麼？」

「這是你身為嚮導的能力，剛才我進入了神遊狀態，是你替我梳理精神域，將我拉了回來。」

「啊……」

封琛知道他現在聽不明白，只能以後慢慢解釋，便道：「沒什麼，我誇你做得好。」

顏布布聽得雲裡霧裡，又莫名其妙受了表揚，心裡愈發困惑。

封琛瞧他緊蹙著眉頭，一副不明白卻又努力想搞清楚的模樣，忍不住就將他一把攬進懷裡，開始揉他的頭。

「哎呀哎呀，別煩，別打擾我，我在想事情。」顏布布努力掙扎，想拯救自己的腦袋，結果抬頭時看見封琛的笑臉，頓時停下了掙動。

封琛的笑容像是雨後初晴的陽光，明亮得沒有一絲陰霾，顏布布也跟著傻笑了兩聲：「我就是做得好啊，你生病後睡著了，我沒有打擾你，還給你擋雨的……」

封琛剛被梳理過精神域周邊，現在已是神清氣爽。他站起身活動四肢，將被雨水淋濕的頭髮往後抹，露出光潔飽滿的額頭。

「走吧，我們現在找他們去。」

封琛將顏布布從地上拉起來，看見他那個鼓鼓囊囊的布袋，問道：「裝什麼了？這麼沉。」

顏布布便將袋口打開給他看，裡面除了比努努和真密碼盒，還有那個空密碼盒，以及匕首、幾個本子和蠟筆。

「哎呀，本子都濕了。」顏布布驚慌地道。

「沒事，晾晾就乾了。」封琛接過布袋自己挎著，再背上顏布布，抓著樹藤下了水。

顏布布轉頭去召喚黑獅：「快點，游到爸爸身邊來。」

封琛動作一滯，兩秒後發出嗆水的聲音，「咳咳。」

「怎麼了？是我太重了嗎？」顏布布連忙問。

封琛語速極快地道：「你別爸爸來爸爸去的，你哪裡就成了牠爸爸？以後不准再說是牠爸爸，不准胡說八道。」

「這是我撿到的獅子，牠沒有爸爸，我當牠爸爸怎麼了？」顏布布不高興地嘟囔。

封琛現在沒空理他，游過斷壁，繞過橫生出的石塊，看見前方水面上漂著一堆氣墊船。

這裡處在山背後正中央，水流不是太急，氣墊船都綁在岸邊石頭上，所以沒有被水沖走，只傾翻重疊在一塊兒。

人群都站在海雲山的觀光石梯上，旁邊擺著大箱物資。有人看見游在水裡的封琛，連忙大喊：「水裡有人。」

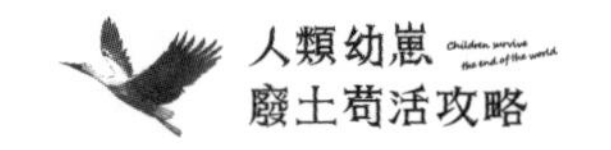

幾名士兵立即跳下水，將封琛和顏布布推上了岸。

顏布布上岸後第一時間就去看黑獅，見牠正在甩身上的水珠，連忙湊過去對著牠耳朵小聲說：「你不要怕，也不要去凶其他人，就跟著爸……我一起走。」

作為海雲城邊上唯一的一座大山，海雲山上修建了好幾條觀光石梯，這是山背後的一條，一直通往山頂。

封琛知道這後山有一個天然形成的山洞，面積非常大，估計林奮會將那裡當成臨時落腳點。不過這山上危險重重，那山洞裡應該也有變異種，必須要先清理才行。

石梯和兩邊山坡上都站滿了人，卻異常安靜，要麼盯著前方的水面怔怔出神，要麼暗自抹著眼淚。

雖然這場海嘯沒有人送命，但那四艘提供給他們住所的遊輪卻被海浪打翻。眼看著生活好不容易安定下來，如今又不知該何去何從。

山上不斷傳來槍聲，那是士兵在清理變異種。

「沒事的，有西聯軍、有林少將在，總會好起來的。」有人在安慰他哭泣的老婆。

他老婆卻傷心道：「我昨天才問了一名軍官，說船就快要修好了，我們可以離開這兒去中心城，結果這樣來一場海嘯，船被打翻，我們又走不掉了。」

周圍的人都唉聲嘆氣，封琛看了眼顏布布，心裡暗自慶幸。

如果換成昨天，顏布布還沒有出現嚮導徵兆，那他眼看著就要修好的船被捲走，還不知道現在會急成什麼樣。

不過他在完全進化成哨兵之前，曾經見過黑獅兩次，不知道顏布布有沒有見過他自己的量子獸。

那顏布布的量子獸會是什麼呢？

封琛將顏布布扯到旁邊一小塊空地上，動手擰他衣服上的水。水聲嘩啦中，他壓低聲音道：「煩人精，我問你個事情。」

「問吧。」

封琛問：「你最近有沒有看到過什麼奇怪的動物？」

「奇怪的動物……」顏布布的眼睛往黑獅身上瞟。

「不是牠，另外的動物。」封琛說。

「另外的動物啊……」顏布布伸手指著右邊，「我剛才看見有條魚在天上飛，那是不是奇怪的動物？魚能在天上飛嗎？」

封琛順著他手指的方向看去，看見那條正在半空甩動尾鰭的大鯉魚，說：「那條魚是很奇怪，但牠現在不算。」

「對嘛，我也覺得很奇怪，但是又怕有些魚真的能在天上飛，所以就沒有問你。」顏布布嘟囔著。

「魚就不能在天上飛。」封琛瞥了他一眼。

顏布布驚詫了：「那牠為什麼在飛？」

「牠是別人的量子獸，先別說牠。你還看到過奇怪的動物沒？就是出現在你身邊的，能讓你感覺到牠很……親近，讓你很喜歡的。」封琛斟酌著用詞。

顏布布的目光又往黑獅身上瞟。

黑獅在顏布布身上蹭了蹭，封琛都能透過牠臉上的長毛，看見牠快樂的表情。

「你不是牠的爸爸，牠是我的量子獸。你再想想，最近有沒有在某個陌生地方看見奇怪的動物，那就是你的量子獸。」

「獅子是你的量子獸？不對吧，明明我才是你的量子獸。」顏布布不大高興。

封琛正要給他詳細解釋量子獸，就聽到山頂方向傳來擴音器的聲音，是林少將在講話。

「山洞清理出來了，所有人立即出發，在那裡暫時落腳，等候後面的通知。山上有很多變異種，不要拖延，也不要分散，立即進山洞。」林少將的聲音沙啞中透出疲憊，卻也絲毫不減威嚴。

人群開始向著山上攀爬，封琛不顧黑獅的反對，直接將牠收進精神域，抱起顏布布也往上走。

「獅子呢？獅子不見了。」顏布布扭著頭到處找黑獅。

封琛說：「牠在的，等會兒就出來，到時候我詳細講給你聽。」

「你看見了嗎？你知道牠在？」顏布布追問。

「嗯。」

顏布布放下心，卻還是在轉來轉去地尋找，封琛便問：「你現在看不見牠的，別找了。」

話音剛落，他便感覺到精神域裡的黑獅蠢蠢欲動，想再次出來，連忙將牠喝住。

顏布布說：「我沒有找獅子，我在找吳叔。」

黑獅立即就安分了，靜靜地待在精神域裡。

封琛也停住腳四下看，嘴裡道：「他應該跟著西聯軍在清理山洞，等會兒就能碰上。」

石梯兩旁每隔段距離便站著一名士兵，手裡握著槍，警惕地盯著前方的草木叢。

封琛抱著顏布布從他們身旁經過時，顏布布覺得自己看到的奇奇怪怪的動物越來越多。

「哥哥，你看、你看，那是斑馬嗎？啊！那是斑馬！……這裡，看這裡，大貓、大貓！」

封琛解釋道：「那不是大貓，是浣熊。」

顏布布有些緊張，又有些興奮：「牠們都是變異種嗎？會不會跑來打我們？」

封琛說：「牠們不是變異種，和獅子一樣不會打我們。」

提到獅子，顏布布說：「我想給獅子取個名字。」

封琛立即感覺到精神域裡的黑獅從趴伏休息的姿勢站了起來。

「你想給牠取什麼名字？」封琛隨意地問。

顏布布冥思苦想：「叫斑馬？」

「不行。」

「浣熊、大貓、魚？」

「都不行。這些就不能作為名字。」封琛拒絕道。

顏布布的詞彙量實在是匱乏，便一邊看左右，一邊不停提出新的想法：「石頭？小草？梯子？」

他倆隨著人群已經到了快至山頂的位置，能看見山壁上的山洞，封琛便打斷他道：「以後再給牠想名字，我們現在到了。」

海雲山上有一座獨峰，陡峭高聳。獨峰腰際存在一個中空的大洞，四個方向都有洞口。

那大洞據說比籃球場都要大，但四個洞口都開在陡峭的山壁上，平常除了一些攀岩愛好者，也沒人進去過。

現在朝向石梯方向的洞門前站著一些士兵，正將幾條軟梯從上面放下來。

隊伍緩慢向前移動，封琛見顏布布被雨水打得睜不開眼，便用手擋在他額頭上，隔開那些雨水。

過了足足十來分鐘後，他倆排到了洞下面。封琛正要往軟梯上爬，就聽到旁邊有人在喊他：「秦深。」

封琛轉過頭，看見是于苑。

「于上校叔叔。」顏布布看見于苑後很是開心。

于苑走過來，拍拍封琛的肩，又揉了揉顏布布的腦袋，「我一直在找你們，安全就好，去吧，先上去，晚點再來看你們。」

封琛本想問他顏布布已經具備了嚮導能力，卻沒看見他量子獸的問題，但見于苑又轉身離開，看上去很忙碌，便準備等會兒再問。

他將顏布布拎到背上，順著垂落的軟梯爬了上去。

置身於大山洞之內，他才發現這空間比想像中的還要大，高高的穹頂，寬闊的洞身，洞底也很平坦，足以容納下他們所有人。

只是洞裡還一片忙亂，有些人就在洞口坐下，被士兵往裡驅趕，裡面的人也不知道該在哪兒落腳，四處亂轉。

「A 蜂巢的去最右邊洞口，B 蜂巢的後面洞口區域，C 蜂巢的就去左邊……」

顏布布半瞇著眼道：「我們好像又有三個蜂巢了，哈哈，又有三個蜂巢了。」

旁邊的人聽到這話也樂了，苦笑道：「還好還好，不管到哪兒都是三個。」

「這邊，A 蜂巢 C 區的人來這邊集合。」顏布布突然聽到熟悉的聲音，精神一振，對著那方高喊道：「吳叔叔！」

吳優聽到聲音後看了過來，笑得見牙不見眼，「晶晶。」

顏布布從封琛背上溜下地，對著吳優跑去，吳優一把將他抱起來，仔仔細細地看。

「剛才大水嚇著了沒？你坐在哪條船上的，我怎麼沒找著你？」

顏布布說：「我和哥哥坐在一條船上的，我們在猴子下面等水過去，所以你找不著我。」

吳優不明白他說的猴子是什麼，便看向走來的封琛，「秦深，猴子是什麼？」

封琛就把剛才的事情簡略說了遍，但是沒有說自己精神力消耗過度，顏布布給他梳理精神域的事。

吳優聽完後感嘆：「吳叔知道你有能耐，不過這也太危險了，好在我們晶晶有魔力不是？能夠化險為夷。」

顏布布附和地點頭，「對，是這樣。」又湊到吳優耳邊道：「我特別有能耐，吳叔你別怕，我可以保護你。」

吳優跟著樂呵，轉頭見封琛在打量這個洞，便道：「剛才西聯軍差點在這裡開打。」

「開打，變異種嗎？」封琛問。

吳優搖搖頭道：「據說就是上次將我們地下安置點的排水系統砸掉的那群人。」

「礎石他們？」封琛驚訝地問。

「對，但他們翻過山逃了。」吳優恨恨地道：「我們安置點被毀，一路上死了那麼多人，全是這幫人害的。可惜剛才也在清理變異種，分不出多餘的兵力去追擊，讓他們又跑掉了。」

這段時間，林奮也派人去尋找過礎石的下落，卻沒有什麼結果。一是因為人手不夠，只能派出去一小波士兵，沒有敢搜索變異種眾多的海雲山。二是以為礎石已經離開了海雲城，沒想到他不但留在這兒，而且就藏在海雲山。

「不說他們了，我先給你們找個位置。」吳優捏了捏顏布布的臉。

這個大山洞因為有四個洞口，所以裡面很敞亮，並不顯得陰暗。大家都只能席地而坐，也沒有什麼好位置，但吳優還是給顏布布兩人尋了個靠近洞口，空氣清新卻又不會被風雨吹到的地方。

大家身上都是濕的，實在是不好過，有人便打上了赤膊。封琛正考慮要不要把顏布布身上的濕衣服也扒掉，就聽到了于苑的聲音。

「秦深。」于苑從正方向洞口走來。

封琛將顏布布放在地上，自己站起身。

「周圍還有很多變異種要清理，現在差人手，你能不能幫忙去物資庫裡取點物資來？比如現在大家都需要的衣服和被褥。」于苑問。

封琛立即回道：「可以。」

「行，那你準備一下，還有幾名哨兵在外面等著，你們帶上那些幫忙的普通民眾一起去。」

于苑說完就準備離開，封琛卻喊住了他：「于上校。」

于苑回頭：「怎麼了？」

封琛沒有說話，只將身後的顏布布拖出來，慢慢推到于苑面前。

于苑不明所以地和顏布布對視幾秒，正想出口詢問，突然想到了什麼，迅速看向封琛。

封琛有些緊張地對他點了點頭。

顏布布正在茫然，就覺得耳朵裡嗡了一聲，感覺像是有什麼東西鑽進了他的腦子，但轉瞬又迅捷地離開。

顏布布僵了片刻，摸著自己腦袋左右看，「是誰？是什麼東西？啊？剛才是什麼？」

封琛沒有理顏布布，只一瞬不瞬地盯著于苑。

于苑滿臉都是意外和驚喜，對著封琛點了下頭，欣喜道：「我才探知了下，已經產生了精神域，精神力在劇烈波動，應該很快就會進入最後的突破。」

封琛雖然已經知道結果，但得到于苑肯定的回覆，還是難掩心頭激動，但隨即又有些驚訝。

「還沒突破？可他剛才就已經給我梳理了精神域。」

于苑怔了下：「剛才就已經給你梳理過？」

「對，我進入了神遊狀態，是他用精神力給我進行梳理，將我拉了回來。」封琛也不隱瞞剛才發生的事情。

「這樣啊。」于苑沉思道：「那可能是他受到強烈刺激，內心太急切地想讓你恢復，雖然還沒有徹底變異成嚮導，也被提前激發出了嚮導的能力。」

封琛追問：「那對他會有什麼影響嗎？」

「沒有太大的影響，但可能會催發他精神體的成長，很快就進行到最後的突破階段。」

于苑難掩喜色，蹲下身去瞧顏布布，「以前就聽說過有幾歲的小孩子成為哨兵嚮導的，但我還沒親眼見過。」

「那太小的話，會不會不好？」封琛有些擔心。

于苑說：「沒什麼不好，反而是件值得慶幸的事。大人小孩體內都有病毒，以後還會有越來越多的小孩子進入變異。」

顏布布還在警惕地打量四周，想知道剛才是什麼東西進入到自己腦子裡。

封琛也放了心，對于苑說：「我先把他送去吳管理那兒，然後再去取物資。」

于苑揉揉顏布布的腦袋，「好，去吧。」

封琛牽著顏布布，從人群縫隙裡走向吳優那兒。顏布布還在緊張地低聲訴說：「你真的沒感覺到嗎？是變異種嗎？好奇怪喔……」

他一路嘀咕著，直到封琛將他交給吳優後才反應過來，扯著封琛的衣角不准他離開。

「鬆手！」封琛道。

「帶我去，哥哥你帶我去。」顏布布卻不鬆手。

剛經歷過那樣一場洪水，又眼見了封琛生病，他心裡實在是沒有安全感，只想待在封琛身邊。

封琛說：「你不能去，我是有事情要做。」

「不行，你帶著我，我也要去做事。」

「這個不能帶著你，我等會兒就回來。」封琛去掰他的手。

顏布布卻摟得更緊了，「我也要去、我也要去。」

封琛皺著眉呵斥：「煩人精，你是不是不聽話，想挨打了？」

顏布布不但摟著他，兩條腿也纏了上去，「我就不聽話了，我要去，不然也不准你去。」

「外面還有人等著，我很快就回來，吳叔在這兒陪你，一、兩個小時後我就回來了。」

封琛往外走，顏布布就掛在他身上，什麼道理都聽不進去。

「不准你去，要不我也去，我要跟著你去一、兩個小時。」

啪啪！封琛揚起手就在他屁股上搧了兩下。

雖然不算重，但顏布布還沒有挨過封琛的打，這下又驚又傷心，怔怔看了他兩秒後，哇的一聲大哭起來。

吳優在旁邊看得心疼，趕緊抱起顏布布，對封琛念叨：「怎麼還真打呢……我還以為你只是說說而已，哪個小孩子不黏人的？怎麼還真打呢……」

封琛垂在腿側的右手動了動，但也沒有說什麼，轉身就往洞外走去。顏布布淚眼婆娑地看著他背影，吳優便哄道：「沒事的啊，哥哥是要辦正事，你不要怪他。」

顏布布抽抽搭搭地道：「我知道的，就是、就是想跟著去，我、我不怪他，是我、是我自己不聽話。」

「那你就別哭了。」吳優說。

「好、好，馬上收，但是收不住，我再哭、哭兩聲，我很、很小聲的。」顏布布說完後便忍住了哭聲，只抽著氣，吳優又憐又愛地摸了摸他的頭，沒有再說什麼。

封琛從軟梯下到地面，看見已經有幾名哨兵和十幾名民眾等著了，雙方打了個招呼，便順著海雲山的石梯下行到了水邊。

海嘯雖然來勢洶洶，但去得也快，就這短短時間內，海雲城的洪水已經平靜下來，水線也下落了幾公尺。

眾人上了船，划向物資點所在的地方，一路交談議論著。

封琛站在船頭沒說話，只怔怔看著自己的右手。

「怎麼了？手劃傷了？」一名帶著海象量子獸的哨兵問他。

封琛搖搖頭，「沒有。」

氣墊船駛過城中央，看見了那四艘從碼頭沖來的蜂巢大船，都倒在水中，只露出一小截船身。所有人都沉默無聲地看著那幾艘船骸，直到離得很遠了才收回視線。

到了物資庫所在的體育館位置，封琛和幾名哨兵換上抗壓潛水服，熟門熟路地下到水底，進入了倉庫。

倉庫裡有著成堆的被褥和毛毯，之前氣候太熱用不上，現在正好派上用場。

量子獸們都在幫忙，包括黑獅。

封琛和哨兵們一起，將那些被褥毛毯用充氣袋裝好，量子獸們就負責搬運，將那些裝好的充氣袋推出倉庫。

碩大的充氣袋飄飄搖搖地浮出水面，十幾名跟來的民眾就將它們綁在氣墊船後面，待數量差不多了，就划回海雲山卸貨，接著再來裝。

物資點的被褥毛毯實在是多，既有西聯軍以前的庫存，也有地震後從那些商場超市裡找到的物資。搬走足夠他們這次使用的數量後，都還剩下了一部分。

「差不多了，行了。」海象哨兵抹了把額頭上的汗，望向了另一頭的服裝山，「再去裝些衣服，這大雨天的，起碼得穿個乾爽。」

封琛給自己和顏布布挑選了一套，裝在單獨的袋子裡。雖然沒有比努努 T 恤，卻也選了顏布布喜歡的淡藍色。

吳優將 A 蜂巢的人都安排完，總算能歇會兒，走向坐在洞口的顏布布。

顏布布手裡玩著一隻草編螞蚱，那是吳優剛才去洞外採草給他編的，他玩得津津有味，嘴裡嘰哩咕嚕地配著音，也不知道在說些什麼。

吳優走到他身旁坐下，笑咪咪地看著那隻螞蚱。片刻後，目光便停留在顏布布柔軟的捲髮上，微微有些出神。

「小螞蚱，你不要咬我手喔，你又不是小喪屍，哎呀、哎呀好疼啊。」顏布布正抱著自己的手指假裝喊疼，就聽見吳優在旁邊喚了他一聲：「晶晶。」

「嗯，在呢。」顏布布盯著小螞蚱應了聲，等了片刻後沒見吳優繼續說話，便轉頭對他笑了下，「吳叔叔。」

「哎，螞蚱好玩嗎？」吳優伸手摸著他腦袋，「喜歡的話，吳叔叔等會兒再給你做幾個。」

「好玩，謝謝吳叔叔。」

顏布布繼續玩螞蚱，吳優盯著他看了片刻，突然道：「晶晶，吳叔叔想你幫我一個忙行不行？」

顏布布也不抬眼，爽快地道：「說吧。」

吳優喉結上下滾動了下，聲音帶著幾分緊張的僵硬：「晶晶啊，你能不能、能不能……叫我一聲爸爸？」

顏布布的手頓了下，接著繼續玩著螞蚱，像是沒有聽到似的。

兩人都沒有說話，只聽見洞外雨點打在草上的劈啪聲，還有洞內的人交談的嗡嗡嘈雜聲。

吳優呼吸變得有些急促，他像是央求般小心翼翼地重複了遍：「晶晶，叫我一聲爸爸可以嗎？」

顏布布終於開了口，他聲音很輕，但吳優還是聽清了。

「可是你是吳叔叔，我爸爸很早就去了天上了，你不是他。」

「是啊，我不是你爸爸，我隨便說說的，逗你玩，別當真。」吳優的臉通紅，難堪地轉開頭，臉上擠出一個比哭還難看的笑。

沉默片刻後，他站起身，「吳叔叔去領水，你就在這兒坐著不要亂跑，我領水後燒開了給你喝。」

「嗯，好。」顏布布應道。

吳優有些倉促地離開，顏布布也不玩螞蚱了，只轉頭看著他背影，直到那背影消失在人群中才轉回頭。

封琛一行人回到海雲山，順著石梯往上爬時，突然聽到前方傳來激烈的槍聲。他放下手中的充氣袋，和幾名哨兵立即衝過去，看見七、八名普通士兵正在同一群野兔開戰。

這群野兔足有二、三十隻，已經不是平常的野兔，而是成了變異種。牠們每一隻都有狼狗大小，在草木裡靈敏地跳躍，眼睛猩紅，露出如同食肉動物般長長的尖牙。

幾隻量子獸閃電般衝進了兔群，騰躍起落間利爪飛舞，封琛拔出匕首，和幾名哨兵緊跟其後。

對付這種變異種不需要使用精神力，手起刀落間，幾隻變異種便慘叫著倒地，還有幾隻被量子獸撕咬成了碎片。

變異種們具備一定的智商，剩下的知道情況不妙也趕緊逃竄，很快就消失在遠處的草木裡。

「謝謝。」那幾名士兵氣喘吁吁地給封琛幾人道謝，跟著他們一起往回走。

「變異種也太多了，剛才我們還對付了幾條蛇。山前邊全是這種兔子，怕有幾百上千隻。兔子本來就能生，是不是成了變異種後，還他媽的分了技能點在下崽上面去了？比以前更能生了。」

一名哨兵面露憂色，擔心道：「白天都這麼多，還不知道到了晚上怎麼樣。」

士兵苦笑，「那也得熬啊，等明天水退了再想辦法吧，有句話不是說，天無絕人之路嗎？」

「對，沒錯，天無絕人之路，我們這些人經歷了這麼多劫難，不也熬下來了。」

封琛提著一個大充氣袋，爬上軟梯回到洞裡，第一件事就是去吳優那裡接顏布布。

他們從物資庫搬運的物資已經先一步到達，士兵正在對照著名單分配被褥絨毯和衣服。

吳優看見封琛後，臉上閃過一抹不自然，但立即又笑起來，對他指著另一邊的洞口，「在那兒玩草編螞蚱呢，我在給他燒水，已經燒開了一壺，你去找他吧，我把水壺拎到你們睡覺那地兒去。」

「謝謝吳叔。」封琛從充氣袋裡取出一條絨毯和一套舒適的運動服遞給吳優，說道：「吳叔，運動服是我按照您的身材挑的，等會兒只能領一床被褥和塑膠布，您將塑膠布鋪在地上，用被褥做床墊，蓋這張絨毯就行了。」

「好，有心了。」吳優也沒推辭，接過了絨毯和衣服。

封琛看出來了吳優的不自在，卻也沒有多問，直接走向顏布布。

顏布布正在出神，就覺得自己頭頂被人輕輕彈了下，鼻翼間也飄過一抹熟悉的好聞味道。

「哥哥！」他驚喜地轉身大喊，站起身撲進封琛懷裡，仰頭對著他笑，眼睛裡閃著細碎的亮光。

封琛之前出發時打了顏布布兩下，剛轉過身就後悔了。那哭聲傳到耳裡，讓他一陣陣心疼，卻硬著心腸頭也不回地走了出去。

他本以為顏布布會傷心，不想他卻似完全不記得這碼事，一點怨懟或是難過都沒有。

「哥哥，你怎麼去了這麼久……」顏布布摟著他的腰輕輕搖晃。

封琛聲音特別柔和：「不久，我說了很快回來就會很快的。」

「剛才打疼了沒？」封琛低聲問。

「沒有，有，哎，沒有，還是疼的。」顏布布聲音飄忽。

「到底疼不疼？」

顏布布嘻嘻一笑，「怎麼會疼呢？就像給我拍灰似的。」

「那你剛才哭那麼傷心？」

顏布布有點驚詫：「挨打又不是打疼了才會哭，只要挨打，那就要哭，不哭那還叫挨打嗎？」

封琛：「……」

「算了，走吧。」封琛牽起顏布布走向劃給他們倆的那塊地盤，這才注意到他手裡的螞蚱，問道：「是吳叔給你做的？」

「嗯，好看吧。」顏布布得意地晃了晃腦袋。

封琛想起吳優剛才的反應，試探地問：「你惹吳叔生氣了？」

「沒有。」顏布布搖頭，又似想到了什麼，神情遲疑起來。

「發生什麼事了？給我說說。」封琛說。

顏布布看了他一眼，又垂下眼眸，閉著嘴一言不發。

封琛還是第一次見著顏布布拒絕回答他的問題，不免感到詫異，卻也沒有追問。

顏布布的沉默一直保持到走回位置，才突然開口，沒頭沒腦地說了句：「其實你讓獅子不叫我爸爸是對的，牠可能不會高興叫我爸爸。」

停頓兩秒後他又道：「你是我哥哥，不是我爸爸，如果你讓我叫你爸爸，我也不會叫的，我覺得很奇怪。」

「什麼爸爸？」封琛下意識問了句，接著就猜到了什麼，神情變得有些複雜。

「雖然我不會叫你爸爸，但我還是喜歡你。」顏布布像是在給封琛說話，又像是說給自己聽。

封琛沒再問他剛才發生了什麼，只將他抱到懷裡拍了拍，低聲道：「你想叫我什麼就叫我什麼，沒關係的。」

這個洞雖然寬敞，但要容下這麼多人還是很擁擠，就連洞壁上的一些小平臺也都鋪著被褥。

吃喝暫時有從物資庫搬出來的大豆，雨水經過過濾後燒開也能飲用，可拉撒就不是那麼好解決了。

北邊洞口下幾公尺處的山壁上有個大平臺，士兵在平臺上搭建了一個臨時廁所，再放了一個軟梯在洞口，方便上下。

封琛從袋子裡取出一張塑膠布鋪在地上，再放上被褥和絨毯，最後取出兩套換洗衣服，左右看看，看到不遠處掛了塊專門讓人更衣的布簾子，便帶著顏布布進去換衣服。

顏布布依舊對新衣服讚不絕口，只是不大喜歡這個背帶褲的樣式。

「為什麼胸前沒有兜，只有兩條帶子？」

封琛瞄了一眼說：「我開始沒注意看，只看了長短和厚薄，你就湊合著穿吧。」

「那我該怎麼插手？」顏布布平常愛將大拇指插到胸兜裡，其他四根手指掛在外面。

「旁邊不是還有兩個兜嗎？你就揣那倆兜裡。」封琛也換好了，將濕衣服用一個塑膠袋裝了起來。

顏布布嘟囔道：「但是那樣看著一點也不威風。」

「別挑三揀四的啊。」封琛語帶警告。

顏布布就不做聲了。

天色黑了下來，顏布布有些坐立不安，頻頻去洞口往下張望，看一會兒又回來。

「你在做什麼？」封琛坐在地鋪上，斜靠著洞壁問他。

顏布布緊張地說：「我在找我的獅子，不知道牠去哪兒了，怎麼還沒看見牠？」

封琛突然起了玩心，說：「想不想看我的魔力？」

「什麼魔力？」顏布布問。

「大變活獅。」

「大變活獅……大變活獅是什麼？」

封琛：「就是給你變一隻獅子出來。」

顏布布半信半疑地道：「真的嗎？是我的那隻獅子嗎？別的獅子我不想要。」

封琛道：「當然是真的，而且就是你那隻獅子。」

顏布布眼睛亮了起來，「好啊，那你快變。」

顏布布話音剛落，封琛就感覺到精神域裡的黑獅在開始激動，蠢蠢欲動地想躍出來。但地鋪兩旁全是人，就算他們瞧不見獅子，獅子也沒法落腳，他便帶著顏布布去了洞口。

兩人在洞口坐下，雙腳就垂在山壁上，封琛靜默片刻後，突然伸手在顏布布面前打了個響指，「出來！」

顏布布一瞬不瞬地盯著他，直到左臉側突然傳來濕潤的觸感，像是被舌頭舔了下，才猛地轉頭，驚喜地大叫了一聲：「獅子！」

洞門附近正在小聲聊天的幾人被嚇得立即跳起來，「獅子？變異種？哪裡有獅子？」

幾人四處張望，直到發現並沒有什麼獅子，只是小孩在胡言亂語，這才又坐下去繼續聊天。

顏布布問黑獅：「你去哪兒了？怎麼不聲不響地就跑了，剛才我一直在找你，但是沒看到你……」

黑獅有些哀怨地看了封琛一眼，又將鼻子在顏布布頭頂蹭了蹭。

顏布布用手摸著獅子鬃毛小聲絮絮，親昵了好一會兒才問封琛：「哥哥，你是怎麼把牠變出來的啊？」

「我的魔力啊。」封琛微笑著看著遠方的雨幕。

「哥哥你真是太厲害了。」顏布布眼裡全是崇拜，「我以前都沒見你變過。」

封琛點了點自己腦袋，「其實牠是我的量子獸，我可以將牠收到這裡面，也可以將牠放出來。」

「可是我才是你的……」

「你不是。」封琛打斷他：「每個哨兵和嚮導都會有自己的量子獸，平常可以收在精神域裡。你是嚮導，馬上也會有這種魔力，擁有一隻自己的量子獸。」

「我也會？我也會有量子獸？」

「對，那時候你也可以像我這樣，變出一隻……」

封琛的話頓住。他雖然知道顏布布快要進化成嚮導，精神體應該已經出現在他精神域的繭房裡，卻不知道那會是一隻什麼樣的量子獸。

「變出一隻什麼？」顏布布在追問，雙眼晶亮。

封琛雙手撐在身後的石地上，長吁了口氣，「我還不知道，不過再過上一段時間就清楚了。」

「那我的量子獸好看嗎？」

「好看。」

「哇喔⋯⋯那我先不給獅子想名字，等我的量子獸變出來後，一起想名字。」顏布布又是歡喜又是期待。

兩人一獅坐在洞門前，封琛叼著一根從山壁上採下的野草，半瞇眼注視著遠方的雨幕。

顏布布靠在他身上，不時摸一摸旁邊趴著的黑獅。

「原來你才是哥哥的量子獸啊，那我以前怎麼沒有見過你？你是剛跟著他的嗎⋯⋯」

封琛聽著顏布布的絮叨，雖然前方是洪水，山下草木裡蟄伏著變異種，但他心裡卻無比安寧和踏實。

在山洞裡度過的第一個夜晚並不太平，不斷有變異種想從山壁上爬進來。士兵們分別守在四個洞口，時不時響起槍聲。

躺在地上睡覺的人睜眼看著洞頂，沒有誰交談，只沉默不語地等著天明。

顏布布卻睡得很香，摟著封琛的一隻胳膊，一條腿也架在他身上。

封琛一直處於半夢半醒的迷蒙狀態，在聽到身旁響起輕微的腳步聲後，立即睜開了眼睛。

軍部所在的東北角點著汽燈，昏黃的光線勾勒出面前的高大身形，那是正在洞內巡查走動的林奮。

封琛躺著沒有動，看見林奮停在他和顏布布的地鋪前，弓下身看了顏布布片刻，突然就伸出手捏住他鼻子。

封琛：……

顏布布鼻子不通暢，便張開嘴呼吸，林奮輕輕笑了聲後才鬆開手。

一名醫療官從後面匆匆趕來，低聲道：「林少將，有三個人在發燒，不知道是淋雨泡水著了涼還是進入了變異。現在沒有地方隔離，該怎麼辦？」

林奮道：「所有人都在這個洞裡，不管什麼原因引起的發燒，都必須分開隔離。」

于苑也從軍部所在的位置走過來，站在旁邊靜靜地聽。

「可是現在隔離去哪兒啊？總不能丟到洞下面去吧，到處都是變異種。」醫療官很是發愁。

林奮的聲音冷靜無波：「現在這種情況，就算丟到洞下面去也要將人隔離開。」

醫療官急了：「可是……」

「這樣，我想到一個辦法。」于苑突然開口道：「你們看洞壁上的這些平臺，如果在平臺外面釘上木條，就相當於一間間的隔離房。如果有人變成喪屍，木條雖然擋不住，但也有了足夠的時間去處理。」

林奮和醫療官看向一側的洞壁，躺著的封琛也側頭望了上去。

那邊洞壁上有個小平臺，離地面約莫一層樓高，面積不大不小，剛好能容下一個人躺著，而這個山洞四周的洞壁上，像這樣的小平臺還有很多個。

「這個地方的確不錯，可那些發燒者的家屬會同意嗎？將人那樣關起來，還釘上木條……」醫療官小聲嘟囔著。

林奮聲音沉下來：「那你告訴那些家屬，要麼就住到平臺上，要麼就出洞，只有這兩個選擇。」

士兵很快就找來木條，叮叮噹噹地將那些平臺封住，只分別留下一個可以進出的小門。

要麼出洞，要麼關在這裡隔離，發燒者的家屬再不情願，也知道這是軍令。

他們很快就做出選擇，將三名燒得昏昏沉沉的發燒者抬進了平臺。

平臺裡鋪好了床褥，放了便桶，士兵將木門鎖上，鑰匙收好，在病人發燒症狀好轉之前，食物就從木欄間送進去，而醫療官也只能在木欄外給病人診治開藥。

這一通忙活下來已是後半夜，好在那些變異種也搞清楚了這裡很難偷襲，或者牠們也覺得累了，不再企圖往山壁上爬，終於安分下來。

除了輪流值崗的士兵，其他人都開始睡覺，封琛調整了下顏布布的睡姿，聽著耳邊像是大貓一般的鼾聲，也沉沉睡了過去。

【第九章】

你可真是個煩人精，連進化都不挑個好時間

海雲城遭遇了地震、高溫、颶風、洪水、海嘯以後，想不到又要面對極度低溫的到來。

而他們現在沒有地下安置點、沒有可以棲身的船，也沒有足夠禦寒的衣物。

如果在這個四面通風的山洞裡遭遇降溫，那沒有人可以挺得過去。

第二天白天，洪水就已經減退，水線下降到海嘯沒來時的位置。

林奮帶人去碼頭查看情況。考慮到可能要潛水，而現在哨兵都出去清理變異種，人手嚴重不足，於是封琛便跟著去了。

昨天那兩巴掌到底還是起了效果，雖然顏布布說不疼，卻沒有敢耍賴要跟去，只眼巴巴地看著封琛。

封琛蹲在他面前，「我很快就回來，你想去吳叔那兒嗎？」

他不知道顏布布會不會抗拒和吳優在一起，但顏布布卻點頭道：「好，我去吳叔那兒。」

顏布布被送去吳優那兒，目送著封琛的背影消失在洞口，這才戀戀不捨地收回視線。

「晶晶。」吳優手忙腳亂地去自己的地鋪上翻，從枕頭旁捧出一堆草編的蚱蜢，足足有七、八隻。

「吳叔給你做的。」吳優聲音裡帶著小心翼翼的討好。

顏布布將那堆蚱蜢全捧了過來，「謝謝吳叔。」

「哎，不謝、不謝，你喜歡就好。」

封琛跟著林奮先去看那幾艘被沖到城中央的大船。林奮攀上那些大船，仔細檢查過一番後，臉色非常難看。

水褪去後，大船便顯露出全身，但海嘯時和水裡的建築多次碰撞，裡面的主機和部件都已經損壞，按照現有條件已經不能修復了。

「少將，現在怎麼辦？」一名跟隨的士兵問道。

林奮沉默片刻後回道：「去船廠看看。」

封琛知道他想去船廠找可以更換的部件，但這個希望很渺茫。

他之前惦記著快點去中心城，每天都會去參與打撈，清楚水裡還能使用的部件已經不多。再經過這場海嘯，就算原本能湊齊的部件，也不知道被沖到哪兒去了。不過抱著沒准還能找到些什麼的想法，他還是跟著林奮一起去了船廠。

林奮換上了抗壓潛水服，沒讓其他人下水，自己一個人潛到了水裡。封琛和幾名士兵就在氣墊船上等著。

約莫十來分鐘後，林奮鑽出了水面，摘下碩大的頭罩，氣喘吁吁地問封琛：「你以前經常參與打撈部件？」

「對。」封琛點頭。

林奮指了指自己下方，「只在這裡？」

封琛想了一下，「只在這裡。」

林奮沒再說什麼，撿起旁邊的一套抗壓潛水服扔給封琛，吩咐道：「跟我下水。」

封琛不明所以，卻也換好潛水服，跟在林奮身後潛下了水。

他對船廠這個倉庫很熟悉，從這裡直直下潛一百公尺左右時，便進入倉庫大門。地上會散落著一些用不上的零部件，有用的都在旁邊的大貨櫃裡。

當時他們要做的，就是鑽進那些貨櫃一個個尋找，按照事先記住的部件圖案，找到那個需要的部件。

如今不出意外的，那些部件都已經被水沖走了，包括貨櫃裡都空空如也。但裡面也莫名其妙地多出來些東西，諸如一把雨傘、一座單人沙發什麼的，都是被海水從遠處沖到這兒的。

林奮沒有停下，一直往倉庫前面游，封琛便也跟在他身後。

游過幾座貨櫃時，林奮突然停下來，封琛的耳麥裡傳出他的聲音：「你們沒有去檢查過前面嗎？」

——前面？前面不是牆壁嗎？

封琛這樣想著，就看見前方那堵牆不知何時已經垮塌，地上還多了個集裝箱。

頭頂燈照亮集裝箱旁邊的區域，顯出後面的空間，水裡有漆黑的鋼鐵若隱若現，看著像是一截船身。

林奮沒繼續問，直接游過集裝箱繼續向前，封琛也跟了上去。

這裡果然是個巨大的空間，應該是船廠的製船車間，一條巨大的簇新貨輪停在其中，油漆都沒有半點劃痕。這應該是船廠剛生產出來的船，還沒來得及交付給船主，便遇到了那場地震。

這製船車間和旁邊部件倉庫就隔著一堵牆壁。因為沒有船廠地圖，製造車間的大門也很隱蔽，他們在隔壁找部件找了那麼久，竟然沒發現一牆之隔的地方，就停著這樣一艘大船。

兩人游上貨輪甲板，再進入機房。

林奮在機房裡面檢查了一圈，將幾臺主機反覆查看後，抬起頭看向封琛，「你猜猜，這條船能啟動嗎？」

封琛猶豫了一下沒吭聲，林奮又說：「如果猜不中，就把煩人精送給于苑。」

封琛沉下臉，「不猜。」

林奮低低笑了聲，也不再逗封琛，直接說出了答案：「雖然船泡了水，但是沒有經過高溫，也沒有損壞，所有主要部件都是完好的，只需要裝上溧石，再調整下某些儀器就行。」

封琛音量瞬間提高：「您的意思是……」

「對，我們過幾天就能去往中心城。」林奮的聲音也帶上了幾分振奮，面罩下的眼睛透出愉悅的光。

「太好了！」封琛猛地一個後空翻，在水裡連接翻了好幾圈。

他難得露出這樣的孩子氣，林奮沒說什麼，游到他身旁時拍了拍他的肩，「走，逛一圈。」

雖然封琛不覺得這個製造車間裡有什麼好逛的，但依舊跟在了他身後。林奮緩緩往前游，經過那些大型機械時，會給封琛逐一講解。

「這種傳動裝置是把主機的功率傳遞給推進器的設備，同時還可減速、減震、改換推進器的旋轉方向。我們西聯軍的 T5 戰艦，還有東聯軍的 6CD 戰艦，所用的就是這類傳動裝置，你過來看一下……」

封琛剛開始還有些詫異他為什麼給自己講這些，但後面逐漸也聽得入了神。

林奮從軍艦開發技術一直講到軍用資訊技術和生物技術，囊括了如今東西聯軍的很多資訊。講到東聯軍的生物技術時，有些東西是連封琛都不清楚的。

等到林奮講完，說了聲回去吧，封琛才反應過來，自己已經聽了他的講解足足半個小時。

他游在林奮身後，看著那個矯健的背影，知道他表面上是在逛製造車間，實則是在給自己講授軍事知識，只覺得心中複雜難明，說不清是個什麼滋味。封琛浮出水面時，那兩名等在船上的士兵，將他和林奮分別拉上了船。

「林，林少將，水裡、水裡有什麼發現嗎？」

一名士兵聲音哆嗦著發問。

封琛看向他，發現他穿著雨衣也佝僂著背，還抱著身體瑟瑟發抖。

林奮摘下氧氣罩，「幹什麼抖成這樣？」

「冷，啊，好冷。」另一名士兵也抖著說。

一陣風吹過，封琛感覺那風不再柔和，像是攜著寒冰，帶著徹骨涼意，刺激得他每一顆毛孔都驟然緊縮。

林奮也感覺到了氣溫的降低，皺起眉看向了天空。那天依舊是陰沉沉的，往下傾落著大雨，和平常沒有任何變化。

一名士兵竭力讓自己的聲音平穩，卻依舊不受控制地發著抖：「你們剛、剛下水一會兒，突然就降溫了，冷、冷了起碼 20 度。」

「不、不止，我反正，覺得這比、比冬天還要冷。」另一名士兵搖頭補充。

封琛脫下抗壓潛水服，看了眼腕錶，上面顯示的溫度是 5℃。

海雲城的四季裡，冬天短得可憐，也不大冷，最多降低到 10 度左右，持續一週時間又會回暖。作為在這裡待了數年的士兵，所以會覺得這氣溫比冬天還要冷。

明明剛才還是 20 多度，不到一個小時的時間就驟降到 5 度，這種氣溫的急劇變化明顯太不正常了。

封琛想起之前的那場高溫，還有這一直下個不停的大雨，心裡生起了不好的預感。

林奮看著天際，眉頭越皺越緊，臉色也越來越凝重。

「走，回去。」

封琛出來時只穿了一件 T 恤，林奮問他：「你有厚衣服嗎？」

封琛搖頭，「沒有。」

「回去後找于苑，他那裡還有分剩下的衣服，你去拿幾件，和煩人精多裹上幾層。」

「好。」

封琛回到海雲山洞，看見所有人都縮成一團躺在被褥裡，顯然都被凍得不輕，他顧不上找于苑拿衣服，先去看顏布布。顏布布被吳優抱在懷裡，兩人身上搭著被子，吳優還在餵他喝熱水。

「哥哥。」顏布布見到封琛，欣喜地就要從被子裡站起來。

「別動，你先就在這兒。」封琛制止了顏布布，又對吳優說：「吳叔，我去那邊有點事。」

「去吧，晶晶我帶著。」

封琛去往臨時作為軍部的那塊區域找于苑，看見他們一群人正站在那邊洞口商議事情，便猶豫著停下了腳步。

于苑卻轉頭看見了他，「秦深，過來。」

封琛也就走了過去。

于苑幾人身上都穿了厚外套，見封琛衣著單薄，便去旁邊的大充氣袋裡取出一件黑色棉夾克遞給了他，「先穿上，等會兒你自己再去給小捲毛找一件。」

封琛猶豫了下，硬著頭皮問：「我還可以多拿一件嗎？」

吳優對他和顏布布多有照拂，他想給吳優也拿一件。

于苑何等善解人意，立即就反應過來：「他們管理員都分了厚外套的，你不用擔心，畢竟管理員工作繁重，需要到處走動，不能像普通民眾一樣可以裹在被子裡。」

「好的。」封琛就不再說什麼。

林奮一直在聽旁邊的一名軍官彙報，雖然那聲音不大，卻也傳入封琛耳裡。

「……冷空氣已經席捲了木西海東面，測試儀顯示，那邊的海水已經開始結冰。寒流還在繼續南移，估計將在 10 天後到達海雲城，氣溫將陡然降至 -60℃。」

「這麼低？」林奮皺著眉問。

軍官沉吟了下：「以後還會更低。」

「確定嗎？」

軍官緩慢卻堅定地點頭，「確定。」

所有人聽到這裡，臉色都變了。

海雲城遭遇了地震、高溫、颶風、洪水、海嘯以後，想不到又要面對極度低溫的到來。而他們現在沒有地下安置點、沒有可以棲身的船，也沒有足夠禦寒的衣物。如果在這個四面通風的山洞裡遭遇降溫，那沒有人可以挺得過去。

所有人都沒有說話，全都看向了林奮。在這種茫然慌亂的情況下，只有林奮才能拿主意。

林奮吸了口氣，聲音低沉：「其實我和秦深剛才潛到船廠，發現了一艘完好的貨輪，可以將我們所有人載走。」

他話音剛落，周圍人的臉色都浮起喜色，于苑也驚喜地問：「船是完好的？」

林奮點頭，「只需要調整一下儀器，再運一些溧石上船就行。」

「海嘯的時候，我們就已經把所有的溧石帶出來了，動力能源不用愁。」于苑道。

軍官跟著道：「如果我們乘船去往中心城，按照寒流和船隻的速度，會在 15 天後遭遇海水結冰。氣溫繼續下降，如果大部分海面都結冰的話，船隻不能繼續前行。不過那時候我們已經快到中心城了，徒步也是可以的，只是現在就不能再耽擱，出發時間越早越好。」

林奮立即拍板：「本來還打算這幾天慢慢將船搞好，但事不宜遲，高維、劉運，去叫上部分哨兵，跟著我一起去將那貨輪啟動出倉，明天白天就啟航。」

「遵命！」

所有人分頭行事，林奮帶上一群哨兵去了船廠，于苑開始作啟航的準備，指揮那些士兵將洞內的物資往山下搬，準備運上船。

封琛在衣物袋裡翻找，想給顏布布找一件稍微合身的厚外套，但全都是大人的，只好選了一件稍小的女式棉衣，給顏布布拎了去。

「哥哥。」顏布布又要從被子裡往外鑽，被封琛喝住：「別動，先把衣服穿上。」

「哈哈，粉紅色的棉衣啊，哈哈，好大啊……」顏布布甩著過長的袖子，封琛給他往上挽了幾圈。

「他們是在說什麼？」吳優看見軍部的人匆匆往外走，知道封琛剛才在旁邊聽，便好奇地詢問。

這事也沒有什麼可隱瞞的，何況軍部的人應該馬上就會發出通知，所以封琛便將寒流到來，明天就要出發去往中心城的事情告訴了他。

「哎呀，那我馬上就要忙起來了。」

吳優話音剛落，便聽到于苑從擴音器裡傳出的聲音：「所有人注意了，我是于苑，現在我要告訴大家一件事。」

經過了各種劫難，現在不管是誰聽到軍部又要講話，都覺得一定不會有好事。原本還裹在被子裡的人，個個面露緊張，都坐了起來。

于苑站在一個木箱上，手裡拿著擴音器，「我有一個壞消息，也有一個好消息，先說壞消息吧。」

偌大的洞內幾千人都安靜無聲，只有于苑的聲音在迴響。封琛將顏布布的棉衣拉鍊拉好後，對吳優打了個招呼，便抱著他回他們自己的那塊地方。

「壞消息不用我說，你們已經感覺到了，氣溫在短短一個小時內，下降了 20 度左右。」

「于上校，我們是不是又要經歷極寒天氣？」人群裡有人大聲問。

「我活了一輩子，也沒見過這樣古怪的天氣。」

「哪裡沒見過了？之前突然升溫不也很古怪嗎？」

「都什麼時候了，你別槓行不行？」

人群紛紛開始議論，于苑道：「是的，你們沒說錯，我們馬上進入極寒天氣，或者說正在進入。」

所有人又安靜下來，聽著于苑繼續講話：「今天遇到的降溫只是一個序曲，接下來的 10 天後，不光是我們海雲城的氣溫繼續下降，我們整個星球的氣溫都會下降。換句話說，我們可能將會迎來史上的第十一個冰河期。」

「會迎來冰河期？那氣溫會降低到多少度？」有人震驚地問。

于苑回道：「具體不清楚，大概在 -60℃以下。」

「還是以下？」

「對。」

像是在湖心裡投下巨石，人聲轟然炸開，于苑也沒有阻止，任由大家激動地喧嘩議論。

「那這個冰河期會持續多久？我知道我們星球歷史上，最長的一次冰河期是幾千萬年，最短的一次也有幾百萬年。」

「我們怎麼辦？于上校，我們會被凍死在這裡的。」

「嗚——一場又一場劫難，沒完沒了，我還不如被喪屍給咬死。」

「安靜、安靜。」于苑等人群的情緒平靜了些，才出聲回答之前那個人的問題：「其實說是冰河期也不恰當，因為這場降溫來之前沒有絲毫預兆，也不知道具體要持續多長時間。也許就和之前的高溫一樣，只是一種反常的氣候現象，也許過上幾年，或者幾個月就回溫了。我們不是專業的氣象人員，所以我只是借用了冰河期這一說法，這個降溫的具體時間，要去了中心城才知道。」

「我們還能去中心城嗎？」一名大嬸哭著問道。

于苑斬釘截鐵地回道：「能，這就是我要說的好消息。剛才我們從碼頭船廠裡找到了一艘新船，只要稍作修理就行。就在明天，我們所有人都能乘船去往中心城。」

人群再次炸開，但和剛才絕望的吵吵鬧鬧不同，這次是重獲新生的歡呼，流出的淚水也飽含著喜悅和激動。

封琛和顏布布坐在他們的鋪位上，顏布布雖然不清楚原因，但被這歡騰的氣氛感染，也站起來舉手歡呼，在厚厚的被褥上蹦跳。

「所以大家就堅持一下，度過今晚就好。」

于苑的聲音已經被淹沒在歡呼聲裡，他說完這句後就跳下木箱，給周圍的士兵和管理員分配工作。

「喔喔喔——」顏布布跳夠了才坐下來，問封琛道：「哥哥，他們在高興什麼？」

「因為我們明天就能離開這兒了。」封琛說。

「離開這兒？是回地下安置點嗎？喔喔喔耶——」

封琛搖頭，「不回那兒。」

「那是回船上？」

封琛心情很好地微笑解釋：「是要回船上，但我們不是要長期住在上面，而是要乘船去一個遙遠的地方。」

顏布布想起剛才聽到的隻言片語，驚喜地問道：「是去中心城？」

「對，去中心城。」

「哇，中心城啊！中心城啊！」

顏布布從生下來到現在，從來沒有離開過海雲城，聽說要乘船去中心城，去往那個只在電視裡見過的大城市，頓時激動不已，再次跳起來蹦跳歡呼。

就算所有人都在忘形慶祝，大廚們也牢記自己的職責，在東邊洞口的空地上開始做晚飯，沒過多久，大豆煮熟的味道和著某種肉香便瀰漫開來。

因為考慮到撤退匆忙，大家都沒有帶上飯盒，封琛他們下午去物資點時，便取了很多一次性碗筷。

現在大家都去排隊領飯盒打飯，他便讓顏布布等著，自己去打了兩盒飯回來。

顏布布聞了聞，「這肉肉好香啊……」迫不及待地俯下頭在飯盒裡咬了一口肉，眼睛都亮了，「好好吃！」

封琛也夾了一筷子肉餵進嘴裡，慢慢地嚼。

他覺得這應該是那種變異種兔子肉，肉質比青噬鯊要嫩一些，膻味重，能吃，卻也絕對說不上好吃。

像這種沒經過什麼烹飪手法，只加了點基本調味品在水裡煮熟的肉，可能只有顏布布才會吃得這麼香。

以前還有人不敢吃青噬鯊的肉，堅持只吃大豆，但到了現在這種時候，也沒人再去在意這些。大廚更是連試吃的過程都省略了，管他什麼變異種，只要看上去能吃，那就立即做出來吃。

「太好吃了……」顏布布又埋頭在飯盒裡啃了口肉，還在含混地衷心稱讚。

封琛用自己的筷子敲了敲顏布布手裡的筷子，說：「別直接啃，用筷子啊。」

「喔。」顏布布像是握勺子一般握住筷子，笨拙地去戳那塊肉。

「你都快 7 歲了，居然不會用筷子嗎？」封琛問。

顏布布無辜地看著他，「我會啊，我現在就在用。」

說完後用筷子戳起一塊肉，顫巍巍地送到嘴邊。只是眼看就要咬著了，那塊肉又倏地滑到了筷子底。

以前在家裡時，封琛不止一次見過顏布布吃飯，都是端著他那個黃色的專屬小碗，握著黃色的小勺，坐在前院的葡萄架下，一勺接一勺地往嘴裡餵。過一會兒再看見時，那滿滿一碗飯就已經到了碗底。

後來在地下安置點以及蜂巢船上，他也全是使的小勺，的確沒用過筷子。

「這樣，食指搭上來，對，這根手指放下去……」封琛乾脆教他怎麼用筷子。

「嗯，我知道了。」

片刻後，顏布布滿頭汗地問道：「我以後不用筷子，就用勺子不行嗎？我勺子使得可厲害了。」

「你可以就用勺子，但你得學會用筷子。」封琛糾正著他的動作，「別那麼用力，輕輕夾住就行。」

顏布布正在對付一顆大豆。那大豆滑不溜秋地一次次從他筷子裡滑脫，讓他一次次夾空。

「我不想吃飯了。」他一臉受挫地看向封琛，眉頭皺成一團，緊緊抿著唇。

封琛眼看飯盒裡的食物都要涼了，嘆了口氣：「算了，以後再學用筷子吧。」說完接過他的飯盒和筷子，給他往嘴裡餵。

封琛餵了他一口肉，有些遲疑地道：「顏布布，我看你那些同學，就是年紀和你差不多大的，筷子都使得挺好，兩位數的加減法都能做，你是不是……」

顏布布正吃得搖頭晃腦，立即停下咀嚼，包著滿口食物警惕地問：「你想說什麼？」

「沒事，吃吧。」封琛看他這副敏銳的模樣，心道：怎麼會笨呢？

這不機靈得很嘛。

因為太冷，吃完飯後，所有人又裹上被子，興奮地議論明天要去中心城的事。

顏布布靠著封琛，將吳優給他做的那幾個草編螞蚱放在被子上，排成了面對面的兩隊，自導自演著螞蚱軍對壘打仗。

玩了會兒後，他取過自己布袋，掏出那個空密碼盒，將螞蚱都放了進去。封琛看到那個密碼盒底還有一張疊成方形的紙，便隨口問道：「這是什麼？」

顏布布將那紙取出來，展開，說：「看吧。」

封琛便看見了顏布布上次畫的那幅醜畫。

「看，這是星星，已經沒下雨了，天上都是星星，這是我們倆，不是泡菜罈子……」

顏布布再次解說了遍後，將畫小心折好，連同那幾隻草編螞蚱一起放進密碼盒，再裝進布袋裡。

「這些書和本子還是濕的，怎麼辦啊？」

顏布布嘴裡嘟囔，伸出手指去翻本子。但那紙泡過水就變得非常脆弱，輕輕一揭就破掉了。

「啊！我的本子！」顏布布慘叫。

封琛道：「濕的就別去碰，先等它晾乾，等到晾乾後就好了。」

雖然已經是晚上 10 點，但洞內的人卻沒有絲毫睡意，甚至有人扔掉披著的被褥，站起來給大家表演了一段即興脫口秀，引起了陣陣笑聲。今天沒有變異種來搗亂，守在洞口的士兵也閒適地坐著小聲聊天，洞內一片歡樂輕鬆的氣氛。

只有醫生護士有些忙碌，不光要給那些生病的人診治開藥，還要時刻注意著被隔離在小平臺上的三名發燒者，每半個小時去測一次體溫，更換輸液袋裡的藥劑。

顏布布好一陣都沒有說話了，只一動不動地靠著封琛，像是聽得很

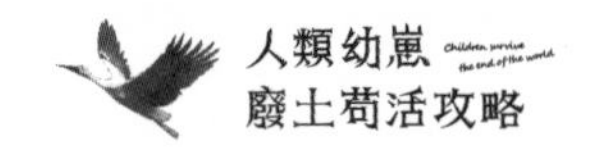

投入。封琛面帶微笑側頭去看，卻發現他閉著眼睛。

「想睡覺了？」封琛輕聲問。

顏布布沒有半分睜眼的意思，睡得很熟。封琛便抬起手臂，想將他放下去躺著睡。

顏布布靠在封琛臂彎裡，一顆頭軟軟地搭在胸前，封琛將他小心翼翼地放平，再去扯被子給他蓋上。

那隻手擦過顏布布臉頰，突然頓住懸在空中，手指輕微地顫了顫，再慢慢探向顏布布額頭。

觸手一片滾燙。不是低燒，而是高熱。

封琛猛然一驚，一顆心直往下墜。但瞬即又反應過來，顏布布的發燒不會讓他成為喪屍，而是代表著正在變異成嚮導。

他當初進化成哨兵的過程裡多次低燒，進行到最關鍵的階段時還有一場高熱。不知道顏布布正在經歷的這場高燒，會不會讓他完全進化，正式成為一名嚮導，並擁有自己的量子獸。

封琛稍稍放心下來，低頭看著顏布布燒得紅通通的臉，伸手捏了下他鼻子，語氣既無奈又欣喜：「煩人精，你可真是個煩人精，連進化都不挑個好時間。」

封琛站起身四處張望，想找到于苑。但于苑沒見著，反而對面的吳優走了過來，「秦深，怎麼了？」

極少數人能進化成哨兵嚮導的這件事，如今也不是祕密，封琛只略一猶豫，便將顏布布的事告訴了他。

吳優既驚喜又不可置信，訝異道：「你說真的？晶晶他也會變成特種戰士？」

很多人都是用特種戰士或是變異種戰士來稱呼哨兵嚮導。有些哨兵嚮導不大喜歡這兩個稱謂，但封琛覺得特種戰士還行，總比變異種戰士聽著要順耳。

「是的。」封琛肯定地回道。

吳優俯下身去看顏布布，神情又喜又憂，「這麼小的娃娃也成了特種戰士，那他也要跟著去打架嗎？不能吧⋯⋯」

「那肯定不會的。」封琛也湊過去，和他一起看著顏布布。

吳優漸漸看出了顏布布的不對勁，「他臉為什麼這麼紅？」伸出手一探，「哎呀，他在發燒。」

「是的。」封琛壓低了聲音：「吳叔，他雖然在發燒，但我可以肯定他不是要變成喪屍，而是要進化成特種戰士。這事于上校也知道，並且對晶晶的身體檢查過，所以你不用懷疑。」

「好好好，我知道的，有些人發燒不一定就要變成喪屍，要麼恢復正常，要麼就變成特種戰士。」吳優歡喜地搓著手，「我將他帶到醫生那兒去，告訴他們只需要給晶晶降溫就行了。」

「我就是這個意思，謝謝吳叔。」封琛道。

吳優俯身去抱顏布布，封琛往洞口方向讓了讓。

「哎喲瞧這小臉紅得⋯⋯」

封琛正看著吳優抱顏布布，突然側頭看向不遠處的洞口。出於哨兵對於危險來臨時的本能敏銳，他心頭跳了下，浮起一種不好的感覺。

洞口處有幾名士兵正在小聲聊天，他們身後的漆黑雨夜，黑沉沉地看不到一絲光亮。

吳優抱起顏布布，給封琛打了聲招呼後，就去往醫療點所在的軍部區域。封琛只應了聲，便走向了洞口。

吳優到了醫療點，拉住一名認識的醫療官，湊到他耳邊輕聲說了幾句，又指著懷裡的顏布布。

醫療官的眼睛越瞪越大，伸手摸了下顏布布額頭，趕緊往後跑，找到了一名正在收揀藥品的嚮導，和他耳語了一陣。

那名嚮導跟著醫療官過來，用精神力將顏布布檢查了一番，難掩激動地對醫療官道：「精神域已經形成了。」

醫療官握了下拳，「我去給他拿退燒藥，你照顧著點。」

「知道、知道。」吳優歡喜地道。

所有人都沉浸在去往中心城的興奮中，說笑聲不斷，吳優一邊笑呵呵地聽著，一邊給顏布布餵退燒藥。

「麻煩讓一讓，借過，麻煩讓一讓。」

人聲喧嘩中，一名年過半百的老頭，端著碗食物走向洞壁。大家都在說笑，也沒誰注意他，只偶爾側身讓開一條路。

那處洞壁上有個小平臺，外面用木條釘死了，裡面躺著一名老太太。老頭走到平臺下，顫巍巍地站上一隻木箱，扶著木條喊那名老太太：「秀兒，醒醒，秀兒，吃口飯啊。」

老太太的臉掩映在黑暗裡，看不大清楚，但她躺著一動不動，似乎連胸口都沒了起伏。

「秀兒、秀兒。」老頭又喊了兩聲後，將碗放在平臺上，從木欄間伸進去一根手指，探在老太太的鼻子下方。

可就在這時，原本毫無生機的老太太突然睜眼，那雙平日裡昏黃不清的瞳仁一片漆黑。在老頭還沒反應過來時，她就張嘴一口咬上了他的手指。

老頭大叫一聲，但這聲被淹沒在歡聲笑語裡，誰也沒有聽見。老頭拚命扯自己的手指，連帶著老太太也轉過了頭，一張泛著烏青色的臉暴露在燈光下。

老頭大駭，眼見扯不出來手指，便忍住疼痛，用另隻手抓起旁邊碗上的筷子，對著老太太的太陽穴扎去。

這是雙銀筷子，應該是他們當初從安置點帶出來的。老頭用盡全力，對著老太太的太陽穴一次次扎去，直到烏黑的液體從她頭側滲出，直到她慢慢鬆開了嘴……

老頭驚魂未定地看著老太太屍體，半天才回過神，趕緊將被子往上扯，擋住老太的臉，讓她看上去像是還在昏睡。

一名護士正端著藥劑從不遠處經過，看見平臺前的老頭後，立即喊道：「不是說病人家屬不要靠近平臺嗎？你什麼時候到那兒去的？」

老頭身體一顫，轉過身道：「我是想給她送點飯，她一天都沒吃過東西了。」

「病人正高熱昏睡，哪裡還吃得下飯？我們給她服用的藥劑裡有能量，你不用擔心會餓著她。」護士並沒注意到他神情異常，只嚴肅道：「病人情況還不清楚，你別再接近她。」

「哎哎，好的、好的，我這就離開。」

老頭跨下木箱，將臉上嚇出來的冷汗擦在肩頭上，急忙往自己鋪位走，邊走邊瞧了眼右手。

那右手食指已經被咬得鮮血淋漓，好在他行動及時，沒有被老太太咬斷骨頭。

他見沒人注意到自己，回到鋪位後便從旁邊大包裡翻找出半個紗布捲，背著人將手指纏好，再將手揣進了衣兜。

封琛走到洞口，幾名士兵都認識他，知道他雖然沒有加入編隊，卻也幹著軍人的活兒，從心裡將他當做了半個西聯軍。

「秦深，還沒睡？」一名士兵和他打招呼。

「睡不著，過來看看。」封琛走到洞邊，往下方探出頭，「今晚沒有變異種來嗎？」

「這兩天不停地和變異種打，殺得手都麻了，總算是將那些變異種給打服了，今晚就沒有再來騷擾我們。」士兵笑呵呵地道。

封琛眺望著更遠的地方，但全被黑暗籠罩著，什麼都看不清。

「放心吧，回去休息，這裡有我們守著。」士兵拍拍封琛的肩。

封琛點了下頭，剛想回去，卻又遲疑著停下了腳步。

他實在是不放心，總覺得那片看不見的黑暗裡，像是蟄伏著一些未知的危險，正向著這邊緩緩逼近。

他放出了一絲精神力，如絲般悄無聲息地沒入雨中，掠過那些被雨水洗得一塵不染的石塊，那些剛生出不久的草木尖芽，一直向前。

他腦海裡回饋出清晰的畫面，看清了山峰腳下一圈。這裡的確就像士兵所說那樣，一隻變異種都沒見著，寂靜得沒有半分聲音。

他的精神力繼續往前，當快要到達石梯時，腦海中突然呈現出一幅令他無比震驚的畫面，以至於精神力在那瞬間都起了一陣波動。

只見無數變異種就站在山腰上，密密麻麻一眼看不到頭。

那是上千隻兔子，中間還夾雜著野豬、狼、猴子和成群的鼠類等等，以及幾條巨大的蟒蛇。

這些變異種不知為何集中在這裡，集體站在雨中，沒有一隻出聲，也沒有一隻在動。如果牠們是人的話，那就是一群訓練有素的士兵，正在等待著下一步指令。

封琛的精神力停滯在那裡，正想觀察牠們下一步的舉動，就聽到一聲長長的狼嚎，響徹整個夜空。

而其他變異種聽到這聲狼嚎後，如同聽到了衝鋒的命令，齊齊奔向山洞所在的方向。數千隻變異種沉默地奔跑在雨夜裡，這場面只讓人毛骨悚然。

此時洞口，一名士兵見封琛一直站著發呆，便推了推他，「秦深，你怎麼了？」

封琛身體一顫，像是陡然回過神，接著便轉向他們，面色蒼白地道：「山上所有的變異種正在向我們發起衝鋒，快、快準備……」

「什麼？所有變異種發起衝鋒？但是沒聽到……」士兵的話戛然而止。遠處已經傳來隆隆聲響，像是山崩地裂泥石垮塌，又像是千軍萬馬呼嘯奔騰。

「我剛用精神力去查探過，很多變異種……」

幾名士兵臉色驟變，一人衝向軍部所在的位置，其他幾人取下槍，將彈夾裡的子彈上膛，封琛也轉身奔進了洞。

洞裡的人還不清楚外面發生的一切，依舊在歡聲笑語。直到看見軍人們都在匆匆奔走，一副如臨大敵的模樣，這才察覺到不對勁，都紛紛站起了身。

「怎麼回事？到底怎麼了？」

「聽，聽外面的聲音……這是山崩了？」

「不像，好像是很多腳步聲……腳步聲？他媽的別是變異種吧？」

「不可能吧，這得多少隻變異種？」

大家正在惶惶然，就聽到于苑的聲音從擴音器裡傳來。

「變異種馬上會攻擊我們山洞，大家都別慌，我們會讓大家都平安撤離。」

于苑簡短地說完這句話，將擴音器扔給身旁的人，「馬上聯繫林少將，讓所有哨兵、嚮導立即返回。」

「已經聯繫了，林少將已經在返回。」

「將東、南、北三處洞口守好，西邊是懸崖，變異種應該不會從那裡上來。」

「是。」

于苑轉頭，看見了封琛。

「秦深！」

正在往吳優處奔跑的封琛停下了腳步。

于苑大步上前，說：「秦深，現在東、南、北三方都是變異種，只有西邊是垂直的山崖，可能會好一些。我們的哨兵、嚮導基本上都去了船廠，剩下的士兵要守住這三個洞口，人手嚴重不夠。我要你將西方的洞口守好，以防萬一有變異種從那上來。」

封琛毫不猶豫地回道：「是。」

他這聲回答得乾脆俐落，神情也毫不慌亂，但于苑瞧著他那還帶著稚氣的面龐，喉嚨有著些許發緊。

「汪屏！」于苑對著側面一聲大喝。

「在。」一名士兵跑了過來。

「你是嚮導，現在就跟著秦深，只服從他的命令。你唯一的任務就是協助他，梳理他的精神域，不要讓他出事。」

「是。」

「分給你們一隊士兵一起防守，再拿一支 A94 衝鋒槍給他，還有 C04 手雷。」

「是。」

于苑沒有詢問封琛會不會使用這些槍械，或者說他很清楚答案，只掉頭跑向了變異種最容易聚集的東邊洞口。

東、南、北三處洞口都響起激烈的槍聲，變異種已經衝到了這三個方向的山峰腳下，有士兵在槍聲中高聲喊道：「所有人聽著，往西邊洞口靠近，往西邊洞口靠近……」

洞裡的人群立即湧向西邊洞口，封琛趁著汪屏去拿武器的時間，趕緊擠到吳優那裡，快速地說：「吳叔，變異種來了，很多很多，西邊洞口是懸崖，情況可能好一點，你儘量往那邊靠。」

「好，我知道。」吳優立即就抱著顏布布站起身，跟在封琛身後去往西邊洞口。

「他還好吧？」封琛撥開面前的人群，看了眼吳優懷裡的顏布布。

吳優安慰道：「剛吃了退燒藥，現在還在昏睡，你放心，我一定會看著他的，沒事。」

汪屏已經抱著武器跑了過來，封琛便也沒多說，接過他丟來的衝鋒槍和通話器，塞好耳塞，擠向了人群最前方。

「讓開！都讓開！不要擠，把路讓出來！」汪屏大喝著分開擁擠的人群，和封琛一起到了西邊洞口。

其他三個方向的洞口，山峰下面便是緩坡，只有西邊洞口是一整面垂直的峭壁。就算變異種想從這裡上來，數量也不會太多。

士兵在洞口掛上了幾盞汽燈，將這塊山壁照得朦朧昏黃，不過好歹不再是一片濃黑，也能看出大概地形。

汪屏探頭往山壁下看，「這裡應該不會有變異種上來吧？」

封琛想了下：「其實說不準。」

「如果這裡也有變異種，那他媽是想把我們趕盡殺絕啊。我們這兩天清理了太多變異種，牠們是來報復的吧。這些變異種都是動物成了精，一個個狡猾得很……」

汪屏還在念叨，封琛卻察覺到了一絲不對勁，彷彿在下方黑暗中的峭壁上，有一些危險的東西正在靠近。

他放出精神力，順著山壁往下，果然看見山峰底部的峭壁上，一大群猴子和數條毒蛇，正飛快地往上移動。那猴群比之前他和顏布布在山下遇到的多出數倍，毒蛇也有好幾百條。

「這邊也出現了變異種。」封琛收回精神力。

「什麼？這邊也出現了？」

「對，不光有猴群，還有毒蛇。」

身後的人群頓時炸開了鍋，有人開始哭叫，也有人不大相信，非要擠上前來一看究竟。

封琛看了眼手上的衝鋒槍，遞給旁邊的士兵，「我用不著這個。」

槍枝對猴群還有用，但是對付那些毒蛇就難了，只能使用精神力攻擊。汪屏受過于苑的叮囑，無條件服從封琛，立即明白了他的意思：「你儘管用精神力攻擊，我會給你梳理精神域。」

毒蛇和猴群的速度都很驚人，短短幾秒內就已經爬到了半山腰，像是一片蠕動的深色墨汁，將被汽燈照得明明暗暗的山壁染成了黑色。

有人一直探著身體往下看，見到這情景後，驚叫一聲往後退，「這、這邊真的有變異種，變異種也、也爬上來了。」

另外三個洞口槍聲激烈，為數不多的哨兵與嚮導正在調動精神力進行攻擊。封琛聽到自己通話器裡傳出來林奮的聲音：「我們在山腰處遇到大量變異種，暫時被擋在了這裡，你們先守住洞口，我們會想辦法儘快衝進來。」

「秦深，西邊洞口怎麼樣？安全嗎？」于苑在問。

封琛眼睛緊緊盯著下方的變異種，嘴裡回道：「不安全。」

「不安全？」

「也有很多變異種，目測不少於兩百隻猴子，還有幾百條毒蛇。」

于苑沉默了半瞬，道：「那只能你先抗住，這邊更多。」

「我知道。」

封琛在人群裡找到吳優，見他抱著顏布布站在人群裡，便放下心，專心對抗變異種。

士兵們用槍枝對付猴子，機槍掃射下，爬在最上面的幾隻猴子腦袋都被打成了蜂窩，一聲不吭地掉了下去。剩下的猴子狂性大發，吱吱叫著往崖上攀爬，速度快得驚人。

但子彈比牠們的速度更快，而且士兵們從和變異種的戰鬥中早就掌握了經驗，每一槍都是對著牠們腦袋去的，更多的猴子慘叫著墜落崖下。剩下的猴子見勢不妙，連忙退後，讓毒蛇群率先進攻。

遍布山壁的毒蛇向洞口遊來，腹鱗和石壁摩擦，發出一片沙沙聲響，聽得人頭皮發麻。

密集的槍聲再次響起，山壁被子彈擊得碎石飛濺，一些蛇被炸成了幾段，但更多的蛇卻沒被擊中，飛速往上遊動。

封琛調動精神力，化作一把細針扎下，每根細針都分別刺入一條毒蛇的顱腦，再在裡面炸開。砰砰聲響後，蛇群的腦袋像是自爆般紛紛炸裂，如一條條爛麻繩似地從山壁上掉了下去。

這些蛇的數量眾多，牠們吐著蛇信往上爬行，小眼睛在汽燈的照耀下閃著陰冷的光。

封琛不斷將精神力分化成尖針，黑獅也躍下山洞，在山壁的凸起石塊上跳躍，用爪子將那些毒蛇剖開，或者直接扔下山崖。

哨兵精神力大量使用後，精神域便會源源不斷地進行補充。這種快速補充會使哨兵產生一系列負面反應，諸如頭疼和疲倦感，而且極容易陷入神遊狀態。

封琛正覺得有些頭疼，胸口也出現悶脹感，便察覺到有一股精神力試圖闖入他的精神域。

他下意識去阻擋，卻聽到汪屏在旁邊急聲道：「是我，打開屏障，讓我進去給你梳理精神域。」

封琛想打開精神域，卻遲遲不能成功，他主觀上在控制自己不要阻擋，但精神域卻閉合得緊緊的。

「快點打開屏障，不然這樣大量使用精神力你會受不了的。」汪屏連聲催促。

封琛強行讓自己放鬆，不去關注被陌生精神力闖入精神域的不適感，勉強將屏障打開了一條縫隙。

汪屏的精神力順勢進入，長長舒了口氣：「人家哨兵都是迫不及待地迎接嚮導的精神力，就沒見過你這樣的。」

有了汪屏的梳理，封琛的頭疼和胸口悶脹感都消失。他和士兵分工，士兵們負責射擊那些猴子，他對付毒蛇，如此配合再加上地形優勢，竟然逼得那群變異種遲遲攻不上來。

然而另外三個洞口就很艱難了。大部分變異種都集中在那三方，特別是于苑所在的東邊洞口，因為面朝大道，所以變異種最多，也防守得尤其吃力。

陸續有變異種衝破槍林彈雨和精神力攻擊，找準空子躍入山洞，對著人群大肆撕咬。就算馬上被擊斃，也讓牠們咬死了數十人。

吳優歷來便會盤算，衡量利弊。他抱著顏布布一直擠在人群正中，離每個洞口都保持相同距離。若是東邊洞口狀況吃緊，便往西邊挪一些，而北邊洞口槍聲密集，又會往南邊方向擠。

雖然氣溫已經下降到只有幾度，但沒有一個人覺得冷，全都緊張得滿頭大汗。

吳優低頭去看顏布布，又摸了下他額頭，發現他雖然吃了退燒藥，但體溫還沒有降下來，依舊處於高熱中。

他有些擔心這樣下去把人給燒壞了，但現在又沒其他辦法，只能將顏布布身上的厚棉衣脫掉，T 恤袖子挽高，右肩上的兩顆紐扣也解開，讓熱氣從脖子處往外透。

「啊啊啊啊——」人群突然爆發出尖叫，齊齊往西邊湧來。

只見東邊洞口又撲進來一隻變異種，雙眼猩紅，體態似狼，身上卻覆蓋著一層黑色的堅硬鱗片。牠將一人撲在地上，喀嚓咬斷了他的脖頸，尖牙上還淌著血，又轉身撲向了另外的人。

封琛和幾名士兵正守著西邊洞口，突然湧來的人流差點將他們給擠下去。幾人連忙靠在側邊洞壁上，那些往前衝的人卻收不住腳，慘叫著跌下了山崖。

「回去！快回去！」汪屏背靠洞壁拚命大吼，聲音卻被那些尖叫聲淹沒。

封琛背靠洞壁，在人群中尋找吳優，直到看到他和顏布布都安全，這才放心，轉身繼續對付洞外的變異種。

砰砰砰！洞內響起連聲槍響，那隻衝上來的變異種被擊殺。

「別擠了，有人已經掉下崖摔死了。」西邊洞口有人半隻腳都懸在洞外，身體搖搖欲墜地在崖邊晃蕩。

山壁上的黑獅一直在往上攀，在接近洞口時突然躍起，將那人連同後面的人群都撞得連連後退，將洞口周圍空了出來。

在封琛他們持續不斷的攻擊下，西洞山壁上的猴子和毒蛇始終不能靠近洞口，數量也越來越少。

猴子們見勢不妙，一聲呼哨後，突然就紛紛撤退，也不管那些毒蛇，徑直消失在了黑夜裡。

猴子撤退，只剩下毒蛇，這下就好辦多了。封琛的精神力和士兵們的機槍掃射，再加上黑獅，山壁上的毒蛇很快就所剩無幾。

「西洞門的情況怎麼樣？秦深，你那邊怎麼樣？」通話器裡傳來于苑的詢問。

剩下的十來條毒蛇萌生退意，開始往山壁兩側逃竄，但封琛並不會放過牠們，精神力化成的細針在空中各自散開，以不同的角度和路線追上那些毒蛇，將牠們逐一擊殺。

當最後一條毒蛇的頭在空中炸開時，封琛才回道：「西洞門山壁上的變異種已經全部清理乾淨。」

「現在人手不夠，讓那隊士兵來東洞口，你和汪屏去幫忙對付南洞口的變異種。」

「好。」

其他人也在通話器裡聽到了命令，分頭去往各自要守的洞口。

「讓一讓。」封琛奮力分開人群，擠到了吳優和顏布布面前。

「吳叔，他怎麼樣了？」

見顏布布還在昏睡，封琛摸了下他的額頭。

吳優被人群擠得搖來晃去，安慰封琛道：「沒事，他剛才已經吃了退燒藥了，藥效應該還沒發揮作用，再過一會兒就好了。」

顏布布的臉泛著不正常的潮紅，幾綹被汗水打濕的捲髮就貼在額頭上，嘴唇也乾得起了殼，緊閉著眼睛躺在吳優懷裡。

封琛心中焦急，但見南門槍聲密集，炮火不斷，知道那裡狀況緊張，也不能多停留。

「那晶晶就拜託給吳叔了。」封琛握著顏布布的手。

吳優道：「你放心吧，吳叔知道怎麼辦。」他湊近了封琛低語道：「吳叔精著呢，肯定會找最安全的地方，從來不會吃虧。」

封琛將顏布布額頭上的濕髮撥開，這才轉過身分開人群，跑向了南洞口。剛才西洞口的變異種已經很多了，南洞口卻比那糟糕數倍。

這裡沒有垂直陡峭的懸崖，離地面只有約莫 3 層樓高，變異種們層層疊疊堆在下方，最上面的離洞口也不過兩層不到的距離。更遠處的地面上全是變異種，一直延伸到山坡下方的黑暗裡。

儘管手雷炸彈不斷往下扔，子彈如雨般傾落，但變異種們多數身上都覆蓋著鱗片，所以作用並不明顯。好在洞口有三名哨兵和兩名嚮導，不斷用精神力進行攻擊，這才勉強擋住了牠們的衝擊。

但變異種實在是太多，他們左支右絀，於是就有異常凶悍的變異種，衝過重重炮火竄上洞口，被士兵用衝鋒槍頂住頭顱射擊，破碎的頭骨和腦組織散落一地。

封琛趕到南洞門，迅速加入了哨兵隊伍，將自己的精神力與他們匯合，形成一張連綿的巨網，將那些變異種都擋在網下，再化作利刃刺入牠們頭顱。

南洞門因為封琛的加入，重壓減輕了不少，但于苑所在的東洞門情況就嚴峻得多。

這裡雖然有四名哨兵，加上他和另外一名嚮導，但依舊應對得很吃力。總是有變異種躍上洞口，咬死幾個人後才能被士兵近距離擊斃。

「林奮，你們還有多久才能衝上來？」于苑啞著嗓音從通話器裡問道。作為一名 A 級嚮導，他將自己的精神力分為了三份，不光為兩名哨兵梳理精神域，還在控制洞口下方的變異種。

通話器裡傳來林奮的回應，伴隨著激烈的槍聲，顯然也正在激戰中：「地面上的變異種太多，估計還需要十來分鐘，已經衝到了離洞口還有兩百多公尺的地方，你們再堅持一下。」

「好。」于苑剛應聲，就有士兵在焦躁地喊：「沒有子彈了，這裡沒有子彈了，快去拿彈藥箱。」

彈藥箱在洞的另一頭，但洞內被驚慌湧動的人群堵得嚴嚴實實，兩名士兵費勁地分開人群往那邊走，嘴裡大聲斥喝，卻依舊很難擠過去。

「讓管理員送來，管理員可以打開指紋鎖。」一名士兵吼道。

因為怕這些彈藥箱出意外，都用指紋鎖固定在洞壁旁，只有西聯軍和管理員才能打開這些指紋鎖。

一名士兵抓過擴音器，對著人群高喊：「已經沒有子彈了，各區的管理員，將彈藥箱給各個洞口送來，各區的管理員，將彈藥箱給各個洞口送來……」

吳優聽到士兵讓管理員去搬運彈藥箱的喊話，猶豫了一瞬，但看見懷裡的顏布布，便低下頭半弓著背，假裝沒有聽見。

顏布布的睫毛顫了顫，慢慢睜開眼。因為高熱，他的眼睛也被燒得紅紅的，像是一隻兔子般。

吳優沒有注意到顏布布已經醒了，他跟著人流左右搖晃，儘量將手肘外擴，抵著那些擁擠的人，想給顏布布留下一小方空間。

汗水順著他臉頰往下淌，也顧不上去擦，只半低著頭，焦灼地左右張望。

「吳叔……」顏布布翕動嘴唇喚了他一聲，但此時洞內一片喧囂，這聲吳叔連他自己都聽不見。

「吳叔。」他又喚了聲，並勉強抬了下左臂。

這下吳優感覺到了，他倏地看向顏布布，露出驚喜的神情，「晶晶，你醒了？」

顏布布只看著他，片刻後才啟開乾裂起殼的唇，小聲說了句什麼。吳優沒聽清，將耳朵湊到他嘴邊，「吳叔沒聽仔細，你再說一遍。」

「我不叫晶晶……我叫布布。」

顏布布聲音很小，但吳優這次聽明白了，有些疑惑地重複：「你不叫晶晶，你叫布布？」

顏布布小幅度地點了下頭，半睜著眼睛看向旁邊。

吳優只當他燒迷糊了，一邊抱著他在人群裡搖晃，一邊輕聲安撫地道：「知道了，吳叔知道你叫布布。是不是覺得這裡很熱鬧啊？不要怕，這是大家在玩遊戲呢，你乖乖再睡一覺，等你睡醒後，我們就在大船上了。」

顏布布明顯很虛弱，連轉頭的動作都很吃力，卻一直用目光四處尋找著。

吳優明白他的心思，又俯到他耳旁道：「哥哥也在玩遊戲，咱們別打擾他啊，他等會兒就會來找你。」

顏布布收回視線，重新看向吳優，輕輕地說：「吳叔撒謊……哥哥他，他在殺變異種。」

旁邊有人擠過來，吳優連忙用背頂著，嘴裡卻笑道：「布布聰明，吳叔瞞不住你，哥哥在殺變異種。不過哥哥多厲害啊，是特種戰士，不用為他擔心的。」

「嗯。」顏布布嗯了一聲，又道：「我知道……哥哥最厲害了。」

「你也別擔心，有哥哥和吳叔護著，安心睡吧，睡吧。」吳優哄道：「等到睡醒了，你也是個特種戰士了。」

顏布布的腦子昏昏沉沉，確實撐不住了，他將頭側向吳優懷中，又閉上了眼睛，很快便再次陷入昏睡。

「讓開讓開讓開。」其他區的管理員在搬運彈藥箱，人群向兩邊分開，互相擠成一團。

吳優被人流帶著往左邊踉蹌了一段，穩住身形後發現已經靠近南洞門，就站在封琛身後。

南洞門的戰況太激烈，他抱著顏布布想回到西洞門，卻又被推著往旁趔趄了兩步。

「哎喲，別往這邊擠了，已經擠不下了。」旁邊的人尖聲叫著，伸手想將吳優推開些，結果在看清他的臉後，又是一聲大叫：「吳管理員，您怎麼在這兒？不是讓你們管理員去送彈藥箱嗎？」

正背朝他們的封琛聽到這句話後立即回頭，看了吳優和顏布布一眼，又轉頭對付快要衝進洞的變異種。

如果換成平常，吳優立即就會呵斥回去，但現在他只得壓低了聲音解釋：「我帶著孩子，沒法去搬運彈藥箱。」

「孩子？吳管理員您什麼時候有孩子了？」那人故意抬高了音量，惹得旁邊的人都看過來。

吳優：「別人托我照顧的孩子，正在生病昏睡著，脫不了手。」

一名大媽立即伸出手，「孩子給我，我給你抱著，你先去給西聯軍送彈藥箱。」

旁邊的人附和：「彈藥箱是指紋鎖，我們又開不了，只能您自己去。都什麼時候了，快去吧，孩子就放心交給我們。」

C 區的幾名熟人也紛紛道：「吳管理員您放心，孩子我們一定給您好好抱著，您送完彈藥箱就回來，很快的。」

吳優還在遲疑，那名大媽直接從他懷裡抱走顏布布，「我帶了幾個孩子了，總比你帶孩子要強，你就放心去吧。」

「我家孩子在發燒。」吳優急了，伸手想去抱回來。

大媽卻是不信，抱著顏布布退後站進了人群，「吳管理員，你平常躲事也就算了，現在西聯軍還在戰鬥，你可不能躲啊。孩子就交給我，保管他全鬚全尾，一根汗毛都少不了。」

「就是啊，我們不能只看著西聯軍戰鬥，也得出一份力才行。」

這些人平常不會得罪吳優，但到了這個時候也不在乎了，紛紛出言勸說。

這事沒法推脫，何況運送彈藥箱的事情的確緊急，吳優只得指著封琛的背影道：「他是特種戰士，就是這孩子的哥哥，明明也是個半大孩子，卻這裡拚命殺變異種保護大家。你們可得將他弟弟看好，不能有任何閃失。」

「特種戰士的弟弟啊，那更不會出問題了。放心吧，我們帶著孩子去西洞口附近，那裡安全些。」

吳優去搬運彈藥箱，封琛從頭到尾聽見了對話，但變異種攻勢正猛，他只停住攻擊往後看了眼。這兩秒不到的工夫，就有兩隻變異種找準精神力漏洞撲了上來。

幸好牠們的爪子才搭上洞口，就被旁邊的哨兵發現了。那哨兵對著其中一隻一拳砸下，變異種堅硬的頭殼竟然被砸出裂痕，嚎叫著摔了下去。另外一隻也被眼疾手快的士兵開槍擊斃，但封琛不敢再分心，趕緊回頭繼續對付變異種。

雖然他不放心將顏布布交給吳優以外的人，但現在的確沒辦法。不過那些人既然給出了承諾，相信他們也會照顧好顏布布。

「吳管理員平常最會躲事，還撒謊孩子在發燒……」

大媽抱著顏布布擠到西洞門附近時，手背擦過他的臉，像是燙著般猛地一縮。接著又試探地摸上了他額頭，臉色頓時變了。

「你摸摸，摸一下，這孩子是不是真的在發燒？」

旁邊的人如言去摸顏布布額頭，肯定道：「是的，燒得還不輕。」

大媽急了：「發燒不是要關在那些平臺上，用木條釘起來嗎？」

另外有人道：「我剛看見吳管理員抱著他去了醫療點，醫療官還給他檢查過，應該是沒問題的。」

「放心吧，這孩子應該就只是一般的感冒發燒，不然醫療官不會讓人抱走的。」

話雖如此，大媽的臉色還是不好看，將顏布布抱得離自己遠了些，眼睛也一直警惕地看著他的臉。似乎只要稍有異動，就會將人從懷裡扔出去。

西邊洞口最安全，所有人都想往這邊挪，所以更加擁擠不堪。

一名老頭擠在人群中，臉色慘白，額頭不住往下淌汗。

他抬起手擦拭汗水，那食指上裹著一圈厚厚的紗布。紗布表層滲著血跡，邊緣是鮮紅色，但中間剛滲出來的一小團液體竟然是墨黑色。

老頭似乎很不舒服，將脖子處的領扣都解開，不斷清著嗓子，喉嚨裡發出痰液滾動的聲響。

旁邊的人聽著覺得很刺耳，想要離他遠些，可剛剛往旁邊移，老頭就像站不穩似地往他身上倒。

「哎哎哎，站好了。」那人嫌惡地伸手去推，下一秒就爆出一聲慘叫，「放開我的手，幹麼，你幹麼咬人？」

大媽正站在西洞口盯著顏布布瞧，就聽到身後不遠處有人發出連聲尖叫。

人潮一直都在喧囂，像鍋快要燒開的水，不斷往上冒著一串串小氣泡。但此時終於達到了沸點，水面開始了劇烈的翻騰。

他們不再小弧度擠來擠去，而是互相推搡，無頭蒼蠅一樣亂竄，發出尖銳而恐懼的哭喊。

「喪屍啊……喪屍啊……」

大媽被推搡到了牆邊，聽到喪屍兩個字後身體一顫，立即看向懷裡抱著的顏布布。

顏布布閉著眼，因為高熱，胸部起伏有些急促，臉色也一片潮紅。

大媽驚慌地左右看，接著將顏布布往旁邊人的懷裡一丟，「我抱不住了，你抱著。」

那人下意識接住顏布布，驚愕地問：「幹麼把小孩給我啊？」

「剛才你不是喊得最厲害嗎？說你會幫著照看這個小孩，那你就看好他。」大媽不待那人回過神，一頭鑽進了人群裡。

「哎，妳這人怎麼回事啊？不是妳把這孩子硬接過來的嗎？」眼見大媽的背影消失，那人急得跳腳，抱著顏布布不知道該如何是好。

不遠處的尖叫還在繼續，那人又將顏布布遞給身旁的人，「我手疼，怕摔著孩子了，你暫時抱一會兒。」

身旁的人立即閃開，也鑽進人群避得遠遠的。

那人左右看看，看見洞壁處有一小塊往裡凹陷的空地。空地鋪著一塊塑膠布，洞壁上還掛著一面圓鏡，顯然是誰的地鋪。

見大家都驚慌地逃向東洞門，沒人注意到這兒，他便將顏布布放進了那塊空地，再頭也不回地往東洞門處擠去。

封琛正在激烈戰鬥，耳邊都是連綿不斷的槍聲，還有民眾從來都沒斷過的尖叫聲，所以並沒注意到西洞門這一帶的騷亂。

吳優剛搬完一箱彈藥，回頭時撞見人潮都瘋了似地往東洞門湧，隱約還聽到喪屍之類的詞。

他連忙往西洞門看去，發現這些人都是從那個方向湧來的，心裡不由得發慌，開始逆著人流往前擠。

他跌跌撞撞地前進，卻在人群中看見了那名抱走顏布布的大媽，趕緊擠過去抓住她，急聲問道：「孩子呢？我交給妳的那個孩子呢？他在哪兒？」

「有其他人抱著的，出不了事。」大媽掙開他的手，瞬間就衝到前面去了。

「救命，啊——」一聲慘叫從西邊傳來，聽得吳優心驚膽寒。他也顧不上去追那大媽，只撥開面前的人，拚命往西洞門方向靠近。

顏布布躺在地上，側臉就貼著冰冷的洞壁，那涼意讓他從昏沉中醒來，也恢復了一些意識。

耳邊的人聲時大時小，像是潮水般湧來又退去。他努力睜開眼，視野卻模糊不清，只知道所有人都在朝著一個方向奔跑。

他想抬手揉揉眼睛，但手臂軟得好像不是自己的，想開口叫哥哥，喉嚨裡也發不出聲音。

他就那麼盯著前方晃動的人群，直到視線逐漸恢復清晰。但他看到的，卻是一幅極其混亂驚悚的場景。

不遠處有三人圍在一起，半俯著身撕咬一名躺在地上的年輕女人。那女人的肢體已經七零八落，身體周圍噴濺著大量的鮮血。

——喪屍……

顏布布昏沉的腦海裡，浮現出了這兩個字。

其中一隻喪屍站起身，但周圍一圈的人已經全跑光了，它環視左右後慢慢轉身，朝向了躺在洞壁下方的顏布布。

【第十章】

這就是我父親留在家裡的密碼盒，現在交給你了

氣墊船漸漸消失在眾人的視野範圍外，化作了一團小黑點，但這過程裡，少年沒有再回頭過一次。

封琛一直划動著雙槳，直到聽到遠方傳來一聲長長的輪船鳴笛，眼淚才噴湧而出。

他恣意地放聲大哭，嘶啞著嗓音吼叫，讓淚水和雨絲糊了眼睛，再一起流進嘴裡。

顏布布和喪屍對上了視線，他看見喪屍整個眼球都變成了黑色，也看見牠嘴邊掛著一條鮮紅血肉，還在往喉嚨裡吞嚥。血水順著牠下巴流淌，滴落在胸膛上，將那淺灰色的外套染成了深紅色。

喪屍搖搖晃晃地走來，那瞬間他心跳都要停止，瞳孔放大，雙手緊摳著地面，張著嘴急促地喘氣。

他試著想站起身逃，可身上軟得沒有半分力氣，掙扎了幾次也沒能爬起來，只能向著洞口爬，一點點地往前爬。

他眼角餘光能看見那喪屍，看見牠突然加快速度衝了過來。

巨大的陰影從空中投下，將顏布布整個人籠罩住。他能感受到喪屍接近時帶起的冷風，也能聞到風中那股濃重的血腥味。他依舊往前爬著，嘴唇無聲地翕動。

「啊嗚嘣嘎啊達烏西亞、啊嗚嘣嘎啊達烏西亞……」

顏布布的腳踝被隻冰冷的手拉住，那觸感比毒蛇爬過身體還要讓人驚懼。但他連掙扎的力氣都沒有，只不住地戰慄。下一秒，他清楚地感覺到，自己小腿被喪屍咬住。絕望和恐懼讓他感覺不到疼痛，也忘記了繼續念咒語，腦子裡只反覆迴蕩著：哥哥救我，哥哥救救我……

「晶晶！」他恍惚地聽到一聲嘶吼，雖然都變了調，但依舊能聽出來是吳優的聲音。

他費力地轉過頭，想喚一聲吳叔，便看見吳優從左邊撲上來，動作快如疾風，一把抓住剛伏在他腿上的喪屍，狠命往上拎。

那喪屍咬了顏布布一口，短暫地鬆開嘴準備接著撕咬，就被吳優扯住了肩膀，猝不及防下，被抓住後退幾步，離開了顏布布。

喪屍剛嘗到血就被拖離，憤怒地轉身嘶吼，對著吳優發出野獸一般的咆哮。

吳優剛才看見喪屍在咬顏布布，也不知道是哪兒來的勇氣，瞬間就衝了過來扯走它。現在和喪屍近距離地面對面，看見張大的嘴和猙獰的臉，才後知後覺地察覺到了恐懼。

他想將喪屍推開，卻又擔心它繼續去咬顏布布，只遲疑了短短半秒，便覺得肩頭傳來一股劇痛，那塊皮膚已經被喪屍給咬住。

可喪屍咬了一口後，不知怎地竟然放棄了他，轉身又要撲向顏布布。吳優從背後箍緊喪屍的腰，拚命往後拖。鮮血從他肩頭的傷口湧出，瞬間就染紅了半邊身體。他明明個子比喪屍要瘦小許多，此時竟然爆發出巨大的潛力，竟然箍得那喪屍沒法繼續前進。

顏布布趴在地上，對著吳優伸出手，發出只有他自己能聽到的嘶喊聲：「吳叔……吳叔……」

吳優狠命箍著喪屍往後拖，卻突然看見對面洞壁上掛著的鏡子，看見了鏡子裡的自己。

那張他每天都能在鏡子裡見到的臉，此時看上去是那麼熟悉，卻又變得那麼陌生。

五官依舊平凡，沒有半分特色，但皮膚卻變成一種不正常的青灰，衣領外露出的一段脖頸也爬上了蛛網似的紋路，正在向著臉部蔓延。而他的瞳孔變成一種極致的黑，並逐漸往整個眼球擴散。

「啊嗚嘣嘎啊達烏西亞、啊嗚嘣嘎啊達烏西亞……」顏布布往吳優身前爬，用嘶啞的聲音痛苦地念著咒語，眼淚和汗水糊住了他的眼睛，再淌落到地上。

「別過來、別過來……」吳優看著顏布布越來越接近，便拖著那個喪屍往洞口退，邊退邊對著顏布布搖頭。

他箍著的喪屍在拚命掙扎，卻無論如何也掙脫不開他的手臂。他肩上的傷口已經不再往外湧出鮮血，呈現半凝固狀態，但那傷口也在變成深黑色。

「別過來……」吳優喉嚨裡發出嗬嗬的聲響，眼裡僅剩一絲亮光，讓他維持著最後的清醒。

當他箍著那隻喪屍退到洞口，還在繼續後退時，顏布布終於明白了他要做什麼。也不知道哪兒來的一股力氣，讓他突然撐起上半身，用那像是要撕裂的沙啞聲音喊了聲：「爸爸──」

吳優怔了怔，眼淚從他已經趨近全黑的瞳孔流出，順著爬滿青紫色紋路的臉龐往下淌。

顏布布喊出一聲爸爸後，便再也發不出聲音，他只能無聲地痛苦嚎哭、無聲地流淚、無聲地用口型一遍遍喊著爸爸，顫抖地對著吳優伸出了雙手。

「別哭，乖，這是……這是遊戲，爸爸和小深一樣……在玩遊戲，別哭。」

吳優對他露出一個難看的笑容，在眼底光亮徹底被黑暗吞沒的瞬間，抱緊那隻掙扎不休的喪屍往後仰倒。

如同一隻起飛的鵬鳥般，無聲無息消失在黑暗的洞口。

砰砰砰！近處響起槍聲，那幾隻正衝向人群的喪屍被擊斃倒下，士兵衝過來大聲喝呼，人群尖叫，各種雜音匯聚在一起，鑽進了顏布布耳朵裡。但他卻像是什麼都沒聽見，只呆呆地看著吳優消失的地方。

片刻後身體晃了晃，撲倒在了地上。

封琛和其他士兵一起，艱難地頂在南洞門。他身上有數道傷口，那是被偶爾撲進來的變異種抓傷的，其中最深的一道在左胸下方，再上去一點就是心臟。

其他士兵也都受了傷，有幾名傷情格外嚴重，醫療官正在緊急搶救，也不知道能不能救活。

當他擊退一波變異種後，突然聽到洞內傳來數道槍聲，而方向正是西洞門口。

封琛心頭一跳，立即轉身看去，這才發現原本人多密集的西洞門，已經沒有了一個人，中間留出的一塊空地上，躺了幾具屍體。

他視線掠過某處洞壁時，突然頓住。耳麥裡還在傳出來各種聲音，身旁的士兵也在說話，但他已經聽不見。

「于苑，山洞裡情況怎麼樣？我們已經將地面的變異種清理了，馬上就到山峰下，可以和你們會合。」

「只有少量變異種衝進洞，沒有造成大的傷亡……」

一名士兵換掉空彈匣，臉上露出喜色，「終於守住了這波，將林少將他們等回來了。這次多虧了有秦深，不然我們還真難守住……哎，秦深，你去哪兒？秦深？」

封琛已經衝了出去，沿路擋著的人被他看也不看地直接撞開，一直衝到顏布布身旁，將他一把抱了起來。

顏布布的臉色不再是高熱的潮紅，而是一片蒼白，兩排濃黑捲翹的長睫毛搭在下眼瞼上，讓他看著像是個精緻的布偶，沒有半分活人的生氣。封琛顫抖的手指搭到他頸側，感受到那血流的搏動時，才長長舒了口氣。

「顏布布、顏布布，醒醒，顏布布……」他伸手去拍顏布布的臉，卻沒有得到半分回應。

封琛抱著顏布布站起身，茫然地四下張望。

顏布布為什麼會一個人躺在這兒，地上為什麼有幾具喪屍屍體？他不知道吳優去了哪兒，而那群抱走顏布布，說著要好好照顧他的人又去了哪兒。

——這裡剛才到底發生了什麼？

封琛正想找人詢問清楚情況，就聽到頭上左邊傳來微弱的聲音：「喂、喂……」

封琛轉過頭，看見左邊十幾公尺的洞壁上有個平臺，木欄裡躺著個年輕人，正撐起身體在喊他。

「你過來，我看見了那小孩兒的事情……」

封琛走了過去，抬頭看著他。

「他是你弟弟嗎？」年輕人問。

「對。」

年輕人正在發燒，面色潮紅，但神情還算清醒。他側躺著面對封琛，聲音雖然虛弱卻很清晰：「剛才這裡有喪屍，所有人都在跑，你弟弟就被人扔在那兒了。」

封琛低頭看了眼顏布布，神情變得非常難看。

「林少將帶著人回來了、林少將帶著人回來了！」東邊洞口傳來歡呼聲，封琛卻置若罔聞，對年輕人道：「您繼續說。」

「沒人管你弟弟，他就倒在那兒，結果有喪屍去咬他……」封琛神情一變，但立即便想到顏布布現在還好好的，只是昏迷不醒，應該沒有被喪屍咬傷。

但就算如此，他心裡也湧起股後怕，嘴裡陣陣發乾。

「後來呢？」他追問道。

「你弟弟太靠近洞壁，我看不全，也不知道被喪屍咬著沒，不過應該沒事的。」年輕人看了眼他懷裡的顏布布，又說：「後來你爸爸衝了過來，拖走了喪屍，把你弟弟救下來了。」

「我爸爸？」封琛驚愕地問。

年輕人輕輕點頭，「對，我聽見你弟弟叫他爸爸。」

封琛立即就反應過來，他說的應該是吳優。但他並沒有在這兒看到吳優，而且吳優也不可能將顏布布一個人丟在那兒，除非……

封琛心裡浮起種不好的猜測，一顆心直往下沉，只覺得嘴裡更乾了，乾得隱隱發苦。

年輕人沉默片刻後才道：「你爸爸被喪屍咬了，然後他抱著喪屍一起跳了崖。」

「變異種都被清光了！變異種都被清光了！我們勝利了！」洞裡突然爆出熱烈的歡呼聲，巨大的聲浪差點將這洞給掀翻。

所有人都在蹦跳歡呼，或是互相擁抱慶祝，一片劫後餘生的狂喜。

士兵們疲憊的臉上也露出笑容，互相拍拍肩膀，揉揉對方的頭。

只有封琛抱著顏布布沉默地站著，側頭看向西洞口。汽燈昏黃的光照亮了他稍顯蒼白的臉，也照亮了他眼底閃動的水光。

「節哀順變。」年輕人說完這一句後，又躺了下去。

封琛低聲道了謝，抱著顏布布轉身。

他想去找那群扔掉顏布布，間接害得吳優喪命的人，結果一轉身，便看見士兵在處理那幾具喪屍屍體，正抬著走向洞口。

他們路過封琛身旁時，封琛低頭看向喪屍屍體，看見他們都怒瞪著雙目，微張著嘴，牙齒上還染著猩紅的血。

那血跡令他後背發寒，心裡也生起一絲不安。

雖然顏布布看上去沒有什麼異常，但他還是不放心，忍住立即去找那群人算帳的衝動，抱著他走向一旁，坐在一個木箱上。

他解開顏布布的背帶褲，將T恤撩起來看過肚皮和後背，又檢查了手臂和大腿，皮膚都完好無損。

提起的心總算是放下了些，他將顏布布的背帶褲重新穿好，最後才撩起褲腳去看小腿。

但那個猙獰的牙印出現在眼底時，封琛腦子一片空茫。

他陷入了失語、失聰、失明的狀態，聽不到外界的半分聲音，眼前一片黑暗。世界像是歸於湮滅般，甚至都感受不到自己的存在。

他就這樣處於空茫真空中，也不知過了多久才恢復過來，目光遲鈍地盯著那截白嫩小腿上的牙印。

他覺得是自己看錯了，伸手想去將那痕跡擦掉。但不但沒有擦掉，反而給自己手指和牙印周圍的皮膚染上了一層殷紅。

封琛從未覺得鮮血是如此刺眼，可以穿透他的眼球直達心臟，燙得他胸口痙攣地疼痛，心臟似乎就要不勝負荷地停止跳動。

「顏布布，你是不是在石頭上碰的？啊？你醒醒，你告訴這是在石頭上碰出來的傷口，你快醒醒，快點告訴我……」

封琛不斷抹去牙印上的紅色，但新的紅色又滲了出來，他用袖子將牙印周圍的血跡吸乾，好像看不見的話，它就不會存在。

紅色漸漸變淡，新滲出來的血跡不再殷紅，而是帶上了青色……

「顏布布，你現在醒來的話，我保證不會生氣，哪怕你是調皮在石頭上碰著了，我也不會生氣……」

眼淚大顆大顆湧出模糊了視線，他執拗地用衣袖繼續去擦那淡青色的血跡，直到那裡漸漸凝固，不再有液體滲出。

「看，我就說這是石頭上碰的，只是破了點皮，很快就好了……」

一陣冷風吹來，顏布布小腿上的皮膚有些發涼，封琛放下他褲腿，將他緊摟在懷裡輕輕搖晃。

整個山洞的人都在歡呼大笑，只有西洞口的這兩人，在孤清的寒冷夜風裡，相依為命地抱在一起。

山洞下方是層疊的變異種屍體，士兵們全都出洞，既要清理出一條路，也要檢查有沒有尚未死盡的變異種。

林奮將于苑拉到東洞門的一個角落，專注地打量他，伸手抹去他臉上的一團灰痕。

于苑握著他的手在臉上貼了貼，「我說了你別為我擔心，我肯定會沒事的。」

「洞裡就留下了那幾個哨兵、嚮導，怎麼可能不擔心？」林奮低沉的聲音像是在耳語。

于苑笑了起來，「留下的哨兵、嚮導都表現得不錯，特別是秦深，雖然年紀小，戰鬥力卻非常強悍。」

說到這裡，他往人群裡張望，「秦深呢？我怎麼一直都沒看見他，你剛見著人了嗎？」

林奮皺起眉，「我從回來後就沒有見過他。」

話音剛落，就聽到人群裡突然傳來尖叫：「哎哎哎，你幹什麼？你想幹什麼？」

剛剛經過變異種和喪屍的攻擊，大家雖然在慶祝，卻也依舊心有餘悸。聽到這尖叫後，如驚弓之鳥般彈開，紛紛往自己覺得安全的地方躲。于苑低呼了聲不好，提步便往裡跑，林奮也同時衝了上去。

人群嘩啦散開，山洞正中央被留下了一塊空地，但站在裡面的卻不是喪屍，而是封琛。

封琛俊美的臉上滿是凶戾，他右手掐著一名成年男人的脖子，左手橫抱著顏布布。

顏布布緊閉著眼，四肢軟軟地垂著，一動不動地躺在他懷裡。

「放開我，你幹什麼……你想幹什麼……」那男人身形明明比封琛壯實，卻怎麼也掙脫不開，伸手去掰他手指也不行。

封琛渾身散發著濃濃殺意，像一隻狺狺而動的野獸。他通紅的眼睛盯著男人，從齒縫裡擠出一句話：「剛才是你抱走了我弟弟？」

「不是，不是的，不是我。」成年人脹紅著臉解釋。

「剛才在南洞門口，我聽到過你說話的聲音。」封琛手指開始用力，男人都能聽到自己脖頸發出逐漸錯位的喀嚓聲。

「救……救……」男人眼角溢出淚水，那雙盯著封琛的眼裡全是恐懼和央求。

此時洞裡沒有士兵，周圍的人不知道是嚇傻了還是什麼，誰也沒上前阻止，只呆呆地看著。

封琛臉上全是恨意，對男人的求饒不為所動。他手指繼續用力，眼看就要將男人的脖子給捏斷。

「秦深！住手！」

一道厲喝從人群外傳來，一黑一白兩隻大鳥從洞頂撲下。黑獅也瞬間出現在封琛身旁，高高躍起身，迎上了白鶴和兀鷲。

封琛感覺到從側方襲來一股力量，像無形的枷鎖層層鎖上他的肢體，讓他的手指沒有辦法繼續收緊。

是于苑的精神力控制。

雖然這過程也就持續了半秒不到的時間，但一道人影已經迅速撲到面前，將中年男人從他手下一把扯了出來。

「秦深，你在幹什麼？」林奮將那男人推開，對著封琛怒喝。

男人跪在旁邊的地上，撕心裂肺地大聲嗆咳，口涎長長地牽成線。

封琛也不回話，繼續衝向那男人，林奮橫跨一步擋在他身前，一把揪住他的衣領。

「秦深，你……」林奮話剛出口，便看到封琛那雙通紅的眼睛裡滿是恨意和痛苦。他有些錯愕地閉上嘴，目光落到他懷裡的顏布布身上。

于苑也走了過來，伸手去摸顏布布額頭，封琛卻一個側身，讓他的手落了空。

「小捲毛怎麼了？」于苑察覺到異樣，聲音有些發緊。

三隻量子獸短暫地交鋒又分開，白鶴和兀鷲落在黑獅前方擋住，黑獅對著那男人憤怒咆哮，身體繃緊，隨時都要再次進攻。

因為于苑的問話，封琛的眼淚再也沒有忍住。他淌著淚，大口喘氣，像那名蹲在不遠處劇烈咳嗽的男人一樣不能順暢呼吸。

「告訴我，他怎麼了？」于苑再次追問。

封琛沒有回答，于苑的視線落在顏布布小腿上，神情頓時一變。那裡褲腿往上縮，露出了那個令人觸目驚心的咬傷。

「吳叔剛才抱著他，這群人非要將他搶走，結果又將他扔在地上不管……吳叔為了救他，也被喪屍咬了……」

封琛轉身指著那男人，嘶啞著聲音道：「就是這群人害了他們倆，就是這群人！」

「不是我，我沒有抱過你弟弟，不是我，你要……」那男人已經回過氣，捂著脖子為自己申辯。但封琛的眼神如同一隻凶狠的狼，像是隨時要撲上來將他撕成碎片，嚇得他將剩下的話嚥了下去。

「你給我指出來，剛才都有哪些人？」封琛對著他咬牙道：「一個個的全都指給我！」

那男人果然就在人群裡張望打量，想將剛才那群嚷嚷著要吳優將顏布布交給他們的人找出來。

「夠了！」林奮忍無可忍地一聲大喝：「找出來又怎麼樣？難道你還要把他們一個個都殺了嗎？」

「對！我就是要把他們一個個殺了，全都殺光！全都殺光！」

封琛喊完這一句，又對著那男人衝去，林奮眼疾手快地一把將他抱住。黑獅在這時撲出，兀鷲和白鷺也連忙追上去攔截。

林奮的身形比封琛高大許多，他又顧念著懷裡的顏布布，不敢拚命掙扎，因此被箍得動彈不得，只覺得一口氣憋在胸口，脹得整個胸腔似乎都要炸裂。

而憤怒的黑獅也被兩隻大鳥攔住，在那裡撲打撕咬起來。

「放開我！林奮，滾開！你放開我！放開我……」

封琛像隻被困住的孤狼，滿懷激憤和痛苦，卻只能發出絕望的嘶嚎。他胸前的傷口又被撕裂，鮮血湧出，浸濕了衣裳。

林奮從他身後緊緊抱著他，下巴就擱在他頭頂，不住地念道：「冷靜點，孩子，我都明白，我知道……」

封琛喘著粗氣，狂亂的目光掃過周圍的人，看著那些或驚懼或好奇的面孔，突然停下了掙動。

他的頭劇烈疼痛，卻有個瘋狂的聲音在不斷叫囂。

——那些人就在這裡，他們就藏在這些人群裡，也不用再去尋找，將這裡的人全部殺光就行了……

封琛突然停下了掙動，開始調動自己的精神力。

——殺光吧，全部殺光！全部殺光！

于苑一直觀察著他，在察覺到他精神力出現了波動，立即使用了精神控制。

封琛動作一滯，手臂無力地下垂，于苑緊跟著上前一步，將往地上墜落的顏布布接住。林奮同時一個手刀劈在他後頸，他頓時失去了知覺，向後倒在了林奮懷中。

「哥哥、哥哥、哥哥……」

「哥哥看我，我會魔法，啊嗚嘣嘎啊達烏西亞……」

「二加二等於四，三加三等於六，四加四等於八。」

「嗚嗚……你別不要我，哥哥，我錯了，你別不要我……」

封琛覺得自己置身於黑暗的海底，水壓沉重得讓他窒息，空茫中只聽見顏布布的聲音，時而撒嬌時而哭鬧，一遍遍喚著哥哥。

我在這兒、我在這兒……他想回應顏布布，卻無論如何也發不出聲音。他著急地伸手四處摸索，四周卻全是水和無邊無際的黑暗。

「哥哥，哥哥你在哪兒？」

「我在這兒，我就在這兒！」

封琛拚命想出聲，難受得在原地打轉，他想抓住顏布布，卻茫然地不知道該去往哪個方向。

「秦深、秦深，醒醒，秦深。」

封琛猛地睜開眼睛，像是瀕死者一般大口大口喘氣。

「秦深、秦深。」

聲音越來越清晰，就在耳畔響起，封琛慢慢轉過頭，看見于苑關切的臉。于苑在對上他視線後，長長舒了口氣。

「你已經昏睡了一夜，終於醒了。」于苑的眼底有著紅絲，臉上也帶著疲態，一副沒有休息過的樣子。

封琛看著于苑，有些回不過神，不知道他為什麼會在這兒，便愣愣地問：「顏布布呢？」

「顏布布？」于苑怔了下，立即又反應過來：「小捲毛嗎？他沒事的，林奮守著他。」

封琛又躺了幾秒後，才發現自己躺在地鋪上，周圍掛著一圈布簾，而頭頂是粗糙的岩石，像是待在某處山洞。

山洞……變異種……喪屍……顏布布……

那些痛苦的記憶逐漸回籠，封琛倏地從床上坐起身。

「小心點，動作別太大，免得把包紮好的傷口又撕裂了。」于苑連忙扶住他。

「你說顏布布沒事？」封琛卻顧不上看自己傷口，一把抓住于苑的手，語氣急切：「于上校，顏布布真的沒事？」

于苑看著他滿是期待和緊張的臉，本想安慰說沒事，但想了想後，還是回道：「可能情況不是很好。」

封琛眼底的光慢慢熄滅，沉默片刻後才顫抖地輕聲問：「他……是變成喪屍了嗎？」

于苑搖頭，「沒有。」

「那他……」

「就是一直昏迷不醒。」

封琛鬆了口氣：「那他在哪兒？」

「就在旁邊。」

于苑說完後，拉開身後的布簾，也顯出一張緊挨著的地鋪來。地鋪被子下隆起小小的一團，林奮正坐在旁邊，低頭看著躺在那裡的人。

他已經聽到了這邊的對話，頭也不抬地說道：「他中間沒有醒過，一直在昏睡。我給他半個小時測一次體溫，顯示體溫正常，只是傷口的情況不大好。醫療官給他注射過幾種解毒劑，分別是 βU24 解毒劑，U5D 解毒劑，以及蛇毒解毒劑和疽蟲解毒劑，好像都沒有什麼效果。」

封琛爬起來，慢慢走向旁邊的地鋪，林奮很自然地起身，給他讓出了位置。

雖然封琛已經有了心理準備，可在看見顏布布的剎那，心臟還是似被尖錐刺中。他被痛得半彎下身，眼淚湧出來滴落在被子上，浸出一小團一小團的灰色水痕。

僅僅過去了一晚上，顏布布的臉就已經透出層淡淡的青灰，嘴唇白得沒有半分血色，眼窩凹陷下去。若不是那胸口還在起伏，看上去就已經沒了半分生機。

「普通人若是被喪屍咬過，早就已經完全異化了，他能撐到現在，應該和他正在進化成嚮導有關。」于苑走到封琛身旁，和他一起看著顏布布，「以前還沒有哨兵、嚮導被喪屍咬傷的先例，也許其他地方有，但我們也無從知曉。小捲毛被咬傷時，正處在進化的關鍵時期，所以現在我也不知道，他究竟會變成什麼樣。」

于苑說完，輕輕撩開被角，露出了顏布布的腿。

他褲腿被挽得高高的，小腿傷口的位置貼著一塊大紗布，沒有包紮，只鬆鬆地貼在上面。

「傷口已經上過藥，怕包紮了反而不好癒合，就先這樣蓋著。」

于苑說完，俯下身輕輕揭開了那塊紗布。

紗布下的傷口和昨晚沒有什麼區別，雖然看著並不深，但那傷口邊緣已經隱隱泛起了一圈青黑。傷口一圈的皮膚上，也出現了細小的，蛛網式的紋路。這樣的傷口出現在那截胖藕似的白嫩小腿上，看著格外令人觸目驚心。

封琛顫抖著手想去碰碰那傷口，又怕碰疼了顏布布或者造成傷口感染，伸在空中的手慢慢收回，手指緊縮著，指甲陷入了掌心。

「傷口周圍已經出現了一些喪屍化的症狀，但據我昨晚的觀察，這顏色時濃時淡，有時還在縮減範圍。」林奮指著傷口周圍的青黑蛛網。

「時濃時淡？縮減範圍？」封琛轉頭問林奮。

「對，夜裡 3 點半的時候，膝蓋這一帶的毛細血管全變成了青黑色，但到了 4 點左右，那顏色又開始消退。」林奮在顏布布膝蓋上點出兩個位置，「一直退到了這兒，但是快天亮的時候，又在往上爬升，到了這裡後停止，半個小時後往後退縮了 3 公分左右。」

林奮收回手，俯身看著顏布布的臉，無限感歎地道：「秦深，他很頑強，他沒有放棄自己，哪怕是在昏迷中也一直在和喪屍病毒對抗。他想活下去。」

封琛哽咽著道：「是的，他一直很頑強，這點我比誰都清楚。不管遇到什麼，他雖然在害怕、在哭鬧，卻從來不會放棄。不管是對我，還是對他自己。」

他雖然在哽咽，但語氣卻滿是驕傲，淚痕滿布的臉上也帶著笑。

于苑側過頭，眼眶泛著紅。林奮摸了下顏布布髮頂，喉結上下滾動，終究什麼也沒說。

于苑轉回頭清了清嗓子：「走吧，船已經弄好了，我們去船上，等會兒就要出發去中心城了。至於那幾個在你對付變異種時丟掉小捲毛的人，肯定會進行處理，會給你個交代。」

封琛沉默著沒有應聲。

于苑將布簾都拉開，封琛才發現洞內的人都走得差不多了，只剩下幾名士兵還站在洞口，應該是在等他們。

于苑要去抱顏布布，封琛擋住他，說：「我來吧，我來抱。」

「可是你胸口也有傷。」于苑遲疑道。

「沒關係，已經沒事了。」

于苑便去拿來一件厚外套幫封琛穿上，再扯過一床毛毯將顏布布全身裹著，外面罩上雨衣，這才抱給了封琛。

封琛正要往洞口走，于苑又喊住了他：「等等。」

封琛轉過頭，看見于苑手裡拎著一只布袋，上面有天天超市幾個字，「這是小捲毛的袋子，別忘記了。」

于苑笑了笑，「我沒打開看過。」說完便將布袋挎在了他肩上，轉身跟著林奮往洞外走去。

封琛騰出隻手拉開布袋拉鍊，看見了裡面的比努努和兩個密碼盒。

于苑追前幾步和林奮肩並肩，林奮目光直視前方，嘴裡卻道：「密碼盒又交給他了？」

于苑嘆了口氣：「現在就別去刺激他了。」

林奮說：「就你心軟。」

于苑瞥了他一眼，「別說我，明明早就可以搜他們房間，你不也沒去搜過？」

林奮拉住于苑的手，輕聲道：「這小子心裡明鏡似的，也知道孰輕孰重，到達中心城之前，他會把密碼盒主動給我們的。」

于苑沒有再說什麼，又擔憂地嘆了口氣。

林奮將他的手握在掌心，「別擔心，只要小捲毛能堅持到中心城，我就會想辦法找人給他治療。」

「希望中心城有治療的法子吧。」于苑神情有些落寞。

封琛抱著顏布布走在後面，伸手撥開他額頭上的一綹捲髮，輕聲耳語：「我們就要離開這兒了，你要撐著，一直撐著。撐到中心城後，我就去找東聯軍，找父親的熟人朋友，讓他們帶你去看醫生。」

顏布布緊閉著眼，臉蛋兒泛著淡淡的青，封琛和他貼了貼臉，「我知道你聽著的，也會聽我的話，你一定會撐下去的。」

到了洞口，于苑又給封琛穿上一件雨衣，掖了下毯角，將顏布布的臉蓋上。

「需要我抱著他嗎？」下軟梯時，于苑再次問。

封琛拒絕了：「不用，我可以的。」

他一手抱著顏布布，一手扶著軟梯往下。

于苑原本還有些擔心他身上的傷，但見他確實沒有什麼問題，這才放下心來，同時也感歎哨兵的體質和恢復力確實強悍。

幾人下了山，登上等在那裡的氣墊船，向著船廠方向划去。

冷風刺骨，呼出的氣都成了白霧，封琛背朝船頭坐著，替顏布布擋住了風。

氣墊船駛過海雲城，他發現僅僅過去了一夜，洪水就消退了不少，曾經被淹沒在水裡的一些殘垣斷壁都露了出來。海雲城看上去不再是一片汪澤，一些建築星星點點地冒出水面，顯示這裡曾經也是一座繁華的城市。

「海平面在下降，洪水注入海裡，也就跟著在快速消退，極寒天氣馬上來臨了。」林奮說道。

碼頭停著一艘巨大的貨輪，體積和以往的蜂巢船差不多，只是沒有那麼多層的房間。

貨輪旁邊的海面上有數艘氣墊船，人們正在士兵的指揮下登船。

當封琛他們這艘船駛到近處時，其他氣墊船便讓開，讓這艘船先行。那些鬧哄哄的聲音都沒了，兩側船上的人都看著封琛和他懷裡的顏布布，目光複雜各異。

一陣風吹來，蓋在顏布布臉上的毯子被吹來，他連忙用手壓住重新蓋好，但耳邊也多了一些竊竊私語。

封琛一直沒有看他們，只漠然地盯著面前那一塊。

氣墊船停在了貨輪舷梯處，林奮和于苑首先登船，封琛抱著顏布布跟在後面。

當他兩隻腳也踏上舷梯時，不遠處突然響起一道陌生男人的聲音。

「林少將，我想和您說幾句話。」

林奮腳步不停，目不斜視地回道：「有什麼話等船開了再說。」

「林少將，大家都知道您身後那抱著的小孩兒被喪屍咬過，這樣上了船可怎麼辦？」那人卻繼續道。

封琛腳步頓了頓，看向那名說話的男人。

那男人和他對視了一眼便移開視線，顯然見過昨天他要殺人的陣勢，卻還是堅持繼續道：「林少將，喪屍的可怕大家都知道。您如果讓那孩子上船，一旦出事的話，周圍都是大海，想逃都沒處逃，這可是滿船的人啊……」

林奮半步都沒停，繼續往上走，人群裡卻響起了七、八道聲音。

「林少將，那孩子如果是發燒病人，沒人會有意見。可他的的確確被喪屍咬過，剛才從我面前過去的時候，毯子被風吹開了一點，我看見他臉都是青色的，這是馬上就要變成喪屍了啊。」

「林少將，我不是那不知好歹的人，多虧了有您、有西聯軍，我們才能活到現在，還能去中心城。如果還是以前遊輪的話，您要帶個喪屍孩子走，我屁都不會放一個。可現在是貨輪，沒有那些房間隔離著，大家都擠在一塊兒，誰要被咬傷那麼一口，後果不敢想像……」

一名年歲蒼蒼的老人也喊道：「林少將，我知道您可憐那孩子，我也可憐他，剛出土的小苗兒，才見過幾天陽光啊。我這把年紀了，死不死的也無所謂，可這船上還有孩子。不是我心狠，而是如果放了這個孩子上船，其他孩子又該怎麼辦？」

封琛一直垂頭看著腳下，像是沒有聽見似的，但托在顏布布身下的手指卻在輕輕顫抖。

走在他前面的于苑怕他被激怒，轉身低聲安撫：「沒事的，不用聽他們的。」

封琛抬起頭，臉上並沒有于苑所想的怒氣，反而扯動嘴角牽出一個難看的笑，「我沒生氣，如果換成我是他們，我也不會放心的。」

于苑沉默半瞬後，拍了拍他的肩，沒有再說什麼。

有了人帶頭，其他人也就跟著附和，反對的聲浪越來越高，話也越來越難聽。

「明明都要死的小孩兒了，幹麼還要帶上船禍害其他人？到時候一整船的人都跟著陪葬。」

「那小孩兒的命是命，我們的命就不是了嗎？」

「我真的搞不懂，為什麼要帶著一個喪屍上船。」

封琛只抱著顏布布一步步往上走，像是這些話不是說的他倆似的。

各種憤怒譴責哀求的聲音裡，混雜著一道小孩兒的高喊，在此時顯得有些突兀。

「我知道，就是你們這些壞人把他扔了，他才被喪屍咬了。但是他很厲害，能抓住堪澤蜥，他是我的同學，他不會變成喪屍的……」

封琛微微轉動視線，看見小胖子陳文朝一張臉脹得通紅，被陳父抱著，正在向身旁的人吼叫。

陳父大聲斥責，他就哇地哭了起來。

「他是我的同學，帶他走吧。」

「哇……他不是喪屍。」

好幾道小孩兒的聲音也跟著在嚷嚷。

聲浪越來越大，林奮走到船舷一半的地方時，終於停了下來。封琛看了他一眼，也跟著停下腳步，卻依舊漠然地盯著前方的旋梯。

林奮轉向那片氣墊船上的人，帶著不怒自威的氣勢，那些聲音頓時小了下去。

「這孩子不是普通人，被喪屍咬之前，他正在歷經進化成嚮導的最後一步，也可以說他那時候已經是嚮導。這應該也是他一直沒有變成喪屍的原因，所以你們也別太驚慌。」

有人繼續追問。

「可是剛才有人看見他的臉，說已經像個喪屍了，所以就算是特種戰士，被咬了後可能也會變成喪屍，只是比普通人要慢一點對不對？而且他是特種戰士，上船後徹底變成了喪屍，那誰制得住他？」

「對啊，普通人變成喪屍都那麼可怕，要是特種戰士變成的喪屍那還得了？」

「我就不明白了，林少將您為什麼就非要將他帶上船呢？」

林奮沉著臉一聲不吭，于苑靠近船舷喝道：「全都閉嘴！」

他長相俊秀，平常待人也溫和，像這樣怒氣騰騰地大喝還是頭一次，所有人都閉上了嘴。

他指著身旁的封琛，「這是他哥哥，昨天受了很多傷，胸膛上的傷口要是再偏一點，命都沒了。他才 13 歲！他也是個孩子！他得不到成年人的保護，卻反過來要保護你們！」

「他把唯一的親人交給你們照顧，結果變成了現在這樣。你們沒有資格不讓他們上船。任何人都沒有資格，包括我們西聯軍。」

于苑話音落後，沒有誰再出聲。只有一陣寒風吹過，在貨輪的船艙裡肆意穿梭，嗚嗚響個不停。

林奮抬腕看了下時間，沉聲開口：「我聽你們說了這麼多，也聽清楚了你們的意思，現在就說下我的看法。」

「時間不多了，我們必須馬上啟航。人，我是要帶上船的，如果你們覺得船上危險，那可以選擇不上船。就這樣。」

「對了。」他又轉頭看了眼封琛，「他現在是我的士兵，是西聯軍。昨天在接受軍令執行任務時，把昏迷中的弟弟交給了其他人。誰當時接手了人，誰也就接到了看好他弟弟的軍令。」

「如果是情勢所迫，出現意外那沒辦法，但現在卻是你們有人把他弟弟給扔了，才導致了現在的後果。」

「在軍人戰鬥期間，拋棄並間接導致軍人親屬出意外的，當以謀害軍屬定罪。」林奮吩咐不遠處的士兵，「找到那幾人，抓起來，去到中心城後送上軍事法庭。」

人群聽到這話，頓時炸開了議論聲。

「謀害軍屬罪，這也太重了吧。」

「這是重罪啊，他們沒有直接傷害孩子，這樣合適嗎？」

「治亂世，用重典，非常時期非常事件，就應當非常處理。不然其他軍人會怎麼想？會不會寒了他們的心？我倒覺得這重罰挺合適。」

林奮不再管那些人紛紛議論，抬步往甲板上走。

于苑捏了捏封琛的肩，低聲道：「走，我們也上去。」

封琛自始至終沉默著，像是在聽，又像是什麼都沒聽。他邊走邊將毯子往裡裹了裹，把顏布布裹得更嚴實。

「林少將，我真的冤枉啊，那孩子又不是我咬成這樣的，是喪屍咬的，為什麼我就是謀害軍屬……這麼大的罪名和直接讓我死有什麼區別？」人群裡突然響起一聲尖銳的哭叫。

「對！我就是想直接讓你死，我也能讓你現在死。我的士兵在賣命，你在背後捅他刀子。但你捅的不是他，而是我們整個西聯軍！」

林奮突然轉身暴喝，神情冷厲，身上散發出 A 級哨兵和上位者的濃濃威壓。

「但你應該慶幸我是軍人，不管外面亂成了什麼樣，我都要恪守軍規，讓你此時還能好好站在這裡。」

「林少將，我錯了，求求您網開一面，林少將……」

哀嚎聲戛然而止，人被士兵堵住嘴帶走。船下其他人沒有誰再有半句話，安靜得連聲咳嗽都沒有。

幾人踏上甲板，封琛卻慢慢停下了腳步，看著林奮背影喚了聲：「林少將。」

林奮轉回頭看著他，「怎麼？」

封琛舔了下乾澀的唇皮，終於問出了這個他一路都在想的問題：「林少將，我想問一下，如果他在船上真的變成了喪屍，你會怎麼辦？」他問完這句後，目光一瞬不瞬地盯著林奮。

林奮這次沒有果斷回答，他皺起了眉，像是封琛的問題將他給難住了。封琛也沒有催他，就靜靜地等著，如同在等待一個宣判結果。

時間過去了足足 1 分鐘，林奮才看向他，雖然什麼也沒說，但那目光裡的沉重已經讓封琛獲知了答案。

他扯起嘴角笑了笑，那笑容卻只叫在場的人感到心酸。

「我還是帶著顏布布留下吧，我們就不上船了。」封琛揭開顏布布臉上的毯子角，目光柔和地看著他，「我知道他可能會堅持撐到中心城，卻也有可能在路上就徹底變成了喪屍。船上這麼多人，他如果真變成了喪屍，那也只能殺掉。我不會拿他去冒險，我們就留在海雲城，這樣哪怕他變成了喪屍，我也會守著他，不會讓他被殺掉。」

幾絲雨點落在顏布布泛著青的臉上，封琛伸出手指，將那點水漬小心翼翼地抹去。

「不上船？那怎麼行！」于苑著急地道：「你知道你在胡說什麼嗎？低溫馬上就要來了，你們兩個小孩子留下來怎麼辦？」

封琛抬頭看向于苑，鄭重地道：「別擔心，我會有辦法的。」

「你有什麼辦法？你能有什麼辦法？」于苑伸手就要去抱顏布布，「別管林奮，就算小捲毛變成了喪屍，我也不會讓人殺掉他的，我用繩子捆著他，一路捆到中心城。」

封琛沒有鬆手，語氣卻變得輕鬆起來：「于上校，謝謝。其實我們都知道，中心城根本沒有辦法治療他吧。密碼盒還在我這裡，路上行程十幾天，拿到密碼盒進行研究又不知道要多久，他如果要變成喪屍，根本等不到那一天。何況中心城也不可能容下一隻小喪屍，我們還是留下更好。」

于苑的手頓住了。

封琛說得沒錯，中心城絕對不可能容許一隻喪屍進城的，顏布布如果去了，只會有一種結果。

甲板上的人都陷入了沉默，林奮慢慢走前來，俯身仔細看著顏布布的臉，低聲問：「他叫顏布布？」

「對。」封琛道。

「還是煩人精好聽。」林奮不贊同地搖搖頭。

封琛微笑了下，「我覺得都還不錯。」

「那你呢？封琛？」林奮挑眉問。

封琛點了點頭，「對，我叫封琛。」

林奮伸出手指，輕輕彈了下顏布布額頭，又湊到他耳邊低聲道：「煩人精，我只吃生病的小孩，所以你一定要快點好起來。」

于苑突然就背過身，抬手捂住了臉。

林奮直起身，看著封琛認真地說：「就算極寒天氣到來，我相信以你的能力和堅韌，一定也能平安度過。我將這船上的人送回中心城，就會派人來接你們。」

封琛想了想，搖頭道：「如果顏布布好了，以後我會帶著他去中心城。如果我們沒去的話……你也不用來接。」

林奮沉思兩秒，伸手揉了下封琛的頭，「行，那我和于苑會一直等著你們。」

于苑雙眼發紅地走了過來，拿出一個小筆記本遞給封琛。

「這裡面有物資點的開鎖密碼，夠你和小捲毛吃喝不愁。洪水退得很快，估計再過上兩天，你不用潛水就能進去。物資點裡還有一間小倉庫，裡面放著抗壓潛水服之類的軍需物資，開鎖密碼也寫在裡面的。對了，海雲塔裡面還有溧石控溫設備，可以一直保證塔內溫度，你們住在裡面都行。海雲山上的變異種差不多都被殺光了，不過也要注意那些零星的……」

封琛接過筆記本放進布袋，但手卻遲遲沒有從布袋裡取出來。他取出兩個密碼盒，在光線下辨認，再放回去了一個。

真的密碼盒上面有道細小的劃痕，不知道是什麼時候留下的，要很注意才能發現。

顏布布一眼就能將兩個密碼盒分辨出來，他要仔細看才知道。

三人的目光都落在那個銀白色的小盒子上，特殊金屬的外殼略帶磨砂感，雨滴在殼面匯成晶亮的水珠，往下滾動著。

「這就是我父親留在家裡的密碼盒，現在交給你了。」封琛將盒子遞了出去。

林奮沒有伸手接盒子，只目光深沉地看著他，「我本來想過你會主動給我，但那是在去往中心城的路上。」

封琛明白林奮的意思。

在確保他和顏布布安全的情況下，他會交出密碼盒。不管是東聯軍還是西聯軍，只要能研究出對抗病毒的方法就行。

可他和顏布布兩人卻上不了船，在遭遇過拋棄和傷害後，還要單獨留在這個被洪水淹沒的城市，面對即將到來的極寒。

他完全可以不交出密碼盒的。

「我父親一直告訴我，我以後會是一名軍人，我的使命就是守護埃哈特合眾國和這個國家的人。」封琛目光掃過船外的人，從那一張張臉上劃過，低聲道：「但我不想聽父親的話，我不想救這些人，一點都不想救……」

封琛眼裡閃爍著水光，「可是這世上肯定還有很多的吳叔和顏布布。我不想他們死，不想他們跳崖或是變成喪屍……我想要他們好好活著，好好活下去，不管多難都要活下去。」

他拿著密碼盒的手一直在抖，指節都用力得發白，「為了他們，我才把密碼盒交給了你。」

林奮神情動容，他伸手接過盒子，有些艱難地道：「成人的世界就是這樣，他們並不是想傷害你，只是在某些時刻，會做出更符合自身利益或者更多利益的選擇。其中也包括我。」

「可能吧，我有一些理解，但是我也不想理解。」封琛道。

雨嘩嘩下著，在甲板上砸起了點點水花。

林奮靜靜地看著他，突然道：「把我送你的那把無虞給我看看。」

封琛一怔，卻還是依言掏出匕首遞給了他。

林奮拔出匕首，刀光森寒。他指著刀把上的一個小疤，「這是我爺爺小時候和山豬搏鬥的時候留下的。」又指著刀鞘上的一塊破皮處，「我父親小時候從山上摔下去，這把匕首掛在樹枝上，保住了他的命。」最後將刀鞘對著光線讓封琛瞧，「看見這裡面的字了嗎？是我當年像你這麼大的時候刻在裡面的。」

林奮將匕首插回刀鞘，替封琛別在他的腰後，卻沒有立即站直身，保持這個姿勢在他耳旁低語了一句：「我是想拿到密碼盒，但有些東西卻和密碼盒無關。」

封琛埋下的臉上滑下了一滴淚，砸在腳下的雨水中。

他又迅速抬起頭，深深吸了口氣：「好了，我們走了，現在天還早，我要去找落腳的地方。」

林奮將他和顏布布都摟了摟，素來冷硬的臉上也出現了波動，「你們一定要平安。」

封琛點點頭道：「我們會的。」

于苑又前來將兩人緊緊抱住，語氣帶上了幾分哽咽：「我倆會等著在中心城見到你們的那天。」

封琛啞聲應道：「好。」

封琛轉過身，大踏步下了旋梯，跳上一艘無人的氣墊船。

原來還在喧囂叫嚷的人群，在看見他這一動作後都閉上了嘴，只沉默地注視著。

封琛將顏布布放在船裡，划動雙槳向著海雲城的方向而去，身後傳來幾道陌生的聲音：「是我們這些大人欠你們的，對不住了，孩子！」

少年單薄的背脊挺得筆直，似乎任何風雨都無法讓他彎折。黑色的厚外套被風鼓動，像是一張撐開的帆。

氣墊船漸漸消失在眾人的視野範圍外，化作了一團小黑點，但這過程裡，少年沒有再回頭過一次。

封琛一直划動著雙槳，直到聽到遠方傳來一聲長長的輪船鳴笛，眼淚才噴湧而出。

他恣意地放聲大哭，嘶啞著嗓音吼叫，讓淚水和雨絲糊了眼睛，再一起流進嘴裡。

他撕掉內斂穩重、喜怒不顯於色的外殼，將那名 13 歲少年的惶恐和脆弱，都化在這場滂沱的大雨和淚水裡。

一個小時後，氣墊船停在了一座 4 層高的樓房前。之所以是 4 層，是因為樓房的下面部分都淹在水裡，水面上只露出來了這 4 層。

這是東聯軍的祕密研究所，封琛在地震前就跟著封在平來過好幾次，地震後也帶著顏布布來修改過身分資訊。

于苑說海雲塔裡保持著恒溫，但他擔心塔裡有沒死光的喪屍，有些不放心。

極寒就要到來，必須要在可以供暖的地方居住才行，於是他便想到了這個研究所。

他對研究所還算熟悉，也清楚裡面的軍用設施相當完備，水電都不成問題，帶著顏布布住進去會是一個很好的選擇。

洪水消退得非常快，很多建築都露了出來，有些房頂上還掛著七零八落的海藻。他辨認著那些面目全非的建築，再根據腕錶的地形圖，終於找到了研究所。

顏布布包著毛毯和雨衣躺在船裡，封琛揭開了毯子一角，對著昏睡的顏布布道：「你等我一下，我去開了窗就來接你。」

這研究所外觀普通，其實防禦極嚴，別想暴力砸開窗戶，只能從正門進入。

封琛放出黑獅守著顏布布，自己脫掉身上剩餘的衣褲後，一頭扎入了冰冷的水中。

雖然洪水在消退，但水下部分還是有 6 層樓深，封琛潛到水底時，視野裡就昏暗下來。他辨認著方向，從敞開的大門裡游進去，再從樓梯間往上，停在 5 層的金屬門前。

輸入密碼，金屬門開啟。裡面的空間竟然沒有進水，封琛被水流帶著沖入的瞬間，立即關上了門。

金屬門瞬間合上，四周唰地亮起了燈，他又來到了那個空蕩蕩的房間，只有對面牆壁上有一扇小門。

「探測到有陌生闖入者，請立即出示出入證明。」

房間內的積水被快速抽乾，封琛走到小門旁邊，熟練地調出牆壁裡的螢幕，再熟練地輸入上次獲得的密碼。

隨著最後一個密碼數字輸入，小門無聲無息地開啟，祕密研究所的內部便出現在眼底，包括長在屋中央的那棵大樹。

雖然經過了一場洪水，屋內卻相當乾燥。不管是那些儀器，還是隨意丟在平臺上的紙筆，都和上次見著時一樣，沒有絲毫被水浸泡過的痕跡。而屋中央那棵大樹也同樣的枝繁葉茂，結著無數雞蛋大的深黑色果子。雖然研究所密閉性很好，但這棵大樹穿破了幾層樓也沒有滲水進來，證明它的根部並沒有在開放的底層大廳，而是在同樣處於密閉狀態的室內。

研究所裡沒有被水浸泡，這可能是今天唯一讓人安慰的事。封琛在那些深黑色果子開始簌簌搖晃時，放出精神力，化出無數細針刺了過去。果內的蟲子還未出殼就被刺死，果皮像是被戳破的氣球般飛速萎縮，成為一個皺巴巴的小核掛在枝頭。

嘶嘶——那些附在牆角或者天花板壁的樹藤，像是毒蛇般蜿蜒而來，封琛看也不看它們，只將精神力化為一束，狠狠扎進大樹的樹身，再直直往下，到達樹根處，砰然炸開。

樹藤們在地上扭動翻滾，化成了一段段黑灰。

樹葉紛紛枯黃，枝幹也發出喀嚓喀嚓的斷裂聲，樹皮上皸裂出一道道口子，流出綠色的液體。

就這樣持續了大約 1 分鐘左右，整棵大樹開始急劇萎縮，樹幹也跟著變細縮短。很快大樹就從這一層消失了，只留下一個貫穿天花板和地板的大洞。

封琛走到大洞前往下看，看到這個洞直達 2 層。而 2 層的地板上只倒著一株枯黃死去的長青樹。

他還要接顏布布，便沒有耽擱，去窗戶旁瞧了下，看見 5 樓外面全是水，又乘電梯上了 6 樓。

6 樓是研究員的生活區，樓梯口便是寬敞的休息大廳，周圍一圈沙發，正中間同樣有個被長青樹頂開的大洞。洞口一圈也有散落的枯葉和那種乾枯成胡桃核一般的果子。

封琛奔到窗戶邊，打開密閉窗，躍到船裡。

他抱起顏布布翻回屋子，黑獅則負責善後，將氣墊船固定在牆邊，再叼起封琛脫下的衣物和布袋，躍窗回屋，將窗戶關閉嚴實。

研究所裡有溧石供能，燈光明亮，自動溫控系統也讓室溫正合適。

封琛將顏布布放在沙發上，顧不上給自己穿衣，先將裹著他的那條半濕毯子扯掉，再摸摸下面的衣物。還好，衣物都很乾爽。

顏布布安靜地躺著，封琛去聽他心跳，感受到心跳平穩後，又去看他腿上的咬傷。

那傷口沒有什麼變化，但烏青色的毛細血管往上爬行了一、兩公分，接近膝蓋下方。

封琛坐在沙發上，緊盯著那塊蛛網看了好一會兒，這才起身往休息廳旁邊走。

這層樓有好幾個休息室套房，他去到最近的一間，從櫃子裡拿過一條乾淨毛毯，出來給顏布布搭在身上，接著才自己穿衣服。

他找來掃帚，將那些枯葉和死掉的果子都掃在一起，直接從窗戶倒進了外面的洪水裡。

那些果子枯葉就隨著消退中的洪水，一起流向了大海。

將屋內粗略地打掃了遍，他又回到沙發旁，伸手摸摸顏布布的頭髮，「馬上要降溫了，我必須去物資點取些必備物資回來。你就在這兒等我，但是也不要閒著，你要努力，別讓那難看的蛛網往上爬了，知道嗎？」封琛拿出于苑給他的筆記本，記住了物資庫的開門密碼，如同往常要去做工那般，很自然地說了聲：「我走了。」

黑獅趴在顏布布身前的地毯上，輕輕搖了下尾巴。

封琛打開了密閉窗，冷空氣夾著雨絲瞬間灌入。但他扶著窗櫺卻沒有翻出去，似乎在等待每次出門時都會聽到的聲音。

「哥哥，早點回來啊……」

「哥哥，可不可以帶上我啊……」

靜靜站立片刻後，他才翻出窗戶，躍進了氣墊船。

整個海雲城，目光所及之處沒有一個人，世界彷彿從來沒有的安靜。封琛獨自划著船，來到物資點所在的位置，下了水。

水面已經下降了不少，但他沒有穿抗壓潛水服，潛到水底時還是感受到了巨大的水壓，將他胸腹擠壓得一陣陣疼痛，肺部也因為缺氧有些悶脹。

好在開門密碼是正確的，他終於進了物資點倉庫，等到大門關閉積水抽乾後，才扶著牆壁大口大口喘氣。

不管顏布布出現什麼樣的結果，他應該都會在海雲城待很長的時間，所以準備多帶些物資走。反正研究所裡設施齊全，可以存放很長時間。他找到于苑所說的那個軍用小倉庫，選了一套抗壓潛水服，還有萬能工具箱、充氣袋，便開始裝生活用品。

一個小時後，封琛跟著五只鼓鼓囊囊的大充氣袋一起浮出水面。他將五個充氣袋綁在氣墊船後，划著船回研究所。

到了研究所，他先回屋看顏布布的情況，見他一切平穩後，這才回到船上，和黑獅一起將東西往裡搬。

將船上搬空後，各種各樣的物品便堆放在大廳裡。封琛顧不上收拾這堆小山，先去翻找出營養米粉和奶粉，再去茶水間燒了滿滿一壺熱水，燙洗出一套碗碟，將米粉和奶粉混在一起調製。

他在沙發旁坐下，一手抱起顏布布，一手拿著勺子，將裡面的半稠米粉吹得溫度合適，才餵進他的嘴。

顏布布閉著眼，軟軟靠在他肩上，米粉餵到嘴裡，又順著嘴角淌了出來。

黑獅叼著一捲紙巾過來，封琛將顏布布嘴角的米粉擦乾淨，又給他餵了小半勺。

「滿倉庫都是用的，就沒什麼好吃的，我找了很久才找到這兩盒奶粉，很香很甜，你嘗嘗。」

顏布布還是不吞嚥，那小半勺米粉就含在嘴裡。

「你不是很喜歡吃甜的嗎？怎麼不吃了？是不是想吃肉肉？你想吃肉肉的話，我等會兒就去海裡撈魚，好不好？」

封琛輕輕搖晃著顏布布，他的頭跟著輕輕擺動，那小半勺米粉又從嘴角流了出來。

封琛擱下碗，將顏布布擦乾淨，回到茶水間重新調了一碗，這次沒有摻米粉，只用的奶粉。

顏布布依舊不吞嚥，但是沖調出來的奶粉不像米粉那麼稠，可以直接餵到喉嚨眼裡往下灌。

將一碗奶粉都餵給顏布布後，封琛臉上也露出了一絲笑容。

「不喜歡米粉就告訴我，怎麼會這麼不聽話？故意不吞來氣我是吧？全奶粉你就開心了。」

他將顏布布放回沙發上，用毛毯蓋好，和黑獅一起清理那些小山似的物品。

這一層是研究員的生活區，除了這個大廳，其他房間都是套房，一室一廳還帶廚衛。

他選了最近的一間套房和顏布布住，隔壁那一套就當做儲藏室，除了食用品放進廚房，其他東西都一股腦地放到了隔壁。

黑獅像個勤勞的保姆，不停忙上忙下，還時不時去看看顏布布，用爪子給他整理毛毯。

終於將這些物品分好，封琛便給自己做飯。他燒開半鍋水，拆開一袋真空大豆，將大豆煮熟後再放點鹽，一碗水煮大豆就成了他的午餐。

下午他也沒閒著，畢竟上到第十層，下到第二層的地板都被那長青樹開了個洞，得補上才行。

他先將封住樓梯口的木板拆了，將電梯門釘死，以後上下樓就只走樓梯。再去樓上兩層找了些木板拖下來，用工具箱敲敲打打，做成了兩塊水缸蓋似的大圓盤。

他將一塊大圓盤釘死在 5 樓地板上，補好那裡的洞，一塊蓋在他們這 6 樓地板上。但 6 樓這裡沒有釘死，而是裝上合頁，做成了一塊可以揭開也可以放下的大圓蓋。

5 樓大廳裡都是儀器，與大門之間還有一道隱形牆。將那道看似透明卻無比堅固的牆放下來後，大廳就被封在其中，只在牆外留下一條通道，可以上下樓梯。

做好以後，他將顏布布抱到圓洞旁，揭開地板上的蓋子，指著下方的 5 樓大廳對他說：「要是你變成了喪屍，我就把你關在下面，不准你上來。你在下面撒瘋，我就在這兒看著你撒瘋。」

他捏捏顏布布的臉，「想被我關嗎？對了，這層樓還能看電視，什麼動畫片都有，只要你聽說過的動畫片都被保存了下來。到時候我在這裡看比努努動畫片，你在下面只能聽聲音。不對，看動畫片的時候我不想聽你在那裡喪屍鬼叫，我會蓋上蓋子，讓你連動畫片的聲音都聽不到。」封琛說完這一通後，看著顏布布的臉，似乎想從他臉上看出一絲半分的情緒。

但顏布布只安靜地靠著他，緊閉著眼，若不是臉色不對，看上去就是名熟睡中的小孩。

好半天後，封琛才失望地移開視線，喃喃著：「你不要變成喪屍吧，我不想你只能聽聲音，我想你坐在電視前看，邊看邊笑，我就在旁邊陪著你。我不會催你寫字，也不會催你該睡覺了，你想看多久就看多久。你每頓只吃肉肉，不吃大豆也可以。顏布布，你不要變成喪屍好不好……」

晚上，兩人就靠在套房的床頭上看電視。

就像封琛說的那樣，研究所裡儲存了大量資訊資料，內容涵蓋各個方面，包括所有的電影電視劇以及動畫片。

封琛在自己和顏布布的背後都墊了枕頭，對面牆上的電視裡播放著動畫片。

「比努努，你在做什麼呀？」

「我在菜園裡種蘿蔔。」

「你昨天不是剛種了蘿蔔嗎？」

「嗯……嗯……薩薩卡給我拔掉了。」

屋內沒有開燈，電視的光投在兩人臉上，也跟著在變幻明明滅滅的色彩。

封琛碰了碰顏布布的肩膀，喃喃道：「薩薩卡的確很討厭，難怪你不喜歡他。」

顏布布閉眼靠在枕頭上，封琛盯著電視，嘴裡不斷和他說著話。

「原來比努努和薩薩卡都是馬鈴薯人？」

「比努努沒守住菜園，薩薩卡等會兒又要去把蘿蔔給他拔光。」

「比努努在吃魚羹，對了，你想吃魚羹嗎？明天我去抓點魚，給你熬魚羹。」

封琛盯著顏布布看了片刻，伸手捏住他臉蛋晃了晃，「不做聲就是同意了，那明天給你做魚羹，不准不吃，不然你就要挨打。」

看完兩集動畫片，封琛關掉電視準備睡覺，臨睡前他又看了顏布布的腿，看見那傷口沒有癒合卻也沒有惡化，但皮膚上的青黑色已經蔓延到了膝蓋。

他撩起顏布布另一條腿的褲管，發現那條沒受傷的腿上，也跟著爬上了青黑色蛛網。

封琛用手指在他腿上輕輕摩挲，能感覺到毛細血管的輕微凸起。

「我讓你努力，為什麼這條腿也開始長了？你還不夠努力，還要堅持。你說長大了要伺候我，這樣子怎麼伺候我？你說話必須要算數，得好好長大，聽見了嗎？」

封琛啞著聲音低低絮語，將顏布布的褲管放下，蓋好毛毯。

「睡吧，但是睡著了也不准放鬆警惕。我會每個小時提醒你一次，不能讓毒素繼續往上爬，最多只能到這兒了。」他點了點顏布布毛毯下的膝蓋位置，「最多只能到這兒了……」

第二天早上，封琛給顏布布餵了奶粉後，便將他放在大廳沙發上躺著，對面牆壁投影播放著比努努動畫片。

歡快的背景聲裡，他將一切收拾妥當，留下黑獅看守，自己穿上從物資點找到的羽絨服，準備出門去捕魚。

顏布布不能光喝奶粉，何況在物資點就找到那麼一盒，喝光了又怎麼辦？他平常就愛吃魚肉，沒准也會喜歡吃魚羹。

極寒天氣就要到來，要是海面結冰，魚也不大好弄了，必須趁現在多抓點，將食物都儲存好，準備迎接極寒。

（未完待續）

【紙上訪談】

作者獨家訪談第一彈，分享創作二三事

Q1：禿子小貳老師您好，請您先跟讀者打個招呼吧！這應該是您第一次出繁中版小說，大家可能對您會比較好奇，所以首先想問問您筆名的由來？

A1：大家好，我是禿子小貳。

其實我原本的筆名叫小貳，但第一次申簽沒過，另外申請了簽約號，不能重名，便順手添了個禿子。

當時我絲毫沒有髮量方面的問題，但不知是不是筆名的影響，現在髮量堪憂。

Q2：能否談談當初怎麼開始走上寫作這條路？

A2：有強烈的表達欲，想將腦海中的故事訴諸筆端，講給其他的人聽。

Q3：老師寫過很多題材、角色和劇情設定都很特別的作品，尤其這幾年寫了不少開場以小朋友為主角的故事，《人類幼崽廢土苟活攻略》更算是其中的代表作吧，另外一套作品《季聽日記》裡甚至出現小朋友帶小嬰兒逃亡的情節。很好奇為什麼會想要以小朋友為主角來描寫故事？這在設計劇情時會不會有很多限制？

A3：寫文最初，沒有想過寫主角為小朋友的文，但以往的寫作過程裡會寫到小朋友，比如主角的孩子或是侄子，一寫到他們就有些收不住，總想多寫一點。

因此後面寫了以小朋友為主角的故事，雖然小孩求生不好寫，也會有很多的限制，但兩個幼小生命的相依為命，讓我光是想像就已經被感動。

Q4：感謝您辛苦的回答，小說即將出版，請您對讀者說幾句話吧(ꈨຶºωºꈨຶ)♡

A4：《人類幼崽廢土苟活攻略》即將出版，希望大家能喜歡這本書、喜歡裡面的每個人，去感受那個明明四處皆是困境絕望，卻又蘊含著無限希望的世界。

Q5：這部作品中有沒有什麼讓您寫完後很滿意的情節？寫起來特別開心的情節？以及寫得特別痛苦的情節？為什麼？

A5：寫這篇文最開心的段落，可能是顏布布在大船上上學那段時光吧，我的心情也跟著很愉悅。

寫得最痛苦的還是收尾，畢竟是在收網了，還要收得漂亮。

Q6：寫作時會聽音樂嗎？如果會，在寫這部作品時最常聽的音樂是什麼？或是有覺得適合閱讀時聽的推薦歌單嗎？

A6：聽歌的話沒法推薦，我寫作時必須安靜，很安靜，門窗關上，如果有噪音便塞上耳塞，再沉浸入那個筆下世界。

（未完待續）

i小說 058

人類幼崽廢土苟活攻略2

國家圖書館出版品預行編目（CIP）資料

人類幼崽廢土苟活攻略 / 禿子小貳著. -- 初版. --
臺北市 : 愛呦文創有限公司, 2024.06-
冊； 公分. -- (i小說 ; 58-)
ISBN 978-626-98197-9-9(第1冊 : 平裝)

857.7　　113005448

愛呦文創

作　　者	禿子小貳
封面繪圖	透明（Tomei）
Q圖繪圖	60
責任編輯	高章敏
特約編輯	劉怡如
文字校對	劉綺文
版　　權	Yuvia Hsiang、Panny Yang
行銷企劃	羅婷婷
發 行 人	高章敏
出　　版	愛呦文創有限公司
地　　址	10691台北市忠孝東路四段59號10-2樓
電　　話	（886）2-25287229
郵電信箱	iyao.service@gmail.com
愛呦粉絲團	https://www.facebook.com/iyao.book
總 經 銷	聯合發行股份有限公司
電　　話	（886）2-29178022
地　　址	231新北市新店區寶橋路235巷6弄6號2樓
美術設計	廖婉禎
內頁排版	陳佩君
印　　刷	沐春行銷創意有限公司
初版一刷	2024年6月
定　　價	360元
I S B N	978-626-98197-9-9